서머싯 몸 단편선 2

William Somerset Maugham

COLLECTED SHORT STORIES VOLUME 1

by W. Somerset Maugham

세계문학전집 393

서머싯 몸 단편선 2

William Somerset Maugham

서머싯 몸

황소연 옮김

민음사

차례

춤꾼들

호텔 바는 사람들로 북적였다. 샌디 웨스콧은 칵테일을 두 잔 마시고 나서 슬슬 배가 고파 손목시계를 보았다. 9시 30분에 저녁을 먹기로 했는데 이미 10시가 다 된 시각이었다. 이바 배럿은 늘 약속에 늦기 때문에 10시 30분에 저녁을 먹을 수 있으면 그나마 다행이었다. 그는 바텐더에게 고개를 돌려 칵테일을 한 잔 더 주문하고 나서 바 쪽으로 다가오는 한 남자를 발견했다.

"안녕하세요, 콧맨." 그가 말했다. "한잔할까요?"

"안 될 거 없죠."

콧맨은 잘생긴 남자였다. 나이는 삼십 대로 보였고, 키는 작지만 몸매가 워낙 좋아서 많이 작아 보이지 않았다. 허리가 너무 잘록하고 나비넥타이가 너무 큰 것이 흠이긴 해도 더블 정장 재킷을 차려입은 옷맵시가 아주 멋졌다. 이마 뒤로 넘겨 빗은 숱 많고 곱슬거리는 검은 머리가 매끄럽게 윤이 났고, 큰 눈은 반짝거렸다. 그는 대단히 세련됐지만 코크니[1] 쪽 악센트가 섞인 말씨를 구사했다.

"스텔라는 좀 어때요?"

샌디가 물었다.

"오, 좋아요. 공연 전이라 힘을 비축하고 있어요. 본인 말이, 쇠약한 신경을 달래는 거라네요."

"나는 1000파운드 벌자고 그녀처럼 곡예는 못 할 것 같아요."

"당신은 못 하죠. 그녀 말고는 아무도 못 해요, 그렇게 높은 곳에서는. 아래 수심도 겨우 1.5미터예요."

"그렇게 간담이 서늘한 장면은 세상에 없을 겁니다."

콧맨은 살짝 웃음을 터뜨렸다. 그는 그 말을 칭찬으로 받아들였다. 스텔라는 그의 아내였다. 위험을 감수하며 재주를 부리는 것은 물론 그녀였지만, 화염을 생각해 낸 것은 콧맨이었다. 관중의 상상력을 자극해서 공중곡예 공연을 엄청난 성공으로 이끈 것은 화염이었다. 스텔라는 20미터 높이의 사다리에서 물탱크 속으로 다이빙을 했는데, 그가 말한 대로 물탱크 안의 수심은 고작 1.5미터였다. 그녀가 뛰어내리기 직전에 그들은 수면 위에 석유를 충분히 부었고 그가 직접 석유에 불을 붙였다. 화염이 치솟고 그녀는 그 속으로 곧장 뛰어들었다.

"파코 에스피넬 말로는, 카지노 역사상 최고의 흥행이랍니다."

---

1) 런던 이스트엔드 지역.

샌디가 말했다.

"그럴 거예요. 아직 7월인데 8월만큼 저녁 식사 주문을 받았다고 그에게 들었어요. 그리고 당신 덕분이라고 하더군요."

"당신도 한몫 두둑이 챙기겠군요."

"별로 그렇지도 않아요. 알다시피 우린 이미 계약을 한 처지인데 이렇게 흥행할 줄 몰랐거든요. 하지만 에스피넬 씨가 다음 달에도 우리와 계약을 하겠다고 하셨으니, 설마 똑같은 조건으로 하자고 하지는 않겠죠. 오늘 아침 어느 중개인한테서 도빌[2]로 초청하고 싶다는 편지를 받았어요."

"일행이 와서 저는 이만 실례하죠."

샌디가 말했다.

그는 콧맨에게 고개를 끄덕인 뒤 자리를 떴다. 이바 배럿이 나머지 손님들을 이끌고 안으로 들어섰다. 모두 여덟 명이었다.

"여기 오면 당신이 있을 줄 알았죠, 샌디." 그녀가 말했다. "내가 늦진 않았죠?"

"삼십 분밖에 안 늦었어요."

"저분들에게 어떤 칵테일을 마실지 물어봐요. 바로 저녁을 먹죠."

사람들이 저녁을 먹으러 테라스로 내려가서 바는 텅 비어 있었다. 그들이 바에 서 있을 때 파코 에스피넬이 지나가다가 이바 배럿과 악수를 하려고 걸음을 멈추었다. 파코 에스피넬은 가진 돈을 모두 잃고 지금은 카지노에서 손님 끌기용 공연

2) 프랑스 서북부 해안 휴양지.

을 기획해 생계를 유지하는 청년이었다. 부자들과 유력 인사들을 정중히 응대하는 것은 그의 의무였다. 섀로너 배럿 부인은 막대한 재산을 보유한 미국인 과부로, 성대한 파티를 열고 도박을 했다. 만찬과 밤참을 비롯해 식사 때 제공되는 두 번의 디너쇼는 사람들을 끌어들여 도박장에서 돈을 쓰게 하는 것이 목적이었다.

"내 자리, 좋은 데 맡아 뒀나요, 파코?"

이바 배럿이 말했다.

"최고 좋은 자리로요." 아르헨티나인 특유의 멋지고 검은 그의 눈이 배럿 부인의 부유함과 나이가 끌어내는 매력에 찬사를 보냈다. 이 역시 그의 소임이었다. "스텔라 보셨어요?"

"물론이죠. 세 번이나 봤어요. 내 평생 그렇게 무시무시한 광경은 처음이에요."

"샌디는 매일 밤 오세요."

"나는 그 여자가 죽는다는 데 걸고 싶어요. 그러다가 결국은 자살하게 될 텐데 그 장면을 놓칠 수야 없죠."

파코가 하하 웃었다.

"그 여자는 대성공을 거두고 있어요. 우리는 내달에도 그 여자를 고용할 생각이에요. 그러니 부디 8월 말까지는 죽지 말아야 할 텐데요. 그 후엔 하고 싶은 대로 해도 상관없고요."

"이런, 설마 8월 말까지 매일 밤 송어랑 구운 닭고기를 먹어야 하는 건 아니겠지?"

샌디가 소리쳤다.

"샌디, 이 망나니." 이바 배럿이 말했다. "그만 저녁 먹으러

가요. 나 배고파요."

파코 에스피넬은 바텐더에게 콧맨을 보았느냐고 물었다. 바텐더는 그가 웨스트콧 씨와 같이 한잔했다고 말했다.

"그 사람 다시 오거든 할 말이 있으니 좀 보자고 전해 줘요."

배럿 부인은 계단 꼭대기에서 잠시 걸음을 멈추었다. 계단은 아래로 뻗어 긴 테라스로 이어졌는데, 유명 인사들이 테라스에 빽빽이 들어차 있었다. 작은 몸집에 행색이 허름하고 머리가 부스스한 여자가 수첩을 들고 다가왔다. 샌디가 나지막이 손님 명단을 읊었다. 그것은 리비에라의 유명인들이 모인 자리였다. 잉글랜드의 귀족과 그의 부인도 있었는데, 훌쭉하고 호리호리한 두 사람은 누구든 공짜 식사를 제공하면 흔쾌히 함께 식사했다. 자정까지 테라스는 사람들로 몹시 붐빌 게 분명했다. 깡마른 스코틀랜드 여자와 그녀의 잉글랜드인 남편이 있었다. 여자의 얼굴은 족히 10세기는 비바람에 시달린 페루 마스크를 쓴 것 같았고, 남편은 직업이 브로커였지만 괄괄하고 활달하며 군인의 면모가 풍기는 사람이었다. 대단히 진실한 인상을 주었기 때문에 그가 선심을 써서 알려 준 정보가 쓸모없는 것으로 밝혀져도 사람들은 그를 걱정하는 마음이 앞서곤 했다. 이탈리아 여백작도 있었는데, 그녀는 이탈리아인도 여백작도 아니었지만 브리지 게임을 기막히게 잘했다. 러시아 왕자도 있었다. 그는 샴페인과 자동차, 옛 거장들의 그림을 파는 중개인으로, 배럿 부인을 왕자비로 만들어 줄 용의가 있었다. 한창 댄스 타임이라 배럿 부인은 춤이 끝나기를 기다리면서 얇은 윗입술에 조롱을 머금고 댄스 플로어에 바글

바글한 군중을 훑어보았다. 무도회의 밤이었고, 식사 테이블은 사람들로 북적였다. 테라스 너머로 보이는 바다는 차분하고 고요했다. 음악이 멈추었고, 수석 웨이터가 싹싹하게 웃으면서 그녀를 자리로 안내하기 위해 다가왔다. 그녀는 당당한 발걸음으로 계단을 내려갔다.

"여기서는 뛰어내리는 모습이 꽤 잘 보이겠어."

그녀가 앉으면서 말했다.

"나는 물탱크 옆자리에 앉고 싶어요." 샌디가 말했다. "그 여자 얼굴을 볼 수 있게."

"그 여자 예쁜가요?"

여백작이 물었다.

"별로. 눈은 좀 볼만하죠. 매번 뛸 때마다 겁나 죽겠다는 눈빛이랄까."

"에이, 설마요." 도시 신사가 말했다. 굿하트 대령이라 불리는 자였는데, 그가 어떻게 그런 칭호를 얻게 되었는지 아무도 몰랐다. "나는 이 가당찮은 않은 곡예가 속임수라고 봐요. 실제로는 전혀 위험하지 않아요."

"모르는 소리 말아요. 저렇게 높은 곳에서 저렇게 얕은 물로 떨어질 때는 물에 닿는 순간 번개처럼 몸을 틀어야 한다고요. 만약 제때 몸을 틀지 못하면 머리를 바닥에 부딪히면서 등뼈가 부러져요."

"내 말이 바로 그거요, 이 양반아," 대령이 말했다. "속임수라니까. 그건 이견의 여지가 없어요."

"위험하지 않다면 식은 죽 먹기겠네요." 이바 배럿이 말했다. “일 분만에 끝나니까요. 만약 그 여자가 목숨을 거는 게 아니라면 이 시대의 가장 큰 사기겠죠. 이걸 보고 또 보러 온 우리한테 사기에 불과하다는 말은 하지 말아요.”

“모든 게 거의 그렇습니다. 내 말이 맞다고 보셔도 됩니다.”

“참 잘 아시네요.”

샌디가 말했다.

대령은 언뜻 그것이 심히 비꼬는 말인가 생각했지만 애써 아무렇지 않은 척했다. 그는 소리 내어 웃었다.

“솔직히 내가 좀 안다고 할 수 있죠.” 그는 인정했다. “난 의심하는 눈으로 보거든요. 여간해서는 속아 넘어가는 일이 없어요.”

물탱크는 테라스 왼쪽 끝에 있었고, 그 뒤에는 버팀목을 댄 엄청나게 높은 사다리가 있었는데, 사다리 꼭대기에 작은 단상이 있었다. 춤곡이 두세 곡 흐른 뒤 이바 배럿의 손님들이 아스파라거스 요리를 먹고 있을 때, 음악 소리가 멈추고 전등 불빛들이 흐려졌다. 스포트라이트가 물탱크를 비추었다. 그 환한 불빛 속에 콧맨이 보였다. 그는 계단을 대여섯 칸 올라가 물탱크 꼭대기와 나란히 섰다.

“신사 숙녀 여러분,” 그가 우렁차고 또랑또랑한 목소리로 외쳤다. “이제부터 세기의 공연을 감상하시겠습니다. 세계 최고의 다이빙 선수 마담 스텔라가 20미터 높이에서 수심이 겨우 1.5미터인 불붙은 물속으로 다이빙할 것입니다. 이제까지 한 번도 없었던 묘기. 과감히 도전하는 분께는 마담 스텔라가 100파운드를 드립니다. 신사 숙녀 여러분, 마담 스텔라를 소개

합니다."

테라스로 연결된 계단 꼭대기에 작은 형체 하나가 나타나더니 재빨리 물탱크 쪽으로 달려 올라가서 박수를 치는 관중을 향해 고개 숙여 절했다. 그녀는 남성용 가운을 걸치고 머리에는 수영 모자를 쓰고 있었다. 그녀의 마른 얼굴은 무대 분장을 한 상태였다. 이탈리아 여백작은 손안경을 통해 그녀를 쳐다보았다.

"예쁘진 않네."

그녀가 말했다.

"몸매는 좋아요." 이바 배럿이 말했다. "보면 알아요."

스텔라는 가운을 벗어 콧맨에게 건넸다. 그는 계단을 내려왔다. 그녀는 잠시 서서 군중을 쳐다보았다. 군중은 어둠에 잠겨 있었으므로 그녀에게는 허연 얼굴들과 허연 셔츠 앞판들만 어렴풋이 보였다. 그녀는 몸매가 아담하고 아름다웠고 몸에 비해 다리가 길고 엉덩이가 날씬했다. 그녀의 수영복은 대단히 작았다.

"몸매만큼은 당신 말이 맞군요, 이바." 대령이 말했다. "물론, 덜 발달된 면이 없지 않지만, 당신네 여자들이 좋아할 만한 몸매예요."

스텔라는 사다리를 오르기 시작했고, 스포트라이트는 그녀를 따라갔다. 보고도 믿어지지 않는 높이였다. 조수가 물 위에 석유를 부었다. 타오르는 횃불이 콧맨에게 건네졌다. 그는 스텔라가 사다리 꼭대기로 올라가 단상 위에 올라서는 것을 지켜보았다.

"준비됐어?"

그가 외쳤다.

"됐어."

"갑시다."

그가 외쳤다.

그는 소리치면서 타오르는 횃불을 물로 던진 것 같았다. 불길이 높이 튀어 오르듯 치솟았다. 보기만 해도 겁이 났다. 그와 동시에 스텔라가 다이빙을 했다. 그녀는 한 줄기 번개처럼 아래로 내려와 불길을 관통했고, 그녀가 물속으로 들어가자 불길은 금세 사그라졌다. 잠시 후 그녀가 수면에 나타나 우레와 같은 박수갈채 속으로 튀어나왔다. 콧맨이 가운으로 그녀를 감쌌다. 그녀는 절을 하고 나서 다시 절을 했다. 박수는 계속되었다. 음악이 연주되었다. 그녀는 마지막으로 손을 흔들고는 계단을 달려 내려와 문가의 두 테이블 사이에 섰다. 불빛들이 밝아졌고, 웨이터들은 한동안 멈추었던 서빙을 서둘러 시작했다.

샌디 웨스트콧은 한숨을 내쉬었다. 실망한 것인지, 아니면 안도한 것인지 자기 마음을 알 수 없었다.

"훌륭하군요."

영국 귀족이 말했다.

"순 가짜예요." 대령이 영국인답게 집요하게 말했다. "가짜라는 데 모든 걸 걸 수 있어."

"너무 순식간에 끝나는군요." 잉글랜드의 귀부인이 말했다. "이게 과연 돈을 주고 볼 값어치가 있는지 모르겠어요."

어차피 그녀의 돈도 아니었다. 언제 그런 적이 있었던가. 이탈리아 여백작이 몸을 앞으로 내밀었다. 그녀는 영어가 유창했지만 악센트가 강했다.

"이바, 자기야, 발코니 밑 문가 테이블에 앉은, 저 특이한 사람들은 누구지?"

"흥미롭죠?" 샌디가 말했다. "도저히 눈을 뗄 수가 없는 사람들이에요."

이바 배럿은 여백작이 가리킨 곳을 흘끔 쳐다보았다. 그쪽을 등지고 앉은 귀족 양반도 고개를 돌려 쳐다보았다.

"보고도 믿을 수가 없네." 이바가 외쳤다. "안젤로에게 누구냐고 물어봐야겠어."

배럿 부인은 유럽의 웬만한 큰 식당이면 수석 웨이터의 이름을 꿰고 있는 여자였다. 그녀는 자기 잔을 채우는 웨이터에게 안젤로를 불러 달라고 말했다.

누가 봐도 기묘한 커플이었다. 그들은 작은 테이블에 단둘이 앉아 있었다. 나이가 아주 많은 노인들이었다. 크고 딱바라진 체구에 하얗게 센 더벅머리와 숱이 많은 흰 눈썹, 거대한 흰 콧수염의 남자는 언뜻 사망한 이탈리아의 왕 움베르토의 경우처럼 보이기도 했으나,[3] 왕의 분위기가 훨씬 강하게 돌았다. 앉은 자세가 아주 반듯했고, 하얀 나비넥타이의 정식 야회복을 차려입고 있었는데, 셔츠 칼라는 유행이 삼십 년도 더

---

3) 이탈리아 국왕 움베르토 1세가 재위할 당시 도플갱어처럼 국왕과 외모와 생년월일이 똑같은 식당 주인이 존재했다는 일화가 있다.

지난 것으로 보였다. 동석자는 몸집이 작은 노부인이었다. 그녀는 가슴이 깊게 파이고 허리가 잘록한 검은색 새틴 무도회 드레스 차림이었다. 목에는 알록달록한 구슬 목걸이를 여러 줄 걸고 있었다. 그리고 전혀 어울리지 않아서 가발인 것이 너무 티가 나는 가발을 쓰고 있었다. 고불고불 돌돌 말린 소시지 컬에 색깔은 까마귀처럼 까만, 아주 정교한 가발이었다. 화장은 대단히 진했다. 눈 밑과 눈두덩이는 연파란색으로, 눈썹은 까맣게 칠했고, 양쪽 뺨에는 진분홍색 연지를 넓게 펴 발랐다. 입술은 남보라색이었다. 주름이 깊게 팬 피부가 얼굴 위로 축 늘어져 있었다. 그녀는 크고 둥근 눈을 이 테이블에서 저 테이블로 부지런히 움직이면서 매번 나이 든 남자의 주의를 이 사람 저 사람에게 돌렸다. 그들 주변에는 온통 약식 야회복 차림의 남자들과 연한 색 드레스 차림의 여자들뿐이었다. 유행에 충실한 군중 속에서 그 커플의 차림새가 어찌나 튀어 보이는지 많은 눈들이 두 사람을 돌아보았다. 나이 든 여자는 자신을 향한 시선을 개의치 않는 것 같았다. 사람들의 시선을 느끼면 눈썹을 쓱 추켜올리고는 씩 웃으면서 눈알을 허공에 대고 굴렸다. 곧 쏟아질 박수갈채라도 기대하는 사람처럼.

안젤로가 단골손님 이바 배럿에게 쪼르르 다가왔다.

"보자고 하셨습니까, 부인?"

"오, 안젤로, 저기 문가 테이블에 앉은 저 신기한 사람들이 누군지 궁금해 죽을 지경이에요."

안젤로는 그쪽을 흘끔 보고 나서 난처한 기색을 띠었다. 얼굴 표정, 어깻짓, 허리를 돌리는 동작, 손짓, 발가락을 톡톡거리는 것까지도 반쯤 농담을 섞어 사과하는 모양새였다.

"저들은 그냥 무시하십시오, 부인." 그의 생각에 그들이 누구든 배럿 부인은 상관할 권리가 없었다. 또한 이탈리아 여백작은 이탈리아인도 여백작도 아니며, 잉글랜드 귀족은 다른 사람이 비용을 지불하지 않으면 술값 한번 내지 않는 위인이라는 것도 알고 있었다. 배럿 부인이 알아 봐야 좋아할 일이 아니라는 것도 알고 있었다. "마담 스텔라의 다이빙을 보고 싶다면서 자리를 하나 달라고 하도 사정하기에 하나 내줬습니다. 자기들도 한때 같은 일을 했다네요. 여기 만찬 자리에서 볼 만한 사람들은 아니지만, 사정이 그러니 저로서는 차마 거절할 수가 없었습니다."

"나는 저 사람들 너무 재밌어요. 마음에 쏙 들어요."

"제가 여러 해 동안 알고 지낸 사람들이에요. 남자는 저와 동향이고요." 수석 웨이터는 약간 잘난 체하는 웃음을 터뜨렸다. "춤만 추지 않는다면 자리 하나쯤 내줄 수 있다고 말했죠. 물의를 일으키는 건 아니니까요, 부인."

"오, 하지만 난 저들이 춤추는 걸 꼭 보고 싶은데요."

"사람이 자기 본분을 알아야죠, 부인."

안젤로가 씁쓸하게 말했다.

그는 미소를 짓고 나서 다시 고개를 숙인 뒤 물러갔다.

"봐요." 샌디가 소리쳤다. "저 사람들 가는군요."

그 이상한 커플이 값을 치르려 했다. 나이 든 남자가 일어서서 아내의 목에 크고 흰, 그다지 깨끗하지는 않은 깃털 목도리를 둘러 주었다. 나이 든 여자도 일어섰다. 남자는 아주 꼿꼿한 자세로 그녀에게 팔을 내주었고, 그에 비해 작게 보이는 여자는 그와 나란히 밖으로 나갔다. 그녀의 검은색 새틴 드레스는 뒷자락이 길게 끌렸다. 이바 배럿은(오십 줄이 훨씬 넘은 나이였다.) 기쁨에 겨워 소리쳤다.

"내가 학교 다닐 때 우리 어머니가 딱 저런 드레스를 입었던 게 기억나요."

그 재미난 커플은 팔짱을 낀 채 카지노 호텔의 널찍한 방들을 통과해서 문에 도달했다. 나이 든 남자가 수위에게 말을 걸었다.

"공연자 대기실을 좀 알려 주시오. 마담 스텔라에게 존경을 표하고 싶소."

수위는 그들을 한번 쳐다보고는 그들의 신분을 파악했다. 그리 정중히 대할 필요가 없는 사람들이었다.

"그 여자 거기 없는데요."

"벌써 갔단 말이오? 2시에 두 번째 공연을 하는 줄 알았는데요."

"그렇긴 하죠. 아마 바에 있을 겁니다."

"가서 한번 둘러본다고 손해 볼 건 없겠어요, 카를로."

나이 든 여자가 말했다.

"그럽시다(Right-o), 여보."

그는 R 발음을 엄청 굴리면서 말했다.

그들은 긴 계단을 천천히 올라가 바 안으로 들어갔다. 바는 썰렁했지만 바텐더의 조수가 자리를 지켰고, 한 커플이 구석의 팔걸이의자에 앉아 있었다. 나이 든 여자는 남편의 팔을 놓고 두 손을 활짝 펼치며 그쪽으로 건너갔다.

"안녕하세요? 같은 잉글랜드인으로서 축하하고 싶어 왔어요. 이쪽 일을 했던 사람이기도 하고요. 대단한 공연이었어요. 성공을 거둘 만해요." 그녀는 콧맨에게 고개를 돌렸다. "이분은 남편 되시나요?"

스텔라는 팔걸이의자에서 일어나 입가에 미소를 머금고 나이 든 여자가 줄줄 쏟아 내는 말에 귀를 기울였다.

"네, 이이는 시드라고 해요."

"만나 봬서 반갑습니다."

콧맨이 말했다.

"이 사람은 내 남편이에요." 나이 든 여자는 그렇게 말하면서 키가 크고 머리가 하얀 남자 쪽으로 팔꿈치를 살짝 움직였다. "페네치라고 해요. 사실 이이는 거물이에요. 나는 응당 거물 페네치의 부인이 되지만, 이 업계에서 은퇴할 때 그 명예도 같이 버렸답니다."

"한잔하실래요?"

콧맨이 말했다.

"아뇨, 우리가 낼 테니 같이 한잔해요." 페네치 부인이 팔걸이의자에 앉으며 말했다. "카를로, 당신이 주문해요."

바텐더 조수가 왔고, 그들은 몇 마디 대화 끝에 병맥주 세 병을 주문했다. 스텔라는 아무것도 시키지 않았다.

"스텔라는 두 번째 공연이 끝날 때까지는 아무것도 먹지 않아요."

콧맨이 설명했다.

스텔라는 스물여섯 살이었다. 날씬하고 아담한 몸매에 연갈색 고수머리를 짧게 잘랐고 눈동자는 잿빛이었다. 입술은 빨갛게 칠했지만 뺨에 볼연지를 바른 흔적은 없었다. 피부색은 창백했다. 대단한 미인은 아니지만 단정하고 작은 얼굴이었고, 아주 단순한 모양의 하얀색 실크 드레스를 입고 있었다. 맥주가 나왔다. 말수가 아주 없어 보이는 페네치 씨가 한 모금 쭉 들이켰다.

"어떤 묘기를 하셨는지요?"

시드 콧맨이 정중하게 물었다.

페네치 부인이 화장한 눈의 눈알을 쓱 굴려 그를 쳐다보고는 남편에게 고개를 돌렸다.

"내가 누군지 말해 줘요, 카를로."

그녀가 말했다.

"인간 대포알."

그가 알려 주었다.

페네치 부인은 환히 웃으면서 새처럼 민첩한 시선으로 이 사람 저 사람의 눈치를 살폈다. 그들은 어안이 벙벙해서 그녀를 쳐다보았다.

"플로라." 그녀가 말했다. "인간 대포알."

그녀가 감탄하는 반응을 간절히 바라는 눈치라 그들은 어찌할 바를 몰랐다. 스텔라는 당황한 눈으로 시드를 보았다. 그가 구조대로 나섰다.

"우리보다 앞선 시절인가 보군요."

"당연히 앞선 시절이죠. 음, 우리가 은퇴를 한 게 정확히, 딱 한 빅토리아 여왕이 죽던 해였으니까요. 우리가 은퇴한다고 난리가 났었죠. 내 얘기를 틀림없이 들어 봤을 텐데요." 그녀는 그들의 얼굴에서 멍한 표정을 보았다. 그녀의 목소리 톤이 조금 변했다. "난 런던에서 최고 인기를 끌었어요. '올드 아쿠아리움'에서요. 나를 보러 사람들이 구름 떼처럼 몰려들었죠. 웨일스 공을 비롯해 일일이 다 기억 못 할 만큼. 장안의 화제였어요. 그렇지 않아요, 카를로?"

"아내 때문에 아쿠아리움이 일 년 내내 사람들로 북적거렸어요."

"그곳 역사상 최고로 흥행한 공연이었죠. 몇 년 전에 그곳으로 올라가 드 베이드 부인, 릴리 랭트리[4]에게 제 소개를 올렸어요. 그분이 한동안 거기서 지내셨거든요. 저를 똑똑히 기억하셨어요. 저를 열 번이나 보셨대요."

"어떤 공연을 하셨는데요?"

스텔라가 물었다.

"나는 대포에서 발사됐어요. 정말이지 아주 돌풍을 일으켰죠. 런던을 끝내고 전 세계를 돌아다니면서 공연을 했어요. 네, 이제는 늙었죠. 그걸 부인하진 않아요. 페네치 씨는 이제 일흔여덟이고 난 일흔을 넘기지 못하겠지만, 런던의 모든 광고판이 내 사진으로 도배된 적이 있으니 그걸로 만족해요.

---

4) Lillie Langtry(1853~1929). 영국의 유명 여배우이자 사교계 여왕으로 훗날 준남작 휴고 드 베이드와 결혼했다.

드 베이드 부인이 내게 이렇게 말씀하셨어요. '당신도 나만큼이나 유명 인사였어.' 하지만 대중이 어떤지 알 거예요. 훌륭한 묘기를 선보이면 열광하다가도 그들은 변화를 원하죠. 아무리 뛰어난 묘기라도 싫증을 내고 더 이상은 보러 오지 않아요. 당신도 겪을 일이랍니다, 내가 겪었던 것처럼. 우리 모두에게 일어나는 일이에요. 하지만 페네치 씨는 늘 현명하게 처신해 왔어요. 이쪽 바닥에서 정상에 선 사람이랍니다. 서커스. 무대 감독. 내가 이이를 처음 만난 것도 그때였어요. 곡예 극단에 있었을 때. 공중그네 곡예를 했었죠. 이이는 지금도 잘생겼지만, 당시 모습을 봤어야 해요. 이이가 러시아 부츠와 승마바지, 앞에 장식 단추들이 줄줄이 달린 딱 붙는 외투 차림으로 긴 채찍을 휘두르면 말들이 무대를 빙빙 돌았어요. 내 생애에 그렇게 잘생긴 남자는 다시 볼 수 없을 거예요."

페네치 씨는 아무런 말도 하지 않고 그저 생각에 잠긴 듯 크고 흰 콧수염을 꼬았다.

"이이는 돈을 허투루 쓰는 사람이 아니에요. 중개인들이 우리의 공연 계약을 더 이상 성사시키지 못하자 이이가 그만 은퇴합시다, 하고 말했죠. 이이 생각이 맞았어요. 이미 런던에는 최고의 스타가 등장해 있어서 우리는 서커스 일로 돌아갈 수가 없었어요. 말하자면, 페네치 씨는 이쪽에선 나름 거물인지라 체면을 생각하지 않을 수 없었죠. 그래서 여기로 내려와 집을 한 채 사서 숙박업을 시작했답니다. 페네치 씨가 오랫동안 꿈꿔 왔던 일이거든요. 이후 여기서 삼십오 년째 살고 있어요. 그럭저럭 별 탈 없이 살아왔는데, 이삼 년 전부터 형편이 나빠졌어요. 요즘 손님들은 우리가 처음 시작할 때와는 많이 달라요. 원하는 것도 다르고요. 침실에 딸린 전등이니 수돗물이니 하는 것들인데, 나는 잘 몰라요. 명함 좀 줘요, 카를로. 페네치 씨가 요리를 직접 한답니다. 진짜 가정식을 원한다면 우리 집으로 오세요. 난 전문가들을 좋아해요. 같이 나눌 이야기가 꽤나 많을 거예요. 당신들과 나. 한번 전문가는 영원한 전문가잖아요."

그때 바텐더가 식사를 마치고 돌아왔다. 그는 시드를 발견했다.

"오, 쿳맨 씨, 에스피넬 씨가 찾으셨어요. 급히 보자고 하시던데요."

"오, 지금 어디 계시죠?"

"어딘가 계시겠죠."

"우린 이만 가 볼게요." 페네치 부인이 일어서며 말했다. "언제 내려와서 우리랑 점심 같이 먹어요, 응? 내 옛날 사진이랑 신문 기사 오린 것들 보여 줄게요. 아무래도 당신들은 인간 대포알 이야기는 전혀 모르는 눈치로군요. 아, 나도 한때는 런던 타워만큼이나 유명했었는데."

이 젊은이들은 페네치 부인의 이름을 전혀 들은 적이 없는 듯했지만, 페네치 부인은 화난 기색이 전혀 없었다. 그저 즐거워 보였다.

그들은 작별 인사를 나누었고, 스텔라는 다시 의자에 털썩 주저앉았다.

시드가 말했다.

"난 맥주 마저 마시고 파코가 무슨 볼일인지 가 봐야겠어. 오리 아가씨는 여기 계속 있을 건가, 아님 분장실로 갈 텐가?"

스텔라는 두 손을 꽉 잡고 아무 대답도 하지 않았다. 시드는 그녀를 한번 쳐다보고는 얼른 고개를 돌렸다.

"완전 막무가내야, 그 노파." 그는 특유의 활달한 말투로 계속 말했다. "진짜 재미있더라. 그 노파 말 진짜인 것 같아. 믿기 힘든 이야기지만. 그 노파가 온 런던 사람들을 끌어모았다고? 사십 년 전에? 그 할멈, 사람들이 아직 자기를 기억할 것으로 생각하다니 웃기지 뭐야. 우리가 자기 이름을 들어 본 적도 없다니까 이해를 못 하더라."

그는 안 보는 척 곁눈질로 흘끔흘끔 스텔라를 쳐다보았다. 그녀는 울고 있었다. 그는 머뭇거렸다. 그녀의 창백한 얼굴 위로 눈물이 흘러내렸다. 소리 없이.

"무슨 일이야, 자기?"

"시드, 오늘 밤은 다시 못 할 것 같아."

그녀가 울먹였다.

"대체 왜?"

"무서워."

그는 그녀의 손을 잡았다.

"알 만한 사람이 왜 이래." 그가 말했다. "당신은 세상에서 가장 용감한 여자야. 브랜디 한잔 하자. 그럼 기운이 날 거야."

"아니, 더 나빠질걸."

"관중들을 그렇게 실망시키면 안 되지."

"더러운 관중들. 잔뜩 먹고 잔뜩 퍼마시는 돼지들. 돈이 차고 넘쳐 주체를 못 하는 바보 떼. 그 인간들, 난 못 참겠어. 내가 목숨을 걸든 말든 그자들이 신경이나 쓸까?"

"물론 그들은 짜릿함을 느끼러 오는 거야. 그걸 부인할 순 없어." 그는 불편한 투로 대꾸했다. "당신도 알고 나도 알다시피 담력만 잃지 않으면 위험하지 않아."

"그 담력을 잃었다니까, 시드. 죽을 것만 같아."

그녀는 언성을 조금 높였고, 그는 재빨리 바텐더 쪽을 돌아보았다. 하지만 바텐더는 《에클레 드 니스》를 읽느라 이쪽은 신경도 쓰지 않았다.

"당신은 몰라, 거기 위에서, 사다리 꼭대기에서 물탱크를 내려다보면 어떤 기분이 드는지. 진짜야, 오늘 밤엔 정말 기절할 것 같아. 오늘 밤에 다시 하는 건 아무래도 무리야. 제발 날 데리고 여길 나가 줘, 시드."

"오늘 밤 내빼면 내일은 더할 거야."

"아니, 아니. 하루에 두 번 하려니까 죽겠단 말이야. 오랫동안 대기해야 하잖아. 에스피넬 씨에게 가서 하루에 두 번 공연은 못 하겠다고 말해. 내 담력이 견뎌 내질 못한다고."

"그 사람이 용납하지 않을 거야. 밤참 식사 주문이 전적으로 당신에게 달렸어. 그때 사람들이 오는 건 순전히 당신을 보기 위해서야."

"나도 어쩔 수 없어. 정말이야, 나 못 하겠어."

그는 잠시 입을 다물었다. 그녀의 창백하고 작은 얼굴 위로 눈물이 계속 줄줄 흘러내렸다. 그가 보기에 그녀는 빠르게 자제력을 잃어 가는 중이었다. 어쩐지 며칠 전부터 낌새가 심상치 않았다. 그는 불안해서 그녀에게 말할 기회를 주지 않으려고 애쓰던 참이었다. 그녀가 입을 열어 기분을 표현하지 않는 편이 낫겠다는 직감이 어렴풋이 들었기 때문이다. 그러면서도 걱정이 됐다. 그녀를 사랑했기 때문이었다.

"어차피 에스피넬이 나를 보자고 했어."

그가 말했다.

"무슨 일로?"

"모르지. 하룻밤에 두 번 공연은 무리라고 말하고 그가 뭐라고 하는지 들어 볼게. 여기서 기다릴 거야?"

"아니, 난 분장실에 가 있을게."

십 분 후 그는 분장실에서 그녀를 만났다. 잔뜩 들떠 있었고 발걸음은 가벼웠다. 그가 문을 벌컥 열었다.

"엄청난 소식을 가져왔어, 여보. 내달에 보수를 두 배로 올리고 우리를 또 쓰겠대."

그는 그녀를 얼싸안고 키스하려 달려들었지만, 그녀는 그를 밀어냈다.

"오늘 밤 또 공연해야 해?"

"아무래도 그래야겠지. 하룻밤에 한 번만 공연하자고 말해 봤는데, 그자는 들은 척도 안 해. 당신이 밤참 시간에 공연을 꼭 해야만 한다면서. 무엇보다 돈을 두 배로 준다는데 해 볼 만하잖아."

그녀는 바닥에 몸을 던지고 이번에는 눈물을 펑펑 쏟았다.

"나 못 해, 시드, 못 한다고. 죽고 말 거야."

그는 바닥에 앉아서 그녀의 머리를 일으킨 뒤 그녀를 끌어안고 다독였다.

“기운 차려, 여보. 그런 목돈을 거절할 수야 있나. 그만한 돈이면 아무것도 안 하면서 겨울을 날 수 있어. 게다가 나흘만 지나면 7월도 끝나고 8월이 돼.”

“싫어, 싫어, 싫다고. 겁나 죽겠단 말이야. 나 죽기 싫어, 시드. 당신을 사랑한단 말이야.”

“알아, 자기야. 나도 사랑해. 결혼한 이후 다른 여자는 쳐다보지도 않았어. 이런 돈은 가져 본 적도 없고 앞으로도 두 번 다시 벌지 못할 거야. 당신도 이 바닥이 어떤지 알잖아. 지금은 우리 마음대로 하지만 계속 잘나간다는 보장이 없어. 쇠는 뜨거울 때 두드려야 해.”

“내가 죽길 바라는 거야, 시드?”

“바보 같은 소리. 당신 없이 내가 설 자리가 있을까? 이런 식으로 포기하면 안 돼. 당신 자존심을 생각해야지. 당신은 세상이 다 아는 유명인이야.”

“그 인간 대포알처럼 말이지.”

그녀가 분노에 찬 웃음을 터뜨리며 소리쳤다.

‘그 빌어먹을 할망구.’

그는 생각했다.

그는 한계선에 봉착했다고 생각했고, 스텔라는 그것이 불운이라고 보았다.

“이제야 눈이 뜨인 것 같아.” 그녀가 말을 이었다. “그들이 무엇 때문에 나를 보러 오고 또 오는 것 같아? 혹시 내가 죽을까 해서 보러 오는 거야. 내가 죽고 나서 일주일만 지나도 내 이름은 기억조차 못 하겠지. 그런 게 대중이라는 거야. 그 화장을 떡칠한 쭈그렁 노파를 보았을 때 그 모든 게 보였어. 오, 시드, 나 너무 비참해." 그녀는 두 팔을 그의 목에 감고 얼굴을 그의 얼굴에 부볐다. "시드, 불길해. 나 다시 못 하겠어."

"오늘 밤 말하는 거지? 당신이 정 그렇다면 현기증이 난다고 에스피넬에게 말해 볼게. 한 번 정도는 괜찮을 거야."

"오늘 밤만이 아니고 영영 못 할 것 같아."

그녀는 그가 약간 뻣뻣하게 굳는 것을 느꼈다.

"시드, 내가 실없이 군다고 생각하지 마. 오늘만이 아니라 내내 그랬어. 그 생각만 하면 밤에 잠이 안 와. 뛰어내릴 때마다 사다리 꼭대기에 서서 내려다보는 내가 보여. 오늘 밤에는 사다리를 오르는 것도 힘겨웠어, 몸이 덜덜 떨려서. 당신이 불을 붙이고 뛰라고 말했을 때 뭔가가 나를 뒤로 잡아당기는 것 같았어. 뛰어내리고 나서야 뛰어내린 걸 알았고. 내내 멍하다가 단상 위에 올라가서 박수 소리를 듣고서야 정신이 들었어. 시드, 당신이 날 사랑한다면 내가 그런 고통을 겪는 건 바라지 않을 거야."

그는 한숨을 쉬었다. 그의 눈에 눈물이 글썽거렸다. 그는 그녀를 진심으로 사랑했다.

그가 말했다.

"당신 말은 옛날로 돌아가자는 얘기야. 댄스 마라톤[5]으로."

---

5) 1920~1930년대에 유행한 춤 대회로, 오래 춤을 추는 참가자는 명성과 상금을 얻었다.

"뭐든 이것보다는 나아."

옛날. 두 사람은 옛날을 기억했다. 시드는 열여덟 살 이후 줄곧 춤꾼 생활을 했다. 그는 검은 머리와 검은 눈동자를 가진 빼어난 스페인계 미남자로 활력이 넘쳤고, 돈을 내고 그와 춤을 추려는 나이 많은 여자들과 중년 여자들이 줄을 이어서 일감이 끊긴 적이 없었다. 이후 잉글랜드를 떠나 유럽 대륙으로 건너온 그는 호텔들을 전전하며 겨울철에는 리비에라, 여름철에는 프랑스의 온천지에 머물렀다. 그럭저럭 먹고살 만했다. 보통은 남자 두셋이 함께 지냈는데, 싸구려 숙소에서 방을 하나 빌려 합숙을 했다. 늦게까지 늘어지게 자다가 12시쯤 옷을 갖춰 입고 살을 빼고 싶어 하는 땅딸한 여자들과 춤을 추러 호텔에 갔다. 이후 자유 시간을 보낸 뒤 5시에 다시 호텔로 가서 셋이 자리를 잡고 앉아 고객이 없는지 매의 눈으로 살폈다. 그들에겐 단골손님들이 있었다. 밤이면 그들은 식당에 갔다. 식당에서 제공하는 상당히 근사한 식사를 즐기면서 식사 중간중간에 춤을 추었다. 수입은 짭짤했다. 같이 춤춘 사람들은 50프랑이나 100프랑을 주었다. 가끔씩 부유한 여자가 이삼 일 같이 춤을 춘 뒤 1000프랑을 주기도 했다. 때때로 중년의 여성이 같이 밤을 보내자고 제안할 때도 있어서, 그 대가로 250프랑을 받기도 했다. 어리석고 늙은 여자들은 분별력을 쉽게 잃었고, 그럴 때마다 그들에게는 백금과 사파이어 반지, 담뱃갑, 옷, 손목시계가 생겼다. 시드의 친구 하나는 나이가 어머니뻘 되는 여자와 결혼했고, 그 여자는 친구 녀석에게 자동차와 노름할 돈을 대 주었다. 그들은 비아리츠의 아름다운 주택에 살았다. 태평한 시절이었다. 모두들 돈을 태워 없앨 만큼 돈이 넘쳐 났다. 그러다가 불경기가 들이닥쳐 춤꾼들을 후려쳤다. 호텔들은 텅텅 비었고, 호텔 손님들은 돈을 주고 잘생긴 청년들과 춤을 추려 하지 않았다. 시드는 온종일 술값조차 못 벌 때가 허다했고, 체중이 1톤은 나갈 법한 뚱뚱하고 늙은 여자가 뻔뻔스럽게 달랑 10프랑을 건넬 때가 한두 번이 아니었다. 잘 차려입어야 해서 생활비는 줄지 않았다. 옷차림에 신경 쓰지 않으면 호텔 매니저에게 핀잔을 들었다. 세탁비가 상당했고 속옷도 엄청나게 필요했다. 신발도 마찬가지였다. 마룻바닥이 어찌나 딱딱한지 신발이 쉽게 닳았다. 늘 새 신발을 신은 것처럼 보여야 했다. 방세도 내야 하고 점심도 먹어야 했다.

그 무렵 그는 스텔라를 만났다. 장소는 에비앙이었고 혹독한 계절이었다. 그녀는 수영 강사였다. 호주인이었고 다이빙을 아름답게 했다. 그녀는 매일 오전과 오후에 다이빙 시범을 보였다. 밤에는 호텔에서 댄서로 춤을 추었다. 그들은 식당 안에 따로 마련된 작은 테이블에서 식사했고, 밴드가 연주를 시작하면 손님들을 댄스 플로어로 이끌기 위해 함께 춤을 추었다. 하지만 아무도 따라 나오지 않아서 그들끼리 출 때가 많았다. 같이 춤추는 대가로 돈을 받는 것으로는 큰돈을 벌 수 없었다. 두 사람은 사랑에 빠졌고, 계절이 끝날 무렵 결혼했다.

결혼한 것을 후회한 적은 없었다. 그들에게 시련이 닥쳤다. 일적인 이유로(나이 든 여자들은 아내가 딸린 유부남과 춤추는 걸 좋아하지 않았다.) 결혼한 것을 숨겼지만, 한 호텔에서 두 사람이 일자리를 얻는 것이 쉽지 않았고, 가장 소박한 숙소에 살았음에도 시드 혼자 버는 돈으로는 턱없이 부족해서 스텔라도 일을 할 수밖에 없었다. 춤꾼의 시대가 저문 것이다. 그들은 파리로 가서 춤 공연을 배웠지만, 경쟁은 치열했고 카바레 일자리는 하늘의 별 따기였다. 스텔라는 훌륭한 사교 댄서였지만, 곡예가 한창 인기를 끌었다. 아무리 연습을 해도 그녀는 이렇다 할 곡예를 선보이지 못했다. 대중은 아파슈 당스[6]에 싫증 나 있었다. 그들은 몇 주씩 일자리 없이 지냈다. 시드의 손목시계, 황금 담뱃갑, 백금 반지가 모두 사라졌다. 심지어 니스에서는 쪼들리다 못해 시드의 연미복을 전당포에 맡겨야 했다. 그들은 궁지에 몰렸다. 어쩔 수 없이 연예 매니저가 시작한 댄스 마라톤에 참가했다. 그들은 한 시간마다 십오 분씩 쉬면서 꼬박 하루 스물네 시간 동안 춤을 추었다. 끔찍했다. 다리가 아프고 발은 감각이 없었다. 무얼 하고 있는 건지 오랫동안 아무 생각이 없었다. 그저 음악에 맞춰 최대한 힘을 아껴 몸을 움직였다. 그 대가로 푼돈을 받았다. 사람들은 격려의 의미로 그들에게 100프랑, 200프랑을 주었다. 가끔씩은 이목을 끌기 위해 기운을 끌어내서 아다지[7]를 추기도 했고, 관중이 기분이 좋을 때는 이것으로 두둑한 수입을 올렸다. 그들은 녹초가 되어 갔다. 열한 번째 날, 스텔라는 실신해 그대로 기권했다. 시드는 혼자 계속했다. 파트너 없이 쉬지 않고 움직이고 또 움직이는 모습이 기괴했다. 그것은 그들이 겪은 최악

6) 남녀 둘이서 추는 격렬한 춤. 파리에서 유행했다.

7) 느린 음악에 맞춰 여성이 남성의 지지(支持)를 받아 균형미를 선보이며 우아하게 추는 춤.

의 시기, 마지막 수모였다. 그 시절은 그들에게 공포와 불행의 기억을 남겼다.

하지만 시드는 한 가지 묘안을 떠올렸다. 혼자 댄스홀을 천천히 도는데 불현듯 그 생각이 떠올랐다. 스텔라가 노상 하는 말. 난 접시 안으로도 다이빙할 수 있어. 그것은 대단한 재주였다.

"어떻게 그런 생각이 떠올랐는지 참 신기해." 훗날 그는 그렇게 말했다. "번개처럼 번뜩였지."

그는 한 소년이 포장도로에 쏟아진 석유에 불을 붙이자 와락 불길이 치솟던 기억을 떠올렸다. 수면에서 타오르는 화염과 그 안으로 다이빙하는 장관이 대중의 상상력을 자극할 것 같았다. 그는 그길로 춤을 멈추었다. 너무 흥분되어 도저히 춤을 출 수가 없었다. 그는 스텔라와 상의했고, 그녀도 열의를 보였다. 그는 친구의 친구인 한 중개인에게 편지를 썼다. 모두가 시드를 마음에 들어 했다. 그는 상냥한 젊은이였다. 중개인이 장비 대금을 마련해 주었다. 그리고 파리의 어느 서커스단과 계약을 추진했다. 묘기는 성공을 거두었다. 형편이 폈다. 계약이 연이어 성사되었고, 시드는 새 의상을 장만했다. 해안가 카지노 호텔의 여름철 계약이 성사되면서 그들의 성공은 정상에 올랐다. 스텔라가 돌풍을 일으켰다는 시드의 말은 결코 과장이 아니었다.

"고생 끝났어, 자기야." 그가 다정하게 말했다. "이제는 만약을 대비해 저축도 할 수 있어. 대중이 이것에 싫증을 내면 내가 다른 걸 생각해 내면 돼."

그렇게 한창 인기를 누리고 있는데 스텔라가 일을 그만두겠다고 한 것이다. 그는 그녀에게 무슨 말을 해야 할지 난감했다. 그녀가 몹시 불행해하는 모습을 보니 가슴이 미어졌다. 그는 그녀를 결혼했을 당시보다 더 사랑했다. 어려운 시절을 함께 이겨 냈기 때문이다. 닷새 동안 각자 빵 한 덩이, 우유 한 잔 외에는 아무것도 못 먹으면서 버틴 적도 있었다. 그런데 그녀가 그를 그 고통에서 구해 주었다. 그는 그녀를 사랑할 수밖에 없었다. 이제 그는 다시 좋은 옷을 입고 하루 세 끼를 모두 먹었다. 그는 그녀를 똑바로 쳐다볼 수 없었다. 그녀의 사랑스러운 잿빛 눈에 어린 고통을 마주할 수 없었다. 그녀는 소심하게 손을 내밀어 그의 손을 만졌다. 그가 깊은 한숨을 내쉬었다.

"이게 무얼 의미하는지 자기도 알겠지. 우리가 일했던 호텔들은 이미 글렀어. 그 일은 못 해. 그나마 남은 일자리는 우리보다 젊은 사람들에게 돌아갈 거야. 늙은 여자들이 어떤지 자기도 알잖아. 그들이 원하는 건 젊은 남자야. 난 키도 별로 크지 않지. 어릴 때는 상관없었지만. 내 나이로 안 보인다는 말은 하지 마. 아니니까."

"영화 쪽으로 진출하는 건 어떨까."

그는 어깻짓을 했다. 그쪽은 그들이 바닥까지 떨어졌을 때 이미 시도해 본 적이 있었다.

"난 무슨 일이든 상관없어. 가게에서 일하는 것도 괜찮아."

"일자리가 바라는 대로 뚝딱 떨어지는 줄 알아?"

그녀는 다시 울기 시작했다.

"울지 마, 자기야. 내 가슴 찢어져."

"그래도 저축한 돈 조금 있잖아."

"그렇긴 하지. 육 개월은 버틸 수 있어. 그 후엔 굶어야 해. 처음엔 이거저것 저당을 잡힐 테고, 그다음엔 옷가지를 내놓겠지. 예전에 그랬듯이. 그 후에는 저급한 음식점에서 끼니를 해결하고 하룻밤에 50프랑 받고 춤을 출 테고. 둘 다 몇 주씩 일이 없을 거야. 닥치는 대로 댄스 마라톤에도 나가고. 그런데 대중이 그걸 언제까지 좋아할 것 같아?"

"내가 철없이 군다고 생각하는구나, 시드."

그는 돌아서서 그녀를 쳐다보았다. 그녀의 눈에 눈물이 차 있었다. 그는 미소를 지었다. 그의 매력적이고 다정한 미소가 그녀를 향했다.

"아니, 그렇지 않아, 오리 아가씨. 내가 바라는 건 당신의 행복이야. 내가 가진 건 오직 당신뿐이야. 사랑해."

그는 두 팔로 그녀를 감싸고 꼭 안았다. 그녀의 콩콩거리는 심장이 느껴졌다. 이것이 스텔라의 진심이라면 그는 최선을 다해 그것을 따라야 했다. 그녀가 죽는다고? 안 돼. 안 돼. 그냥 그만두게 하자. 돈 따위 알 게 뭐냐! 그녀가 조금 움직였다.

"왜 그래, 여보?"

그녀는 몸을 떼고 일어섰다. 그리고 화장대로 건너갔다.

"슬슬 준비할 시간이야."

그녀가 말했다.

그가 일어서기 시작했다.

"오늘 밤 공연은 안 한다면서?"

"할 거야, 오늘 밤, 매일 밤, 죽는 날까지. 그것 말고 뭐가 있지? 당신 말이 맞아, 시드. 돌아갈 순 없어, 저급한 호텔의 냄새 나는 방에서 배를 주리는 삶으로는. 오, 그 댄스 마라톤. 그 말은 왜 꺼냈어? 일단 참가하면 지치고 더러워진 몸으로 며칠씩 버티고 버티다가 인간으로서 더 이상 견딜 수 없어 포기해야 하는데. 한 달은 더 견딜 수 있을 것 같아. 그때 가서 당신이 다른 일을 알아봐도 충분해."

"안 돼, 여보. 내가 더는 못 견디겠어. 그만두자. 어떻게든 꾸려 갈 수 있을 거야. 굶는 거야 전에도 해 봤으니 다시 굶을 수 있어."

그녀는 옷을 벗고 잠시 스타킹만 신은 알몸으로 서서 거울에 비친 자신의 모습을 보았다. 그리고 거울 속의 자신에게 당찬 미소를 지었다.

"내 관중을 실망시켜선 안 되지."

그녀가 킥킥 웃었다.

행복한 커플

내가 랜든을 많이 좋아했던가. 잘 모르겠다. 그는 내가 속한 클럽의 회원이었고, 나는 자주 그의 옆자리에서 점심을 먹었다. 그는 올드 베일리[1]의 판사였다. 나는 순전히 그의 덕으로 방청하고 싶은 흥미로운 재판의 법정에서 특별석에 앉을 수 있었다. 어깨까지 늘어진 큰 가발과 빨간 망토, 모피 어깨띠 차림으로 판사석에 앉은 그는 대단히 위엄이 있었다. 그의 길고 하얀 얼굴과 얇은 입술, 연파란색 눈동자는 두려움을 자아냈다. 그는 공정하면서도 냉혹했다. 그가 장기간의 금고형을 선고하기 직전 피고를 질타하는 모진 말을 듣고 있노라면 기분이 불편해졌다. 하지만 점심 식사 자리에서 그는 신랄한 유

1) 형사 재판을 주관하는 영국의 법원.

머와 자신이 맡았던 재판을 아무렇지도 않게 이야깃거리로 삼는 적극성으로 그와 함께할 때 느껴지는 불쾌감을 상쇄하며 좋은 말 상대가 되어 주었다. 한번은 사람을 교수대로 보내고 나면 기분이 언짢지 않느냐고 묻자, 그는 미소를 지으며 포트와인[2]을 홀짝였다.

"전혀. 피고인은 정당한 재판을 받았어. 나는 최선을 다해 판단했고 배심원들은 그자가 유죄라고 결론 내린 거야. 내가 사형을 선고할 땐 그자에게 그것이 응당한 판결인 거지. 난 재판이 끝나면 재판 생각은 머릿속에서 싹 지운다네. 그 외에 딴짓거리는 감상적인 바보나 하는 거야."

그는 나와 대화하는 것을 좋아했다. 그것은 나도 익히 아는 바였으나 그가 나를 클럽 지인 이상으로 여긴다는 생각은 한 적이 없었다. 그랬기에, 어느 날 그로부터 휴가차 리비에라에 가는데 이탈리아로 가는 길에 우리 집에 들러 이틀이나 사흘쯤 묵고 싶다는 전보를 받았을 때 여간 놀란 것이 아니었다. 나는 흔쾌히 그를 만나고 싶다는 답신을 보냈다. 하지만 조금은 두려운 마음으로 역에서 그를 만났다.

그가 도착하는 날, 나는 이웃이자 오랜 친구인 그레이 양에게 같이 저녁을 먹자고 했다. 말하자면 도움을 청한 것이다. 그녀는 나이가 지긋했지만 매력적이었고 아무런 반감을 주지 않고 활발히 이야기를 이어 나갔다. 나는 그들에게 성대한 저녁을 대접했다. 판사에게 대접할 포트와인은 없었지만, 몽라

---

2) 발효 과정에서 브랜디를 첨가한 와인.

셰 와인 한 병과 그보다 더 상급인 무통 로실드를 그에게 내주었다. 그는 두 와인을 모두 즐겁게 마셨다. 나는 그제야 마음이 놓였다. 내가 권한 칵테일을 그가 발끈하며 거절했기 때문이었다.

그가 말했다.

"배울 만큼 배운 사람들이 어쩜 그리 미개하고 역겨운 버릇이 들었는지 통 이해를 못 하겠어."

그럼에도 그레이 양과 나는 아랑곳하지 않고 드라이 마티니를 두어 잔 마셨고, 그가 그런 우리를 못마땅한 눈으로 쳐다보았음을 밝혀 둔다.

하지만 저녁 식사는 성공적이었다. 좋은 와인에다 그레이 양의 환담이 가세하자 이제껏 못 보았던 그의 온화한 됨됨이가 드러났다. 근엄한 외모가 무색하게 그는 여자와 어울리기를 좋아하는 듯했다. 근사한 드레스를 차려입은 그레이 양은 조금 희끗희끗하지만 단정히 손질한 머리와 섬세한 이목구비, 반짝거리는 눈동자가 아직까지는 매혹적으로 보였다. 저녁 식사 후 오래된 브랜디 몇 잔을 기울이고 나서야 판사는 마음이 완전히 풀어졌고, 자신이 관여한 유명한 재판 이야기로 우리의 관심을 사로잡았다. 그러므로 나는 그레이 양이 다음 날 자신의 집에서 점심을 함께하자고 제안했을 때 내가 대답을 하기도 전에 랜든이 먼저 흔쾌히 수락하는 것을 보고도 놀라지 않았다.

"아주 상냥한 여성이로군." 그녀가 가고 둘이 남았을 때 그가 말했다. "영리하기도 하고. 젊었을 땐 대단히 예뻤을 거야.

지금도 나쁘지 않지만. 왜 결혼하지 않았을까?"

"노상 하는 말로는 청혼한 사람이 아무도 없었다는군."

"터무니없는 소리! 여자들은 결혼을 해야 해. 혼자 살겠다는 여자들이 너무 많아. 나는 도대체 그런 여자들을 참을 수가 없어."

그레이 양은 생장[3]의 바다를 마주한 작은 집에 살았다. 카페라의 내 집에서 3킬로미터쯤 떨어진 곳이었다. 이튿날 1시에 우리는 차를 타고 그곳으로 내려갔고, 그녀의 집 거실로 곧장 안내되었다.

"반가운 소식이 있어요." 악수를 나눌 때 그녀가 내게 말했다. "크레이그 부부가 올 거예요."

"드디어 그들과 인사를 나눴군요."

"서로 옆집에 살며 매일 같은 해변에서 해수욕을 하는 처지에 말을 섞지 않는다는 게 말이 안 되잖아요. 그래서 그분들을 초대했는데 오늘 점심에 오겠다네요. 그분들을 만나 보고 인상이 어떤지 말씀 좀 해 주세요." 그녀는 랜든을 돌아보았다. "양해 좀 해 주세요."

하지만 그의 처신은 나무랄 데 없이 훌륭했다.

"당신의 친구라면 누구든 환영입니다, 그레이 양."

그가 말했다.

"친구는 아니에요. 보기는 많이 봤는데 어제 처음 대화를 나눴거든요. 그분들도 작가님과 유명한 판사님을 만나는 것이

3) 프랑스 쪽 리비에라에 속하는 작은 어촌 마을.

니 좋아할 거예요."

크레이그 부부라면 삼 주 전부터 그레이 양에게 많은 이야기를 들어 알고 있었다. 그들은 그녀의 집 바로 옆에 있는 작은 집으로 이사 온 사람들이었다. 처음에 그녀는 그들이 귀찮게 굴까 봐 걱정했다고 한다. 그녀는 혼자 있는 걸 좋아했고, 자질구레한 사교 모임에 얽히는 것을 성가시게 생각했다. 하지만 얼마 후 그녀는 크레이그 부부도 자기 못지않게 안면을 트고 지낼 마음이 없다는 것을 알게 되었다. 작은 마을이라 하루에도 두세 번씩 마주쳤지만 크레이그 부부는 슬쩍 쳐다보기만 할 뿐 전혀 알은체를 하지 않았다. 그레이 양은 그들이 그녀의 사생활을 침범하지 않으려 대단히 조심한다고 말했지만, 내 생각에 그녀는 대놓고 이웃에게 관심을 보이지 않는 그들의 태도를 기분 나쁘게 생각하기보다는 조금 의아하게 여기는 듯했다. 그래서 내가 진작에 예상한 대로, 참지 못하고 먼저 그들에게 접근한 것 같았다. 언젠가 나는 그녀와 함께 산책을 하던 중 그들을 지나치면서 그들을 자세히 관찰할 기회가 있었다. 크레이그는 잘생긴 남자였다. 붉은 빛이 도는 얼굴이 정직해 보였고 반백의 콧수염을 기르고 있었다. 반백의 머리카락은 숱이 많고 뻣뻣했다. 자세가 반듯했고, 상당한 재산을 모아 은퇴한 브로커처럼 허세스럽고 활달한 기운이 돌았다. 그의 아내는 강인한 얼굴에 키가 컸고 생김새가 남성스러웠다. 윤기 없는 금발은 지나치게 공들여 치장한 느낌을 주었고, 코와 입이 컸고, 피부는 햇빛과 바람 때문에 거칠었다. 그녀는 평범하다 못해 침울해 보였다. 예쁘고 얇고 우아한 옷을 입고 있었지만, 열여덟 살짜리 아가씨한테나 어울릴 법한 옷이라 옷과 겉도는 느낌이 돌았다. 크레이그 씨는 사십 대로 보였다. 그레이 양은 그들이 맵시 있고 화려하다고 말했다. 내 눈에는 그들이 흔하디흔한 남자와 무뚝뚝한 여자로 보였지만 그레이 양에게는 그들이 남과 어울릴 생각이 없어 보이니 다행이라는 말만 했다.

"어쩐지 착해 보이는 사람들이에요."

그녀가 대꾸했다.

"네?"

"서로 사랑하잖아요. 아기도 예뻐하고요."

그들에게는 돌이 지나지 않은 아기가 있었다. 그레이 양은 아기를 보고 그들이 결혼한 지 얼마 되지 않았을 거라 판단했다. 그녀는 그들이 아기를 데리고 있는 모습을 좋아했다. 유모가 아기를 유모차에 태우고 날마다 산책을 나왔지만, 그 전에 아기 아빠와 엄마는 족히 이십오 분은 아기에게 걸음마를 가르치며 즐거운 시간을 보냈다. 그들은 서로 몇 미터 떨어져 서서 휘청거리는 아기를 이리저리 불렀고, 매번 아기는 엄마나 아빠의 품에 비틀비틀 안겼다. 엄마나 아빠는 아기를 들어 올리고 환호하며 품에 꼭 안았다. 아기가 멋진 유모차 안에 태워지면 그들은 아기를 굽어보며 귀여운 아기 말로 이야기를 나누고는, 아기가 멀리 사라지는 것을 안타까운 눈빛으로 바라보았다.

그레이 양은 두 사람이 팔짱을 낀 채 정원의 잔디밭을 이리저리 거니는 모습을 여러 번 보았다. 그들은 함께 있는 것만으로도 너무 행복해 대화가 필요하지 않은지 아무 말도 하지 않았다. 뚱하고 무뚝뚝한 여자가 키 크고 잘생긴 남편에게 느끼는 애정은 지켜보는 그레이 양의 마음을 훈훈하게 했다. 크레이그 부인이 남편의 외투에서 보이지 않는 먼지를 털어 내는 모습은 아름다운 광경이었다. 그레이 양은 크레이그 부인이 남편의 양말을 꿰매려 일부러 양말에 구멍을 내겠네, 하고 생각했다. 여자가 남자를 사랑하는 만큼 남자도 여자를 사랑하는 듯 보였다. 이따금 남자가 여자를 슬쩍 쳐다보면 매번 여자는 고개를 들고 남자를 향해 미소를 지었고, 남자는 여자의 뺨을 살며시 어루만졌다. 더 이상 젊은 축에 들지 않았으므로 서로를 향한 그들의 애정은 대단히 뭉클한 것이었다.

이때만 해도 나는 그레이 양이 결혼하지 않은 이유를 몰랐다. 분명히 결혼할 기회가 많았을 거라고 판사만큼이나 확신했을 뿐이다. 그래서 그녀가 크레이그 부부 이야기를 할 때마다 이 금슬 좋은 부부의 모습에 속이 상해 그러나 자문하곤 했다. 이 세상에 완전한 행복이란 대단히 드문 것인데, 이 두 사람은 그런 행복을 누리는 듯했다. 그레이 양이 그들에게 비상한 관심을 보인 것은 그녀의 가슴속에서 꿈틀대는 느낌, 결혼하지 않아 뭔가를 놓쳤다는 아쉬운 느낌을 억누를 수 없었기 때문일지도 몰랐다.

그레이 양은 그들의 이름을 몰랐기 때문에 그들을 각각 에드윈과 앤젤리나라고 불렀다. 그리고 그들의 이야기를 지어냈다. 어느 날 그녀가 나에게 그 이야기를 들려주었을 때, 내가 터무니없다고 말하자 그녀는 내게 버럭 화를 냈다. 기억나는 대로 말해 보자면 그 이야기란 이렇다. 그들은 오래전(아마도 이십 년 전) 사랑에 빠졌다. 당시 앤젤리나는 십 대의 풋풋함과 우아함을 지닌 어린 아가씨였고, 에드윈은 인생의 여정을 씩씩하게 시작한 용감한 청년이었다. 본디 신들은 젊은이들의 사랑을 친절하게 바라볼 뿐 현실적인 문제에는 신경을 쓰지 않는 법이라 에드윈과 앤젤리나는 무일푼이었다. 그들은 결혼할 형편이 못 됐지만 그들에겐 용기와 희망, 자신감이 있었다. 에드윈은 남아메리카나 말레이반도 같은 곳으로 떠나기로 결심했다. 거기서 재산을 모은 뒤 돌아와 묵묵히 자기를 기다려 준 아가씨와 결혼할 생각이었다. 그들이 예상한 기간은 이삼 년, 기껏해야 오 년이었다. 살날이 새털처럼 많은 스무 살 청춘인데 그까짓 몇 년이 대수일까? 그동안 앤젤리나는 홀어머니를 모시고 살기로 했다.

하지만 일은 계획대로 풀리지 않았다. 에드윈은 생각만큼 돈을 벌지 못했다. 입에 풀칠하는 것조차 쉽지 않았다. 오직 앤젤리나의 사랑과 다정한 편지만이 그에게 계속 투쟁할 힘을 주었다. 오 년이 끝나 갈 무렵에도 그의 형편은 처음 시작할 때에 비해 별로 나아진 것이 없었다. 앤젤리나는 얼마든지 그가 있는 곳으로 가서 가난을 나눠 질 용의가 있었으나 병석에 누운 가엾은 어머니를 홀로 두고 떠날 수 없었다. 인내하는 것 외엔 다른 길이 없었다. 그렇게 한 해 한 해 세월이 흐르는 동안, 에드윈은 머리가 새고 앤젤리나는 침울하고 초췌해졌다. 아무래도 더 힘든 쪽은 그녀였다. 기다리는 것 말고는 할 수 있는 것이 없었기 때문이다. 잔인한 거울은 한때 그녀가 지녔던 매력들이 하나둘 사라지고 있음을 알려 주었고, 마침내 그녀는 청춘이 한바탕 조소와 춤사위를 선보인 뒤 영영 떠나 버렸음을 깨달았다. 장기간의 힘겨운 병수발로 인해 상냥하던 그녀는 냉소적이 되었고, 작은 마을의 사람들 속에서 살다 보니 소심해졌다. 친구들은 결혼해 아이들을 두었지만, 그녀는 의무에 묶인 죄수로 남았다.

그녀는 에드윈이 아직 그녀를 사랑하는지 의문이 들었다. 그가 돌아오기는 할까. 그녀는 자주 절망감에 휩싸였다. 십 년이 흐르고, 십오 년, 이십 년이 지났다. 드디어 에드윈이 일을 정리했다는 편지를 보내왔다. 둘이 안락하게 살 만큼 돈을 모았으니 아직 자기와 결혼할 마음이 있다면 즉시 돌아가겠다고. 신의 자비로운 중재로, 마침 앤젤리나의 어머니는 골칫거리로 살아왔던 세상을 스스로 떠났다. 그들은 오랫동안 떨어져 지낸 끝에 다시 만났다. 하지만 그녀는 여전히 젊은 그를 보고 경악하고 말았다. 그는 머리가 반백이 되었으나 그것마저 잘 어울렸다. 예전에도 잘생긴 남자였는데 이제는 그 나이의 원숙미까지 더해진 대단한 미남이 되어 있었다. 그녀는 자신의 나이가 한없이 무겁게 다가왔다. 그가 외국에서 장기간 체류하면서 체득한 대범함에 비하니 자신은 편협하고 고루하게 느껴졌다. 그는 예전처럼 명랑하고 활달했지만, 그녀는 자꾸 소심해졌다. 인생의 시련이 그녀의 영혼을 비틀어 놓은 것이다. 이십 년 전의 약속으로 이 영민하고 활달한 남자를 옭아매는 것이 차마 못 할 짓 같아서 그녀는 그에게 놓아주겠다고 말했다. 그는 유령처럼 창백해졌다.

"이제는 나를 사랑하지 않는다는 거요?"

그가 말을 더듬으며 외쳤다.

오, 얼마나 황홀하고 얼마나 마음이 놓이던지. 별안간 그녀는, 그에게는 그녀가 예나 지금이나 똑같다는 것을 깨달았다. 그는 언제나 그녀를 한 모습으로 생각해 왔고, 그녀의 모습은 그의 가슴에 각인되어 있었기에, 실제 여인이 눈앞에 나타났을 때도 그에게는 열여덟 살의 그녀일 뿐이었다.

그래서 그들은 결혼했다.

"난 한마디도 믿을 수가 없는데요."

그레이 양이 행복한 결말로 그 이야기를 마쳤을 때 내가 말했다.

"글쎄 한번 믿어 보라니까요." 그녀가 말했다. "틀림없이 사실일 거예요. 그들은 쭉 행복하게 살면서 같이 늙어 갈 거라고요." 그녀는 내가 좀 냉혹하다고 말했다. "아마도 그들의 사랑은 환상에 기반해 세워진 것일 테지만, 그들에게 그것이 실재의 현상으로 작용하는 이상 그게 뭐가 중요하겠어요?"

여러분이 그레이 양이 지어낸 이상적인 이야기를 읽는 동안, 우리 셋, 그러니까 이 집 주인과 랜든, 나는 크레이그 부부가 오기를 기다렸다.

"바로 옆집에 사는 사람이 더 잘 늦는다는 거 아세요?"

그레이 양이 판사에게 물었다.

"아뇨, 몰랐어요." 그가 신랄하게 대답했다. "난 언제나 시간을 엄수하고 다른 사람들도 시간을 엄수하길 바랍니다."

"칵테일이라도 한잔 드리고 싶은데, 어떠세요?"

"전 됐습니다, 부인."

"하지만 다들 나쁘지 않다고 하는 셰리주가 있어요."

판사는 그녀의 손에서 병을 받아 병에 붙은 라벨을 읽었다. 그의 얇은 입술에 희미한 미소가 떠올랐다.

"이건 나름 문명화된 술이로군요, 그레이 양. 허락하신다면 내가 좀 따라 마셔 볼까 합니다. 여자들 중에 와인을 제대로 따를 줄 아는 사람을 아직까지 못 봤거든요. 여자는 허리를 잡아야 하고 병은 목을 잡아야 제맛이죠."

그가 매번 만족한 기색으로 셰리주를 홀짝거리는 동안 그레이 양은 창밖을 내다보았다.

"오, 왜 크레이그 부부가 늦는지 알겠어요. 아기가 돌아오기를 기다리는 거예요."

나는 그녀의 시선이 향한 곳을 쳐다보았다. 보모가 막 유모차를 밀어 놓고 크레이그 부부의 집을 지나 자기 집으로 가는 것이 보였다. 크레이그가 유모차에서 아기를 꺼내 공중으로 높이 들어 올렸다. 아기가 아빠의 콧수염을 잡아당기려 하면서 신나서 깍깍거렸다. 크레이그 부인은 옆에 서서 그 모습을 지켜보았다. 그녀의 얼굴에 어린 미소가 냉혹한 이목구비에 상냥한 빛을 더했다. 창문이 열려 있어서 그녀가 하는 말이 우리에게 들려왔다.

"가요, 여보." 그녀가 말했다. "늦었어요."

그는 아기를 유모차 안에 도로 내려놓았다. 그들은 그레이 양의 집 문 앞에 와서 종을 울렸다. 가정부가 그들을 안으로 안내했다. 그들은 그레이 양과 악수를 나누었다. 내가 옆에 서 있었기 때문에 그녀는 나를 그들에게 소개했다. 그러고는 판사를 돌아보았다.

"그리고 이분은 에드워드 랜든 경이에요. 크레이그 씨, 크레이그 부인."

누가 봐도 판사가 손을 내밀며 앞으로 나서야 하는 상황이었지만, 그는 꿈쩍하지 않고 서 있었다. 그는 외알 안경을 눈에 대더니 새로 온 손님들을 빤히 쳐다보았다. 그가 법정에서 위압적인 효과를 내려 할 때 애용하는 안경이었는데, 내가 본 것만 해도 한두 번이 아니었다.

'더러운 인사 같으니.' 하고 나는 생각했다.

"안녕하시오." 그가 말했다. "아무래도 전에 본 적이 있는 것 같은데 내가 착각한 건가요?"

그 질문에 나는 크레이그 부부를 쳐다보았다. 그들은 서로를 보호하기 위해 서로에게 이끌린 것처럼 바짝 붙어 서서 아무 말도 하지 않았다. 크레이그 부인은 겁먹은 듯 보였다. 크레이그의 붉은 얼굴은 보랏빛으로 상기되며 어두워졌고 눈은 얼굴 밖으로 튀어나올 것 같았다. 하지만 그의 안색은 순식간에 말짱해졌다.

"그건 아닌 것 같습니다." 그가 굵고 낮은 목소리로 말했다. "물론 당신 이야기는 들어 알고 있습니다, 에드워드 경."

"원래 내가 알아보는 사람보다 나를 알아보는 사람들이 더 많은 법 아니겠소."

그때까지 칵테일 용기를 흔들던 그레이 양이 두 손님에게 칵테일을 한 잔씩 건넸다. 그녀는 아무것도 모르는 눈치였다.

나는 대체 이게 무슨 일인가 싶었다. 사실 무슨 일이 정말 있는 건지도 확실하지 않았다. 무슨 일이 있긴 있었나 싶을 만큼 그 일은 순식간에 지나갔고, 나는 손님들이 유명 인사에게 소개되어 잠시 당황한 것을 너무 확대 해석했나 하는 생각도 했다. 나는 유쾌한 사람을 자처하며 나섰다. 그들에게 리비에라가 마음에 드는지, 집은 편안한지 물었다. 그레이 양이 가세했다. 다들 서로 모르는 사이였기 때문에 우리는 공통의 화제를 찾아 담소를 나누었다. 그들은 편안하고 유쾌하게 이야기했다. 크레이그 부인은 해수욕이 정말 좋은데 해변에서 물고기 잡는 것은 어렵더라고 불평했다. 나는 판사가 대화에 끼지 않고, 같이 있는 사람들을 까맣게 잊은 양 자기 발을 내려다보는 걸 의식했다.

점심 식사가 준비되었다. 우리는 식당으로 들어갔다. 고작 다섯 명이 작은 원탁에 둘러앉아 있었기 때문에 대화는 그 자리에 있는 사람들의 이야기로 흐를 수밖에 없었다. 대화를 주도한 것은 그레이 양과 나였음을 고백하지 않을 수 없다. 판사는 침묵을 지켰다. 하지만 본디 뚱한 사람인지라 흔히 있는 일이었으므로 나는 신경 쓰지 않았다. 그는 왕성한 식욕으로 오믈렛을 먹고 나서 오믈렛 접시가 다시 돌 때 오믈렛을 한 번 더 퍼 담았다. 크레이그 부부는 조금 숫기가 없는 듯했으나 내가 보기에 이상한 정도는 아니었고, 두 번째 요리가 나왔을 때쯤엔 전보다 자유롭게 이야기하기 시작했다. 썩 재미있는 사람들은 아닌 것 같았다. 자기들 아기와 부리는 이탈리아 가정부 둘의 엉뚱한 행동, 몬테카를로에서 가끔씩 하는 도박 외에는 특별한 관심사가 없는 것 같았다. 나는 그레이 양이 공연히 그들과 안면을 텄구나 하는 생각을 하지 않을 수 없었다. 그때 느닷없이 일이 터졌다. 크레이그가 의자에서 벌떡 일어서더니 바닥으로 고꾸라진 것이다. 우리는 기겁하며 일어섰다. 크레이그 부인은 남편에게 몸을 던져 두 손으로 그의 머리를 안아 들었다.

"괜찮아요, 조지." 그녀는 고통스러운 목소리로 외쳤다. "괜찮아요!"

"머리 내려놓으세요." 내가 말했다. "그냥 기절한 겁니다."

나는 그의 맥박을 짚어 보았다. 맥박이 전혀 없었다. 기절한 거라고 말은 했지만, 뇌졸중이 아니라는 보장이 없었다. 그처럼 체중이 많이 나가고 혈색이 붉은 남자는 뇌졸중을 일으키기 쉽다. 그레이 양은 냅킨을 물에 적셔서 그의 이마를 톡톡 두드렸다. 그때 나는 랜든이 의자에 조용히 앉아 있는 모습을 보았다.

"기절한 거라면 그렇게들 둘러서 있어 봐야 그에게 도움이 안 됩니다."

그가 신랄하게 말했다.

크레이그 부인은 고개를 돌려 그에게 격렬한 증오의 표정을 지었다.

"의사에게 전화할게요."

그레이 양이 말했다.

"아뇨, 굳이 그럴 필요 없겠어요." 내가 말했다. "의식이 돌아올 겁니다."

나는 그의 맥박이 점점 강해지는 걸 느꼈고, 일이 분 뒤 그가 눈을 떴다. 그는 헉 하고 놀라면서 무슨 일이 있었는지 알아채고는 일어서려 버둥거렸다.

"움직이지 말아요." 내가 말했다. "조금만 더 가만히 누워 있어요."

나는 그에게 브랜디를 한 잔 먹였다. 그의 얼굴에 다시 혈색이 돌았다.

"이제 괜찮아요."

그가 말했다.

"옆방으로 데려다드릴 테니 잠시 거기 소파에 누워 계시죠."

"아뇨, 어서 집에 가야겠어요. 한 걸음이면 가는데요."

그는 바닥에서 일어섰다.

"네, 집으로 돌아가요." 크레이그 부인이 말했다. 그녀는 그레이 양에게 돌아섰다. "정말 미안합니다. 전에는 이런 적이 한 번도 없었는데."

그들은 가기로 했고, 나 역시 지금 상황에선 그것이 최선이라 생각했다.

"침대에 눕히고 그냥 두세요. 내일이면 호전될 겁니다."

크레이그 부인이 그의 한 팔을 잡고 다른 한 팔은 내가 잡았다. 그레이 양이 문을 열었다. 그는 몸을 조금 떨긴 했지만 걸을 수 있었다. 크레이그의 집에 도착했을 때 내가 안으로 들어가서 옷을 같이 벗겨 주겠다고 했지만, 두 사람 다 내 말을 들은 체도 하지 않았다. 그레이 양의 집으로 돌아오니 그들은 디저트를 먹고 있었다.

"왜 기절했는지 이해가 안 되네요." 그레이 양이 말했다. "창문은 모두 열려 있었고 오늘은 특별히 덥지도 않은데 말이에요."

"그러게나 말입니다."

판사가 말했다.

그의 마르고 창백한 얼굴에는 만족한 기색이 어려 있었다. 우리는 커피를 마셨다. 판사와 나는 골프를 치러 가기로 하고 차에 올라 내 집을 향해 언덕을 올라갔다.

"그레이 양이 어떻게 이런 사람들을 알게 되었을까?" 랜든이 내게 물었다. "내가 보기엔 저급한 자들이야. 그녀와 수준이 맞는 사람들이 아니야."

"여자들이 어떤지 알잖나. 혼자 지내는 게 좋아서 그들이 옆집으로 이사를 왔을 때는 어울리려 하지 않았지만, 그들도 자기와 어울릴 생각이 없다는 걸 알고 안면을 트지 못해 안달이 난 거지."

나는 그녀가 지어낸 이웃의 사연을 그에게 말해 주었다. 그는 무표정한 얼굴로 이야기를 들었다.

"아무래도 자네 친구 그레이 양은 감상에 빠진 미련퉁이인 것 같군." 내가 이야기를 마쳤을 때 그가 말했다. "이래서 여자들은 결혼을 해야 한다니까. 놈팡이들 대여섯만 겪으면 머릿속에 가득하던 허황된 생각들이 싹 달아날 텐데 말이지."

"크레이그 부부에 대해 아는 거 있지?"

내가 물었다.

그는 냉랭한 눈초리로 나를 흘끔 쳐다보았다.

"내가? 내가 왜 그들에 대해 알아야 하지? 난 그저 그들을 대단히 평범한 사람들이라 생각할 뿐이야."

그때 그가 풍기던 그 강렬한 인상을 설명할 수 있으면 좋으련만. 그의 표정에 어린 얼음장 같은 냉혹함과 그의 목소리가 선포하는 살벌한 최종 선고. 그는 더 이상 말할 의사가 없는 게 분명했다. 이후 우리는 차 안에서 내내 말이 없었다.

랜든은 육십 줄을 훨씬 넘긴 나이였다. 골프를 칠 때 장타를 치지는 못했지만 경로를 벗어나는 법이 없었고 퍼팅이 예술이라 타격에서는 내게 뒤지면서도 나를 멋지게 이겼다. 저녁 식사 후 나는 그를 데리고 몬테카를로로 갔다. 그곳에서 그는 룰렛 테이블에서 2000프랑을 따는 것으로 저녁 시간을 마무리했다. 연이은 성공이 그의 기분을 흡족한 상태로 끌어올렸다.

"상당히 흥겨운 하루였어." 밤이 되어 헤어질 때 그가 말했다. "아주 즐거웠네."

이튿날 나는 오전을 일하면서 보냈다. 우리는 점심 무렵 만났다. 식사를 막 마쳤을 때 내게 전화가 걸려 왔다.

전화를 받고 돌아와 보니 손님은 커피를 두 잔째 마시고 있었다.

"그레이 양이었어."

내가 말했다.

"오? 뭐라고 말하던가?"

"크레이그 부부가 달아났다는군. 간밤에 사라졌대. 마을에 사는 가정부들이 오늘 아침에 가 보니 집이 텅 비었더래. 그들, 그러니까 크레이그 부부랑 보모, 아기가 짐을 가지고 떠난 거지. 탁자 위에 가정부들 임금과 이달 말까지의 집세, 그리고 외상값에 해당하는 돈을 놔두고."

판사는 아무 말도 하지 않았다. 그저 상자에서 시가를 한 대 꺼내 유심히 살피고는 신중하게 불을 붙였다.

"뭐든 할 말이 있을 텐데?"

내가 물었다.

"꼭 그런 식으로 말해야겠나?"

"나는 내 의중을 정확히 표현한 거야. 당신과 크레이그 부부가 전에 만난 적 있다는 걸 눈치채지 못할 만큼 바보로 생각하진 말게. 그들이 상상력이 만들어 낸 허구처럼 허공으로 사라진 게 아니라면, 자네가 별로 유쾌하지 않은 상황에서 그들을 만났으리라 보는 게 합리적인 결론이지."

판사가 큭 하고 웃었다. 그의 차가운 푸른 눈이 반짝거렸다.

"어젯밤 자네가 준 브랜디 말인데 아주 좋은 브랜디였어." 그가 말했다. "점심 식사 후에 술을 마시는 건 내 원칙에 어긋나지만, 자기 원칙에 목을 매는 건 아주 아둔한 남자나 하는 짓이잖아. 한 잔 정도는 즐겨도 된다고 생각해."

나는 브랜디를 내오게 한 뒤 판사가 그것을 양껏 따르는 모습을 지켜보았다. 그는 흡족한 기색으로 한 모금 마셨다.

"윙포드 살인 사건 기억하나?"

그가 내게 물었다.

"아니."

"당시 잉글랜드에 없었나 보군. 안됐어……. 있었다면 자네도 그 재판에 참석했을 텐데. 아주 재미있었을 거야. 정말 흥미진진했으니까. 신문이 온통 그 얘기로 도배됐었지.

윙포드 양은 부유하고 나이 많은 독신녀로 말동무와 같이 시골에서 살았어. 나이에 비해 건강했는데 돌연 죽는 바람에 친구들이 깜짝 놀랐지. 브랜든이라는 주치의가 사망 진단서에 서명했고, 그녀는 매장됐네. 유언장이 공개됐는데, 6만에서 7만 파운드에 달하는 전 재산을 자신의 말벗에게 남긴다고 되어 있었어. 친척들은 분개했지만 뾰족한 수가 없었지. 유언장은 고인의 변호사에 의해 작성되었고, 변호사의 조수와 주치의 브랜든이 증인이었으니 말이야.

그런데 윙포드 양에게는 삼십 년을 함께한 가정부가 있었는데, 가정부는 늘 본인도 유언장에 들어 있으리라 믿고 있었지. 윙포드 양이 풍족하게 먹고살 만큼 유산을 남겨 주겠다고 약속했다는 거야. 그런데 본인이 유언장에 언급조차 되지 않았다는 걸 알고는 펄펄 뛰었어. 그리고 장례식 때문에 내려와 있던 조카아들과 조카딸에게 윙포드 양이 독살된 게 확실하니 너희들이 경찰서에 가지 않으면 본인이 직접 가겠다고 했지. 그녀의 조카들은 경찰서에 가는 대신 주치의 브랜든을 찾아갔어. 그는 웃었어. 윙포드 양은 심장이 약해서 오래전부터 그의 치료를 받았다는 거야. 그녀는 자기가 언제나 예상한 대로 자다가 평화롭게 죽었다면서 가정부 말은 귀담아듣지 말라고 충고했어. 가정부는 말벗인 스탈링 양을 늘 미워하고 질투했어. 브랜든 박사는 큰 존경을 받았고. 그는 오랫동안 윙포드 양의 주치의를 지냈고, 자주 그녀와 함께 지냈던 두 조카딸도 그와 잘 아는 사이였네. 그는 유산 상속을 받은 것이 전혀 없었기에 그의 말을 의심할 이유가 전혀 없어서 윙포드 양의 가족들은 하는 데까지 해 보다가 그만 런던으로 돌아갔다네.

하지만 가정부는 계속 떠들어 댔어. 그녀가 하도 떠들어 대니 경찰도 마지못해 주목을 할 수밖에. 이건 나도 인정해. 시체를 다시 파내라는 지시가 떨어졌어. 사인 검시가 행해졌지. 윙포드 양의 사인은 베로날[4] 과다 복용이었어. 검시관들은 베로날이 스탈링 양의 소관이라는 걸 알아냈고, 스탈링 양은 체포됐어. 런던 경시청에서 형사 하나가 파견됐는데 그가 예상하지 못한 증거를 추가했어. 스탈링 양과 브랜든 박사에 관한 소문이 꽤나 많았던 거야. 두 사람은 이런저런 곳에서 같이 있다가 자주 목격됐어. 같이 있고 싶어서라는 이유 말고는 다른 설명이 가능하지 않은 곳에서 말이지. 두 사람은 결혼하기 위해 윙포드 양이 어서 죽기만을 바라고 있었다는 게 그 마을의 여론이었어. 이것으로 사건은 완전히 다른 양상을 띠게 됐지. 요약하자면, 경찰은 충분한 근거를 가지고 의사를 체포해 노부인을 살인한 죄목으로 그와 스탈링 양을 기소했네."

판사는 브랜디를 한 모금 더 마셨다.

"그 사건의 재판은 내게 올라왔어. 검찰 측의 기소 내용은, 서로를 미치게 사랑한 피고인들이 그 가엾은 노부인을 죽였다는 거였어. 그래야 스탈링 양이 자신의 고용주를 꾀어 받기로 한 유산을 챙겨 결혼할 수 있으니 말이지. 윙포드 양은 늘 잠자리에 들기 전에 코코아를 많이 마셨는데, 그녀의 코코

4) 수면제의 한 종류.

아를 준비하는 것은 스탈링 양의 일이었지. 담당 검사는 바로 이것에 스탈링 양이 약을 타서 윙포드 양이 죽게 만들었다고 주장했어. 피고인들은 자신들의 입장에서 항변했고, 피고석에서 딱한 모습을 보였다네. 그들은 극구 부인했어. 증인들이 밤중에 둘이 서로의 허리에 팔을 감고 함께 걷는 걸 보았다고 증언해도, 브랜든의 가정부가 그의 집에서 둘이 키스하는 걸 보았다고 증언해도 두 사람은 친구 이상은 아니라고 말했어. 또한 스탈링 양이 의학적으로 숫처녀라는 증거도 있었네.

브랜든은 윙포드 양이 불면증을 호소해 베로날 알약 한 병을 처방해 주었다는 건 인정했지만, 한 알 이상은 절대 먹지 말 것과 꼭 필요할 때만 먹으라는 주의를 주었다고 했어. 피고 측 변호인은 그녀가 알약을 실수로 먹었거나 스스로 목숨을 끊었다는 것을 입증하려 했지. 그것은 전혀 설득력이 없었어. 윙포드 양은 인생을 적극적으로 즐기는 쾌활하고 평범한 노인이었거든. 게다가 그녀가 사망한 날은 그녀의 옛 친구가 일주일 일정으로 방문하기 겨우 이틀 전이었어. 가정부도 윙포드 양이 잠을 못 잔다고 불평하는 것을 들은 적이 없었어. 오히려 윙포드 양이 잠을 잘 잔다고 알고 있었지. 윙포드 양이 실수로 알약을 한꺼번에 많이 삼키는 바람에 죽었다고 믿기는 어려웠다네. 내 사견으로는, 그 의사와 그 말동무가 작당한 게 분명했지. 동기는 분명하고 충분했어. 나는 사건 요지를 말했네. 공정한 사건 요지였기를 바라네. 배심원단에게 사실을 있는 그대로 알리는 것이 내 의무 아니겠나. 내가 보기엔 모든 사실들이 유죄를 가리켰어. 배심원들이 퇴정했네. 자네는 모르겠지만 판사석에 앉으면 법정의 분위기를 감지하게 되어서 그것에 휩쓸리지 않도록 마음을 단단히 먹어야 하네. 내가 보기에 그날 그 법정에 있던 사람 중 누구도 이 두 사람이 죄를 저지르지 않았다고 보지 않았어. 나는 배심원들이 유죄 평결을 들고 입장하리라 믿어 의심치 않았네. 하지만 배심원들의 마음은 헤아릴 수 없는 거야. 세 시간 후 그들이 나가 있다가 돌아왔을 때 나는 내가 잘못짚었다는 걸 직감했네. 살인 사건의 배심원들은 유죄 평결을 들고 들어올 때 죄수 쪽을 쳐다보지 않아. 그들을 외면하지. 그런데 그날은 배심원 서너 명이 피고석의 피고인 둘을 흘끔거리더군. 그들은 무죄 평결을 들고 온 거야. 크레이그 씨와 크레이그 부인의 진짜 이름은 브랜든 박사와 브랜든 부인이야. 나는 지금 내가 여기 앉아 있는 것을 확신하듯, 그들이 잔혹하고 무자비한 살인을 저질렀으며 교수형을 당해 마땅하다고 확신하네."

"배심원들은 왜 그들이 무죄라고 생각한 것 같나?"

"나도 그걸 자문했다네. 나로서는 그걸 설명할 길이 딱 하나뿐인데 그게 뭔지 아나? 그들이 연인이 아니라고 판단한 걸세. 생각해 보면, 이것은 이 사건의 가장 특이한 점 중 하나야. 그 여자는 사랑하는 남자를 얻으려 살인할 결심은 하면서도, 혼외정사는 선뜻 결심하지 못했던 거야."

"인간의 본성이란 참으로 이상해. 안 그런가?"

"왜 아니겠나."

랜든은 브랜디를 한 잔 더 따르며 말했다.

비둘기의 노랫소리[1]

한동안 나는 피터 멜로즈가 좋은 작가인지 아닌지 갈피를 잡지 못했다. 그가 펴낸 소설은 늘 새로운 인재에 목마른 그 따분한 유력 인사들 사이에서 상당한 돌풍을 일으켰다. 오찬 파티에 가는 것 말고는 딱히 할 일이 없는 신사들은 여자들처럼 호들갑을 떨며 그 소설을 칭송했고, 남편과 사이가 좋지 않고 정신이 불안정한 젊은 부인네들은 그를 기대주라 생각했다. 나는 서평을 몇 편 읽어 보았다. 의견이 분분했다. 몇몇 평론가는 저자가 이번 첫 작품으로 영국 일류 소설가의 반열에 올랐다고 말했고, 다른 평론가들은 형편없다고 평가했다. 나

1) 이 장의 원제는 'the voice of turtle'로, 킹제임스 번역본 「아가」 2장 12절에 등장한다. turtle은 dove를 뜻하는 고어다.

는 그 소설을 읽지 않았다. 어떤 책이 돌풍을 일으키면 일 년은 기다렸다가 읽는 것이 좋다는 것을 경험으로 알았기 때문이다. 전혀 읽을 필요가 없는 책들이 얼마나 허다한지 생각하면 그저 놀라울 따름이다. 그러던 어느 날 나는 우연한 기회에 피터 멜로즈를 만났다. 마지못해 초대를 수락한 어느 셰리주 파티에서였다. 파티 장소는 블룸즈버리의 개조한 아파트 꼭대기 층이었고, 나는 4층까지 계단을 걸어 올라가느라 숨이 턱까지 차올랐다. 집주인은 중년을 갓 넘긴, 어마어마한 몸집의 두 여성이었다. 자동차 내부에 대해 모르는 것이 없고 빗속을 첨벙거리며 돌아다니기 좋아하면서도 종이 봉지에 담긴 음식을 꺼내 먹을 만큼 대단히 여성스럽기도 한 그런 여자들이었다. 그들은 말이 독립적인 삶이지 평생 손 하나 까딱한 적이 없음에도 그 집 거실을 '우리 작업실'이라 불렀다. 널찍하고 칠을 하지 않은 거실에는 의자 주인들의 육중한 몸을 간신히 버텨 낼 듯한 스테인리스스틸 의자들과 상판이 유리인 탁자들이 있었고, 등받이가 없고 얼룩말 가죽을 깔아 둔 거대한 소파가 놓여 있었다. 벽에는 책장들을 비롯해 세잔과 브라크, 피카소를 흉내 낸 영국 작가들의 작품들이 걸려 있었다. 선반에 18세기의 '흥미로운' 책들이 다수 있었고(포르노는 시대를 초월한다.), 그 외에는 전부 생존한 작가들의 작품으로 대부분 초판본이었다. 사실 나는 저자 사인을 위해 그 파티에 초대된 것이었다.

아주 조촐한 파티였다. 여자는 한 명 더 있었는데, 집주인 여자들의 동생뻘 되지 않았나 싶다. 투실투실하면서도 너무

투실투실하지는 않고 키가 큰 듯하나 너무 크지 않으며 활달한 편이기는 한데 아주 활달하지는 않았기 때문이다. 나는 그녀의 이름을 알아듣지 못했지만, 그녀는 '부풀스'라는 이름에 반응했다. 남자는 나와 피터 멜로즈뿐이었다. 그는 새파랗게 젊은 청년이었다. 스물둘이나 스물셋쯤 되어 보였고, 중키였음에도 볼품없는 몸매 때문에 땅딸막해 보였다. 붉은 피부가 깡마른 얼굴 위로 지나치게 팽팽했고, 유대인이 아닌데도 유대인의 큰 코를 가지고 있었다. 무성한 눈썹 밑으로 초록빛 눈이 초롱초롱했다. 바짝 깎은 갈색 머리에는 비듬이 보였다. 옷은 갈색 노포크 재킷[2]과, 첼시의 킹스로드를 모자도 안 쓰고 어슬렁거리는 예술 학도들처럼 회색 플란넬 바지를 입고 있었다. 촌스러운 청년이었다. 태도에도 별다른 매력이 없었고, 자기주장이 강한 데다 논쟁을 좋아하고 인내심이 없었다. 또 동료 작가들을 거론할 때는 강한 경멸감을 드러냈다. 나는 내 명성에 과장된 면이 있다고 생각했지만 신중히 입을 다물었다. 그럼에도 명성에 대한 그의 경쾌한 공격은 나에게 만족감을 주었다. 내가 등을 돌리는 즉시 내 명성도 그에 의해 갈갈이 찢길 것이 불을 보듯 뻔했으므로 퇴색된 만족감이었지만. 그는 말솜씨가 좋았다. 재미있고 가끔씩 재치도 있었다. 세 여자가 그리 발작하듯 자지러지지만 않았어도 나도 그의 농담에 더 편히 웃을 수 있었을 것이다. 여자들은 그가 무슨 말만 하면 재미난 말이든 서투른 말이든 배를 잡고 웃어 댔다. 그

---

2) 벨트가 달리고 절개선을 넣은 재킷.

는 쉬지 않고 떠들면서 바보 같은 말도 많이 하고 아주 슬기로운 말도 했다. 그의 관점은 어설프기도 하고 스스로 자신하는 만큼 독창적이지도 않았지만 진지한 면이 있었다. 그의 가장 두드러진 특징은 열렬하고 격렬한 활력이었다. 뜨거운 불꽃과 참을 수 없는 분노가 그를 활활 태우는 것 같았다. 그 빛이 발산되어 그를 환히 비출 정도였다. 대단한 재목인가 싶기도 했다. 그래서 나는 그가 장차 어떻게 될지 궁금해하며 약간의 호기심을 가지고 그곳을 떠났다. 그에게 재능이 있는지는 확실하지 않았다. 수많은 젊은이들이 매력적인 소설을 썼기 때문에 재능은 전혀 중요하지 않았다. 인간적인 면모에서 볼 때 그는 다른 사람들과 상당히 달랐다. 서른 살 무렵 모난 면이 둥글둥글해지고 생각한 만큼 자신이 그리 똑똑하지 않다는 것을 경험을 통해 배운다면, 흥미롭고 선량한 남자로 변할 그런 종류의 인간이었다. 하지만 나는 그를 다시 만날 거라고는 기대하지 않았다.

이틀인가 사흘 뒤 나는 극진한 헌사와 함께 그의 소설 한 권을 받고 깜짝 놀랐다. 읽어 보니 자전적 소설이 틀림없었다. 배경은 서식스의 작은 마을이었고, 등장인물들은 변변찮은 수입으로 어떻게든 체면을 유지하려 애쓰는 중상류층이었다. 유머는 상당히 잔혹하고 저속했다. 늙고 가난한 사람들에 대한 경멸이 주된 내용이라 나는 마음이 언짢았다. 피터 멜로즈는 그런 불행이 얼마나 견디기 힘든 것이며 그럼에도 살아 보려 애쓰는 노력들이 조롱보다는 연민을 받아 마땅하다는 것을 알지 못했다. 하지만 장소에 대한 설명과 방에 대한 짧은 묘사, 시골 지역에 대한 인상은 뛰어났다. 물질적인 것들의 영적인 아름다움에 대한 인식과 부드러움이 엿보였다. 그것은 단어의 음에 대한 즐거운 느낌을 가지고 꾸밈없이 쉽게 쓰인 책이었다. 하지만 이 소설의 정말 뛰어난 점은 생동하는 열정이었다. 변변찮은 줄거리의 사랑 이야기 안에 열정이 살아 숨쉬고 있었다. 나는 그제야 이 작품이 주목을 끄는 이유를 알 것 같았다. 시류에 맞게 다소 거칠었고 시류에 맞게 특별한 결과 없이 애매하게 흐지부지되었기 때문에 모든 것들이 처음에 비해 별반 달라지지 않은 채 종결되었지만, 청춘의 사랑과 이상적이지만 격렬한 관능이 강한 인상을 남겼다. 어찌나 생생하고 어찌나 깊은 울림을 주는지 숨이 막힐 정도였다. 인쇄된 페이지마다 생명의 기운이 고동치는 듯했다. 과묵함 따위는 없었다. 우스꽝스럽고, 추잡하고, 아름다웠다. 자연의 힘 같았다. 열정 그 자체였다. 이다지 감동적이고 이다지 경이로운 것은 세상에 없었다.

나는 피터 멜로즈에게 편지를 써서 그의 책에 대한 나의 견해를 밝히고 점심을 같이하자고 제안했다. 이튿날 그가 내게 전화를 해서 우리는 날짜를 잡았다.

식당에서 만나 테이블에 마주 앉았을 때 그는 왠지 수줍어했다. 나는 그에게 칵테일을 한 잔 샀다. 그는 말을 거침없이 했지만 불편한 기색이 엿보였다. 그의 과신은 소심함을 숨기려고 취하는 위장술 같기도 했다. 어쩌면 소심함으로 인해 고통받고 있는지도 몰랐다. 그의 태도는 무뚝뚝하고 서툴렀다. 그는 무례한 말을 툭 내뱉고 나서 부끄러움을 숨기려고 초조한 웃음을 터뜨렸다. 자신감이 넘치는 척 행세했지만 항상 상대방한테서 확인받고 싶어 했다. 교묘히 상대의 성질을 건드리고 화낼 말을 해서 본인이 원하는 만큼 멋진 사람이라는 인정받고자 했다. 동료들의 의견을 경시하는 것, 그에게 그것보다 중요한 것은 없었다. 그는 아니꼬운 젊은이였지만 나는 개의치 않았다. 영리한 젊은이들이 밉살스럽게 보이는 것은 아주 자연스러운 현상이다. 그들은 자기 재능을 어떻게 써야 할지 모를 경우 그 재능을 불편하게 인식한다. 그리고 자신의 장점을 몰라보는 세상에 분통을 터뜨린다. 자기가 뭔가를 주겠다고 손을 내미는데 아무도 받아 주지를 않는다고. 명예를 당연시하고 그것을 얻으려 조바심을 낸다. 아니, 나는 아니꼬운 젊은이들이 싫지 않다. 오히려 그들이 매력적일 때 나는 연민의 주머니를 단단히 닫아 버린다.

피터 멜로즈는 자신의 책에 대해서는 최대한 겸손을 떨었다. 내가 이러이러한 점이 좋았다고 칭찬하자, 그는 붉은 피부가 아주 빨개지도록 얼굴을 붉혔고, 나의 혹평은 민망할 정도로 겸허하게 받아들였다. 그가 그 책으로 번 돈은 거의 없었다. 그의 출판사는 차기작에 대한 인세를 미리 당겨 매달 소액의 돈을 그에게 주고 있었다. 그는 막 차기작을 시작했지만 평화롭게 글을 쓰려면 휴가를 다녀와야겠다면서, 내가 리비에라에 산다는 것을 알고는 해수욕을 할 수 있고 저렴하게 지낼 만한 조용한 곳을 추천해 달라고 했다. 나는 내 집에서 며칠 지내면서 적당한 곳을 찾아보라고 권했다. 내 제안에 그는 초록빛 눈을 반짝거리며 얼굴을 붉혔다.

"폐가 되지는 않을까요?"

"아뇨. 나도 일을 해야 해서요. 내가 제공할 수 있는 건 하루 세 끼와 잠잘 방 하나뿐입니다. 많이 따분하겠지만, 그래도 하고 싶은 일을 할 수는 있겠죠."

"좋을 것 같아요. 갈지 안 갈지 나중에 알려 드려도 될까요?"

"물론이죠."

우리는 헤어졌고, 일이 주일 뒤 나는 집으로 돌아왔다. 이것이 5월의 일이다. 6월 초순에 나는 피터 멜로즈로부터 편지를 받았다. 그는 며칠 묵다 가라는 나의 제안이 진심인지, 정말이라면 어느 어느 날에 가도 되는지 물었다. 그 당시에는 진심이었으나, 한 달이 지난 지금은 그가 건방지고 버릇없는 청년이라는 것과 겨우 두 번 만난 사람이라는 것만 기억났다. 이제는 그에게 아무런 관심도 없었다. 그때 한 말은 더 이상 진심이 아니었다. 게다가 그는 여기 오면 심심해 죽을 게 불을 보듯 뻔했다. 나는 아주 조용한 삶을 살면서 사람들을 거의 만나지 않았다. 그가 예상대로 무례한 언행을 보인다면 상당히 신경에 거슬리겠지만 초대한 입장이니 성질을 죽여야 할 것이다. 그러다가 못 참고 폭발하는 장면이 눈앞에 그려졌다. 삼십 분도 못 되어 그에게 옷가지를 챙기게 하고 그를 데려다주려 차를 뺄 것이다. 하지만 이제 와서 안 된다고 할 수는 없었다. 내 집에서 며칠 지낸다면 그는 식비와 숙박비를 아낄 수 있을 것이고, 그가 편지에서 언급한 대로 지치고 힘든 상태라면 건강에도 좋을 것 같았다. 나는 그에게 전보를 보냈고, 얼마 뒤 그는 도착했다.

역에서 만났을 때 그는 회색 플란넬 바지와 갈색 트위드 재킷 차림에 몹시 덥고 추레해 보였다. 하지만 해수욕 후 흰 반바지와 코셰 셔츠로 갈아입으니 몰라보게 어려 보였다. 잉글랜드를 벗어난 게 처음이라 그는 들떠 있었다. 그가 좋아하는 것을 보니 나도 흐뭇했다. 그는 낯선 환경에 있는데도 자의식이 없는 듯 보였고, 단순하고 사내아이 같고 얌전했다. 나로서는 의외였지만 기분이 좋았다. 저녁을 먹고 나서 작은 초록빛 개구리들의 개굴개굴하는 소리만이 정적을 깨는 정원에 앉아 있을 때, 그는 자신의 소설 이야기를 꺼냈다. 그것은 한 청년 작가와 유명한 프리마돈나[3]의 사랑 이야기였다. 위다[4]를 떠올리게 하는 이야기였는데, 나로서는 이 피 끓는 청년이 쓰리라고는 전혀 예상하지 못한 테마였다. 나는 즐거웠다. 유행이 여러 세대를 거치는 동안 한 바퀴 돌아 다시 같은 주제로 돌아오는 것을 보니 신기했다. 피터 멜로즈는 분명 그것을 대단히 현대적인 방식으로 다룰 테지만, 필시 감상적인 독자들을 사로잡은 1880년대의 세 권짜리 소설과 정확히 똑같은 이야기가 될 것이었다. 그는 젊은이들이 에드워드 시대 초반을 환상적이고 아련한 옛 시절로 인식하고 있다면서 소설의 배경을 그때로 잡으면 어떨까 생각했다. 그리고 이야기를 줄줄이 쏟아 냈다. 듣기 거북한 내용은 아니었다. 그는 의식하지 못했지만 자신의 백일몽을 픽션으로 풀어내는 중이었다. 어느 매력

3) 오페라의 주연 여가수.

4) Ouida(1839~1908). 빅토리아 시대의 엄숙한 사조에서 멜로드라마풍의 소설로 유명했던 영국의 소설가.

없는 무명 청년이 지극히 아름답고 유명하며 화려한 여인의 사랑을 받는다고 생각하여 온 세상을 놀라게 한다는 코믹하고 감동적인 백일몽이었다. 위다의 소설을 즐겨 읽는 나로서는 피터의 구상이 싫지 않았다. 그의 뛰어난 묘사력이라면, 직물이든 가구든 벽이든 나무든 꽃이든 사물을 바라보는 그의 생생하고 천진한 방식이라면, 볼품없는 몸을 짜릿하게 만드는 삶의 열정과 사랑의 열정을 전달하는 그의 표현력이라면, 나는 그가 생동감 넘치고 우스꽝스럽고 시적인 작품을 만들어 낼 수도 있겠다는 생각이 들었다. 하지만 나는 그에게 한 가지를 물었다.

"프리마돈나를 만나 본 적 있어요?"

"아뇨. 하지만 자서전과 회고록을 있는 대로 찾아봤습니다. 철저히 조사를 했죠. 잘 알려진 것들뿐 아니라 흥미로운 부분이나 도발적인 일화를 얻기 위해 온갖 사소한 것들까지 모두 파헤쳤어요."

"그래서 원하는 것을 얻었나요?"

"그런 것 같습니다."

그는 내게 여주인공을 설명하기 시작했다. 그녀는 젊고 아름다우며 대단히 고집이 셌고, 성미가 급하면서도 관대했다. 통이 큰 여자였다. 그녀는 음악에 열정을 쏟았다. 음악은 그녀의 목소리뿐 아니라 그녀의 몸짓과 가장 내밀한 생각에도 깃들어 있었다. 그녀는 질투를 할 줄 몰랐다. 예술에 대한 애정도 깊어서 동료 여가수가 그녀에게 위해를 가했을 때도 동료 여가수가 자기 대신 훌륭히 노래했다는 말을 듣고 동료를 용서해 주었다. 인심도 후해서 딱한 사정을 듣고 여린 마음이 뭉클해지면 가진 것을 모두 내주었다. 그녀는 사랑하는 남자를 위해서라면 세상을 버릴 수도 있는, 진정한 연인이었다. 총명하고 책을 많이 읽었다. 다정하고 이타적이며 이익을 좇지 않았다. 사실 그녀는 세상에서 찾아보기 어려운 훌륭한 인물이었다.

"내 생각에는 프리마돈나를 직접 만나 보는 게 좋을 것 같은데요."

내가 한마디 했다.

"어떻게요?"

"'라 폴테로나'라고 들어 봤소?"

"물론이죠. 그녀의 회고록을 읽었어요."

"그 여자가 여기 해안가에 살고 있어요. 내가 전화해서 같이 저녁을 먹자고 해 보죠."

"정말이십니까? 아주 좋습니다."

"기대와 다르더라도 날 원망하진 말아요."

"제가 원하는 건 진실입니다."

라 폴테로나를 모르는 사람은 없었다. 멜바도 그녀보다 유명하지는 않았다. 이제는 오페라 무대에서 노래하지 않았지만 목소리가 여전히 아름다워 전 세계 어디를 가도 콘서트장을 꽉 채울 수 있었다. 겨울에는 긴 연주 여행을 다니고 여름에는 바닷가 별장에서 쉬었다. 리비에라는 50킬로미터 떨어진 집까지 모두 이웃이라 할 수 있는 곳이므로 나는 몇 년에 걸쳐 라 폴테로나를 여러 번 만났다. 성미가 아주 불같은 여자였다. 노래뿐 아니라 연애사로도 유명세를 떨쳤고, 사람들에게 본인의 연애담을 거리낌 없이 들려주었다. 내가 몇 시간이고 앉아서 재미나게 듣고 있으면, 그녀는 가장 뛰어난 장기인 농담을 섞어 가면서 충직했거나 대단히 부유했던 애인들의 선정적인 이야기로 즐거움을 주었다. 나는 그녀의 이야기에 어느 정도 사실이 포함돼 있다는 점에 만족했다. 그녀는 결혼 생활을 서너 번 짧게 했었고, 결혼한 남자 중에는 나폴리의 왕자도 끼어 있었지만, 라 폴테로나라는 본인의 이름이 어떤 작위보다 유명하다는 것을 알고 있었으므로 그의 이름을 쓰지 않았다.(그와 이혼한 뒤 다른 사람과 결혼했기 때문에 어차피 그럴 권리도 없었다.) 하지만 그녀의 은 식기와 포크와 나이프, 만찬 식기 세트는 온통 왕실 문장으로 치장된 것들이었고, 시중드는 사람들은 그녀를 '마담 라 프린세스(왕자비)'라 칭했다. 그녀는 자칭 헝가리인이었지만 영어를 완벽하게 구사했다. 약간의 악센트를 섞어 말했는데(기억날 때만) 사람들 말마따나 억양은 캔자스시티 쪽이었다. 그녀는 자기가 어릴 때 아버지가 미국으로 정치적 망명을 했기 때문에 그렇다고 설명했다. 하지만 아버지가 진보적 견해로 인해 곤경에 처한 유명한 과학자인지, 아니면 황녀와의 연애 사건으로 황제의 분노를 산 마자르 귀족인지는 확실하지 않았다. 그것은 그녀가 예술가들 무리에 낀 예술가인지, 아니면 귀족 혈통의 사람들 속의 지체 높은 숙녀인지에 따라 왔다 갔다 했다.

그녀가 나를 꾸밈없이 대한 것은 아니다. 본인이 원한다 해도 그것은 어차피 불가능했다. 하지만 그녀는 나와 있을 때 가장 본성을 드러냈다. 그리고 예술을 하찮게 여기는 자연스럽고 건전한 성향을 가지고 있었다. 진심으로 그 모든 것들을 거대한 허풍이라고 여겼다. 대중에게 예술을 선보일 수 있는 모든 사람들을 향해 가슴 깊은 곳에서 우러나는 즐거운 연민을 느꼈다. 그러니 나로서는 조롱하며 즐기는 마음으로 피터 멜로즈와 라 폴테로나의 만남을 기대한 것이 사실이다.

맛있는 음식이 나오리란 걸 알고 그녀는 나의 저녁 초대를 흔쾌히 받아들였다. 몸매에 몹시 신경을 쓰느라 하루 한 끼만 먹었지만 한 끼를 먹더라도 영양가 많은 것으로 푸짐하게 먹었다. 나는 저녁 9시가 그녀의 식사 시간 중 가장 이른 시각인 것을 알고 그녀에게 9시에 오라고 말해 두고는 저녁 식사를 9시 30분에 맞춰 준비시켰다. 그녀는 9시 45분에 나타났다. 그녀가 입은 청사과빛 새틴 드레스는 가슴이 아주 깊게 파이고 뒤판은 아예 없었다. 알이 아주 굵은 진주 목걸이를 걸고 비싸 보이는 반지를 여러 개 끼고 있었다. 왼팔에는 다이아몬드와 에메랄드 팔찌들이 손목부터 팔꿈치까지 줄줄이 이어졌는데, 그중 두세 개는 진품이었다. 까마귀처럼 새카만 머리에는 다이아몬드가 박힌 가느다란 보관(寶冠)을 쓰고 있었다. 스태퍼드 하우스의 무도회에 참석했을 때도 이보다 화려하진 않았을 것 같았다. 우리는 하얀 면포 바지 차림이었다.

"아주 휘황찬란하군요." 내가 말했다. "파티가 아니라고 말했을 텐데요."

그녀는 고혹적인 검은 눈으로 피터를 재빨리 쳐다보았다.

"파티지 무슨 소리예요. 당신 친구가 재능 있는 작가라면서요. 나야 연주자에 불과한걸요." 그녀는 한 손가락으로 반짝거리는 팔찌들을 쓱 쓰다듬었다. "이것은 내가 창의적인 예술가에게 바치는 존경의 표시예요."

한마디 저속한 표현이 혀끝을 맴돌았지만 나는 그냥 그녀가 좋아하는 칵테일을 권했다. 나는 그녀를 마리아라고 부르는 특권을 누렸고, 그녀는 항상 나를 '거장'이라고 불렀다. 그녀가 나를 그렇게 부른 것은, 나를 바보 취급하듯 놀려 먹으려는 것이 가장 큰 이유였고, 두 번째는 나이가 나보다 고작 두세 살 어리면서도 우리가 서로 다른 세대라는 것을 강조하기 위해서였다. 하지만 가끔은 나를 더러운 돼지라고 부르기도 했다. 그날 저녁 그녀는 서른다섯을 갓 넘긴 나이로 보인다고 해도 과언이 아니었다. 그녀는 나이를 가늠할 수 없는 커다란 이목구비를 가지고 있었다. 무대 위에서는 아름다운 여인이었고, 사적으로 만나도 코와 입이 크고 얼굴이 통통하기는 했지만 예쁜 여자였다. 그날 그녀는 갈색 계열의 짙은 볼연지로 화장을 했고, 입술은 밝은 다홍색이었다. 그녀는 스페인 사람처럼 보였다. 내가 그렇게 느끼고 의심한 이유는, 저녁을 먹기 시작할 때 그녀가 세비야[5] 쪽 악센트를 썼기 때문이다. 피터가 돈을 쓴 보람이 있어야 하겠기에 나는 그녀가 되도록 말을 많이 하기를 바랐다. 그녀가 말할 수 있는 주제는 세상에 단 하나뿐이었다. 그녀는 사실 어리석은 여자였다. 하지만 그녀를 처음 만난 사람은 그녀의 허풍 섞인 유려한 말솜씨에 홀

---

5) 스페인 남서부의 항구 도시.

려 그녀가 똑똑한 사람이라는 인상을 받았다. 하지만 그것은 어디까지나 연기에 불과했다. 조금 지나면 그녀가 아무런 생각도 관심도 없이 그저 지껄이고 있다는 것을 알 수 있었다. 나는 과연 그녀가 책을 한 권이라도 읽은 적이 있는지 진심으로 의심스럽다. 그녀가 아는 세상일이라는 것은 삽화 신문의 사진들을 보면서 알게 된 것들이 전부였다. 그녀가 음악에 열정이 있다는 것도 순전히 헛소리였다. 한번은 나와 같이 간 콘서트장에서 그녀는 「5번 교향곡」이 연주되는 내내 쿨쿨 잠을 잤다. 나는 쉬는 시간에 그녀가 베토벤을 들으면 가슴이 너무나 뭉클해져서 여기 오기까지 많이 망설였다고 사람들에게 말하는 것을 듣고 할 말을 잃었다. 그 장엄한 테마가 머릿속을 울려 대서 밤새 한숨도 못 잘 거라나 뭐라나. 밤새 잠을 이루지 못할 거라는 그녀의 말은 믿을 수 있었다. 교향곡 내내 낮잠을 그리 달게 잤으니 밤잠은 설칠 수밖에.

하지만 그녀가 끊임없이 관심을 두는 주제가 딱 하나 있었다. 그녀가 끝없이 샘솟는 에너지로 추구하는 그것. 아무것도 그녀가 그것으로 돌아가는 것을 막지 못했다. 아무리 동떨어진 말도 그녀는 어떻게든 그 말을 빌미로 그것으로 돌아가고야 말았고, 아무도 생각하지 못한 영민함을 발휘해 그 일을 해냈다. 이 주제에 한해 그녀는 위트 있고 활기차고 철학적이고 비극적이고 창의적이었다. 그 와중에 그녀는 보유한 모든 기량을 선보일 수 있었다. 응용력이 끝이 없었고 다양성도 한계가 없었다. 그 주제란 바로 그녀 자신이었다. 나는 재빨리 물꼬를 터 주고 나서 적당히 맞장구를 쳤다. 그녀는 상냥한 태도를 유지했다. 우리는 테라스에서 식사를 했고, 보름달도 우리 앞에 펼쳐진 바다 위로 휘영청 빛나며 한몫 거들었다. 그녀가 그때그때 상황에 맞는 것을 파악하듯 자연도 딱 맞는 풍경을 마련했다. 키가 큰 사이프러스 나무 두 그루가 풍경의 틀을 형성했고, 테라스 위에는 만개한 오렌지 나무들이 우리를 둘러싸고 황홀한 향기를 내뿜었다. 바람이 없어서 테이블 위 양초들은 차분하고 얌전한 불꽃을 피웠다. 그야말로 라 폴테로나에게 걸맞은 조명이었다. 그녀는 우리 둘 사이에 앉아 마음껏 먹고 샴페인을 실컷 음미하면서 즐거운 시간을 보냈다. 그녀가 달을 슬쩍 쳐다보았다. 바다에는 널찍한 은빛 바닷길이 펼쳐져 있었다.

"자연이란 얼마나 아름다운가요." 그녀가 말했다. "아, 자연 풍광도 한몫해야 하거늘. 그들은 어찌 노래하기를 바라는 걸까요? 알다시피 코벤트 가든의 무대 장치가 형편없잖아요. 저번에 줄리엣을 노래할 때, 달을 띄워 주지 않으면 더는 노래하지 않겠다고 했었죠."

피터는 조용히 그녀의 말에 귀를 기울였다. 그녀의 말을 가만 듣기만 했다. 그녀는 내가 기대한 것보다 훨씬 잘하고 있었다. 샴페인뿐 아니라 쉴 새 없이 떠드는 입도 고삐를 살짝 죄고서. 누군가 그녀를 보았다면 온 세상의 음모로 인해 괴로움을 당하는 순둥이라고 생각했을 것이다. 그녀의 삶은 험난한 역경에 맞선 길고 힘겨운 투쟁의 연속이었다. 매니저들은 그녀를 부당하게 대우했고, 단장들은 그녀에게 비열한 수작을 부렸으며, 가수들은 그녀를 쓰러뜨리려 작당했고, 그녀의 적에게 매수당한 평론가들은 그녀를 헐뜯는 글을 싸질렀으며, 그녀가 모든 것을 바쳤던 연인들은 치졸한 배은망덕으로 그녀를 이용했다. 그래도 본인의 기적 같은 천재성과 기민한 위트로, 그녀는 그들 모두를 골탕 먹였다. 그녀는 기쁨에 겨워 반짝거리는 눈으로, 어떻게 그들의 교묘한 책략을 무찔렀는지, 그녀를 방해하던 악랄한 인간들이 어떻게 천벌을 받았는지 우리에게 이야기했다. 나는 저런 불미스러운 이야기를 잘도 떠들어 대는 저 용기는 대체 어디서 나오는 걸까 생각했다. 그녀는 자기도 모르게 자신의 됨됨이를 드러내고 있었다. 옹졸하고, 시샘 많고, 피도 눈물도 없고, 허영심이 하늘을 찌르고, 잔인하고, 이기적이고, 잔꾀를 부리고, 돈을 밝히는 민낯을. 나는 때때로 피터를 슬쩍슬쩍 쳐다보았다. 그가 머릿속에 그려 놓은 이상적인 프리마돈나와 무자비한 현신을 비교하면서 맞닥뜨릴 혼란을 생각하니 그저 고소했다. 그녀는 인정사정없는 여자였다. 마침내 그녀가 떠났을 때 나는 웃는 얼굴로 피터를 돌아보았다.

"자," 나는 말했다. "어쨌든 좋은 글감을 얻은 겁니다."

"네, 너무나 아름답게 딱 들어맞아요."

그가 열정적으로 말했다.

"그래요?"

나는 어이가 없어 물었다.

"그녀는 내 여인과 꼭 닮았어요. 그녀는 믿지 않겠지만 난 그녀를 만나기 전부터 이미 특징적인 대사를 대강 짐작했거든요."

나는 놀라 그를 멍하니 쳐다보았다.

"예술에 대한 열정. 청렴함. 그녀는 내가 마음의 눈으로 보았던 영혼의 고귀함을 그대로 지니고 있어요. 편협하고 음란하고 천박한 사람들이 그녀 앞에 온갖 방해물을 놓았지만, 그녀는 훌륭한 명분과 순수한 목적으로 그것들을 모조리 쓸어버렸어요." 그는 기뻐서 웃음을 살짝 터뜨렸다. "자연이 예술을 만들어 낸 것을 보면 신기하지 않습니까? 맹세코 그녀를 그려 내고 말겠어요."

나는 말을 하려다가 입을 다물었다. 체념하는 어깻짓을 하고 말았지만, 그럼에도 느낀 바가 있었다. 피터는 그녀에게서 보기로 작정한 것을 보았던 것이다. 그의 환영 속에는 아름다움과 흡사한 것이 있었다. 그는 나름 자기 식으로 시인이었다. 우리는 잠자리에 들었다. 그로부터 이틀인가 사흘 뒤 그는 입맛에 맞는 작은 호텔을 구해 떠났다.

시간이 흘러 그의 책이 출간되었다. 젊은 작가들의 두 번째 소설이 대개 그렇듯 그것은 아주 초라한 성공을 거두었다. 그의 첫 작품을 과도하게 칭송했던 평론가들은 이제 지나치게 비판적으로 나왔다. 자기 자신과 어릴 때부터 알던 사람들을 기반으로 소설을 쓰는 것과 만들어 낸 인물로 글을 쓰는 것은 다를 수밖에 없다. 피터의 소설은 너무 길었다. 생생한 묘사력이 남발된 데다 유머도 여전히 평범했지만 시대를 재구성한 솜씨가 좋았다. 이 로맨틱한 이야기에는 내가 그의 첫 작품에서 느꼈던 진정한 열정의 전율이 그대로 살아 있었다.

그날 내 집에서 같이 저녁을 먹은 뒤 나는 라 폴테로나를 일 년 정도 만나지 않았다. 그녀는 일 년 동안 남아메리카로

긴 연주 여행을 떠났다가 늦여름이 되어서야 리비에라로 돌아왔다. 어느 밤 그녀가 나를 저녁 식사에 초대했다. 그 자리에는 우리 둘 외에 그녀의 말벗이자 비서인 영국인 여성 글레이저 양이 있었다. 라 폴테로나는 글레이저 양을 괴롭히고 학대하고 때리고 욕했지만 글레이저 양 없이는 아무것도 하지 못했다. 글레이저 양은 수척한 오십 대 여자였다. 머리는 세어 잿빛이었고, 얼굴은 해쓱하고 주름이 자글자글했다. 그리고 괴짜였다. 라 폴테로나에 관해서는 모르는 것이 거의 없었다. 그녀는 라 폴테로나를 아끼면서도 증오했다. 당사자가 없는 데서 라 폴테로나를 씹어 대는 것으로 대단한 익살을 떨었는데, 추종자들에 둘러싸인 위대한 성악가를 몰래 흉내 내는 그녀의 모습은 내 생애 가장 웃긴 코미디였다. 그러면서도 라 폴테로나를 어머니처럼 돌보았다. 가끔은 구슬리고 가끔은 솔직한 말로 라 폴테로나를 인간답게 행동하도록 이끄는 것도 그녀였다. 그리고 이 성악가의 얼토당토않은 회고록을 쓴 것도 바로 그녀였다.

라 폴테로나는 연파란색 새틴 파자마 차림이었고(그녀는 새틴을 좋아했다.) 머리에는 초록빛 실크 가발을 쓴 것 같았다. 반지 몇 개와 진주 목걸이, 팔찌 두 개, 허리의 다이아몬드 브로치 외에는 치장한 보석이 없었다. 그녀는 남아메리카에서 거둔 성과에 대해 할 말이 많은 듯했다. 말을 하고 또 했다. 생애 최상의 목소리를 뽐냈고, 세상에 다시없을 성대한 박수갈채를 받았다고 했다. 콘서트장은 매회 만원이었고 떼돈을 벌었다고.

"그게 사실이야, 사실이 아니야, 글레이저?"

마리아가 강한 남아메리카 악센트로 외쳤다.

"대부분은 사실이지."

글레이저 양이 말했다.

라 폴테로나는 그녀의 말벗을 성씨로 칭하는 무례한 습관이 있었다. 하지만 그 딱한 말벗은 그런 일로 화내는 것을 오래전에 포기한 게 분명했으므로 큰 의미는 없었다.

"부에노스아이레스에서 만났던 그 남자 누구였더라?"

"어떤 남자?"

"글레이저, 이 바보야. 똑똑히 기억하면서 그래. 내가 결혼했던 남자 말이야."

"페페 자파타."

글레이저 양이 웃지 않고 대꾸했다.

"그 인간 빈털터리야. 뻔뻔하게 자기가 사 준 다이아몬드 목걸이를 돌려달라고 하더라. 자기 엄마 거라면서."

"돌려줘도 상관없을 텐데." 글레이저 양이 말했다. "어차피 하지도 않잖아."

"돌려줘?" 라 폴테로나가 빽 소리쳤다. 하도 놀라서 진짜배기 영어가 튀어나왔다. "돌려줘? 미쳤구나."

그녀는 저 인간이 갑자기 돌았나 하는 눈으로 글레이저 양을 쳐다보았다. 어차피 식사를 마쳤기 때문에 그녀는 식탁에서 일어섰다.

"밖으로 나가요." 그녀가 말했다. "내게 천사의 인내심이 있으니 망정이지, 아니면 저 여자를 오래전에 내쳤을 거예요."

라 폴테로나와 나는 밖으로 나갔지만, 글레이저 양은 우리를 따라나서지 않았다. 우리는 베란다에 앉았다. 정원에 거대한 삼나무 한 그루가 있어서 그것의 검은 나뭇가지들이 별이 총총한 밤하늘을 배경으로 검은 실루엣을 이루었다. 우리 발밑에 있다시피 한 바닷물은 대단히 차분했다. 별안간 라 폴테로나가 화들짝 놀랐다.

"깜빡 잊을 뻔했네. 글레이저, 이 멍청이." 그녀가 소리쳤다. "왜 알려 주지 않았어?" 그러고는 다시 내게 고개를 돌렸다. "나 당신한테 화났어요."

"저녁을 먹고 나서야 기억났으니 다행이군요."

나는 대꾸했다.

"당신 친구, 그 남자 책 말이에요."

나는 그녀가 무슨 말을 하는지 얼른 이해하지 못했다.

"무슨 친구와 무슨 책 말이오?"

"바보 소리 말아요. 그 못생기고 어린 남자 말이에요, 얼굴이 반들반들하고 몸매는 형편없는. 내 얘기를 책으로 썼던데요."

"오! 피터 멜로즈. 하지만 그건 당신이 아니에요."

"아니긴요. 나를 바보로 아는 거예요? 그 인간이 뻔뻔하게 그걸 나한테 보냈더라구요."

"잘 받았다고 답신하지 그랬소."

"싸구려 작가 나부랭이들이 내게 보내는 책들에 일일이 답할 만큼 내가 한가한 줄 알아요? 글레이저가 답을 했겠죠. 당신이 저녁 식사에 나를 초대해 그를 만나게 한 것이 화근이에요. 난 당신이 나를 좋아한다고 생각하고 당신을 위하는 마음에 간 건데, 그렇게 이용당할 줄은 꿈에도 몰랐어요. 오랜 친구가 점잖은 신사답게 처신할 거라 믿을 수가 없으니 끔찍할 따름이에요. 앞으로 죽는 날까지 당신과 두 번 다시 식사하지 않겠어요. 절대, 절대, 절대."

그녀의 짜증이 갈수록 발광 수준으로 치닫고 있었으므로 나는 더 늦기 전에 끼어들었다.

"말도 안 돼요." 내가 말했다. "우선, 그 책에 나오는 가수, 그러니까 당신이 말하는 인물은……."

"난 그 청소부를 말하는 게 아니에요, 알죠?"

"그 가수라는 등장인물은 그가 당신을 만나기 전에 이미 구상한 인물이었어요. 게다가 당신과는 조금도 닮지 않았어요."

"나랑 닮지 않았다니, 그게 무슨 뜻이에요? 내 친구들은 모두들 그게 나라고 하던데요. 쏙 빼닮은 초상화라고 했어요."

"메리."

나는 타일렀다.

"내 이름은 마리아고, 당신은 누구보다 그걸 잘 알잖아요. 그러니 나를 마리아라고 부르지 않을 거면, 마담 폴테로나나 마담 프린세스라고 불러요."

나는 이 말은 무시해 버렸다.

"그 책을 읽기나 한 거요?"

"당연히 읽었죠. 모두들 그게 나에 관한 이야기라고 하니까."

"하지만 그 청년의 여주인공은 스물다섯 살이오."

"나 같은 여자는 나이가 없어요."

"그녀는 손끝까지 음악적이고 비둘기처럼 다정해요. 이타심의 화신이고, 솔직하고, 충직하고, 사심이 없어요. 당신은 당신

자신을 그렇다고 생각해요?"

"당신은 나를 어떻게 생각하는데요?"

"피도 눈물도 없고, 말도 못하게 무자비하고, 타고난 모사꾼이고, 철저히 자기중심적이죠."

그녀는 숙녀가 웬만하면 신사에게 감히 할 수 없는 욕설을 내게 지껄였다. 아무리 큰 잘못을 저질렀대도 어엿한 신사라면 들을 수 없는 욕이었다. 그녀의 눈은 번뜩였지만 나는 그녀가 조금도 화나지 않았다는 걸 알 수 있었다. 자신에 대한 나의 평가를 칭찬으로 받아들인 것이다.

"그럼 그 에메랄드 반지는요? 내가 그에게 그 이야기를 했던 것도 부인할 거예요?"

에메랄드 반지의 사연은 이러했다. 라 폴테로나는 어느 강력한 나라의 황태자와 뜨거운 연애를 했고, 그는 그녀에게 엄청난 고가의 에메랄드 반지를 선물했다. 어느 밤 그들은 말다툼을 벌였다. 고성이 오갔고, 그 반지 이야기가 나오던 중 그녀는 손가락에서 그것을 빼서 난롯불 속으로 내던졌다. 평소 검약한 성격의 황태자는 놀라 울부짖으며 엎드리더니 석탄 속을 헤집어 반지를 찾아냈다. 그가 바닥을 기어 다니는 동안 그녀는 그를 하찮다는 듯 지켜보았다. 그녀 자신은 펑펑 쓰는 편이 아니면서도 남들이 알뜰한 꼴은 참지 못했다. 그녀는 그 이야기를 아주 인상적인 말로 마무리했다.

"그 후로 난 그이를 사랑할 수가 없었어요."

그 사건은 눈에 그려질 만큼 생생했고 피터의 상상력을 사로잡았다. 피터는 그것을 아주 깔끔하게 써먹었다.

"난 분명히 당신들 두 사람에게 그 이야기를 했고 그 전에는 누구에게도 말한 적이 없어요. 그걸 책에 쓰다니 신뢰를 무참히 저버린 짓이에요. 그건 당신도 그 사람도 변명의 여지가 없어요."

"하지만 나는 당신에게서 그 이야기를 수십 번은 들었어요. 또한 플로렌스 몽고메리한테 그것이 자기와 루돌프 황태자의 이야기라고 들은 적도 있고. 그녀도 즐겨 하는 이야기 중의 하나거든. 롤라 몬테즈가 바이에른의 국왕과 자기 사이에 있었던 일이라면서 내게 자주 하던 이야기이기도 하고. 넬 그웬도 분명 찰스 2세와 있었던 일이라면서 그 이야기를 했을 거요. 그건 항간에 떠도는 오래된 이야기일 뿐이오."

그녀는 놀라 당황했지만 오래가지 않았다.

"그런 일은 얼마든지 여러 번 일어날 수 있어요. 다들 알다시피 여자들은 열정적이고 남자들은 고양이 먹이처럼 저열하니까요.[6] 원한다면 그 에메랄드를 보여 줄 수도 있어요. 물론 내가 다시 세팅을 하긴 했지만요."

"롤라 몬테즈는 진주라고 했지." 내가 아이러니하다는 듯 말했다. "아마 망가졌을 거고."

"진주?" 그녀가 특유의 찬란한 미소를 지으며 말했다. "내가 벤지 리젠바움과 진주 이야기 했던가요? 당신이 써먹을 만한 이야기예요."

벤지 리젠바움은 엄청난 재력가였고, 그가 라 폴테로나의

---

6) 유럽에서는 20세기 초까지 저렴한 말고기를 고양이 먹이로 썼다.

오랜 연인이었다는 것은 누구나 아는 사실이었다. 우리가 지금 앉아 있는 이 호화로운 작은 별장도 바로 그 남자가 사 준 것이었다.

"그이가 뉴욕에서 엄청 예쁜 목걸이를 사 준 적이 있어요. 그때 나는 메트로폴리탄에서 노래를 했고, 공연이 끝난 뒤 우리는 함께 유럽으로 돌아가는 배에 올랐어요. 그 사람 모르죠, 응?"

"몰라요."

"어떤 면에서 그이는 그리 나쁜 남자가 아니었지만 말도 못하게 질투심이 강했어요. 젊은 이탈리아 장교가 내게 큰 관심을 보이는 바람에 우리는 배에서 한바탕 다퉜죠. 사귀기로 치면 세상에서 가장 쉬운 여자가 나지만, 남자들에게 학대당할 생각은 추호도 없어요. 나는 자긍심이 있는 여자니까요. 내가 그이의 민감한 부분을 지적하니까, 당신은 무슨 말인지 알 거예요, 그이가 내 뺨을 때렸어요. 세상에나, 갑판에서. 내가 화가 안 날 수 있겠냐고요. 나는 목에서 진주 목걸이를 잡아채서 바다로 내던졌어요. '그거 5만 달러짜리요.' 하면서 그이가 입을 딱 벌리더군요. 얼굴이 하얗게 질려서는. 나는 몸을 빳빳하게 세웠어요. '내가 그걸 소중히 생각한 건 당신이 날 사랑했기 때문이에요.' 그렇게 말하고는 휙 돌아서서 떠났죠."

"바보로군."

내가 말했다.

"나는 그이와 스물네 시간 동안 말을 섞지 않았어요. 결국 그이는 내 앞에서 설설 기었고요. 우리가 파리에 도착했을 때, 그이는 열일 제치고 카르티에로 가서 내게 그것만큼 좋은 걸로 하나 사 주었죠."

그녀는 낄낄거리기 시작했다.

"나더러 바보라고 했어요? 그때 난 진짜 목걸이를 뉴욕의 은행에 보관해 두었어요. 다음 공연 때 거기로 다시 갈 걸 알았으니까. 내가 바다에 던진 건 모조품이었다고요."

그녀는 웃기 시작했다. 감미로운 목소리로 기쁨에 겨워 아이처럼 천진하게 웃어 댔다. 속임수를 쓴 것이 통쾌해서였다. 그녀는 신나서 깔깔거렸다.

"남자들이란, 얼마나 바보들인지." 그녀는 숨을 몰아쉬었다. "당신도, 당신도 내가 진짜 목걸이를 바다에 던진 줄 알았지."

그녀는 웃고 또 웃었다. 마침내 그녀는 웃음을 멈추었다. 아주 신이 나 있었다.

"노래를 부르고 싶네. 글레이저, 반주 좀 해 줘."

응접실에서 목소리가 들려왔다.

"그 많은 음식을 다 욱여넣고 무슨 노래를 하겠다는 거야."

"닥쳐, 이 늙은 암소야. 아무거나 연주해."

아무런 대꾸가 없었지만, 잠시 후 글레이저 양은 슈만의 가곡 중 한 곡의 도입부 몇 소절을 연주했다. 목소리에 힘이 실리지 않은 것으로 보아, 글레이저 양이 적당한 곡을 고른 것 같았다. 라 폴테로나는 낮은 목소리로 노래하기 시작했다. 그녀는 자기 입에서 흘러나오는 소리가 낭랑하다는 걸 알아채고는 마음껏 노래를 불렀다. 노래가 끝나고 침묵이 흘렀다. 글레이저 양은 라 폴테로나의 목소리 상태가 좋다고 판단했고 그녀가 노래를 더 부르고 싶어 하는 것도 눈치챘다. 프리마돈나는 불이 켜진 방을 등진 채 창가에 서 있었다. 그녀는 검고 반짝거리는 바다를 바라보았다. 삼나무가 하늘에 아름다운 무늬를 수놓았다. 밤은 보드랍고 포근했다. 글레이저 양이 두어 소절 더 연주했다. 내 등허리에 소름이 돋았다. 라 폴테로나는 그 곡을 알아채고 움찔했다. 나는 그녀가 마음을 가다듬는 것을 느꼈다.

다정하게 나긋하게 그가 미소를 짓네
그가 감미로운 눈을 뜨네.[7]

그것은 이졸데가 부르는 죽음의 노래였다. 그녀는 바그너의 노래는 목소리에 힘을 줘야 해서 절대 부르지 않는데, 이 노래는 콘서트에서 종종 부르는 것 같았다. 오케스트라 반주 대신 뚱땅거리는 피아노의 빈약한 소리뿐이었지만 나야 아무래도 좋았다. 천상의 선율이 고요한 공기 위로 떨어져 수면 위로 퍼져 나갔다. 너무나 로맨틱한 풍경과 별이 총총한 밤하늘 속에서 그 효과는 엄청났다. 라 폴테로나의 목소리는 여전히 감미롭고 낭랑한 것이 참으로 아름다웠다. 그녀가 풍부한 감정을 실어 너무나 부드럽게, 비장미를 가지고 노래를 불렀기 때문에 나는 가슴이 녹아내리는 것 같았다. 그녀가 노래를 마쳤을 때는 목이 아리도록 메었다. 그녀를 쳐다보니 그녀의 얼굴

7) 오페라 「트리스탄과 이졸데」 중 이졸데의 아리아.

에 눈물이 흐르고 있었다. 나는 입을 다물었다. 그녀는 가만히 서서 시대를 초월한 바다를 바라보았다.

참으로 이상한 여자였다! 나는 그녀의 본모습, 그녀의 끔찍한 흠결을 보기보다는 피터 멜로즈처럼 그녀를 온갖 미덕의 화신으로 바라보는 것이 차라리 낫겠다는 생각을 했다. 그러면 사람들은 내가 합리적인 사람보다 허물 있는 사람을 더 좋아한다면서 나를 비난하겠지만. 물론 그녀는 가증스러운 여자, 그럼에도 거부할 수 없는 여자였다.

사자의 가죽

포레스티어 대령이 산불로 죽었다는 기사는 많은 사람들에게 충격을 주었다. 그는 산불이 났을 때 우연히 집 안에 갇혀 있던 아내의 개를 구하려다가 죽음을 맞았다. 어떤 이들은 그에게 그런 면이 있는 줄 몰랐다고 말했고, 어떤 이들은 그가 그런 사람인 줄 정확히 알았다고 했지만, 어떤 뜻으로 했든 그중에는 진심으로 하는 말들이 있었다. 참사 이후 포레스티어 부인은 하디라는 사람들의 저택에서 은신하게 되었는데, 그들은 그녀와 그녀의 남편이 최근에 알게 된 사람들이었다. 포레스티어 대령은 생전에 하디 부부를 탐탁지 않게 여겼고, 특히나 프레드 하디는 좋아하지 않았다. 하지만 그녀는 만약 남편이 그 끔찍한 밤을 넘기고 살아남았더라면 그 생각을 바꾸었을 거라고 생각했다. 하디 부부가 평판과 다르게 대단히 좋은 사람들이라는 것을 깨닫고 훌륭한 신사답게 자신의 오판을 흔쾌히 인정했을 거라고. 포레스티어 부인은 하디 부부의 친절이 없었더라면 세상의 전부였던 남편을 여읜 후 과연 온전한 정신을 유지할 수 있었을지 의문이었다. 그들의 한결같은 연민만이 극심한 고통에 시달리는 그녀에게 위안이 되어 주었다. 남편의 위대한 희생을 눈앞에서 목격하다시피 한 그들은 누구보다 남편의 훌륭함을 알고 있었다. 그녀는 프레디 하디가 그 참혹한 소식을 전하면서 했던 말을 잊을 수 없었다. 그 말 덕분에 그녀는 그 참혹한 시련을 견뎌 냈을 뿐 아니라 용기를 가지고 쓸쓸한 미래를 대면할 수 있었던 것이다. 그것은 바로, 그 용감한 남자, 그녀가 너무나 사랑했던 그 용맹한 신사는 그녀가 용기를 가지고 맞서 싸우기를 바랐을 거라는 말이었다.

포레스티어 부인은 아주 착한 여자였다. 사람들은 어떤 여자의 이야기를 할 때 딱히 할 말이 없으면 종종 착하다는 말을 하기도 하므로 그럴 경우에는 빈말이라고 봐도 무방하지만, 지금 나는 그런 빈말을 하려는 것이 아니다. 포레스티어 부인은 매력적이지도 아름답지도 총명하지도 않았다. 오히려 엉뚱하고 촌스럽고 어리숙한 편이었지만, 사람들은 그녀를 알면 알수록 좋아하게 되었다. 왜 그녀를 좋아하느냐는 질문을 받으면 아주 착한 여자니까, 라는 말을 반복했다. 그녀는 보통 남자만큼 키가 컸고, 큰 입과 큰 매부리코, 근시인 연파란색 눈, 크고 못생긴 손을 가지고 있었다. 주름이 많고 거친 피부는 짙은 화장으로 가렸고, 머리는 길게 길러 금발로 염색한 뒤 물결무늬를 넣어 정교하게 손질했다. 그녀는 공격적이고 남성적인 외모를 상쇄하려고 갖은 노력을 기울였지만, 극장에서 공연하는 여장 남자 같은 결과를 낳았다. 목소리는 여성의 음성이었지만, 화가 나면 굵은 저음으로 돌변하면서 금발 가발을 벗어 던지고 남자의 대머리를 드러낼 듯한 인상을 주었다. 옷차림에 많은 돈을 썼고 파리의 최고급 양장점에서 옷을 구입했음에도, 오십 대의 나이에 꽃다운 나이의 예쁘고 어린 모델들이 입어야 태가 나는 옷들만 고르는 안타까운 취향을 가지고 있었다. 그리고 항상 화려한 보석들을 여러 개 주렁주렁 달고 다녔다. 행동거지가 서투르고 몸짓이 투박했다. 값비싼 옥 제품이 있는 응접실에 들어가면 그것을 건드려 바닥에 떨어뜨리는 일이 다반사였다. 그녀와 같이 점심을 먹는 자리에 애지중지하는 유리그릇 세트가 있다면 어김없이 그릇 한 개는 그녀의 손에 박살났다.

그러나 이 볼품없는 외면 안에는 다정하고 로맨틱하며 이상적인 영혼이 자리하고 있었다. 남들이 이것을 알기까지는 시간이 걸렸다. 그녀를 처음 알게 된 사람은 그녀를 재미난 사람 정도로 생각하다가 점차 그녀를 알아 갈수록(그녀의 서투름에 고통받으면서) 그녀에게 화가 치밀었다. 하지만 그녀의 내면을 깨닫는 순간 바보처럼 여태 이것을 왜 몰랐을까 하고 생각했다. 내내 그것이 그 연파란색 근시를 통해 조금 수줍지만 진실되게, 바보가 아니면 모를 수 없게끔 이쪽을 내다보고 있었는데 말이다. 얌전한 모슬린,[1] 봄날 같은 오건디,[2] 하늘하늘

1) 평직으로 짠 면직물.

2) 아주 얇고 반투명한 모직물.

한 실크 옷은 못난 육신이 아니라 건강하고 천진한 영혼의 외피였다. 그제야 그녀가 그동안 깨뜨린 도자기도, 여장 남자 같은 그녀의 외모도 싹 잊히면서 그녀가 스스로를 바라보는 그녀의 시각으로, 있는 그대로의 그녀를(실재가 보일 수 있는 것이라면), 심성이 착하고 여린 존재를 보게 되었다. 그녀가 아이처럼 단순하다는 것을 깨닫게 되었다. 그녀는 누구에게든 관심을 받으면 가슴이 뭉클해지도록 감사했다. 그리고 친절한 마음씨는 끝이 없어서, 누군가에게 부탁을 받으면 아무리 귀찮은 일도 오히려 봉사할 기회를 얻은 양 발 벗고 나섰다. 그녀는 사심 없이 사랑을 주는 귀한 능력을 가지고 있었다. 사람들은 그녀가 불친절하거나 못된 생각은 평생 한 적이 없다는 것을 깨닫게 되었다. 이런 것들을 모두 알게 된 이상 포레스티어 부인이 아주 착한 여자라는 말을 되풀이할 수밖에 없었다.

안타깝게도 그녀는 천하의 바보이기도 했다. 이것은 그녀의 남편을 만나면 알게 되는 사실이었다. 포레스티어 부인은 미국인이었고 포레스티어 대령은 잉글랜드인이었다. 포레스티어 부인은 오리건주 포틀랜드에서 태어나 1914년 전쟁이 발발할 때까지 유럽에는 가 본 적이 없었다. 첫 번째 남편이 죽었을 때 그녀는 군대 의료진에 합류하여 프랑스로 왔다. 미국인의 기준에서는 부자가 아니었지만, 우리 잉글랜드인의 입장에서 보면 부유한 축에 들었다. 포레스티어 부부의 생활 방식으로 보아 그녀의 연 수입은 3만 달러쯤 됐을 것으로 짐작된다. 엉뚱한 사람에게 엉뚱한 약을 주고, 안 하느니만 못하게 붕대를 감고, 깨질 수 있는 기구는 모조리 깬 것을 빼면 그녀는 훌륭한 간호사였을 것이다. 너무 역겨워 망설인 적도, 몸을 사린 적도 없을 것이며, 왈칵 성질을 부린 적도 없을 것이라고 확신한다. 그녀의 따뜻한 마음을 마땅히 축복해야 할 가련한 자들이 많을 것이며, 지푸라기라도 잡으려는 심정으로 그녀의 선량한 심성 하나만 보고 용기를 내 모르는 그녀를 찾아간 이들도 적지 않았으리라. 포레스티어 대령이 그녀의 보살핌을 받게 된 것은 전쟁 마지막 해였다. 종전 선언 직후 그들은 결혼해 칸 뒤쪽 언덕 위에 자리한 멋진 저택에 정착했고, 머지않아 리비에라 지역민들 사이에서 독특한 위치를 차지했다. 포레스티어 대령은 브리지를 잘했고 골프를 좋아했다. 테니스 실력도 나쁘지 않았다. 그에게는 범선이 한 대 있었다. 여름이면 포레스티어 부부는 섬들 사이를 오가는 아주 멋진 파티를 열었다. 결혼한 지 십칠 년이 됐는데도 포레스티어 부인은 잘생긴 남편을 여전히 사랑했다. 그녀를 오래 알고 지낸 사람 중에 그녀가 느린 서부 지방 말씨로 이야기해 주는 그들의 연애담을 못 들은 사람은 없었다.

"첫눈에 반한 사랑이었어요." 그녀가 말했다. "내가 휴가 중일 때 그이가 이송돼 들어온 거예요. 출근해 보니까 그이가 내가 담당하는 침대에 딱 누워 있는데, 오, 가슴이 얼마나 찌릿하던지요. 그동안 내가 너무 과로해서 몸이 축났나 하는 생각이 잠깐 들었죠. 내 평생 그이만큼 잘생긴 남자는 본 적이 없어요."

"부상이 심했나요?"

"음, 딱히 부상을 당한 건 아니었어요. 참 희한한 일이었죠.

그이는 전쟁 내내 참전했거든요. 한때는 몇 달씩 포화 속에 있었고요. 하루에도 스무 번은 목숨을 걸었고 두려움이라고는 모르는 남자인데 긁힌 상처 한번 난 적이 없어요. 그이가 입원한 건 종기 때문이었어요."

불같은 사랑의 시작치고 낭만적인 질병은 아니었다. 당시 포레스티어 대령의 종기는 그녀의 큰 관심사였지만, 그녀는 성적 표현에 조심스러운 편이라 정확한 부위에 대해서는 늘 말을 얼버무렸다.

"그 아래, 그이의 등 아래쪽, 그보다 더 아래쪽인가 그랬어요. 그이는 내가 거기를 치료하는 걸 싫어했어요. 몇 번이고 느낀 건데, 영국 남자들은 신기하게 수줍음이 많거든요. 그이는 몹시 수치심을 느꼈죠. 첫 대면부터 말하자면 그런 관계였으니 우리가 친밀해졌을 거라 생각할 테지만, 그렇지는 않았어요. 그이는 내게 아주 쌀쌀맞게 굴었죠. 나는 회진을 돌면서 그이의 병상에 도달하면 호흡이 가쁘고 가슴이 뛰어서 내가 여기 왜 왔는지도 잊을 정도였어요. 난 원래 서투른 여자가 아니에요. 여간해선 물건을 떨어뜨리거나 깨는 일이 없는데, 믿기 힘들겠지만 로버트에게 약을 줄 때는 자꾸 숟가락을 떨어뜨리고 유리를 깨뜨렸어요. 그이가 날 어떻게 생각했을지 참 상상이 안 돼요."

포레스티어 부인한테 이런 말을 들으면 도저히 웃음을 참을 수가 없었다. 그녀는 귀여운 미소를 지었다.

"믿기지 않는 소리로 들릴 수도 있지만, 난 한 번도 그런 감정을 느껴 본 적이 없었어요. 첫 번째 결혼한 남자는…… 다

큰 자식들이 딸린 홀아비였는데, 좋은 남자였고 참 뛰어난 미국 시민이었지만, 그때는 그런 감정이 들지 않았죠."

"그럼 포레스티어 대령에게 빠진 건 어떻게 알았죠?"

"제 말을 굳이 믿어 달라고 하지는 않을게요. 이상한 소리로 들리겠지만, 동료 간호사가 그렇게 말했어요. 동료가 그 말을 하는데 나는 그게 사실이라는 걸 단번에 알았죠. 처음에는 엄청 화가 났어요. 그이에 대해 아는 게 아무것도 없었거든요. 잉글랜드 남자들이 그렇듯 그이도 말수가 너무 없어서, 그저 아내와 아이가 대여섯은 있겠구나 생각했죠."

"아니라는 건 어떻게 알았는데요?"

"그이에게 물어봤죠. 그이가 내게 독신남이라고 말했을 때 난 무슨 수를 써서든 그이와 결혼하기로 결심했어요. 그이는 많이 고통스러워했어요. 가엾게도 항상 엎드려 있어야 했죠. 똑바로 눕는 건 고문이나 다름없었고, 일어나 앉는 것은…… 음, 그건 생각조차 할 수 없는 일이었으니까요. 하지만 그이가 나보다 더 고통받았다고 생각하지는 않아요. 알다시피 남자들은 몸에 착 붙는 실크나 보드랍고 보송보송한 것들을 좋아하는데, 나는 간호사 복장이니 불리할 수밖에요. 당시 뉴잉글랜드 출신의 독신녀 수간호사가 화장도 용납하지 않아서 화장도 할 수 없었어요. 첫 번째 남편이 좋아하지 않아서 머리도 지금처럼 예쁘지 않았어요. 그이는 그 멋진 푸른 눈으로 나를 쳐다보곤 했고, 나는 그이가 나를 완벽한 사람으로 생각한다는 걸 알 수 있었어요. 그이는 우울증이 심했어요. 그이의 기분을 북돋우기 위해 뭐라도 해야 할 것 같아서 몇 분씩 짬이

날 때마다 그이에게 가서 이야기를 나누었죠. 그이는 전우들이 참호 속에 있는데 자기처럼 강인하고 건장한 사내가 몇 주씩 침대에 누워만 있는 게 참을 수 없다고 했어요. 그이와 이야기를 나누다 보면, 그이가 총알이 빗발치고 언제 죽을지 모르는 상황에서 가장 강렬한 삶의 희열을 느끼는 남자라는 걸 자연히 깨닫게 돼요. 그이에게 위험은 자극제였던 거예요. 솔직히 나는 그이의 체온을 기록할 때 차트에 1~2도 정도 높게 적었어요. 그래야 의사들이 그이의 병세가 실제보다 나쁘다고 여길 테니까요. 그이는 퇴원하기 위해 미친 짓도 서슴지 않을 것 같았어요. 난 그이가 퇴원하지 않도록 처신하는 게 맞다고 생각했어요. 내가 말하는 동안 그이는 생각하는 눈으로 나를 쳐다보곤 했는데, 그이가 우리의 짧은 대화를 기다린다는 걸 알 수 있었죠. 나는 그이에게 내가 과부고 딸린 가족이 없다고 말했어요. 그리고 전쟁이 끝나면 유럽에 정착할 생각이라고 했죠. 냉랭하던 그이가 조금씩 부드러워졌어요. 자기 이야기는 별로 하지 않았지만 내게 농담을 하기 시작했는데 유머 감각이 대단했어요. 그이가 나를 좋아하는 게 아닐까 하는 생각이 문득문득 들더라구요. 마침내 그이는 복귀해도 좋을 만큼 회복되었다는 진단을 받았어요. 놀랍게도 그이가 마지막 날 저녁에 같이 저녁을 먹자고 했어요. 나는 수간호사에게 간신히 휴가를 얻어 냈고 우리는 자동차를 타고 파리로 갔어요. 그때 제복을 입은 그이가 얼마나 멋져 보였는지 상상도 못할 거예요. 그렇게 돋보이는 사람은 본 적이 없어요. 손끝 하나하나가 귀족적이었죠. 의외로 기분이 별로 좋은 것 같지는 않았어요.

전선으로 돌아가고 싶어 그렇게 안달했던 사람이 말이죠."

"'오늘 밤 왜 침울한 거예요?' 하고 내가 물었죠. '어쨌든 당신이 바라던 대로 됐잖아요.'

'그렇기는 해요.' 그이가 말했어요. '하지만 내가 조금은 우울하다고 말한다면 당신은 그 이유를 알겠소?'

나는 그이가 무슨 말을 하는 건지 전혀 감이 오지 않았어요. 차라리 농담을 하는 게 낫겠다는 생각이 들었죠.

'난 짐작 같은 거 잘 못 해요.' 하고 내가 웃으면서 말했죠. '당신이 말해 주는 게 더 나을 거예요.'

그이는 아래를 내려다보았고, 나는 그이가 초조해한다는 걸 알 수 있었어요.

'당신은 세상 누구보다 친절하게 나를 대해 주었어요.' 그이가 말했죠. '무슨 말로 감사를 해야 할지 모르겠군요. 당신은 내가 아는 어떤 여성보다 멋진 여성입니다.'

나는 그이에게서 그런 말을 듣고 단단히 화가 났어요. 잉글랜드 남자들이 얼마나 이상한지 알 거예요. 그때까지 그이는 나에게 칭찬 한번 한 적이 없어요.

'유능한 간호사라면 누구나 할 일을 했을 뿐이에요.' 하고 내가 말했죠.

'당신을 다시 만날 수 있을까요?' 그이가 말했죠.

'그건 당신에게 달렸어요.' 내가 말했어요.

나는 내 목소리가 떨리는 걸 그이가 알아채지 못했기를 바랐어요.

'당신을 두고 가기 싫어요.' 그이가 말했죠.

나는 말문이 막혔어요.

'꼭 가셔야겠어요?' 내가 말했죠.

'국왕 폐하와 조국이 원하는 한 나는 그들에게 복무해야 합니다.'"

이 대목에 이르렀을 때 포레스티어 부인의 연파란색 눈에는 눈물이 차올랐다.

"'하지만 전쟁이 영원이 계속될 리 없잖아요.' 내가 말했죠.

그이가 말했어요. '전쟁이 끝났을 때 설령 총알에 목숨을 빼앗기지 않았다 해도 난 빈털터리일 겁니다. 어떻게 생계를 꾸려 가야 할지도 막막해요. 당신은 대단히 부유한 여인이고, 나는 무일푼입니다.'

'당신은 영국 신사예요.' 내가 말했죠.

'민주주의가 정착한 세상이 와도[3] 과연 그게 중요할까요?' 그이가 씁쓸하게 말했죠.

그때쯤 나는 눈물을 줄줄 쏟고 있었어요. 그이가 하는 모든 말이 너무나 아름다웠죠. 물론 그이의 말뜻은 알고 있었어요. 그이는 내게 청혼하는 것이 정당하지 않다고 생각한 거예요. 내 돈을 노리고 있다는 오해를 받느니, 차라리 죽을 각오를 한 것 같았어요. 그이는 멋진 남자였어요. 그래서 내게는 과분한 남자지만 내가 그이를 원하니 먼저 손을 내밀어 그이를 차지하기로 했죠."

---

3) The world must be made safe for democracy.(민주주의가 정착한 세상을 만들어야 한다.) 1917년 미국이 1차 세계 대전에 참전하면서 우드로 윌슨 대통령이 한 연설의 첫머리.

'아닌 척해 봐야 무슨 소용이 있겠어요, 내가 당신에 푹 빠진걸요.' 내가 말했어요.

'나를 더 힘들게 하지 말아요.' 그이가 잠긴 소리로 말했죠.

그이가 그 말을 하는데, 죽어도 좋아, 그이를 너무 사랑해, 하는 생각이 들었죠. 그 말로 나는 알고 싶은 모든 걸 알 수 있었어요. 나는 손을 내밀었죠.

'저와 결혼해 주겠어요, 로버트?' 나는 아주 간단히 말했어요.

'엘리너.' 그이가 말했죠.

그제야 그이는 나를 처음 본 순간부터 사랑해 왔다고 말하더군요. 처음에는 심각하게 생각하지 않았대요. 그냥 간호사일 뿐이다, 연애나 해 볼까, 생각했대요. 그러다가 내가 그런 여자가 아니고 돈도 좀 있다는 걸 알고는 사랑을 포기하기로 결심했다는 거예요. 결혼은 아예 불가능한 일이라고 생각한 거죠."

포레스티어 대령이 따귀 맞을 각오를 하고 그녀와의 짜릿한 연애를 꿈꾸었다니, 포레스티어 부인에게 이보다 더 기분 좋은 일은 없었다. 이제까지 불순한 의도로 청혼한 사람은 한 번도 없었고 포레스티어 대령 역시 불순하지 않다는 확신은 그녀에게 마르지 않는 기쁨의 샘이 되었다. 그들이 결혼했을 때 억척스러운 서부 지역 사람들, 엘리너의 친척들은 그녀의 남편이 아내의 돈으로 살기보다는 스스로 일을 해야 한다고 주장했다. 포레스티어 대령은 대찬성했지만, 다음과 같이 조건을 달았다.

"신사가 할 수 없는 일들이 있다오, 엘리너. 그것만 아니라면 뭐든 기꺼이 할 생각이오. 나는 그런 것을 가리는 사람은 아니지만, 사힙[4] 입장이라 어쩔 수 없는 것도 있소. 더구나 자신의 계층에 신세를 지고 살아가는 요즘 같은 시대에는, 빌어먹을, 더욱 그렇지."

엘리너는 그가 사 년이라는 긴 시간 동안 목숨을 걸고 피비린내 나는 전투를 연거푸 치른 것으로 충분하다고 생각했지만, 자랑스러운 남편이 그녀의 돈을 보고 결혼한 재산 사냥꾼이라는 말을 듣게 할 수는 없었다. 그래서 그가 가치 있는 일을 찾으면 굳이 반대할 생각이 없었다. 그런데 하필이면 변변찮은 일자리만 들어왔다. 그는 대놓고 그것들을 거절하지는 않았다.

"당신이 결정해요, 엘리너." 그는 그녀에게 말했다. "당신이 하라고 하면 받아들일 테니까. 선친께서 아시면 무덤에서 벌떡 일어나실 테지만 어쩔 수 없지. 나의 첫 임무는 당신이 결정해요."

엘리너는 그의 말을 듣지 않았고, 그가 일해야 한다는 생각은 하지 않게 되었다. 포레스티어 부부는 연중 대부분을 리비에라의 저택에서 생활했고, 잉글랜드는 거의 방문하지 않았다. 로버트는 그곳이 전쟁 이후 신사에게 어울리지 않는 곳이 되었다면서 소싯적 어울렸던 좋은 백인 친구들은 모두 죽었다고 말했다. 일주일에 사흘을 퀀[5]으로 끼니를 때우면서 잉

---

4) 인도인이 유럽인에게 쓴 존칭.

5) 실 모양의 진균에서 얻은 고기 대용 식품.

글랜드의 겨울을 지내고 싶지만, 어디까지나 그것은 남자들의 생활이며, 사냥 환경에 적응하지 못할 가엾은 엘리너에게 그런 희생을 강요할 수는 없다고 했다. 엘리너는 희생할 각오가 되어 있었지만 포레스티어 대령은 고개를 저었다. 자기도 더 이상 젊지 않고 사냥의 시절은 끝나 버렸다고. 그는 테리어종 개들을 기르고 버프오핑턴종 닭들을 키우는 것에 만족했다. 그들에겐 상당한 규모의 토지가 있었다. 평평한 언덕바지에 자리한 그들의 집은 삼면이 숲에 둘러싸이고 앞쪽에는 정원이 있었다. 엘리너의 말에 따르면, 그는 낡은 트위드 재킷 차림으로 개들과 닭들을 돌보는 일꾼과 함께 영지를 돌아다닐 때가 가장 행복한 것 같았다. 그에게서 그의 이전 세대, 시골 대지주의 면모가 발현되는 것도 바로 이때였다. 그가 청지기와 함께 버프오핑턴 닭들에 관해 오랫동안 이야기를 나누는 모습은 엘리너에게 뭉클하고 흐뭇한 광경이었다. 얼핏 그가 마름을 데리고 농부들의 이야기를 나누는 것처럼 보였기 때문이다. 그가 테리어종 개들을 데리고 사냥개들에게 하듯 하도 호들갑을 떨어서 차라리 녀석들이 사냥개였다면 더 좋아했겠구나 생각하지 않을 수 없었다. 그의 고조부는 섭정 시대[6] 사람이었다. 고조부가 집안을 말아먹는 바람에 집안의 영지는 팔려 나갔다. 그의 집안은 슈롭셔에 고풍스러운 집을 한 채 가지고 있었다. 그의 집안이 대대로 보유해 온 집이었다. 그곳의 영지는 더 이상 그들의 소유가 아니었지만 엘리너는 그

6) 조지 3세의 통치 말기 왕의 병환으로 황태자가 대리 통치했던 시대.

곳을 둘러보고 싶었다. 하지만 포레스티어 대령은 크나큰 고통이라면서 절대 그녀를 그곳에 데려가지 않았다.

포레스티어 부부는 유흥을 상당히 즐겼다. 포레스티어 대령은 와인 감별사였고 와인 저장고를 자랑으로 여겼다.

"그이 아버님은 잉글랜드 최고의 미각으로 유명한 분이었죠." 엘리너가 말했다. "그리고 그이가 그 재능을 물려받았어요."

그들의 친구는 대부분 미국인, 프랑스인, 러시아인이었다. 로버트는 대체로 영국인보다는 그들에게 더 흥미를 보였고, 엘리너는 그가 좋아하는 사람이면 무조건 좋아했다. 로버트는 영국인들이 그들의 수준에는 미치지 못한다고 생각했다. 그가 과거에 알았던 사람들은 전부 사격과 사냥, 낚시와 관련된 사람들인데 이제는 하나같이 빈털터리였다. 천만다행히도 그는 속물은 아니었지만 그녀가 한 번도 들어 본 적 없는 벼락부자들과 어울리기를 좋아했다. 포레스티어 부인은 그리 까다로운 사람이 아니었지만 남편의 편견을 존중했고 그 배타성에 감탄했다.

"물론 우리 그이가 즉흥적이긴 해요." 그녀가 말했다. "하지만 나로서는 충실히 따를 수밖에요. 그이의 고향 사람들이 어떤 사람들인지 안다면 그이가 먼저 그들을 멀리하는 것이 너무나 당연하다는 생각을 할 수밖에 없어요. 결혼한 후 그이가 딱 한 번 화를 냈는데 카지노에서 어떤 제비가 내게 춤을 추자고 접근했을 때였어요. 로버트가 그 작자를 거의 때려눕힐 뻔했다니까요. 나는 그이에게 어리고 딱한 사내가 자기 할 일을 한 것뿐이라고 했지만, 그이는 아내에게 춤을 추자고 추근

대는 돼지는 도저히 눈감아 줄 수가 없다고 했죠."

포레스티어 대령은 도덕적 기준이 높았다. 자신이 편협한 인간이 아닌 것을 신에게 감사했지만, 누군가는 한계선을 그어야 한다고 보았고, 리비에라에 산다고 해서 술꾼, 낭비자, 난봉꾼과 어울려야 할 이유는 없다고 생각했다. 성적으로 문란한 사람에게는 절대 관용을 보이지 않았고, 엘리너가 평판이 의심스러운 여자들과 어울리는 것도 용납하지 않았다.

엘리너가 말했다.

"알다시피 그이는 참으로 진실한 남자예요. 내가 아는 어떤 남자보다 청렴하죠. 그이가 조금 너무한다 싶을 때는, 본인이 실천하지 못하는 것은 남에게 요구하지 않는다는 것을 기억해야 해요. 원칙이 고매한 남자, 어떤 희생을 치르더라도 원칙을 지키려는 의지가 굳은 남자는 존경할 수밖에 없어요."

포레스티어 대령은 어디를 가나 만나게 되는 이러저러한 남자는 언뜻 유쾌한 사람처럼 보여도 사실은 훌륭한 신사는 아니라고 말할 때가 있었고, 그러면 그녀는 고집을 부려 봐야 좋을 게 없다고 생각했다. 남편이 일단 판단을 내리면 그것으로 끝이라는 걸 알고 순순히 그 판단을 따랐던 것이다. 그녀가 이십 년 가까이 결혼 생활을 하면서 깨달은 것은, 로버트 포레스티어는 영국 신사의 완벽한 표본이라는 것이었다.

"하느님이 과연 그이보다 더 훌륭한 신사를 만드셨을지 난 잘 모르겠어요."

그녀가 말했다.

문제는 포레스티어 대령이 너무나 완벽한 영국 신사의 표본이라는 점이었다. 그는 마흔다섯의 나이였지만(그녀보다 두세 살 어렸다.) 여전히 대단한 미남이었다. 희끗희끗한 머리는 숱이 많았고 콧수염이 멋졌다. 피부는 야외 활동을 많이 하는 남자답게 거칠하면서도 건강한 구릿빛이었다. 키가 크고 날씬했으며 어깨가 넓었다. 어디를 보나 천생 군인이었다. 허세스럽고 활기찬 면이 있었고, 호탕하게 너털웃음을 웃었다. 화법과 행동거지, 옷차림새 등 모든 면에서 믿기지 않을 만큼 신사의 전형에서 한 치도 벗어나지 않았다. 너무나 시골 신사다운 그의 모습은 시골 신사의 역할을 훌륭히 수행하는 배우 같기도 했다. 그가 파이프 담뱃대를 물고 헐렁한 반바지와 황무지에서 입을 법한 트위드 재킷 차림으로 크루아제트 거리를 따라 걷는 것을 보면, 영국인 운동선수가 따로 없을 정도였다. 그의 대화술 또한 마찬가지였다. 그가 보이는 독선적 태도와 진부하고 공허한 발언, 유쾌하고 깍듯한 무관심은 퇴역 장교의 전형적인 특성인지라, 혹시 그가 연기를 하고 있나 하는 생각이 절로 들었다.

엘리너는 언덕 아래쪽에 있는 집이 프레더릭 하디 경과 하디 부인에게 팔렸다는 소식을 듣고 대단히 기뻤다. 로버트에게 격이 맞는 이웃이 생긴 것이니 좋은 일이었다. 그녀는 칸에 사는 친구들을 통해 그들에 대한 정보를 얻었다. 프레더릭 경은 최근에 삼촌이 사망하면서 준남작 작위를 물려받았고, 리비에라에 온 지는 이삼 년 되었는데 계속 상속세를 갚고 있는 모양이었다. 대단히 격정적인 청춘기를 보냈고 그것은 오십 대에 칸에 왔을 때도 여전했으나 이제는 대단히 참하고 젊은 여자와 결혼해 어린 아들 둘을 두고 착실히 살고 있다고 했다. 다만 하디 부인이 여배우였다는 점이 걸렸다. 로버트가 여배우들에 대해 다소 고루한 고정관념을 가지고 있었기 때문이다. 하지만 모두들 그녀가 대단히 예의 바르고 숙녀답다고 말했다. 무대에 올랐던 여자로는 전혀 보이지 않는다고 했다. 포레스티어 부부는 다과회에서 그녀를 처음 만났다. 그 자리에 프레더릭 경은 없었다. 로버트는 그녀가 대단히 품위 있는 여자인 것 같다고 인정했다. 그래서 엘리너는 이웃끼리 친하게 지내고픈 마음에 그들을 오찬에 초대했다. 날짜가 정해졌다. 그날 포레스티어 부부가 초대한 사람들은 상당히 많았고, 하디 부부는 조금 늦게 도착했다. 엘리너는 프레더릭 경을 보자마자 그에게 호감을 느꼈다. 그는 예상보다 훨씬 젊어 보였다. 짧게 친 머리는 하얗게 세지도 않았고, 소년 같은 면이 꽤나 매력적이었다. 체구가 작고 키도 그녀보다 크지 않았다. 반짝거리는 눈이 다정했고 잘 웃는 편이었다. 그녀는 그가 영국 근위 연대 넥타이를 매고 있는 것을 보았다. 로버트가 가끔 매는 것이었다. 그는 로버트처럼 잘 차려입는 편은 아니었다. 로버트가 언제나 쇼윈도에서 걸어 나온 사람처럼 한껏 차려입는 것에 비해, 프레더릭 경은 차림새에 그다지 신경을 쓰지 않는지 낡은 옷을 입고 있었다. 엘리너는 그가 다소 거친 청년기를 보냈다는 말이 그럴듯하다고 생각했다. 그렇다고 그를 비난할 마음은 없었다.

"제 남편을 소개해야겠네요."

그녀가 말했다.

그녀는 남편을 불렀다. 로버트는 테라스에서 다른 손님들과 이야기를 나누느라 하디 부부가 도착한 것을 모르고 있었다. 그는 앞으로 나와서 상냥하고 유쾌하게, 그리고 엘리너를 늘 매혹하는 우아한 몸짓으로 하디 부인과 악수했다. 그러고는 프레더릭 경에게 돌아섰다. 프레더릭 경이 로버트에게 혼란스러운 표정을 지었다.

"우리 전에 만난 적 있던가요?"

프레더릭 경이 말했다.

로버트는 그를 덤덤하게 쳐다보았다.

"아닌 것 같은데요."

"분명히 아는 얼굴인데요."

엘리너는 남편이 뻣뻣하게 굳는 걸 보고 이상한 낌새를 느꼈다. 로버트가 웃음을 터뜨렸다.

"무슨 그런 무례한 말씀을. 아무리 기억을 더듬어도 내 평생 댁을 본 적이 한 번도 없는데요. 전쟁터에서 어쩌다가 마주쳤을 수는 있겠지요. 살다 보면 비슷비슷한 사람들을 만나는 거 아닙니까? 칵테일 한잔 드릴까요, 하디 부인?"

오찬 내내 엘리너는 하디의 시선이 로버트에게 머물러 있는 것을 알아챘다. 로버트가 누구인지 알아내려 계속 생각을 짜내는 것 같았다. 로버트는 양쪽에 앉은 여자들과 이야기를 나누느라 그 시선을 알아채지 못했다. 그저 옆자리 사람들을 대접하느라 그의 우렁차고 낭랑한 웃음소리가 실내에 울려 퍼졌다. 그는 파티의 주인 노릇을 톡톡히 하고 있었다. 엘리너는 그의 사회적 책임감이 늘 감탄스러웠다. 그는 아무리 침울한 여자라도 옆자리에 앉으면 최선을 다했다. 하지만 손님들이 모두 돌아가자 로버트는 어깨에서 망토를 떨구듯 명랑함을 벗어던졌다. 분명 화가 난 눈치였다.

"그 공주님, 참 따분한 사람이죠?"

그녀가 다정하게 물었다.

"그 심술궂은 늙은 고양이. 그래도 그럭저럭 괜찮던데."

"프레더릭 경이 당신을 안다고 생각하다니 참 이상하죠."

"내 평생 한 번도 본 적이 없는 사람이야. 그런 사람이야 뻔한 것 아니겠소. 엘리너, 당신만 협조해 준다면 앞으로 다시는 그자와 얽히지 않겠어. 우리와 맞는 부류는 아닌 것 같아."

"하지만 그의 작위는 영국에서 가장 오래된 준남작이라고요. 같이 인명록도 찾아보고 확인했잖아요."

"평판이 나쁜 난봉꾼이오. 그 하디 대령일 줄이야." 로버트는 자기 말을 정정했다. "예전에 프레드 하디라고 들었던 자가 이제 프레더릭 경이 되었구려. 미리 알았다면 당신이 그자를 내 집에 초대하도록 놔두지 않았을 거요."

"왜요, 로버트? 난 당신이 그를 대단히 매력적이라 생각할 줄 알았어요."

엘리너는 이번만은 남편이 억지를 부린다고 생각했다.

"많은 여자들이 그 사람을 그렇게 생각하는걸요. 그건 아주 값진 정보예요."

"사람들 말이라는 게 다 그렇지 뭐. 들리는 대로 다 믿을 순 없어요."

그는 엘리너의 손을 잡고 진지하게 눈을 들여다보았다.

"엘리너, 당신은 내가 등 뒤에서 남을 험담하는 인간이 아니라는 걸 알잖소. 하디에 대해서 아는 바가 있지만 굳이 말하지는 않겠소. 당신이 알고 지낼 만한 사람이 아니라는 말만 믿고 따라 주길 바라오."

엘리너는 도저히 그 간청을 무시할 수가 없었다. 로버트가 그녀를 이토록 의지하고 있다는 것이 그저 짜릿할 뿐이었다. 그는 위기에 처할 경우 그녀의 충직함에 기댈 수밖에 없었고, 그녀는 그 기대를 저버리지 않을 생각이었다.

그녀는 엄숙히 대답했다.

"당신이 나무랄 데 없이 진실하다는 건 누구보다 내가 잘 알아요. 그래도 될 일 같았으면 당신이 허락했겠죠. 이제는 당신이 그러라고 해도 내가 허락하지 않겠어요. 그러면 당신에 대한 나의 믿음이 나에 대한 당신의 믿음에 미치지 못하게 될 테니까요. 얼마든지 당신의 판단을 따르겠어요. 하디 부부가 이 집 문턱을 더럽히는 일은 절대 없을 거라고 약속해요."

하지만 엘리너는 로버트가 골프를 칠 때 점심을 먹으러 혼자 외출하는 일이 잦았고, 하디 부부와 만나는 일도 많았다. 그녀는 프레더릭 경에게 아주 딱딱하게 굴었다. 로버트가 프레더릭 경을 싫어했기 때문에 그녀도 그럴 수밖에 없었다. 하지만 프레더릭 경은 그걸 모르는 것 같기도 하고 개의치 않는 것 같기도 했다. 그가 그녀에게 각별히 상냥하게 굴자 그녀는 별 어려움 없이 그와 어울리게 되었다. 품행이 좋지 않은 여자란 없다, 아주 사랑스러운 여자만 있을 뿐이라고 생각하는 남자를 싫어하기는 어려운 일이었다. 게다가 그는 아주 유쾌한 남자였다. 그녀는 그가 어울리기에 부적절한 남자일지 모른다고 생각하면서도 그의 갈색 눈에 담긴 표정은 도저히 좋아하지 않을 수 없었다. 상대를 경계하게 만드는 조롱기가 반짝였지만 그 안에 담뿍 담긴 애정을 보면 악의가 있어 보이지 않았다. 하지만 엘리너는 그에 관한 소문을 들을수록 로버트의 말이 옳다는 생각이 들었다. 그는 무분별한 난봉꾼이었다. 그를 위해 모든 걸 희생한 여자들과, 싫증 난 순간 가차 없이 버려진 여자들의 이름은 끝도 없었다. 지금은 정착해 아내와 아이들에게 충실한 듯했으나 제 버릇 개 줄까? 하디 부인은 상상 이상으로 많은 것들을 인내하며 살고 있을 공산이 컸다.

프레드 하디는 나쁜 남자였다. 예쁜 여자들과 슈만드페르,[7] 엉뚱한 말만 골라 돈을 거는 어리석은 습성 때문에 스물다섯 살 무렵 파산 선고를 받았고, 장교직도 사임할 수밖에 없었다. 꽃다운 청춘을 넘긴 여자들은 그의 매력에 빠져 그에게 헌신했고, 그는 그것을 당연하게 받아들였다. 그러던 중 전쟁이 터져 그는 연대에 복귀하여 수훈장을 탔다. 그 후 케냐로 이주했다가 그곳에서 악명 높은 이혼 사건의 상간자가 되었고, 수표 문제로 물의를 일으켜 케냐를 떠났다. 그는 정직에 대한 개념이 모호한 사람이었다. 그를 통해 자동차나 말을 사는 것은 안전하지 않은 거래였고, 그가 다정하게 건네는 샴페인은 사양하는 것이 상책이었다. 그가 마력을 발산하면서 같이 떼돈을 벌잔 말로 투자처를 소개했다면 그자가 무슨 이득을 보았

---

7) 두세 장의 카드로 합계 9를 만들어 승부를 가리는 카드 게임.

든 나한테는 떨어지는 것이 전혀 없겠구나 생각해도 무방했다. 그는 자동차 판매원, 장외 브로커, 거간꾼, 배우를 차례로 거쳤다. 감옥은 아니더라도 최소한 시궁창행이 마땅한 사람이거늘, 세상의 정의는 말라죽었단 말인가? 운명의 농간에 의해 그는 준남작 작위와 상당한 수입을 물려받고 사십 줄을 훨씬 넘긴 나이에 예쁘고 현명한 아내와 결혼해 아내로부터 건강하고 잘생긴 아이들을 무난히 얻었다. 미래가 그에게 부귀와 지위를 부여한 것이다. 그는 여자를 취할 때보다 진지하게 인생을 산 적이 없는데 인생은 여자들이 그랬듯 늘 그에게 친절했다. 지나온 날들을 돌이켜 보면 만족스러운 삶이었다. 부침을 거듭하며 살아온 흥겨운 세월이었다. 이제 그는 건강과 깨끗한 양심을 갖추고 시골 신사로 정착할 준비가 되어 있었다. 그리고 빌어먹을, 아이들도 키워야 했다. 누군가는 키워야 하니 말이다. 그리고 여기 선거구를 틀어쥔 영감이 세상을 뜨면 국회로 나아갈 생각이었다.

"난 사람들이 모르는 걸 집어내는 안목이 있지."

그는 말했다.

그렇다고 볼 수 있었지만, 그는 그것이 괜한 것을 들추는 것은 아닐까 돌이켜 볼 줄은 몰랐다.

어느 날 오후 땅거미가 질 무렵 프레드 하디는 크루아제트의 한 술집에 들어섰다. 그는 붙임성이 좋은 사람이었고 혼자 술을 마시는 것도 개의치 않았다. 그가 누구 아는 사람이 있을까 하여 주변을 둘러보았을 때, 골프를 친 후 엘리너를 기다리는 로버트가 눈에 띄었다.

"안녕하시오, 밥. 같이 한잔하시겠소?"

로버트는 깜짝 놀랐다. 리비에라 사람들 중에 그를 밥이라 부르는 사람은 없었다. 그는 그것이 하디인 것을 알아보고 딱딱하게 대꾸했다.

"고맙지만 됐습니다. 벌써 한잔 마셨어요."

"한잔 더 하죠, 왜. 아내는 식사 때가 아니면 술 마시는 걸 못마땅해하지만, 이 시간이면 아내 눈을 피해 몰래 들어와서 한잔씩 걸치곤 합니다. 선생은 어떻게 생각하는지 모르겠지만 나는 6시라는 시간이 하느님이 남자들에게 한잔하라고 마련해 준 시간 같습니다."

그는 로버트의 옆자리, 탁자의 커다란 가죽 팔걸이의자에 털썩 앉더니 웨이터를 불렀다. 그러고 나서 로버트에게 기분이 좋아지는 매혹적인 미소를 날렸다.

"우리가 처음 만난 후로 세월이 참 많이도 흘렀군요, 그렇죠?"

로버트는 조금 찌푸린 얼굴로 그를 휙 쳐다보았는데, 누가 보았다면 경계하는 눈초리라 했을 것이다.

"도대체 무슨 소리인지, 원. 아무리 생각해도 우리가 처음 만난 것은 삼사 주 전 댁이 댁의 아내를 대동하고 우리 집에 와서 같이 점심을 먹었을 때였는데요."

"집어치워요, 밥. 난 그 전에 당신을 만난 적이 있어요. 처음에는 긴가민가했는데 곧 생각이 나더군요. 당신은 내가 차를 세워 두던 브루턴 거리 옆 주차장의 세차원이었잖소."

"헛소리 작작 해요. 당신이 내 집에 발을 들여놓기 전까지 난 맹세코 당신을 본 적이 없어요."

하디는 유쾌하게 함박웃음을 지었다.

"나는 사진 찍는 걸 좋아하는 사람입니다. 기회가 되면 사진을 찍어 앨범에 보관하죠. 구입한 지 얼마 안 된 내 2인승 자동차 옆에 당신이 서 있는 사진을 내가 가지고 있다면 놀라시려나? 그 시절 당신 기막히게 잘생겼더군요. 오버롤 작업복 차림에 얼굴은 지저분하지만 말이오. 물론 지금은 살도 붙고 머리도 희끗희끗해졌고 콧수염도 길렀지만, 분명 같은 사람이오. 확실해요."

포레스티어 대령은 그를 차갑게 쳐다보았다.

"우연히 닮은 사람을 보고 착각을 했군요. 대충 넘겨짚었나 본데 다른 사람이에요."

"음, 1913년부터 1914년 사이 브루턴 주차장이 아니면 어디에 있었죠?"

"인도에 있었어요."

"당신 연대랑 같이 말이오?"

프레드 하디는 다시 활짝 웃으며 물었다.

"난 저격병이었소."

"거짓말."

로버트는 얼굴이 새빨개졌다.

"여기는 주먹다짐하기에 적절한 곳이 아니오만, 내가 당신처럼 술 취한 돼지의 모욕을 당하고만 있을 거라 생각한다면 오산이오."

"내가 당신에 대해 무얼 더 아는지 궁금하지 않아요? 하나가 떠오르면 줄줄이 기억난다는 걸 알잖소. 난 이제 많은 걸 알아요."

"난 조금도 관심 없어요. 분명히 말해 두겠는데, 당신 실수하는 거요. 나를 다른 사람과 혼동한 거라고요."

하지만 그는 더 이상 말하지 않았다.

"당신은 그때도 게으른 편이었어. 지금도 기억이 나요. 한번은 일찍 시골에 갈 일이 있어서 당신에게 9시까지 내 차를 닦아 두라고 했는데 준비가 되어 있지 않았죠. 그래서 내가 펄펄 뛰고 난리를 쳤더니 톰프슨 영감이 말하기를, 당신 아버지랑 친구 사이라 적선하는 셈 치고 당신을 받아 준 거라고 했어요. 당신이 땡전 한 푼 없는 빈털터리라고 말이오. 당신 아버지는 클럽의 와인 웨이터였어요. 화이츠였던가, 브룩스였던가 클럽 이름은 잊어 버렸지만, 아무튼 당신은 거기 시동이었고. 내 기억이 맞다면 당신은 근위 보병 2연대 소속이었고, 어떤 인사가 당신을 데리고 나와서 운전병으로 쓰곤 했어요."

"상상력이 참 지나치구먼."

로버트가 비꼬는 투로 말했다.

"이것도 기억나. 한번은 휴가를 받아 집에 와서 주차장에 갔더니 당신이 육군 병참단에 지원했다고 톰프슨 영감이 그랬소. 더 이상 위험을 감당하기 싫다고 말이지. 맞죠? 당신이 참호에서 겪었다는 그 용맹한 경험담을 들어 보니 그동안 허풍을 살살 치면서 잘도 살았나 봅디다, 응? 장교 임관도 하셨나 보던데, 아니면 그것도 가짜요?"

"내가 장교였던 건 사실이오."

"그 시절엔 개나 소나 다 장교였지. 하지만 이봐요, 그건 병참단이었잖소. 나라면 근위 연대 넥타이는 매지 않을 텐데."

포레스티어 대령은 본능적으로 넥타이 쪽으로 손을 올렸고, 프레드 하디는 조롱하는 눈으로 그것을 지켜보았다. 대령의 구릿빛 피부가 하얗게 질리는 것이 똑똑히 보였다.

"내가 무슨 넥타이를 매든 당신이 알 바는 아니지."

"이봐요, 건방 좀 그만 떨어요. 발끈하면서 버틸 이유가 없단 말이오. 당신에 대해선 할 말이 많지만 폭로할 생각은 없어요. 그냥 나한테 깨끗이 털어놓지 그래요?"

"난 털어놓을 게 전혀 없다니까. 터무니없는 착각이라니까 그러네. 만약 당신이 나에 대한 이 허황된 이야기를 퍼뜨리는 걸 알게 되는 날엔, 명예 훼손죄로 즉시 고소할 테니 그리 아시오."

"입 다물어요, 밥. 아무 이야기도 퍼뜨리지 않을 테니까. 내가 관심이나 있는 줄 아시오? 나한텐 그저 농담거리에 지나지 않소. 당신에게 아무런 악감정이 없단 말이오. 나도 꽤나 떠들썩한 삶을 산 입장이고, 당신이 이리 거대한 사기를 치면서 살아온 것이 오히려 감탄스럽다 이 말이오. 일개 시동으로 시작해서 포병, 운전병, 세차원이었는데, 지금은 어엿한 신사가 되었구려. 큰 집도 한 채 있고, 리비에라의 거물들과 어울리고, 골프 시합에서 우승도 하고. 게다가 세일링 클럽인가 뭔가 거기 부회장이기도 하지, 아마. 당신은 칸의 유명인사요. 이것만은 분명해. 대단해. 나도 한창때 한가락 했지만 당신은 통이 커. 이봐요, 당신에게 머리가 저절로 숙여지는구려."

"칭찬은 고맙지만, 난 그런 칭찬을 받을 자격이 없어요. 내 아버지는 인도 기갑부대 소속이셨고 난 태어날 때부터 신사였소. 특출한 공훈을 세운 적은 없지만 딱히 부끄러워할 것도 없는 몸입니다."

"에헤, 그만 좀 해요, 밥. 나 원 참, 아내한텐 입도 벙긋 안 할 테니까. 어차피 여자들이 모르는 일이라면 난 여자들한테 절대 말 안 해요. 정말이오, 만약 그 원칙을 지키지 않았다면 훨씬 더 골치 아픈 일들에 휘말렸을 거요. 당신도 당신답게 어울릴 수 있는 사람이 옆에 하나쯤 있는 게 좋을 것 아니오. 그리 꽁꽁 싸매고 살면 스트레스 안 받아요? 나에게 거리를 두는 건 바보짓이오. 난 당신에게 바라는 게 없어요. 지금 나는 준남작이고 지주인 것도 사실이지만, 젊었을 때는 아등바등하며 살았어요. 감옥에 안 간 것이 신기할 따름이오."

"신기해할 사람 참 많겠군요."

프레드 하디는 너털웃음을 터뜨렸다.

"한 방 먹었구먼. 그나저나 이런 말 하기는 좀 뭣하지만, 당신 아내에게 내가 어울리기 부적절한 인간이라 말한 건 좀 너무한 거 아니오?"

"난 그런 말 한 적이 없소만."

"아니긴, 했으면서. 그 여자 아주 유쾌한 할멈이긴 한데, 좀 수다스럽더군요. 내가 잘못 본 거요?"

"당신 같은 남자와 내 아내 이야기를 할 생각은 없소."

포레스티어 대령이 차갑게 말했다.

"하, 내 앞에서 신사입네 점잔 좀 그만 떨어요, 밥. 당신이나 나나 다 같은 놈팽이고, 그 이상 할 말이 뭐가 있겠소. 당신이 조금이라도 지각이 있다면 우리 둘이 재미난 시간을 보낼 수 있을 거요. 당신은 거짓말쟁이, 협잡꾼, 사기꾼이지만 아내에게는 아주 충실한가 봅니다. 하긴 그러는 게 신상에 이롭긴 할 거요. 아내가 당신에게 푹 빠져 있던데, 맞죠? 여자들이란 참 이상해. 당신 아내는 대단히 좋은 여자요, 밥."

로버트는 얼굴이 붉으락푸르락 달아올라서 주먹을 불끈 쥐고는 의자에서 반쯤 일어섰다.

"빌어먹을, 내 아내 얘기는 하지 말라고. 아내 이름을 다시 들먹였다간 묵사발을 만들어 주겠어."

"에이, 아니, 못 할걸. 당신은 자기보다 작은 남자를 때리기에는 너무 훌륭한 신사잖소."

하디는 비꼬는 투로 이 말을 하면서 커다란 주먹이 날아오면 잽싸게 피할 태세를 갖추고 로버트를 지켜보았다. 그 말의 효과는 놀라웠다. 로버트는 의자에 도로 털썩 주저앉아 주먹을 풀었다.

"그 말은 맞소. 하지만 비열한 개들이나 그런 걸 이용하지."

그 말이 하도 연극 대사 같아서 프레드 하디는 킥킥 웃음을 터뜨렸지만, 당사자는 진심인 것 같았다. 그는 대단히 진지했다. 프레드 하디는 바보가 아니었다. 지난 이십오 년간 주변에 바보들이 우글거리지 않았더라면 그들의 등을 쳐서 그럭저럭 편히 먹고살 수도 없었을 것이다. 그는 전형적인 영국 스포츠맨과 너무나 흡사한 그 육중하고 건장한 사내가 의자에 도로 주저앉는 것을 보고는 놀라움에 휩싸여 문득 깨달음을 얻었다. 그는 멍청한 여자를 잡아 편히 놀고먹으려는 평범한 협잡꾼이 아니라는 것을. 그에게 여자는 더 위대한 목적으로 가기 위한 수단일 뿐이었다. 그는 이상에 사로잡혀 있었고 그것을 추구하기 위해서는 못 할 일이 없었다. 어쩌면 멋진 클럽에서 시동으로 일할 때부터 싹튼 생각일지도 몰랐다. 클럽 회원들의 여유와 편안함, 자연스러운 행동거지가 그의 눈에 대단히 멋져 보였을 것이다. 이후 포병으로, 운전병으로, 세차원으로 각기 다른 세상에 속한 많은 남자들을 상대하면서 영웅숭배주의라는 색안경을 통해 보이는 그들의 모습은 그의 마음에 존경심과 질투심을 심어 놓았을 것이다. 그들처럼 되고 싶다, 그들의 일원이 되고 싶다고. 그것은 그가 꿈꾸던 이상이었다. 그가 바란 것은 (참으로 기괴하고 한심한 일이었다.) 신사가 되는 것이었다. 그를 장교로 만들어 준 전쟁은 그에게 기회가 되었다. 엘리너의 돈은 그에게 수단이 되었다. 이 가엾은 인사는 무려 이십 년간 연극을 해 왔지만, 이것은 본인이 진심이라는 것 말고는 아무런 가치가 없는 역할이었다. 기괴하고 딱한 일이기도 했다. 프레드 하디는 아무런 의도 없이 뇌리를 스치는 생각을 내뱉었다.

"딱한 양반 같으니."

그가 말했다.

포레스티어는 재빨리 그를 쳐다보았다. 그는 그 말에 담긴 뜻이나 말투를 인지하지 못하고 얼굴을 붉혔다.

"무슨 뜻이오?"

"아무것도 아니오, 아무것도."

"이런 대화를 계속할 필요가 있을까 모르겠소. 내가 무슨 말을 해도 당신이 착각했다는 걸 납득시킬 수가 없겠죠. 난 그것이 전혀 사실이 아니라는 말을 되풀이할 수밖에 없소. 나는 당신이 생각하는 그 남자가 아니오."

"알았어요. 이 양반 참, 가던 길 계속 가시오."

포레스티어는 웨이터를 불렀다.

"내가 술값을 내드릴까?"

그가 냉랭하게 물었다.

"그러든가요."

포레스티어는 보란 듯이 웨이터에게 지폐를 주고는 잔돈을 가지라고 말한 뒤 아무 말 없이, 프레드 하디에게 눈길 한번 안 주고 술집을 나갔다.

이후 그들은 다시 만나지 못하다가 로버트 포레스티어가 목숨을 잃던 날 밤에 다시 만나게 되었다.

겨울이 지나가고 봄이 왔다. 리비에라의 정원들은 알록달록 불타올랐고, 야생화로 화려하게 치장한 언덕바지는 활력을 띠었다. 봄이 지나고 여름이 되었다. 리비에라를 따라 들어선 마을의 거리들은 작열하는 열기로 절절 끓어 혈류마저 전보다 빠르게 흘렀고, 여자들은 커다란 밀짚모자와 헐렁한 바지 차림으로 걸어 다녔다. 해변은 사람들로 북적였다. 수영복 차림의 남자들과 반라의 여자들이 태양 아래 누워 있었다. 저녁이면 크루아제트의 술집들은 봄철에 피어난 꽃들처럼 형형색색인 사람들이 끊임없이 꽉꽉 밀려들어 이야기꽃을 피웠다. 몇 주씩 비가 내리지 않았다. 해변을 따라 산불이 몇 차례 일어났고, 로버트 포레스티어는 그들의 숲에 불이 나면 아마 살아남기 힘들 거라고 몇 번 유쾌한 농담을 던졌다. 한두 사람이 그에게 집 뒤편의 나무들을 일부 잘라 내라고 조언했지만, 그는 듣지 않았다. 포레스티어 부부가 그 집을 살 때만 해도 빈약했던 나무들은 해마다 죽은 나무들이 베어져 나가 통풍이 잘되는 데다 살충제도 없다 보니 지금은 거대하게 자라 있었다.

"한 그루라도 잘라 내는 건 내 다리를 잘라 내는 것이나 같아요. 백 년 세월의 백미는 바로 그 나무들 아니겠소."

7월 14일 포레스티어 부부는 몬테카를로에서 열린 경축 만찬에 참석했고, 직원들은 칸으로 휴가를 보냈다. 그날은 국경일이었다. 칸 사람들은 나무 아래 야외에서 춤을 추었고, 불꽃놀이가 열렸다. 즐기려는 사람들이 여기저기서 몰려들었다. 하디 부부는 하인들을 모두 내보내고 집에 앉아 있었다. 두 어린 아들은 자고 있었다. 프레드는 솔리테어를 했고 하디 부인은 의자에 씌울 천에 수를 놓고 있었다. 갑자기 초인종이 울리더니 문을 쾅쾅 두드리는 소리가 났다.

"대체 누구지?"

하디는 문가로 나갔다. 사내아이 하나가 와서 포레스티어 부부의 숲에 불이 났다고 말했다. 마을 남자들 몇 명이 언덕 위로 올라가 산불과 싸우고 있지만 최대한 도움이 필요하니 그도 와 달라고 했다.

"당연히 가야지." 그는 얼른 아내에게 가서 말했다. "아이들 깨워서 언덕 위로 데려가 불구경시켜 줘. 이야, 가뭄 끝이니 불길이 엄청날 거야."

그는 밖으로 뛰어나갔다. 사내아이는 전화로 경찰에 신고했고 군대가 출동할 거라고 말했다. 포레스티어 대령에게 알리러 누군가 몬테카를로로 가고 있다고 했다.

"내가 가서 그를 데려오려면 한 시간은 걸릴 거야."

하디가 말했다.

그들은 차를 타고 달리면서 불빛이 환한 하늘을 보았다. 그들이 언덕 꼭대기로 올라갔을 때는 불길이 미친 듯이 날뛰고 있었다. 물이 없었기 때문에 불을 때려서 끄는 수밖에 없었다. 이미 많은 남자들이 불을 끄려 애쓰고 있었다. 하디도 그들과 합류했다. 하지만 이쪽 덤불의 불을 쳐서 끄고 나면 저쪽 덤불에서 타닥타닥 불이 붙어서 어느새 맹렬한 불길로 번졌다. 열기가 무지막지해서 사람들은 견디지 못하고 차츰 뒤로 밀려났다. 바람이 불어와 불똥들이 나무에서 덤불로 튀었다. 몇 주째 계속된 가뭄으로 모든 것이 불쏘시개처럼 바짝 말라 있었고, 나무에서 불똥이 떨어지자마자 덤불이 불길에 휩싸였다. 18미터에 달하는 거대한 전나무가 성냥개비처럼 활활 타는 광경이 두렵기도 하고 경이롭기도 했다. 불길이 공장 용광로의 불처럼 날뛰었다. 불길을 잡는 방법은 나무들을 베어 내고 삭정이들을 잘라 내는 것뿐이었지만 일손이 부족한 데다 그나마 도끼를 가진 사람은 두셋뿐이었다. 남은 희망은 산불을 진화한 경험이 많은 군대뿐이었으나, 그들은 오지 않고 있었다.

"군대가 당장 도착하지 않으면 집도 잃겠어."

하디가 말했다.

그는 아내를 발견했다. 두 아들을 데리고 올라온 아내가 그에게 손을 흔들었다. 그는 검댕을 뒤집어쓴 꼴이었고 땀방울이 얼굴 위로 흘러내렸다. 하디 부인이 뛰어왔다.

"오, 프레드, 개들이랑 닭들."

"어허, 그렇구나."

개집과 닭장은 집 뒤편 나무를 잘라 낸 공터에 있었다. 가엾은 동물들은 이미 공포에 질려 떨고 있었다. 하디가 동물들을 풀어 주자 녀석들은 안전한 곳으로 달려갔다. 동물들은 놔두어도 스스로 살길을 찾을 테니 나중에 다시 모으면 되었다. 이제 불길은 멀리서도 보였다. 하지만 군대는 도착하지 않았고, 도우러 온 사람들은 작은 무리에 불과해 진격하는 불길 앞에 속수무책이었다.

"망할 놈의 군대가 빨리 도착하지 않으면 집은 끝장이야." 하디가 말했다. "집 안에서 꺼낼 수 있는 건 최대한 꺼내는 게 좋겠어."

집은 석재 건물이었지만 목재 베란다가 집을 에워싸고 있어서 불쏘시개처럼 활활 탈 것이 분명했다. 포레스티어의 하인들이 도착해 있었다. 그는 그들을 불러 모았고, 그의 아내도 두 아들들과 함께 거들었다. 그들은 들 수 있는 물건들을 집 앞 잔디밭으로 내왔다. 탁자보, 은 식기, 옷가지, 장신구, 그림, 가구 몇 점. 마침내 군인들을 가득 실은 트럭 두 대가 도착했다. 그들은 조직적으로 구덩이를 파고 나무들을 베어 냈다. 지휘하는 장교가 한 명 있었다. 하디는 그에게 위태로운 집을 가리키며 집을 둘러싼 나무부터 먼저 베어 달라고 부탁했다.

"집은 알아서 살아남게 둬야 합니다." 그가 말했다. "우선 불길이 언덕 아래로 번지는 것을 막아야 합니다."

구불구불한 언덕길을 달려오는 자동차의 불빛들이 보이더니 몇 분 뒤 포레스티어와 그의 아내가 자동차에서 달려 나왔다.

"개들은 어딨습니까?"

그가 외쳤다.

"내가 내보냈어요."

하디가 말했다.

"오, 당신이로군."

그는 처음에 누구인지 알아보지 못하다가 얼굴이 검댕과 땀으로 얼룩진 지저분한 남자가 프레드 하디임을 알아보고 얼굴을 사납게 찌푸렸다.

"불이 집으로 옮겨붙을 것 같아 최대한 물건들을 꺼내 왔어요."

포레스티어는 활활 타는 숲을 쳐다보았다.

"이것이 내 나무들의 최후로구나."

그가 말했다.

"군인들이 언덕 옆쪽에서 작업하는 중이오. 옆집으로 번지는 걸 막으려고. 우리는 가서 더 건질 게 있는지 보는 게 좋겠어요."

"내가 갑니다. 당신은 필요 없어요."

포레스티어가 발끈해 소리쳤다.

갑자기 엘리너가 고통스럽게 울부짖었다.

"오, 봐요. 집이."

그들이 서 있는 곳에서도 집 뒤쪽 베란다가 별안간 불꽃을 일으키며 타오르는 것이 보였다.

"괜찮아요, 엘리너. 집은 불에 타지 않아. 목재들만 탈 거요. 내 외투 받아요. 난 군인들을 도우러 가 봐야겠어."

그는 야회복 재킷을 벗어 아내에게 건넸다.

"나도 같이 가죠." 하디가 말했다. "포레스티어 부인, 당신은 물건들을 모아 둔 곳으로 가 계세요. 우리가 값나는 것들은 모두 꺼내 두었어요."

"천만다행으로 보석들은 지금 내가 걸고 있어요."

하디 부인은 센스가 있는 여자였다.

"포레스티어 부인, 하인들에게 옮길 만한 물건들은 우리 집에 갖다 두라고 하세요."

두 남자는 군인들이 작업 중인 곳으로 걸어갔다.

"내 집에서 물건들을 꺼내 둔 것은 대단히 적절한 처사였소."

로버트가 딱딱하게 말했다.

"천만에요."

프레드 하디가 대답했다.

얼마 못 가 그들은 누군가 부르는 소리를 들었다. 돌아보니 그들을 향해 뛰어오는 여자가 보였다.

"무슈, 무슈.(나리, 나리.)"

그들은 걸음을 멈추었다. 여자는 두 팔을 활짝 벌리고 그들에게 달려왔다. 엘리너의 하녀였는데 제정신이 아니었다.

"라 프티트 주디.(강아지 주디.) 주디. 우리가 밖으로 나갈 때 녀석을 안에 가둬 두었어요. 하도 흥분해 날뛰길래. 하인들 숙소 화장실에요."

"이런!"

포레스티어가 외쳤다.

"왜 그래요?"

"엘리너의 개. 무슨 일이 있어도 녀석을 구해야 해."

그는 집으로 돌아가려고 뒤돌아 뛰기 시작했다. 하디는 말리려 그의 팔을 붙잡았다.

"바보짓 말아요, 밥. 집은 불타고 있어요. 안으로 들어가선 안 돼."

포레스티어는 손을 뿌리치려 했다.

"이거 놔, 망할 인간아. 그럼 개가 타 죽게 그냥 놔두란 말이야?"

"으이그, 닥쳐. 지금은 연극을 할 때가 아냐!"

포레스티어는 하디를 뿌리쳤지만, 하디는 그에게 덤벼들어 허리를 붙잡았다. 포레스티어는 그러쥔 주먹으로 하디의 얼굴을 힘껏 때렸다. 하디는 비틀거리며 포레스티어를 놓았고, 포레스티어는 다시 그를 후려쳐 바닥에 쓰러뜨렸다.

"이 썩어 빠진 망나니 자식. 신사가 어떻게 행동하는지 똑똑히 봐라."

프레드 하디는 천천히 몸을 일으켜 얼굴을 만져 보았다. 맞은 데가 아팠다.

"후, 내일 눈에 멍이 들겠구먼." 그는 몸이 떨렸고 조금 어지러웠다. 갑자기 하녀가 발작하듯 폭풍 같은 눈물을 왈칵 터뜨렸다. "닥쳐, 이년아." 그가 발끈해 소리쳤다. "네 마님에게는 아무 말도 하지 마."

포레스티어는 어디에도 보이지 않았다. 한 시간 이상 지난 뒤에야 사람들은 그를 찾을 수 있었다. 그는 화장실 밖 층계참에 누워 죽은 채 발견되었다. 죽은 테리어를 품에 안고. 하디는 한참 그를 바라보다가 입을 열었다.

"바보 같으니." 그는 화가 나 잇새로 중얼거렸다. "천하의 바보야."

그렇게 그는 사기를 친 대가를 치렀다. 악을 마음에 품었다가 끝내 그것에 목이 졸려 꼼짝없이 노예가 된 남자처럼, 그는 너무 오랫동안 거짓말을 하다가 스스로 그 거짓말을 믿어 버린 것이다. 밥 포레스티어는 오랜 세월 신사 행세를 한 끝에 그것이 가짜임을 망각해 버렸고, 그의 어리석고 틀에 박힌 두뇌가 만들어 낸 신사의 행동 규범에 따라 행동한 것뿐이었다. 허위와 진짜 사이의 차이점을 구분하지 못한 채 그는 거짓된 영웅심에 목숨을 바쳤다. 하지만 프레드 하디는 그 소식을 포레스티어 부인에게 알려야 했다. 그녀는 언덕 아래 그들의 집에서 그의 아내와 같이 있었고, 로버트가 군인들과 함께 나무를 베고 삭정이를 잘라 내고 있을 거라고 생각했다. 그는 최대한 점잖게 말했지만 사실을 알릴 수밖에 없었다. 사실대로 모두 말해야만 했다. 그녀는 언뜻 그가 한 말을 이해하지 못하는 듯했다.

"죽어요?" 그녀가 말했다. "죽어요? 나의 로버트가?"

그때 프레드 하디, 탕자이며 시니컬하고 부도덕한 악당이 그녀의 두 손을 꼭 쥐고는 그녀가 듣고 고통을 이겨 낼 법한 말을 들려주었다.

“포레스티어 부인, 부군은 대단히 용맹한 신사였습니다.”

정복되지 않는 사람들

한스는 부엌으로 돌아왔다. 남자는 여전히 바닥에 누워 있었다. 아까 한스에게 맞아 쓰러진 그 위치에 있었고 얼굴은 피투성이였다. 남자가 신음했다. 여자는 벽에 등을 기댄 채 겁에 질린 눈으로 한스의 친구 윌리를 쳐다보다가, 한스가 들어오자 숨을 훕 들이켜고는 큰 소리로 흐느꼈다. 윌리는 권총을 손에 쥔 채 탁자 앞에 앉아 있었고, 그의 옆에는 반쯤 빈 와인 잔이 놓여 있었다. 한스는 탁자로 다가가 자기 잔을 채우고 단숨에 잔을 비웠다.

"애 좀 먹었나 본데."

윌리가 씩 웃는 얼굴로 말했다.

한스의 얼굴은 피로 얼룩져 있었고, 날카로운 다섯 손톱에 긁혀 찢어진 상처가 보였다. 그는 뺨을 손으로 조심스럽게 만져 보았다.

"내 눈알을 파낼 기세였어, 나쁜 년. 아이오딘[1]이라도 발라야겠네. 여자는 이제 얌전해. 네 차례야."

"난 모르겠어. 할까? 이러다 늦겠어."

"바보 소리 마. 너 사내 아냐? 늦으면 뭐 어때? 어차피 길을 잃은 마당에."

아직 햇빛이 있었고 서쪽으로 넘어가는 햇살이 농가 부엌 창문으로 비쳐 들었다. 윌리는 잠시 망설였다. 그는 작은 체구에 얼굴이 거무레하고 마른 남자였다. 입대하기 전의 직업은 의상 디자이너였다. 그는 한스에게 계집애 취급을 받고 싶지 않아서 자리에서 일어나 한스가 들어온 문 쪽으로 갔다. 여자는 그가 무얼 하려는지 알아채고 비명을 내지르며 몸을 앞으로 던졌다.

"농, 농.(안 돼, 안 돼.)"

여자가 외쳤다.

한스가 한걸음에 여자 앞에 섰다. 그리고 여자의 어깨를 움켜쥐고 여자를 거칠게 뒤로 내던졌다. 여자는 비틀거리다가 쓰러졌다. 한스는 윌리의 권총을 낚아챘다.

"꼼짝 마, 둘 다." 한스는 프랑스어로 지껄였지만, 후두음이 강한 독일식 악센트가 섞여 있었다. 한스가 고갯짓으로 문을 가리켰다. "가 봐. 이들은 내게 맡겨."

윌리는 부엌을 나갔다가 금방 돌아왔다.

---

1) 요오드. 알코올에 녹여 소독제로도 사용한다.

"여자가 의식이 없어."

"그게 왜?"

"난 못 하겠어. 이건 아냐."

"머저리. 그게 너야. 아인 바입셴.(계집애.) 여자."

윌리가 얼굴을 붉혔다.

"그냥 가는 게 좋겠어."

한스는 경멸을 담아 어깨를 추어올렸다.

"나 와인 마저 마시고. 그 후에 가."

한스는 긴장이 풀려서 더 있다 가고 싶었다. 아침부터 내내 작업을 한 데다 오랫동안 오토바이를 타서 팔다리가 아팠다. 다행히 먼 길을 가야 하는 것은 아니었다. 수아송까지는 10 내지 15킬로미터 거리였다. 그는 거기서 잠잘 방을 구할 수 있을까 생각했다. 물론 지금의 이 상황은 젊은 여자가 바보처럼 굴지만 않았어도 생기지 않았을 일이었다. 한스와 윌리는 길을 잃는 바람에 들판에서 일하는 농부를 불러 세웠는데, 농부가 일부러 엉뚱한 길을 알려 주어 어느 샛길에 이르렀다. 그들은 그 농장으로 돌아가서 방향을 물으러 차를 멈추었다. 그리고 대단히 정중하게 길을 물었다. 프랑스인들이 얌전히 행동하는 한, 친절히 대해 주라는 명령이 있었기 때문이다. 젊은 여자가 문을 열더니 수아송으로 가는 길을 모른다고 말했다. 그들은 집 안으로 밀고 들어갔고, 한스가 추측하기로 젊은 여자의 엄마인 듯한 여자가 길을 알려 주었다. 그들 셋, 그러니까 농부와 그의 아내, 그들의 딸은 막 저녁 식사를 끝낸 참이었다. 탁자에 와인 한 병이 놓여 있었다. 한스는 그것을 보고 지독한 갈증을 느꼈다. 날이 푹푹 찌듯 더운데 정오부터 물 한 모금 마시지 못했기 때문이다. 그는 그들에게 와인을 달라고 청했고 윌리는 값을 치르겠다고 덧붙였다. 윌리는 좋은 녀석이었지만 물러 터진 구석이 있었다. 어쨌든 그들은 승리자 아닌가. 프랑스 군대는 어디 있는가? 그놈들은 잽싸게 줄행랑을 놓았다. 영국군 역시 모든 걸 남겨 두고 토끼처럼 자기들 섬으로 허겁지겁 돌아가고 없었다. 원하는 걸 뜻대로 취하는 것이 정복자 아니던가? 하지만 윌리는 이 년간 파리의 의상실에서 일한 적이 있었다. 그가 프랑스어를 잘하는 것도, 그래서 이 임무를 맡은 것도 사실이지만, 그 경험이 그를 바꿔 놓은 것이 분명했다. 퇴폐적인 인간들. 독일인이 그런 자들 틈에서 살아서 좋을 건 없었다.

농부의 아내는 탁자에 와인 병을 두 개 놓았고, 윌리는 주머니에서 20프랑을 꺼내 그녀에게 주었다. 그녀는 고맙다는 말조차 하지 않았다. 한스의 프랑스어 실력은 윌리만큼 좋지 않았지만 의사 표현 정도는 할 수 있었다. 한스와 윌리는 항상 프랑스어로 대화했다. 한스가 실수할 때마다 윌리가 바로 잡아 주었다. 한스가 윌리를 친구로 사귄 것은 윌리가 이런 식으로 쓸모가 많아서였다. 더구나 그는 윌리가 자기를 우러러본다는 것을 알고 있었다. 윌리가 한스를 우러러본 것은, 한스의 큰 키와 날씬한 몸, 딱 바라진 어깨, 찬란한 금빛 고수머리, 새파란 눈 때문이었다. 한스는 프랑스어를 연습할 기회가 생기면 그냥 지나치지 않았다. 그가 대화를 시도했지만 이 프랑스인들은 그가 하는 말에 절반도 대꾸하지 않았다. 그는 자기도 농부의 아들인데 전쟁이 끝났으니 농가로 돌아갈 예정이고 실업가가 되라는 어머니의 바람에 따라 뮌헨으로 보내져 학교를 다녔지만 그쪽에는 뜻이 없어 졸업 후 농업 대학에 진학했다고 말했다.

"길을 물으러 들른 것이고 이제 알았으니 됐잖아요." 젊은 여자가 말했다. "와인이나 마시고 가요."

그제야 한스는 젊은 여자를 제대로 쳐다보았다. 예쁘지는 않지만 검은 눈이 근사하고 코가 반듯했다. 안색은 몹시 창백했다. 옷차림은 평범했지만, 왠지 평범한 여자로 보이지 않았다. 뭔가 도드라진 면이 있었다. 전쟁이 터진 후 한스는 동료들로부터 프랑스 여자들 이야기를 꾸준히 들었다. 독일 여자들에게 없는 점이 프랑스 여자들에게는 있다고 했다. 시크해. 윌리는 늘 그렇게 말했다. 하지만 그가 무슨 소리냐고 물어도, 윌리는 그건 겪어 봐야 이해할 수 있다고만 말했다. 물론 프랑스 여자들이 돈을 밝히고 매몰차다고 말하는 사람들도 있었다. 그럴 때마다 그는 파리에 머무는 일주일 동안 직접 알아보면 되겠지 생각했다. 어차피 사령부가 남자들이 갈 만한 술집들을 마련해 두었다고 했다.

"와인 다 마셨으면 이제 가자."

윌리가 말했다.

하지만 한스는 마음이 편안해서 서두르고 싶지 않았다.

"농부의 딸 같지가 않군."

그가 젊은 여자에게 말했다.

"그게 뭐 어쨌다는 거죠?"

그녀가 대꾸했다.

"얘는 교사예요."

그녀의 엄마가 말했다.

"그럼 고등 교육을 받았겠군." 그녀가 그저 어깻짓을 하는데도 한스는 호의를 가지고 서투른 프랑스어를 써 가면서 계속 이야기했다. "당신들은 프랑스 사람들에게 이보다 좋은 일이 없다는 걸 알아야 해. 우리는 전쟁을 선포한 적이 없어. 당신들이 전쟁을 선포했지. 이제 우리가 프랑스를 근사한 나라로 만들 거야. 질서도 잡아 주고. 일하는 법도 가르치고. 당신들은 복종과 훈련을 배우겠지."

젊은 여자는 주먹을 움켜쥐더니 한스를 쳐다보았다. 그녀의 검은 눈에 증오가 어렸다. 하지만 그녀는 아무 말도 하지 않았다.

"취했구나, 한스."

윌리가 말했다.

"판사만큼 말짱해. 나는 진실을 말하는 중이고, 이 사람들도 바로 알아들었을걸."

"저이 말이 맞아." 그녀가 더는 참지 못하고 소리쳤다. "당신 취했어. 이제 가. 가."

"오, 독일 말을 알아듣네? 알았어, 갈게. 하지만 가기 전에 네 키스를 받아야겠어."

그녀는 그를 피하려 한 걸음 물러섰지만, 그는 그녀의 손목을 붙잡았다.

"아버지." 그녀가 소리쳤다. "아버지."

농부가 독일인에게 덤벼들었다. 한스는 여자를 놓고 농부를 힘껏 후려쳤다. 농부가 바닥에 풀썩 쓰러졌다. 한스는 도망치려는 여자를 붙잡아 끌어안았고, 여자는 한스의 뺨을 때렸다……. 한스는 음흉하게 킬킬 웃었다.

"독일 군인이 키스 좀 하겠다는데 이렇게 나올 거야? 요것 봐라."

한스는 우악스럽게 그녀의 두 팔을 붙잡고 문밖으로 끌어냈지만, 그녀의 어머니가 덤벼들어 그의 옷을 붙잡고 늘어졌다. 그는 한 팔로 젊은 여자를 껴안은 채 다른 손의 손바닥으로 여자의 어머니를 거세게 떠밀었고, 여자의 어머니는 벽 쪽으로 비틀비틀 밀려났다.

"한스, 한스."

윌리가 소리쳤다.

"닥쳐, 새끼야."

한스는 여자가 비명을 못 지르게 두 손으로 입을 틀어막고 여자를 부엌 밖으로 끌어냈다. 그렇게 해서 사건은 벌어졌다. 이건 누가 봐도 그 여자가 자초한 일이야. 감히 내 뺨을 때리다니. 그냥 해 달라는 대로 키스해 주었으면 그대로 떠났을 것을.

한스는 쓰러진 자리에 계속 누워 있는 농부를 흘끔 쳐다보았다. 그자의 우스꽝스러운 얼굴을 보니 저절로 웃음이 터졌다. 그는 웃음기 어린 눈으로 벽에 웅크리고 있는 여자를 쳐다보았다. 다음은 자기 차례인 줄 알고 겁을 먹었나? 별 걱정을 다 하는군. 한스는 프랑스 속담을 떠올렸다.

"세 르 프러미에 파 퀴 쿠트.(뭐든 시작이 어렵다.) 울 것 없어,

늙은 여자야. 어차피 닥칠 일이었어." 한스는 뒷주머니에 손을 넣어 지갑을 꺼냈다. "여기 100프랑. 이걸로 마드무아젤(아가씨) 드레스 하나 사. 지금 옷은 성한 데가 없으니까." 그는 지폐를 탁자에 놓고 군모를 다시 썼다. "가자."

그들은 나가서 문을 닫고 오토바이에 올라탔다. 농부의 아내는 응접실로 들어갔다. 그녀의 딸이 긴 의자에 누워 있었다. 그가 떠날 때 젊은 여자는 누워 비통한 눈물을 흘렸다.

세 달 뒤 한스는 다시 수아송에 가게 되었다. 그 전까지는 점령군과 함께 파리에 머물면서 오토바이를 타고 개선문을 지나다녔다. 군대와 함께 가장 먼저 간 곳은 투르였고 다음 행선지는 보르도였다. 전투는 거의 없었다. 보이는 프랑스군은 죄다 죄수들뿐이었다. 군대의 약탈 행위는 그의 상상을 초월했다. 휴전 협정 뒤 그는 파리에서 한 달간 체류했다. 바이에른의 가족들에게 그림엽서를 보내고 온갖 선물을 사 주었다. 윌리는 그 도시를 손바닥처럼 꿨기 때문에 그곳에 계속 머물렀지만, 한스는 다른 부대원들과 함께 수아송으로 보내져 그곳에 주둔한 부대에 합류했다. 수아송은 멋진 소도시였고, 그는 그곳에서 편히 지냈다. 먹을거리가 풍족했고, 샴페인은 한 병에 독일 돈으로 1마르크도 하지 않았다. 그곳으로 이동하라는 명령을 받았을 때 그는 전에 차지했던 그 여자를 떠올렸다. 그 여자를 찾아가 만나 보면 재미있지 않을까. 여자에게 실크 스타킹을 가져가서 악의가 없다는 걸 보여 주자. 그 근방을 적잖이 돌아다녔기 때문에 농장은 어렵지 않게 찾을 수 있을 것 같았다. 그래서 어느 날 오후 딱히 할 일도 없고 해서 주머니에 실크 스타킹을 챙겨 넣고 오토바이에 올랐다. 하늘에 구름 한 점 없는 아름다운 가을날이었다. 그는 오르락내리락 이어지는 예쁜 시골 풍경을 뚫고 달렸다. 청명하고 건조한 날씨가 오랫동안 계속된 탓에 이제 9월인데도 발 빠른 포플러 나무조차 여름이 끝나고 있음을 티 내지 않았다. 한 번 방향을 잘못 틀어 시간이 지체되기는 했지만 삼십 분도 못 되어 찾는 곳에 도착했다. 그가 문으로 걸어 올라오자 잡종 개 한 마리가 그에게 왈왈 짖어 댔다. 그는 노크를 하지 않고 문고리를 돌려 안으로 들어갔다. 그 젊은 여자가 탁자 앞에 앉아 있었다. 그녀는 감자 껍질을 벗기다가 군복 차림의 남자를 보고 벌떡 일어섰다.

"무슨 일이죠?" 그녀는 말을 하고 나서 그를 알아보았다. 그녀는 손에 든 칼을 움켜쥐면서 벽 쪽으로 물러났다. "당신. 코숑.(돼지.)"

"흥분하지 마. 해치러 온 거 아니야. 봐. 실크 스타킹 가져왔잖아."

"가져가. 당신도 꺼져."

"바보 같긴. 그 칼 내려놔. 소란 떨면 너만 다쳐. 나 무서운 사람 아니야."

"난 당신이 무섭지 않아."

그녀가 말했다.

그녀는 칼을 바닥에 떨궜다. 그는 군모를 벗고 앉았다. 그리고 발을 뻗어 그 칼을 자기 쪽으로 끌어당겼다.

"내가 감자 껍질 벗겨 줄까?"

그녀는 대답하지 않았고, 한스는 몸을 숙여 칼을 집어 들고는 그릇에서 감자를 하나 꺼내 깎기 시작했다. 그녀는 굳은 얼굴과 적대감이 어린 눈으로 벽에 붙어 서서 그를 쳐다보았다. 그는 그녀를 안심시키려고 그녀에게 미소를 지었다.

"왜 그렇게 화가 나 있어? 내가 널 때리진 않았잖아. 흥분을 하긴 했었지. 우리 모두 흥분했었어. 그 인간들, 무적의 프랑스 군대니 마지노선이니 그리 떠들어 대더니만……" 그는 말끝에 킥킥 웃었다. "와인 때문에 머리가 어떻게 됐었나 봐. 너, 더한 일을 당했을 수도 있었어. 여자들이 나더러 못생긴 남자는 아니라던데."

그녀는 경멸하는 눈으로 그를 위아래로 훑어보았다.

"그만 가 줘."

"내가 원할 때 갈 거야."

"안 가면 우리 아버지가 수아송으로 가서 장군에게 항의할 거야."

"신경이나 쓸 것 같아? 우린 주민들과 친하게 지내라는 명령을 받았어. 너 이름이 뭐야?"

"무슨 상관이야."

그녀는 뺨이 붉게 달아오르고 눈은 분노로 이글이글 타올랐다. 그는 그녀가 생각보다 예쁜 여자라고 생각했다. 내가 그렇게 잘못한 것도 없잖아, 하는 생각도 들었다. 그녀는 농촌보다 도시 주민에 가까운 세련된 분위기가 돌았다. 그녀의 어머니가 그녀가 교사라고 했던 말이 기억났다. 그녀는 숙녀다운 면이 있어서 놀리는 재미가 있었다. 한스는 강해지고 건강해지는 느낌이 들었다. 그는 고불거리는 금발을 쓸어 넘긴 뒤 많은 여자들이 그녀의 입장이었다면 좋아서 자기에게 덤벼들었을 거라고 생각하며 킬킬 웃었다. 여름 동안 햇볕에 그을린 낯빛 때문에 그의 파란 눈이 더욱 도드라졌다.

"아버지랑 어머니는 어디 있어?"

"들판에서 일해."

"배고프다. 빵이랑 치즈, 와인 한 잔만 줘. 돈 낼게."

그녀는 격렬한 웃음을 터뜨렸다.

"치즈는 세 달 동안 구경도 못했어. 빵도 부족해서 늘 배가 고파. 일 년 전에는 프랑스인들이 우리 말을 가져가더니, 이제는 보슈(독일인)들이 우리 소, 우리 돼지, 우리 닭, 모든 걸 가져갔어."

"돈을 주고 가져갔을 텐데."

"그들이 준 그 무가치한 종이돈을 먹을 순 없잖아?"

그녀는 울기 시작했다.

"배고파서 그래?"

"오, 아니." 그녀는 비통하게 대답했다. "감자랑 빵, 순무, 상추를 왕처럼 먹을 수 있는데, 왜. 내일은 아버지가 말고기라도 살 수 있는지 알아보러 수아송에 가실 거야."

"이봐, 아가씨. 나는 그리 나쁜 놈이 아니야. 내가 치즈를 조금 가져다줄게. 가능하면 햄도 조금 구해 볼게."

"네 선물 필요 없어. 너희 돼지들이 우리에게서 빼앗아 간 음식을 건드리느니 굶고 말지."

"두고 보자고."

그가 유쾌하게 말했다.

그는 군모를 쓰고 일어서서 "오 르부아, 마드무아젤.(또 봐, 아가씨.)" 하고 말하면서 걸어 나갔다.

그는 오토바이를 멋대로 타고 시골을 돌아다닐 수가 없어서 그쪽에 볼일이 생길 때까지 기다렸다가 그 농장을 다시 찾아갔다. 열흘 뒤였다. 전처럼 인사도 없이 집 안으로 들어갔다. 이번에는 농부와 그의 아내가 부엌에 있었다. 점심 무렵이라 그녀는 화덕 위의 냄비를 젓고 있었다. 농부는 탁자 앞에 앉아 있었다. 그들은 들어서는 그를 쳐다보았지만 놀란 기색은 없었다. 딸한테서 그가 다녀갔다는 이야기를 들은 게 분명했다. 그들은 아무 말도 하지 않았다. 아내는 하던 요리를 계속했고 농부는 시무룩한 표정으로 탁자의 유포[2]를 쳐다보았다. 하지만 그 정도에 당황할 유쾌한 한스가 아니었다.

"봉주르, 라 콩파니.(안녕하세요, 여러분.)" 그가 명랑하게 말했다. "선물 가져왔어요."

그는 가져온 꾸러미를 풀고 큼직한 그뤼예르 치즈 한 덩이와 돼지고기 한 조각, 정어리 통조림 두 개를 펼쳐 놓았다. 여자가 돌아섰다. 한스는 그녀의 눈에서 번뜩이는 욕망을 보고 미소를 지었다. 농부는 음식을 뚱하게 쳐다보았다. 한스는 농부에게 함박웃음을 지었다.

"여기 처음 온 날 오해가 있었던 건 미안하게 됐습니다. 하지만 당신들도 끼어든 건 잘못이에요."

---

2) 물이 스며들지 않게 한쪽에 기름을 먹인 천. 식탁보로 많이 쓰였다.

그때 이 집 딸이 들어왔다.

“뭐 하는 거야?” 그녀가 매섭게 외쳤다. 그녀의 시선이 그가 가져온 것들에 닿았다. 그녀는 그것들을 한데 집어서 그에게 던졌다. “가져가. 가져가라고.”

하지만 그녀의 어머니가 재빨리 앞으로 나섰다.

“아네트, 너 미쳤니.”

“저 사람 선물은 받지 않겠어요.”

“이건 우리한테서 빼앗은 우리 음식이야. 저 정어리 좀 봐. 보르도 정어리잖아.”

그녀의 어머니는 그것들을 주웠다. 한스는 장난기 어린 연파란색 눈으로 젊은 여자를 쳐다보았다.

“아네트가 네 이름이야? 예쁜 이름이네. 작은 음식인데 부모님이 드시는 게 아까워? 세 달 동안 치즈를 못 먹었다면서. 햄은 가져오지 못했어. 최선을 다해 가져온 거야.”

농부의 아내는 두 손으로 고기를 덥석 집어서 가슴에 꼭 품었다. 거기다 입이라도 맞출 태세였다. 아네트의 뺨을 따라 눈물이 흘러내렸다.

“치욕스러워.”

그녀가 고통스럽게 말했다.

“에이, 그뤼예르 치즈 조금과 돼지고기 한 조각을 가지고 무슨 치욕 타령이야.”

한스는 앉아서 담배에 불을 붙였다. 그러고는 담뱃갑을 늙은 남자에게 넘겼다. 농부는 잠시 망설였지만, 유혹이 워낙 강했기 때문에 한 개비를 꺼내고 나서 담뱃갑을 돌려주었다.

"가지세요." 한스가 말했다. "난 또 구할 수 있어요." 그는 연기를 들이마시고는 구름 같은 연기를 콧구멍으로 훅 뿜어냈다. "우리가 친구가 못 될 것도 없잖아요? 이미 일어난 일은 일어난 일입니다. 전쟁은 전쟁이고요. 무슨 말인지 아실 겁니다. 아네트는 교육받은 여자예요. 난 아네트에게 잘 보이고 싶습니다. 아마도 우리는 상당한 기간 동안 수아송에 머물 것 같습니다. 가끔 도움이 될 만한 것들을 가져다드리죠. 우리는 마을 사람들과 친해지려 애쓰는데 사람들은 우리를 받아 주지 않아요. 우리가 거리를 지나가도 눈길조차 주지 않아요. 윌리랑 왔을 때 일어난 일은 사고였어요. 나를 겁낼 필요는 없습니다. 나는 아네트를 내 여동생처럼 존중할 생각이에요."

"여기 왜 왔어? 왜 우리를 가만두지 않는 거야?"

아네트가 물었다.

그도 그 이유를 알 수 없었다. 인간 대 인간으로 소소한 우정을 나누고 싶었지만 그런 말은 하고 싶지 않았다. 독일군을 향한 조용한 적대감이 수아송 어디에나 깔려 있었다. 그는 그것이 못 견디게 거슬려서 그를 없는 사람인 양 쳐다보는 프랑스 남자를 두들겨 패고 싶을 때가 있었고, 울고 싶을 만큼 마음이 괴로울 때도 있었다. 언제든 찾아가도 반겨 주는 곳이 있다면 얼마나 좋을까. 아네트를 욕심내지 않는다는 그의 말은 진심이었다. 아네트는 그가 좋아하는 타입이 아니었다. 그는 키가 크고 가슴이 풍만하며, 자기처럼 파란 눈과 환한 금발을 가진 여자를 좋아했다. 강하고 튼튼하고 통통한 여자가 좋았다. 가늠할 수 없는 세련됨, 가늘고 정교한 코, 검은 눈동자, 길고 창백한 얼굴의 이 여자에게는 뭔가 위협적인 면이 있었다. 만일 독일군의 대대적인 승리에 흥분한 상태가 아니었다면, 몹시 피곤한 와중에도 그리 기쁨에 도취되지 않았다면, 빈속에 그 와인을 모두 마시지만 않았다면 그때 그녀를 어찌해 볼 생각은 들지 않았을 것이다.

이후 보름 동안 한스는 시간을 내지 못했다. 일단 그 농장에 음식을 가져다주었으니 노인들이 그것을 게걸스럽게 먹어치울 것은 불 보듯 뻔했다. 그는 아네트도 그것을 먹었을지 궁금했다. 그가 등을 돌리자마자 그녀가 음식에 달려들었다고 해도 놀랄 일은 아니었다. 프랑스 사람들이 어찌 공짜를 마다하겠는가. 그들은 나약하고 퇴폐적이었다. 물론 그녀는 그를 증오했다. 오, 증오하고 말고. 하지만 돼지고기는 돼지고기고 치즈는 치즈 아닌가. 그는 그녀 생각을 자주 했다. 그녀에게 미움을 받는다고 생각하니 씁쓸했다. 그는 호감을 보이는 여자들에게 길들여진 남자였다. 이러다가 그녀가 나를 사랑하게 된다면 참 재밌겠는걸. 그는 그녀의 첫 남자였다. 뮌헨에서 맥주잔을 앞에 놓고 이야기하던 학생들이 그러지 않았나, 여자들이 사랑하는 것은 첫 남자라고, 그것이 바로 사랑이라고. 그는 한번 노린 여자는 실패한 적이 없었다. 한스는 웃음을 터뜨렸고, 그의 눈은 짓궂은 빛을 띠었다.

마침내 그 농장에 갈 기회가 생겼다. 그는 치즈와 버터, 설탕, 소시지 통조림, 커피 약간을 챙겨서 오토바이를 타고 출발했다. 하지만 이번에는 아네트를 만나지 못했다. 그녀는 아버지와 들판에서 일하고 있었다. 늙은 여자는 마당에 있다가 그가 가져온 꾸러미를 보고는 얼굴에 화색이 돌았다. 그녀는 그를 부엌으로 안내한 뒤, 살짝 떨리는 손으로 노끈을 풀고는 그가 가져온 것을 보았다. 그녀의 눈에 눈물이 가득 고였다.

"친절하기도 하지."

그녀가 말했다.

"앉아도 될까요?"

그는 정중하게 물었다.

"물론이죠." 그녀는 창밖을 내다보았다. 한스가 보기에 그녀는 아네트가 오지 않기를 바라는 눈치였다. "와인 한잔 드릴까요?"

"좋죠."

그는 그녀가 그에게 호감은 없더라도 음식 욕심에 그와 타협할 것임을 예민한 직감으로 알아차렸다. 창밖을 내다보는 시선은 두 사람을 공범처럼 묶어 주었다.

"돼지고기 맛있던가요?"

그가 물었다.

"맛 좋더라고요."

"다음에 올 때 더 가져다드리죠. 아네트도 좋아했나요?"

"걔는 당신이 남겨 둔 건 건드리지도 않았어요. 차라리 굶겠다면서."

"바보 같긴."

"나도 그 애에게 그렇게 말했어요. 음식이 앞에 있는데 먹지 않으면 무슨 소용이 있냐고."

한스가 와인을 마시는 동안 그들은 도란도란 이야기를 나누었다. 한스는 그녀가 페리에 부인으로 통한다는 것을 알게 되었다. 그는 그들에게 다른 가족이 있는지 물었다. 그녀는 한숨을 지었다. 원래 아들이 하나 있었는데 전쟁 초반에 징병되었다가 죽었다고 했다. 전사한 것이 아니라 폐렴에 걸려 낭시의 병원에서 사망한 것이다.

"안됐군요."

한스가 말했다.

"그렇게 사느니 차라리 잘된 일인지도 몰라요. 아들은 여러모로 아네트와 비슷했답니다. 그런 성격으로는 패전의 치욕을 견디지 못했을 거예요." 그녀가 다시 한숨을 쉬었다. "아, 가엾은 동지 양반, 우리는 배신을 당했어요."

"왜 폴란드인들을 위해 싸우려 했죠? 그들이 당신들에게 뭐라고?"

"당신 말이 맞아요. 그냥 당신들의 히틀러가 폴란드를 취하도록 놔두었다면 그도 우리를 놔두었을 텐데."

한스는 가려고 일어서면서 곧 다시 오겠다고 말했다.

"돼지고기 잊지 않고 가져오죠."

이후 한스는 운이 좋아 휴가를 받게 되었다. 일주일에 두 번 근처 마을로 나가는 임무를 받은 것이다. 그 덕에 그는 전보다 훨씬 자주 농장에 들를 수 있었다. 뭐라도 가져가려고 신경을 썼기 때문에 빈손으로 가는 일은 없었다. 하지만 아네트와는 아무런 진전이 없었다. 그녀의 환심을 사려고 그제까지 여자들과 어울리며 터득한 간단한 술책들을 써 보았지만 그녀의 조롱만 자극할 뿐이었다. 그녀는 입을 앙다문 채 냉혹한 눈으로 오물을 보듯 그를 쳐다보았다. 그녀가 어찌나 화를 돋우는지 그 어깨를 붙잡아 목숨을 끊어 놓고 싶을 때가 한두 번이 아니었다. 한번은 그가 혼자 있는 그녀와 마주쳤다. 그녀가 나가려고 일어서자 그가 길을 막아섰다.

"거기 서. 너랑 얘기 좀 해야겠으니까."

"말해. 난 여자고 무방비 상태잖아."

"내가 여기 오래오래 있을 것 같다는 말을 해 주고 싶어. 너희 프랑스인들의 삶은 더욱 힘들고 더 팍팍해질 테지. 나는 너에게 도움이 될 수 있어. 넌 왜 네 어머니와 아버지처럼 합리적으로 굴지 않지?"

그의 말대로 페리에 영감은 태도가 바뀌어 있었다. 영감은 상냥하기보다 차갑고 무뚝뚝한 편이었지만 점잖은 사람이었다. 그는 한스에게 담배를 가져다달라고 부탁했고, 한스가 돈을 받지 않겠다고 했을 때는 고맙다고 말했다. 그리고 한스에게 수아송의 소식을 기쁘게 전해 듣고 한스가 가져온 신문을 받아 들었다. 한스는 농부의 아들이었기 때문에 농장에 대해 알고 이야기를 나눌 수 있었다. 그곳은 너무 크지도 작지도 않은 좋은 농장이었다. 큰 시냇물이 농장을 가로질러 흘렀기 때문에 관개수가 충분했고 수목이 우거진 경작지와 목초지를 갖추고 있었다. 영감은 가축을 빼앗긴 데다 다른 노동력도 비료도 없으니 이제 망할 일만 남았다고 하소연했고, 한스는 이해하고 공감하는 마음으로 그 말에 귀를 기울였다.

"왜 아버지와 어머니처럼 합리적으로 굴지 않느냐고 물었지."

아네트가 말했다.

그녀는 드레스 자락을 잡아당겨서 자기 몸을 그에게 보여 주었다. 그는 자기 눈을 믿을 수가 없었다. 눈앞의 광경은 그의 영혼을 송두리째 뒤집어 놓았다. 그의 뺨으로 피가 몰려들었다.

"너 임신했구나."

그녀는 의자에 주저앉아 손으로 머리를 감싸고 서럽게 울기 시작했다.

"치욕스러워. 치욕스러워."

그는 그녀를 품에 안으려 달려갔다.

"우리 예쁜이."

그가 외쳤다.

하지만 그녀는 벌떡 일어서서 그를 밀쳐 냈다.

"건드리지 마. 꺼져 버려. 꺼지라고. 이만하면 충분히 괴롭힌 거 아니야?"

그녀는 휙 방을 나갔다. 그는 혼자 남겨져 몇 분쯤 기다렸다. 얼떨떨했다. 그는 복잡한 심정으로 수아송을 향해 천천히 달렸고, 밤에 잠자리에 들어서도 오랫동안 잠을 이루지 못했다. 아네트와 그녀의 배부른 몸이 머릿속을 떠나지 않았다. 탁자 앞에 앉아 펑펑 우는 그녀의 모습은 너무도 안쓰러웠다. 그녀는 그의 아이를 임신하고 있었다. 그는 깜빡 졸았다가 깜짝 놀라며 잠에서 깼다. 잠이 확 달아났다. 벼락처럼 들이닥친, 귀청을 때리며 터져 나온 총성 같은 깨달음 때문이었다. 그는 그녀를 사랑하고 있었다. 너무나 놀랍고 너무나 충격적이어서 감당할 수 없는 사실이었다. 물론 이전에도 그녀 생각을 많이 했었지만 이런 식으로 생각한 적은 한 번도 없었다. 그녀가 나를 사랑하게 된다면 얼마나 재미있을까, 내가 강제로 취한 것을 그녀가 자발적으로 바치는 때가 온다면 그게 바로 승리라고 생각했을 뿐, 단 한순간도 그녀를 다른 여자 이상으로 생각한 적은 없었다. 그녀는 그의 타입이 아니었다. 별로 예쁘지도 않았다. 그저 그런 여자였다. 갑자기 왜 그녀에게 이런 이상한 감정이 치솟는 것일까? 이것은 즐거운 감정이 아니라 고통이었다. 이것이 무엇인지는 알고 있었다. 이것은 사랑이었다. 사랑이 그에게 느껴 보지 못한 행복감을 주었다. 그녀를 품에 안고 다독이고 싶었고, 눈물로 얼룩진 그녀의 눈에 키스하고 싶었다. 그는 남자가 여자를 욕망하듯 그녀를 욕망하지 않았다. 그저 그녀를 위로하고 싶었고, 그녀가 그를 향해 웃어 주기를 바랐다. 이상하게도 그는 그녀가 웃는 걸 본 적이 없었다. 그녀의 눈(멋지고 아름다운 그 눈)이 다정하게 녹아드는 것을 보고 싶었다.

이후 사흘 동안 그는 수아송을 떠날 수 없었다. 사흘 동안 낮에도 밤에도 아네트와 배 속 아기 생각만 했다. 사흘 뒤 그는 농장을 다시 찾아갈 수 있었다. 페리에 부인을 혼자 만나고 싶었는데, 마침 그 집에서 얼마간 떨어진 길에서 그녀를 만날 수 있었다. 그녀는 숲에서 주운 나뭇가지로 커다란 나뭇짐을 꾸려 등에 지고 집으로 돌아가는 길이었다. 그는 오토바이를 멈추었다. 그녀가 그에게 호의를 보이는 건 오직 그가 가져다주는 식량 때문이었지만 상관없었다. 그녀가 예의를 지키고 있고 그에게서 얻어 낼 것이 있는 한 계속 그럴 것이라는 사실만으로 충분했다. 그는 그녀에게 할 이야기가 있으니 짐을 내려놓으라고 말했다. 그녀는 시키는 대로 했다. 구름이 낀 흐린 날이었지만 춥지는 않았다.

"아네트 일 알아요."

그가 말했다.

그녀는 깜짝 놀랐다.

"어떻게 알았어요? 걔가 당신에게 알리지 않으려 했는데."

"본인이 말했어요."

"그날 저녁 당신이 용케 해냈지 뭐요."

"난 몰랐어요. 왜 진작 말하지 않았죠?"

그녀는 말하기 시작했다. 비통한 어조도 아니었고 그를 원망하는 기색도 없었다. 그저 섭리에 의한 불운인 양, 암소가 송아지를 낳다가 죽은 것처럼, 혹은 봄의 서리가 나무를 할퀴고 작물을 망친 것처럼, 인간이 체념하며 겸허하게 받아들여야 하는 불행인 것처럼 말했다. 그 참혹한 밤 이후 아네트는 며칠 동안 침대에 누워 고열에 시달렸다. 그들은 그녀가 그대로 정신을 놓는 게 아닌가 생각했다. 그녀는 계속 비명을 질렀다. 부를 의사도 마땅치 않았다. 마을의 의사는 군대로 소집되어 떠나고 없었다. 수아송에도 의사는 두 명밖에 없었다. 그나마 둘 다 고령이라 어찌어찌 그들에게 사람을 보낸다고 해도 그들이 농장까지 올 수는 없었다. 그들은 그 도시를 떠나는 것이 금지되어 있었다. 아네트는 열이 내린 후에도 너무 아파 침대를 떠날 수 없었다. 이후 간신히 기운을 차렸지만 보기에 딱할 만큼 아주 허약하고 창백했다. 충격이 너무 컸다. 그렇게 한 달이 가고, 또 한 달이 흘렀다. 그녀는 특별히 아픈 데가 없어 신경을 쓰지 않았다. 건강 상태가 원래 고르지 않았기 때문이다. 뭔가 이상하다는 걸 가장 먼저 눈치챈 사람은 페리에 부인이었다. 부인은 아네트에게 혹시 그게 아닐까 물었다. 두 사람은 너무 두려웠지만 확신이 없어서 페리에 씨에게는 아무 말도 하지 않았다. 세 달째가 되자 더 이상 의심할 것이 없었다. 아네트는 임신한 것이 확실했다.

그들에게는 낡은 시트로앵 자동차가 한 대 있었다. 전쟁 전 페리에 부인이 일주일에 두 번 아침에 농작물을 수아송의 장터로 실어 나를 때 쓰던 것인데, 독일군이 점령한 후로 내다 팔 것이 없어서 쓰지 않고 있었다. 석유도 구하기 어려웠지만 그들은 그것을 꺼내 몰고 수아송으로 갔다. 보이는 자동차는 독일군의 군용 차량뿐이었다. 독일 병사들이 사방에 돌아다녔다. 거리에 독일어 간판들이 있었고, 공공건물마다 사령관이 서명한 프랑스어 포고문이 붙어 있었다. 문을 닫은 가게들이 많았다. 그들은 아는 늙은 의사를 찾아갔고, 의사는 임신이 맞다고 확인해 주었다. 하지만 그는 독실한 가톨릭 신자라 그들을 도와주려 하지 않았다. 그들이 읍소해도 그는 어깻짓을 하고 말았다.

"너만 그런 게 아니야." 그가 말했다. "일 포 수피르.(감수할 수밖에.)"

그들은 다른 의사도 알고 있어서 그를 찾아갔다. 아무리 벨을 눌러도 오랫동안 응답하는 사람이 없었다. 마침내 문이 열리고 슬픈 얼굴에 검은 옷을 입은 여자가 나타났다. 그들이 의사를 만날 수 있는지 청하자 그녀는 울기 시작했다. 의사는 프리메이슨이라는 이유로 독일군에게 체포되어 인질로 붙잡혀 있다고 했다. 독일군 장교들이 자주 찾는 카페에 폭탄이 터져 두 명이 죽고 몇 명이 부상당한 사건 때문이었다. 모월 모일까지 그들이 범인을 넘겨받지 않으면 그는 총살당할 운명이었다. 여자가 친절해 보여서 페리에 부인은 딱한 사정을 그녀에게 털어놓았다.

"그 짐승들." 그녀가 말했다. 그녀는 안타깝다는 듯 아네트를 쳐다보았다. "가엾기도 하지."

그녀는 마을 산파의 주소를 그들에게 주면서 그녀의 소개로 찾아왔다고 말하라고 했다. 산파는 그들에게 약을 주었다. 아네트는 그 약을 먹고 병이 났다. 그녀의 말로는 죽을 만큼 아팠다고 했다. 그럼에도 아무런 효과가 없었다. 아네트는 여전히 임신한 상태였다.

이것이 페리에 부인이 한스에게 한 이야기였다. 그는 잠시 침묵을 지켰다.

한스가 말했다.

"내일은 일요일이라 일이 없습니다. 내가 갈 테니 같이 이야기하시죠. 쓸 만한 것들도 좀 가져갈게요."

"바늘이 없어요. 몇 개 가져올 수 있어요?"

"알아볼게요."

그녀는 나뭇짐을 들어 등에 지고는 길을 따라 걸어갔다. 한스는 수아송으로 돌아왔다. 감히 오토바이를 쓸 수가 없어서 이튿날 자전거를 한 대 빌렸다. 음식 꾸러미를 자전거에 묶었다. 샴페인을 한 병 넣었기 때문에 평소보다 꾸러미가 더 컸다. 그는 땅거미가 질 무렵 농장으로 갔다. 모두 일을 마치고 집에 돌아와 있을 시각이었다. 그는 따뜻하고 아늑한 부엌으로 들어갔다. 페리에 부인은 요리를 하고 있었고 그녀의 남편은 《파리 수아》[3]를 읽는 중이었다. 아네트는 스타킹을 깁고 있었다.

"바늘을 좀 가져왔어요." 그가 꾸러미를 풀면서 말했다. "당신 것도 있어, 아네트."

"필요 없어."

"설마?" 그가 씩 웃었다. "이제 슬슬 아기 물건을 만들어야 할 거야."

"맞아, 아네트." 그녀의 어머니가 말했다. "그런데 우리에겐 아무것도 없잖니." 아네트는 바느질감에서 고개를 들지도 않았다. 페리에 부인의 탐욕스러운 눈이 꾸러미 안의 물건들을 훑었다. "샴페인이네."

한스가 킥킥 웃었다.

"이걸 왜 가져왔는지 말하죠. 계획이 생겼어요." 그는 잠시 주저하다가 의자를 끌어내서 아네트 맞은편에 앉았다. "어디서부터 말해야 할지 모르겠군. 그날 밤 내가 한 짓은 미안해, 아네트. 내 잘못은 아니었어. 상황이 그랬던 거지. 나 좀 용서해주면 안 돼?"

그녀는 증오하는 눈초리로 그를 쳐다보았다.

---

3) 1923년부터 1944년까지 파리에서 발행된 일간지.

"어림없어. 왜 날 내버려 두지 않지? 내 인생을 망가뜨린 것만으론 부족해?"

"그래서 그런 거구나. 반드시 나 때문이라고 할 순 없지. 네가 아기를 가졌다는 걸 안 순간 내게 이상한 변화가 일어났어. 이제 모든 게 달라졌어. 난 너무나 자랑스러워."

"자랑스러워?"

그녀는 매서운 눈길을 그에게 휙 던졌다.

"난 네가 그 아기를 낳았으면 좋겠어, 아네트. 네가 아기를 없애지 못해 다행이야."

"그런 말을 잘도 지껄이네?"

"내 말 좀 들어 봐. 일단 알고 나니까 다른 생각은 할 수가 없었어. 육 개월 뒤면 전쟁이 끝나. 봄에 우리가 영국인들을 굴복시킬 거니까. 놈들은 아무런 가망이 없어. 그때 제대하고 나서 너랑 결혼할게."

"네가? 왜?"

그는 구릿빛 피부가 빨개지도록 얼굴을 붉혔다. 도저히 프랑스어로 말할 용기가 없어 독일어로 말했다. 그녀가 알아들을 것을 알고 있었다.

"이히 리베 디히.(너를 사랑해.)"

"이 사람이 뭐라고 하는 거니?"

페리에 부인이 물었다.

"나를 사랑한대요."

아네트는 고개를 뒤로 홱 젖히고는 한바탕 거센 웃음을 터뜨렸다. 웃음소리는 갈수록 커졌고, 그녀는 웃음을 멈추지 못했다. 그녀의 눈에 눈물이 흘러내렸다. 페리에 부인이 아네트의 양쪽 뺨을 힘차게 번갈아 때렸다.

"신경 쓰지 말아요." 페리에 부인이 한스에게 말했다. "히스테리 발작이에요. 얘 상태가 그래요."

아네트는 컥컥 웃음을 삼키면서 자제심을 되찾았다.

"샴페인은 우리 약혼을 축하하려고 가져온 거야."

한스가 말했다.

"가장 원통한 게 뭔지 알아?" 아네트가 말했다. "우리가 바보들한테 졌다는 거야. 바보 천치들한테."

한스는 계속 독일어로 말했다.

"네가 아기를 낳는다는 걸 알기 전까지는 내가 널 사랑한다는 걸 몰랐어. 벼락이 치듯 갑자기 깨달았지만, 그동안 내내 널 사랑했던 것 같아."

"뭐라고 하는 거니?"

페리에 부인이 물었다.

"잡소리예요."

그는 프랑스어로 돌아왔다. 아네트의 부모님에게도 그가 하는 말을 들려주기 위해서였다.

"누가 뭐래도 난 너랑 결혼할 거야. 나를 하찮은 놈으로 생각하지는 마. 우리 아버지는 부자야. 우리 집안은 평판이 좋아. 내가 장남이라 넌 부족함 없이 살 수 있어."

"가톨릭인가?"

페리에 부인이 물었다.

"네. 가톨릭입니다."

"그거 괜찮네."

"우리는 아름다운 시골에 살아. 땅도 기름지고. 뮌헨과 인스브루크 사이에서는 우리 농장이 가장 좋아. 70년대에 전쟁이 끝나고 나서 우리 할아버지가 그 땅을 사셨어. 자동차랑 라디오도 있어. 전화도 있고."

아네트는 아버지를 돌아보았다.

"세상의 요령이란 요령은 다 가진 남자네요, 이 신사분은." 그녀는 아이러니하다는 투로 외쳤다. 그러고는 다시 한스를 쳐다보았다. "내 신분이 아주 근사해지겠는걸. 결혼도 안 하고 애부터 낳은, 정복당한 나라에서 온 외국인. 나에게 행복할 기회를 제안하는 거네, 그치? 아주 멋진 기회야."

말수가 적은 페리에 씨가 처음으로 말문을 열었다.

"안 될 말이야. 당신이 훌륭하게 처신하고 있다는 건 알아요. 나는 지난번 전쟁도 겪은 사람이오. 우리 모두 평화로울 때라면 하지 않았을 온갖 일들을 했어요. 인간의 본성은 인간의 본성이니 말이오. 하지만 아들이 죽은 이상 아네트는 우리가 가진 전부예요. 딸을 보낼 순 없어요."

"아버님의 심정은 예상했습니다." 한스가 말했다. "그에 대해 답변을 드리죠. 저는 여기 남을 생각입니다."

아네트는 재빨리 그를 쳐다보았다.

"그게 무슨 소리예요?"

페리에 부인이 물었다.

"저에게 남동생이 있습니다. 제 아버지는 동생이 집에 남아 도우면 됩니다. 저는 이 나라가 좋아요. 정력과 패기가 있는 남자라면 여기 농장을 얼마든지 일굴 수 있겠죠. 전쟁이 끝나면 많은 독일인들이 이곳에 정착할 거예요. 알다시피 프랑스에는 땅을 일굴 남자들이 부족하니까요. 저번에 수아송에서 강연이 있었습니다. 농장 중에 3분의 1 정도가 경작되지 않고 방치돼 있답니다. 일할 남자들이 없어서."

페리에와 그의 아내는 시선을 주고받았다. 아네트는 그들이 동요하고 있음을 느꼈다. 그것은 아들이 죽은 이후 그들이 줄곧 바라던 바였기 때문이다. 그들은 강인하고 튼튼한 사위를 얻어서 너무 늙어 빈둥거리는 것 말고 할 수 있는 게 아무것도 없을 때 사위에게 농장을 맡기고 싶은 바람이 있었다.

"그렇다면 이야기가 달라지죠." 페리에 부인이 말했다. "생각해 볼 만한 제안이네요."

"가만히 좀 있어요." 아네트가 거칠게 외쳤다. 그녀는 몸을 앞으로 내밀고 이글이글 타오르는 눈을 독일인에게 고정했다. "내겐 약혼자가 있어. 내가 교사로 일했던 도시의 남학교에서 근무했던 교사야. 우린 전쟁이 끝나면 결혼하기로 했어. 그이는 너처럼 강하지도 크지도 않아. 잘생긴 것도 아니고. 작고 허약하지. 얼굴에서 빛나는 지성이 그이의 유일한 아름다움이고, 훌륭한 영혼이 그이가 가진 유일한 힘이야. 그이는 미개인이 아니라 문명인이야. 문명을 천년은 앞서가는 사람이라고. 나는 그이를 사랑해. 온 마음과 온 영혼을 다해 그이를 사랑해."

한스의 얼굴이 시무룩해졌다. 아네트가 다른 누군가를 좋아하고 있으리라고는 생각한 적이 없었다.

"그 남자 지금 어디 있지?"

"어디 있을 거 같아? 독일에 있어. 포로가 돼서 굶주리고 있다고. 네가 우리 땅의 기름으로 배를 채우는 동안. 너를 증오한다고 몇 번이나 말을 해야 하지? 나에게 용서해 달라고 했지. 그렇게는 못 해. 너는 속죄를 하고 싶겠지만. 바보 같으니." 그녀는 고개를 젖혔다. 그녀의 얼굴에 못 견디게 고통스러운 표정이 어렸다. "내 명예는 더럽혀졌어. 오, 그이는 날 용서할 거야. 다정한 사람이니까. 하지만 그이가 내가 강제로 당한 것이 아니라고 의심하는 날이 올까 봐 괴로워. 내가 버터랑 치즈, 실크 스타킹 때문에 스스로 너에게 몸을 바쳤다고 생각할까 봐 말이야. 그런 경우는 얼마든지 있으니까. 그리고 그 아이, 네 아이, 독일인의 아이가 생긴다면 우리의 인생은 어떻게 될까? 너처럼 크고, 너처럼 금발이고, 너처럼 파란 눈을 가진 아이. 오, 하느님, 내가 왜 이런 고통을 겪어야 하지?"

그녀는 일어서서 쌩하니 부엌을 나가 버렸다. 잠시 세 사람은 침묵 속에 남겨졌다. 한스는 후회스럽게 샴페인 병을 바라보다가 한숨을 쉬고 일어섰다. 그가 밖으로 나갈 때 페리에 부인이 따라 나왔다.

"딸애와 결혼하겠다는 말 진심이에요?"

그녀는 낮은 목소리로 그에게 물었다.

"네. 제가 한 말 전부. 그녀를 사랑합니다."

"그 애를 데리고 떠나지 않을 거죠? 여기 남아서 농장에서 일도 하고?"

"약속해요."

"우리 영감이 영원히 살 수는 없어요. 당신도 고향에서는 동생과 몫을 나눠야 할 테고. 여기서는 누구와 나누지 않아도 돼요."

"그렇긴 하죠."

"사실 우리는 아네트가 그 교사와 결혼하는 것이 탐탁지 않았어요. 하지만 그때는 아들이 살아 있었고 아네트가 결혼하겠다고 하면 굳이 말리지 말라고 말하는 바람에 그냥 둔 거예요. 아네트가 그 남자에게 워낙 빠져 있어서. 하지만 이제는 아들이, 불쌍한 우리 아들이 죽었으니 상황이 달라요. 딸애가 원한다고 해도 그 애 혼자 어찌 농장 일을 하겠냐고요?"

"농장을 파는 건 안타까운 일이죠. 자기 땅에 대한 마음이 어떤 것인지 잘 압니다."

그들은 도로에 다다랐다. 페리에 부인은 한스의 손을 잡고 살짝 쥐었다.

"곧 다시 와요."

한스는 페리에 부인이 자기편이라는 걸 직감했다. 그는 그것을 위안 삼아 수아송으로 돌아왔다. 하지만 아네트가 다른 사람을 사랑한다는 것이 마음에 걸렸다. 다행인 것은 그 남자가 포로고 그가 풀려나기 전에 아기가 먼저 태어날 가능성이 높다는 것이었다. 그렇다면 그녀의 마음이 바뀔 가능성도 있었다. 여자의 마음은 누구도 모르는 법이다. 그의 고향에 남편에게 너무 푹 빠져서 농담거리가 됐던 여자가 있었는데, 아기를 낳고는 남편을 쳐다보지도 않았다. 그 반대의 경우가 없으리라는 법은 없지 않은가? 그가 그녀와 결혼하겠다고 나선 이상 그녀도 그가 괜찮은 사람이라는 것을 알게 되었을 것이다.

아, 고개를 젖히던 그녀의 모습이 얼마나 안쓰럽던지! 말은 또 어쩜 그리 잘할까! 대단한 언어다! 무대 위의 여배우도 그녀보다 표현력이 풍부할 수는 없을 것 같았다. 어쩜 그리 자연스럽게 들리는지. 프랑스 사람들이 말을 잘한다는 것은 인정할 수밖에 없었다. 오, 참으로 똑똑한 여자 아닌가. 독설로 그를 닦아세울 때도 그녀의 말은 감미롭게 들렸다. 그도 교육이라면 웬만큼 받았으나 그녀에게는 비할 바가 못 되었다. 그녀에게는 문화란 것이 있었다.

"내가 머저리지." 그는 달리면서 크게 외쳤다. 그녀는 그가 크고 강하고 잘생겼다고 말했다. 설마 아무런 의미도 없이 그런 말을 했을까? 나와 닮은 금발과 파란 눈의 아기 이야기도 했어. 내 얼굴에 강한 인상을 받지 않았는데도 그런 말을 한 거라면 내가 네덜란드인이지. 그는 킥킥 웃었다. "시간을 갖자. 인내심을 가지고 일이 알아서 해결되도록 둬야겠어."

여러 날이 지났다. 수아송의 부대장은 나이가 많고 관대한 사람이었고, 봄이 되면 펼쳐질 상황을 생각해 부하들을 너무 몰아붙이지 않았다. 독일 신문은 영국이 독일 공군에 의해 초토화되었고 영국 국민들은 공포에 질려 있다고 말했다. 잠수함들이 영국 선박들을 여러 척 침몰시켜서 그 나라는 굶주리고 있고 혁명이 임박했다고, 여름이 오기 전 전쟁이 끝나면 독일인들이 세상의 주인이 될 거라고 했다. 한스는 고향의 부모님에게 편지를 써서 농장을 가진 프랑스 여자와 결혼할 것이고 그녀와 멋진 농장을 갖게 되었다고 말했다. 그리고 아직은 전쟁과 환율로 헐값에 땅을 살 수 있으니 소유지를 늘리고 싶다면서 동생더러 가족의 재산 중 그의 몫을 담보로 돈을 빌려달라고 청했다. 그리고 페리에 영감과 같이 농지를 돌아보았다. 영감은 한스의 계획을 묵묵히 귀담아들었다. 한스는 농장에 부족한 것들을 보충해야 하는데 자기가 독일인이니 해결할 수 있을 거라면서 낡은 트랙터는 좋은 독일산 신제품으로 교체하고 전동 쟁기도 장만하겠다고 했다. 그리고 농장에서 수익을 거두기 위해서는 현대 발명품을 활용해야 한다고 말했다. 나중에 페리에 부인이 전한 바에 따르면, 남편은 한스가 그리 나쁜 사람이 아니며 아는 것도 많다고 했다고 한다. 이제 페리에 부인은 한스에게 대단히 상냥했고 일요일 점심은 꼭 같이 먹고 싶어 했다. 그리고 그의 이름을 프랑스식으로 바꿔 장이라고 불렀다. 그는 일손이 필요하면 언제든 기꺼이 손을 보탰다. 날이 갈수록 아네트가 못 하는 일이 하나둘 늘어가는 상황이라 어떤 일이든 마다하지 않는 남자가 있다는 것은 그들에게 큰 힘이 되었다.

아네트는 격렬한 적대감을 조금도 누그러뜨리지 않았다. 그가 직접 묻는 말에 대꾸할 때 외에는 절대 그에게 말을 걸지 않았고 되도록 빨리 자기 방으로 가 버렸다. 날이 너무 추워 방에 있을 수 없을 때는 부엌의 화덕 옆에 앉아 바느질을 하거나 책을 읽었고, 그가 없는 사람인 양 알은체도 하지 않았다. 그녀는 눈부시게 건강했다. 뺨에는 화색이 돌아서 한스의 눈에는 아름다워 보였다. 그녀는 임박한 모성으로 이상한 위엄마저 띠었기에, 그는 그녀를 쳐다볼 때마다 기쁨이 차올랐다. 그러던 어느 날 그가 농장으로 가는데 페리에 부인이 길가에서 그에게 멈추라고 손짓했다. 그는 브레이크를 세게 밟았다.

"벌써 한 시간째 기다렸어요. 안 오는 줄 알았지 뭐요. 당신은 돌아가요. 피에르가 죽었어요."

"피에르가 누굽니까?"

"피에르 가뱅. 아네트가 결혼하려던 그 교사."

한스는 가슴이 뛰었다. 이런 행운이! 그에게 기회가 온 것이다.

"아네트가 상심했겠군요?"

"울지는 않아요. 내가 무슨 말을 하려니까 나를 잡아먹을 듯이 덤볐지만. 오늘 당신을 보면 칼로 찌를지도 몰라요."

"그자가 죽은 게 내 탓은 아니죠. 그 이야기는 어디서 들었어요?"

"그 남자의 친구였던 포로 하나가 스위스를 통해 탈출해서 아네트에게 편지를 보냈어요. 편지가 오늘 아침에 도착했어요. 급식이 충분하지 않아서 수용소에 폭동이 일어났고 주모자들이 총에 맞았대요. 그들 중에 피에르도 있었나 봐요."

한스는 입을 다물었다. 그저 그자가 죽어도 싸다는 생각이 들었다. 포로수용소를 뭘로 안 거야? 특급 호텔?

"그 애에게 마음 추스를 시간을 줘요." 페리에 부인이 말했다. "좀 진정이 되면 내가 붙잡고 말해 볼게요. 내가 편지를 보낼 테니 그때 다시 와요."

"알았어요. 도와주실 거죠?"

"그건 걱정 말아요. 남편과 나는, 우리는 뜻이 같아요. 의논을 해 봤지만 이 상황을 받아들이는 것 외엔 다른 길이 없다는 결론을 얻었어요. 우리 그이, 내 남편은 바보가 아니에요. 그이 말로는, 이제 프랑스가 살길은 협조하는 것뿐이랍니다. 그리고 나는 당신이 싫지 않아요. 아네트에게 당신이 그 교사보다 못한 남편감이라고는 생각하지 않아요. 어차피 아기도 태어날 테고."

"난 아들이었으면 좋겠어요."

한스가 말했다.

"아들일 거예요. 확실해요. 커피 잔 바닥을 봐도 그렇고 카드 점을 쳐도 그래요. 점괘는 매번 아들로 나와요."

"깜빡할 뻔했네요. 신문을 좀 가져왔어요."

한스는 그렇게 말하며 자전거를 돌려서 올라타려 했다.

그는 그녀에게 《파리 수아》를 몇 부 건넸다. 페리에 영감은 저녁마다 그것을 읽었다. 프랑스인들은 현실적으로 처신해야 하고, 히틀러가 유럽에 가져올 새로운 질서를 받아들여야 한다는 내용이었다. 독일 잠수함들이 바다를 누비고 있고, 영국을 무릎 꿇릴 군사 작전이 작전 참모에 의해 하나부터 열까지 치밀하게 마련되어 있으며, 미국인들은 아무런 준비가 되어 있지 않고 너무 물러 터지고 너무 분열되어 영국을 도우러 오지 못한다는 내용도 있었다. 프랑스는 하늘이 준 기회를 잡아야 한다고, 독일 제국에 충성하고 협조하여 새로운 유럽에서 영광스러운 위치를 다시 차지해야 한다고도 했다. 그것들은 모두 독일인이 아니라 프랑스인이 쓴 기사들이었다. 페리에 영감은 부호들과 유대인들이 몰락할 것이고 프랑스의 가난한 사람들은 명예를 얻게 되리라는 기사를 읽으면서 맞다고 고개를 끄덕였다. 맞는 말이 아닐 수 없었다. 프랑스는 기본적으로 농업국이고 나라의 근간은 근면한 농부들이라고 말하는 이 양반, 참 현명하군. 분별력 있어.

피에르 가뱅의 사망 소식이 들린 지 열흘이 지난 어느 날 저녁, 페리에 부인은 남편과 상의 끝에 아네트에게 말했다.

"한스한테 다녀가라고 며칠 전에 편지 보내 뒀다."

"미리 경고해 준 건 고맙네요. 그럼 난 내 방에 있을래요."

"참 나, 딸아, 어리석게 굴 때가 아니야. 현실을 생각해야지. 피에르는 죽었어. 한스는 널 사랑하고 너랑 결혼하고 싶어 해. 게다가 잘생긴 사내 아니니. 어느 여자든 자랑할 만한 남편감이야. 그의 도움 없이 어떻게 이 농장을 복구하겠어? 한스가 트랙터와 쟁기를 자기 돈으로 사겠단다. 지난 일은 지난 일이니 그만 잊어."

"그런 얘기는 해 봐야 입만 아파요, 어머니. 난 내 힘으로 밥벌이를 했었고, 다시 내 힘으로 밥벌이를 할 수 있어요. 난 그 사람이 싫어요. 그 사람의 허영도, 오만함도 싫어요. 죽여도 시원치 않을 인간이에요. 그 사람이 날 고문했듯 나도 그 사람을 고문하고 싶어요. 그 사람이 내게 상처를 준 만큼 그 사람에게 상처 줄 방법이 있다면 죽어도 여한이 없을 것 같아요."

"어쩜 저리 미련할까, 가엾은 것."

"네 어머니 말이 맞다, 딸아." 페리에가 말했다. "우린 패배했고 결과를 받아들여야 해. 최대한 유리한 쪽으로 정복자들과 타협할 수밖에 없어. 우리가 그들보다 현명하니 가진 패를 잘

활용하면 우리가 우위에 설 수도 있어. 프랑스는 부패했어. 이 나라를 망친 건 부호들과 유대인들이야. 신문을 읽어 보렴. 너도 알게 될 게다!"

"그 신문을 내가 믿을 것 같아요? 그 사람이 독일인들한테나 팔리는 걸 왜 아버지에게 가져다주겠어요? 그걸 쓴 사람들, 그 사람들은 배신자, 배신자들이에요. 오, 하느님, 꼭 살아서 그놈들이 군중에게 갈가리 찢기는 꼴을 보게 해 주세요. 매수, 매수된 거예요. 하나하나가 독일 돈에 매수된 거라고요."

페리에 부인은 분통이 터졌다.

"대체 왜 그 청년을 거부하는 거니? 그 청년이 널 강제로 취했어. 그래, 그때 그 사람은 술에 취했지. 여자가 그런 일을 당하는 게 처음 있는 일도 아니고 마지막도 아닐 거야. 그 사람이 네 아버지를 때렸고, 네 아버지는 돼지처럼 피를 흘렸지만 네 아버지가 그 사람에게 앙심을 품었더냐?"

"불쾌한 사건이었지만 난 다 잊었다."

페리에가 말했다.

아네트는 거칠게 웃음을 터뜨렸다.

"성직자가 되지 그러셨어요. 상처받은 걸 진정한 기독교 정신으로 기꺼이 용서하시다니."

"그게 잘못이냐?" 페리에 부인이 발끈해서 물었다. "그 남자는 보상을 하려고 최선을 다했어. 그 남자가 아니었으면 지난 몇 달 동안 네 아버지가 어디서 담배를 구했겠니? 우리가 굶주리지 않은 것도 다 그 사람 덕이야."

"자존심이 조금이라도 있었다면, 품위라는 것이 조금이라도 있었다면 그 선물을 그 사람 얼굴에 던졌어야죠."

"너도 덕을 봤잖아, 아니니?"

"아뇨. 아니에요."

"알면서 거짓말하지 마라. 넌 그 남자가 가져온 치즈랑 버터, 정어리는 거부하고 먹지 않았지. 하지만 네가 먹은 수프는? 내가 그 사람이 가져온 고기를 수프에 넣는다는 거 너도 알잖아. 오늘 밤 네가 먹은 샐러드는? 그 사람이 가져온 기름이 아니었으면 맛대가리 없는 샐러드를 먹었을 테지."

아네트는 크게 한숨을 쉬었다. 그리고 손으로 눈을 가렸다.

"알아요. 노력했지만 어쩔 수 없었어요. 너무 배가 고팠어요. 네, 그 사람이 가져온 고기가 수프에 들어간 걸 알면서도 그걸 먹었어요. 너무 먹고 싶었어요. 그걸 먹은 건 내가 아니에요. 내 안의 굶주린 짐승이 먹은 거죠."

"이러니저러니 해도 어쨌든 먹었잖아."

"치욕스러워. 절망적이야. 그놈들은 탱크와 비행기로 먼저 우리의 힘을 꺾어 놓고, 우리가 무장해제되니까 굶기는 것으로 우리의 영혼을 꺾고 있어."

"딸아, 징징거려 봐야 아무짝에도 쓸모없단다. 교육을 받았다는 애가 정말 분별력이 없구나. 지난 일은 잊고 네 아이에게 아버지나 만들어 줘. 게다가 일꾼 두 몫을 하는 훌륭한 일손이 농장에 생기는 거야. 분별력이 있다면 그렇게 해."

아네트는 지친 듯 어깻짓을 했고 두 사람은 입을 다물었다. 이튿날 한스가 찾아왔다. 아네트는 그에게 부루퉁한 표정을 지을 뿐 말을 하지도 움직이지도 않았다. 한스는 미소를 지었다.

"달아나지 않으니 고마운걸."

그가 말했다.

"부모님은 당신을 오라고 해 놓고 마을로 내려갔어. 이왕 이렇게 된 거 딱 부러지게 말해 둬야겠어. 앉아."

그는 외투와 군모를 벗고 의자를 탁자로 끌어왔다.

"부모님은 내가 당신과 결혼하기를 바라셔. 약삭스레 선물과 약속으로 부모님을 잘도 구워삶았던데. 부모님은 네가 가져온 신문에서 읽은 것들을 전부 믿어. 분명히 말하지만 나는 절대 너와 결혼하지 않아. 내가 너보다 증오하는 인간은 이 세상에 존재하지 않을 거야."

"나는 독일어로 이야기할게. 넌 내가 하는 말을 이해할 수 있을 거야."

"물론이야. 독일어를 가르쳤으니까. 이 년 동안 슈투트가르트에서 여자아이 둘의 가정 교사 노릇을 했어."

그는 독일어로 이야기를 시작했지만 그녀는 프랑스어로 계속 말했다.

"나는 너를 사랑할 뿐만 아니라 너를 존경해. 너의 특별함과 너의 우아함을 존경해. 너에게는 내가 알 수 없는 면이 있어. 나는 너를 존경해. 오, 얼마든지 가능한데도 너는 나와 결혼하려 하지 않는군. 하지만 피에르는 죽었어."

"그이는 들먹이지 마." 그녀가 격분해 소리쳤다. "선 넘지 말라고."

"그가 죽어서 안타깝다는 말을 하려는 거야."

"독일 간수들의 총에 무참히 죽었어."

"시간이 흐르면 그를 잃은 슬픔이 무뎌질지도 몰라. 사랑하는 사람이 죽으면 평생 잊지 못할 것 같아도 결국은 떠나보내게 되잖아. 네 아이에게 아버지가 생기는 편이 낫지 않겠어?"

"다른 것을 다 떠나서, 너는 독일인이고 나는 프랑스 여자라는 걸 내가 잊을 수 있다고 생각해? 네가 아둔한 독일인이 아니라면 그 아이가 내 평생의 치욕이라는 걸 모를 리 없을 거야. 나라고 친구들이 없겠어? 내가 독일군과의 사이에서 얻은 아이를 데리고 어떻게 친구들 얼굴을 보겠어? 내가 너에게 부탁하는 건 하나야. 그냥 내가 불명예를 안고 살아가도록 놔둬. 가, 가라고. 제발, 가서 다시는 돌아오지 마."

"하지만 그 아이는 내 아이기도 하잖아. 나는 그 아이를 원해."

"그래?" 그녀가 놀라 소리쳤다. "술에 취한 야만의 순간에 얻은 사생아가 무슨 의미가 있다고 그래?"

"이해를 못 하는군. 나는 너무 뿌듯하고 너무 행복해. 내가 널 사랑한다는 걸 깨달은 것도 네가 아이를 가졌다는 걸 알았을 때였어. 처음에는 믿을 수가 없었지. 굉장한 충격이었어. 내 말 무슨 뜻인지 모르겠어? 그 아이는, 앞으로 태어날 그 아이는 내게 세상 전부나 마찬가지야. 오, 이 느낌을 어떻게 표현해야 할까. 그 녀석이 내 가슴에 이해하지 못할 감정을 심어 놓았어."

그녀는 강렬한 눈빛으로 그를 쳐다보았다. 그녀의 눈에 이상한 눈빛이 번뜩였다. 누가 보았다면 승리의 눈빛이라고 여겼으리라. 그녀는 짧은 웃음을 터뜨렸다.

"너희 독일인들의 잔혹성을 증오해야 할지, 아니면 그 감상벽을 경멸해야 할지 모르겠네."

그는 그녀가 한 말을 듣지 못한 것 같았다.

"나는 늘 그 녀석을 생각해."

"아예 아들이라고 정해 두었구나?"

"아들이 분명해. 녀석을 안아 주고 싶고 걷는 법도 가르치고 싶어. 자전거 타는 법도 가르치고 총 쏘는 법도 가르칠 거야. 여기 시냇물에 물고기 있지? 녀석에게 낚시도 가르칠 거야. 세상에서 가장 자상한 아버지가 되어 줄 거야."

그녀는 냉혹하고 또 냉혹한 눈으로 그를 빤히 쳐다보았다. 그녀의 얼굴은 뻣뻣하고 엄혹했다. 한 가지 생각이, 끔찍한 생각이 그녀의 머릿속에 서서히 모습을 드러냈다.

그는 그녀를 달래려고 미소를 지었다.

"내가 우리 아들을 얼마나 사랑하는지 깨닫는다면 나도 사랑하게 되겠지. 너에게 좋은 남편이 될게, 자기야."

그녀는 아무 말도 하지 않았다. 그저 뚱한 얼굴로 그를 계속 쳐다볼 뿐이었다.

"다정한 말 한마디만 해 주지 않을래?"

그가 말했다.

그녀는 얼굴을 붉혔다. 그리고 두 손을 꽉 부여잡았다.

"다른 이들이 나를 경멸할 거야. 경멸을 자초하는 짓은 아무것도 하지 않을 거야. 너는 나의 적이고 언제까지나 적일 거야. 내가 사는 이유는 프랑스의 해방을 보기 위해서야. 그날은 와. 내년도, 그다음 해도, 어쩌면 삼십 년 후도 아닐지 모르지만 언젠가 그날은 반드시 와. 다른 사람들은 멋대로 살라고 해. 나는 내 나라를 침략한 자들과 절대 타협하지 않겠어. 나는 네가 미워, 네가 내게 준 이 아이도 미워. 그래, 우리는 패배했어. 하지만 너는 우리가 정복되지 않았다는 걸 끝내 알게 될 거야. 이제 가. 내 마음은 정해졌고 그 무엇으로도 바뀌지 않아."

그는 일이 분쯤 잠자코 있었다.

"의사에게 진찰은 받고 있어? 모든 비용은 내가 댈게."

"우리가 이 수치스러운 일을 동네방네 떠들고 다닐 것 같아? 필요한 건 어머니가 다 알아서 하실 거야."

"하지만 사고가 생기면 어떡해?"

"네 일이나 신경 써!"

그는 한숨을 쉬고 일어섰다. 그는 밖으로 나가서 문을 닫았고, 그녀는 그가 도로로 이어지는 오솔길을 따라 내려가는 것을 지켜보았다. 분노 속에서 한 가지 깨달음이 일어났다. 그녀는 그의 말을 듣고 이제껏 그에게서 한 번도 느낀 적 없던 감정을 느낀 것이다.

"오, 하느님, 제게 힘을 주소서."

그녀는 울부짖었다.

그가 길을 따라 내려갈 때 이 집에서 여러 해 기르는 늙은 개가 그에게 달려가 사납게 짖어 댔다. 그는 벌써 몇 달째 개와 친해지려고 노력했지만 개는 그의 손길을 받아 주지 않았고, 그가 쓰다듬으려 할 때마다 물러나서 으르렁거리며 이빨을 드러냈다. 오늘도 어김없이 개가 덤벼들자 한스는 부아가 나서 개를 거세게 걷어찼다. 개는 풀숲으로 나가떨어진 뒤 깽깽거리며 절룩절룩 사라졌다.

"저 짐승." 그녀가 외쳤다. "거짓말, 거짓말, 거짓말. 저런 자에게 연민을 느낄 뻔했다니 나는 정말 나약하구나."

문 옆에 거울이 하나 걸려 있었다. 그녀는 거울에 자신을 비춰 보았다. 마음을 추스르고는 거울 속의 자신에게 미소를 지었다. 그러나 그것은 미소라기보다 기괴하게 일그러진 표정에 가까웠다.

3월이 되었다. 수아송의 주둔군 사이에 부산한 움직임이 일었다. 사열과 집중 훈련이 이어졌다. 소문이 파다했다. 다른 곳으로 이동하는 것은 분명했으나 일반 사병들은 그곳이 어디인지 추측만 할 뿐이었다. 드디어 영국으로 쳐들어갈 준비가 되었다고 생각하는 사람도 있었고, 발칸 지역으로 보내질 거라고 보는 사람도 있었다. 또다시 우크라이나를 거론하는 사람도 있었다. 한스는 바쁜 나날을 보냈다. 두 번째 일요일 오후가 돼서야 그는 농장으로 나갈 수 있었다. 춥고 궂은 날이었고, 날리는 진눈깨비는 금방이라도 눈보라로 돌변할 듯했다.

"당신!" 그가 안으로 들어서자 페리에 부인이 소리쳤다. "당신 죽은 줄 알았지 뭐요."

"나올 수가 없었어요. 언제 떠날지 모르는 형편입니다. 언제인지만 모를 뿐이에요."

"오늘 아침에 아기가 태어났다오. 사내아이."

한스의 심장이 날뛰었다. 그는 두 팔로 노부인을 얼싸안고 그녀의 양쪽 뺨에 입을 맞추었다.

"일요일의 아이라니, 녀석이 복이 많군요. 샴페인을 땁시다. 아네트는 어떤가요?"

"예상한 대로 건강해요. 순산한 거죠. 간밤에 진통이 와서 오늘 아침 5시쯤 끝났으니까."

페리에 영감은 화덕에 최대한 가까이 붙어 앉아 파이프 담배를 피우고 있었다. 흥분한 청년을 보고는 슬며시 미소를 지었다.

"누구에게나 첫아이는 큰 영향을 끼치지."

영감이 말했다.

"아이가 머리숱도 많고 당신처럼 금발이에요. 눈도 당신을 꼭 닮아 파랗고." 페리에 부인이 말했다. "이렇게 예쁜 아기는 본 적이 없어요. 아기가 제 아빠를 쏙 빼닮았어."

"오, 하느님, 이리 행복할 수가." 한스가 외쳤다. "세상이 얼마나 아름다운지! 아네트를 보고 싶군요."

"딸애가 당신을 보려고 할지 모르겠네. 젖 먹이는 중에 딸애가 화를 내면 곤란하잖우."

"아뇨, 아뇨. 저 때문에 괜히 아기 엄마가 화나면 안 되죠. 아기 엄마가 나를 보기 싫대도 상관없습니다. 하지만 아기는 잠깐이라도 보여 주세요."

"가서 좀 보고요. 되도록 아기를 데려와 보리다."

페리에 부인은 밖으로 나갔다. 그들은 그녀가 쿵쿵거리며 계단을 올라가는 소리를 들었다. 하지만 그녀가 금세 다시 계단을 내려오는 소리가 들렸다. 그녀가 부엌으로 와락 들어왔다.

"둘 다 없어. 딸애가 방에 없어. 아기도 사라졌어."

페리에와 한스는 소리를 질렀다. 세 사람은 반사적으로 위층으로 뛰어 올라갔다. 겨울날 오후의 황량한 햇빛이 허름한 가구와 철제 침대, 싸구려 옷장, 서랍장, 음울한 오물 위에 떨어졌다. 방 안에 아무도 없었다.

"애가 어디 갔지?" 페리에 부인이 소리쳤다. 그녀는 비좁은 복도로 달려 나가 문들을 열어젖히며 딸의 이름을 불렀다. "아네트, 아네트. 아, 얘가 미쳤어!"

"응접실에 있나 본데요."

그들은 쓰지 않는 아래층 응접실로 내려갔다. 문을 열자 싸늘한 공기가 그들을 맞이했다. 그들은 창고 문을 열었다.

"밖으로 나갔어. 끔찍한 사고가 생긴 거야."

"어떻게 밖으로 나갔을까요?"

한스가 애가 타서 물었다.

"앞문으로 나갔겠지, 이 바보야."

피에르는 앞문으로 다가가 살펴보았다.

"맞아. 빗장이 당겨져 있어."

"아이고, 하느님, 하느님, 미쳤어." 페리에 부인이 외쳤다. "죽으려고 작정을 한 거야."

"같이 찾아봐요."

한스가 말했다.

늘 부엌을 통해 드나들었기 때문에 그는 본능적으로 부엌으로 다시 달려 들어갔고, 다른 사람들도 그를 따라갔다.

"어느 쪽으로 갔을까?"

"개울."

노부인이 놀라며 말했다.

그는 겁에 질려 돌로 변한 사람처럼 멈춰 섰다. 그리고 얼이 빠져서 노부인을 쳐다보았다.

"겁이 나 죽겠어." 그녀가 외쳤다. "겁이 나 죽겠어."

한스는 문을 열어젖혔다. 그가 문을 열었을 때 아네트가 안으로 걸어 들어왔다. 그녀는 빈손이었다. 잠옷과, 연파란색 꽃무늬가 있는 분홍빛 얇은 가운 차림이었다. 몸은 흠뻑 젖고, 헝클어진 머리카락은 머리통에 들러붙어 가닥가닥 어깨로 늘어져 있었다. 그리고 시체처럼 창백했다. 페리에 부인이 아네트에게 달려들어 팔을 붙잡았다.

"어디 갔었니? 오, 가엾은 내 새끼, 홀딱 젖었구나. 너 미쳤니!"

하지만 아네트는 페리에 부인을 밀어냈다. 그리고 한스를 쳐다보았다.

"마침 잘 왔어, 너."

"아기 어디 있어?"

페리에 부인이 외쳤다.

"곧장 실행할 수밖에 없었어. 머뭇거리다간 용기가 나지 않을 것 같아서."

"아네트, 무슨 짓을 한 거야?"

"해야 할 일을 한 거야. 그걸 개울 속에 담그고 쥐고 있었어, 그것이 죽을 때까지."

한스는 비명을 내질렀다. 치명상을 입은 짐승의 울음소리였다. 그는 두 손으로 얼굴을 가리고 술 취한 남자처럼 비틀거리며 문밖으로 뛰쳐나갔다. 아네트는 의자에 주저앉아 주먹 쥔 두 손에 이마를 기대고는 격렬한 눈물을 쏟아 냈다.

탈출

어떤 여자가 어떤 남자와 결혼하기로 일단 결심했다면 그 남자가 살길은 당장 도망치는 것뿐이다. 이것에 대한 나의 확신은 변한 적이 없지만, 이 방법이 항상 통하는 것은 또 아니다. 한번은 내 친구가 어렴풋이 도사린 그 사악한 위험을 감지하고 어느 항구에서 무작정(직면한 위험과 즉각적 대응의 필요성을 절감한 터라 달랑 칫솔만 들고) 배에 올랐다. 이후 세상을 여행하며 일 년을 보냈지만, 이제는 안전하겠거니 마음을 놓고("여자들은 변덕스러워. 게다가 열두 달이나 지났으니 나를 까맣게 잊었을 테지.") 배에 올랐던 그 항구에 발을 내딛자마자 부둣가에서 그를 향해 열렬히 손을 흔드는 사람을 보았으니, 그가 피하려 했던 그 여자였다. 그런 상황에서 용케 탈출한 사내는 내가 알기로 한 사람, 로저 채링뿐이다. 루스 발로를 사랑하게 되었을 때 그는 어리지 않은 나이였고 그간에 쌓은 경험으로 신중한 면도 있었지만, 루스 발로는 대부분의 남자들을 요리하는 재능을(아니면 소질이라고 해야 할까?) 가지고 있었다. 그녀는 바로 이것으로 로저의 상식과 신중함, 처세술을 모두 무력화시켰다. 그는 볼링 핀처럼 쓰러졌다. 그것은 바로 연민을 불러일으키는 재능이었다. 그녀는 남편을 두 번 잃은 과부였다. 발로 부인의 눈은 검고 아름다웠는데, 나는 그처럼 사람의 마음을 뭉클하게 휘어잡는 눈을 본 적이 없다. 금방이라도 눈물이 툭 떨어질 것 같은 그 눈을 보면, 그녀가 너무 버거운 삶을 사는 것 같아서, 가엾어라, 누구보다 힘든 시련을 겪은 모양이야, 하고 생각하게 되었다. 특히나 로저 채링처럼 강인하고 강단 있고 돈이 두둑한 사내라면 내가 이 연약한 여인과 삶의 역경 사이에 서야겠다고 거의 예외 없이 결심하게 되었다. 오, 그 크고 사랑스러운 눈에서 슬픔을 거둘 수만 있다면 그 얼마나 훌륭한 일이겠는가! 로저의 말만 들으면, 발로 부인은 모든 사람에게서 심히 부당한 대우를 받아 온 듯했다. 말하자면, 무엇 하나 되는 일이 없는 그런 여자랄까. 결혼을 하면 남편이 두들겨 팼고, 중개인을 고용하면 사기를 당했으며, 하필 술꾼인 요리사를 고용했다. 양이 새끼를 낳으면 새끼가 죽어 버렸다.

로저가 얼마 전 그녀를 겨우 설득해 결혼 승낙을 받았다고 말했을 때 나는 그에게 행복을 빌어 주었다.

"두 사람은 좋은 친구가 될 겁니다." 그가 말했다. "그녀는 당신이 조금 무서운가 봐요. 당신이 차갑다고 생각하거든요."

"왜 그런 생각을 하는지 도무지 모르겠군요."

"당신도 그녀를 좋아하죠?"

"물론 좋아하죠."

"힘들게 살아온 가엾은 여자예요. 그녀가 너무 불쌍해 가슴이 미어집니다."

"그렇군요."

내가 말했다.

사실 나는 전혀 동의할 수 없었다. 그 아둔한 여자가 머리를 쓰고 있구나 하는 생각이 들었다. 나는 그녀가 대단히 냉정한 여자라고 믿었다.

내가 그녀를 처음 만난 것은 브리지 게임을 하는 자리였다. 그날 그녀는 내 파트너이면서도 내 비장의 카드를 두 번이나 무력화시켰다. 그래도 나는 천사처럼 처신했으나, 고백하건대, 눈에 눈물이 그렁그렁해야 할 사람은 그녀가 아니라 나라고 생각했다. 그리고 그날 저녁이 파할 무렵 내가 상당한 돈을 잃자 그녀는 내게 수표를 보내겠다고 말해 놓고 실제로는 보내지 않았다. 이러니 이후 우리가 다시 만나게 되었을 때, 나는 처량한 표정을 지어야 할 사람은 그녀가 아니라 나라고 생각할 수밖에 없었다.

로저는 그녀를 친구들에게 소개했다. 보석을 사 주고 여기저기 데리고 다녔다. 가까운 시일 내에 결혼한다는 소식이 발표되었다. 로저는 대단히 행복했다. 그는 선행이자 본인이 원하는 것을 실천하는 중이었다. 로저 본인이 적정한 수준보다 세 곱절은 더 만족했으니 흔치 않은 상황이면서도 놀라운 일은 아니었다.

그러던 중 그는 갑자기 사랑에서 깨어났다. 이유는 모르겠다. 그녀와 이야기하는 것에 싫증이 났다고 할 수는 없었다. 그녀는 이야기를 할 줄 모르는 여자였으니 말이다. 아마도 그녀의 그 슬픈 표정이 더 이상 그의 심금을 울리지 않았던 모양이다. 그는 멀었던 눈을 뜨고 예전의 그 냉철하고 세상 물정에 밝은 남자로 돌아왔다. 루스 발로가 그와 결혼하기로 결심한 것을 통감하고 무슨 일이 있어도 결혼하지 않겠다고 굳게 다짐했다. 하지만 상황은 진퇴양난이었다. 분별력을 되찾고 나니 자기가 상대하는 여자가 어떤 부류인지 똑바로 간파할 수 있었다. 그런데 그녀에게 그만 놔달라고 청하자니, 그녀가 상처받은 심정을 과도하게 심히 부풀려(특유의 설득력이 강한 방식으로) 쏟아 낼 것이 뻔했다. 게다가 남자는 여자를 버리는 것에 늘 서툴고, 사람들은 남자가 여자에게 못된 짓을 했다고 생각하는 경향이 있다.

로저는 궁리를 거듭했다. 루스 발로를 향한 감정이 변했다는 것을 말이나 행동에서 조금도 내색하지 않았다. 그녀가 바라는 것은 무엇이든 들어주었고, 그녀를 식당에 데리고 다녔으며, 같이 연극을 보러 갔다. 그녀에게 꽃을 보냈고, 공감을 표하고 매력적으로 행동했다. 그는 방만 빌린 셋집에, 그녀는 가구가 딸린 하숙집에 각자 살고 있었기 때문에 적당한 집을 구하는 대로 결혼하자는 약속에 따라 그들은 괜찮은 주택을 보러 다녔다. 중개인들이 로저에게 공람 허가[1]를 내주었고, 로

1) 알선인이 구매자에게 집을 보여 주기 위해 집주인에게 받는 허가.

저는 그녀를 데리고 집을 여러 군데 보러 갔다. 만족스러운 집을 찾기가 무척 어려웠다. 로저는 중개인을 몇 사람 더 고용했다. 그들은 이 집, 저 집 계속 방문했다. 지하실의 저장고부터 지붕 밑의 다락까지 꼼꼼히 살폈다. 어떤 집은 너무 컸고 또 어떤 집은 너무 작았다. 어떤 집은 도심에서 너무 멀었고 어떤 집은 너무 가까웠다. 어떤 집은 너무 비쌌고 어떤 집은 수리할 데가 너무 많았다. 어떤 집은 너무 비좁았고 어떤 집은 너무 휑뎅그렁했다. 어떤 집은 너무 어두웠고 어떤 집은 너무 환해서 탈이었다. 로저는 항상 탐탁지 않은 점을 찾아냈다. 그의 입장에서는 까다로운 것이 당연했다. 소중한 루스에게 완벽하지 않은 집에 살라고 한다는 것은 용납할 수 없는 일이었다. 찾아보면 완벽한 집은 있을 수밖에 없었다. 집을 보러 다니는 것은 고되고 지루한 노동이었고, 얼마 못 가 루스는 슬슬 불만을 드러내기 시작했다. 로저는 참으라고 그녀를 달랬다. 어딘가에는 그들이 찾는 집이 꼭 있을 테니 조금만 인내심을 가지면 반드시 찾아낼 거라고. 그들은 집을 100채도 넘게 보았고, 수천 개의 계단을 올랐으며, 부엌은 셀 수도 없이 구경했다. 루스가 녹초가 되어 분통을 터뜨린 게 한두 번이 아니었다.

"조만간 집을 구하지 않으면," 그녀가 말했다. "내 입장을 재고할 수밖에 없겠어요. 당신이 계속 이런 식이면 우린 몇 년이 가도 결혼하지 못할 거예요."

"그런 말 말아요." 그가 대답했다. "제발 인내심을 가져요. 얼마 전 수소문한 중개인들한테서 막 새 집 목록을 몇 권 받았단 말이오. 거기 있는 집만 해도 육십 채는 될 거요."

그들은 다시 물색에 나섰다. 더 많은 집을 보고 또 보았다. 무려 이 년 동안 그들은 집을 보러 다녔다. 루스는 점점 말수가 줄고 비웃음은 늘어 갔다. 그녀의 애처롭고 아름다운 눈에는 심술궂은 빛이 감돌았다. 인간의 인내심에는 한계가 있는 법이다. 천사의 인내심을 가지고 있던 발로 부인은 결국 폭발하고 말았다.

"나랑 결혼하고 싶은 거예요, 하기 싫은 거예요?"

그녀가 그에게 물었다.

그녀의 목소리에는 낯선 냉혹함이 어려 있었지만 그는 개의치 않고 상냥하게 대꾸했다.

"하고 싶지 무슨 소리요. 집을 구하는 대로 바로 결혼합시다. 그나저나, 우리에게 딱 맞을 것 같은 집이 있다는 얘기를 들었소."

"집을 보러 갈 기운이 남아 있지 않아요."

"저런, 가엾어라. 좀 피곤해 보이긴 하오."

루스 발로는 그대로 잠자리에 들었다. 그녀는 로저를 만나주지 않았고, 로저는 내심 기뻐하면서 그녀의 하숙집으로 찾아가고 꽃을 보냈다. 그는 더더욱 그녀에게 열과 성을 다했다. 날마다 그녀에게 편지를 써서 그들에게 맞을 만한 집에 대해 들었다고 말했다. 일주일 후 그는 다음과 같은 편지를 받았다.

로저에게

아무래도 당신은 날 사랑하지 않는 것 같아요. 나는 나를 보살펴 줄 다른 사람을 찾았어요. 나 오늘 그 사람과 결혼해요.

루스.

그는 특급 인편에 다음과 같은 답장을 보냈다.

루스에게

당신의 소식에 마음이 무너지는구려. 과연 이 충격을 이겨낼 수 있을지 의문이지만, 당신의 행복이 최우선 아니겠소. 당신에게 공람 허가증 일곱 장을 보내오. 오늘 아침 우편으로 도착했을 거요. 그중에 당신에게 꼭 맞는 집이 있으리라 확신하오.

로저.

심판대

그들은 자기 차례가 오기를 참고 기다렸다. 참는 것이야 새삼스러울 것도 없었다. 인내는 이들 셋이 지난 삼십 년간 의지를 가지고 꾸준히 실천해 온 것이었다. 그들의 삶은 이 순간을 위한 기나긴 준비 과정에 지나지 않았다. 자만하다가는 큰코다치기 십상이므로 자신만만하지는 않았지만, 어쨌든 희망과 용기를 가지고 그 결실을 고대하는 중이었다. 죄악의 꽃이 피어난 들판이 눈앞에 펼쳐져 그들을 유혹했지만 그들은 험하고 좁은 길을 걸어 이곳에 당도했다. 가슴이 무너져도 고개를 높이 치켜들고 유혹을 거부했던 것이다. 그들은 그 고된 여정을 마치고 이제 보상을 기대하고 있었다. 이야기를 나눌 필요는 없었다. 말하지 않아도 서로의 생각을 알았기 때문이다. 그들의 육신 없는 세 영혼은 안도감과 그것에 따른 감사함으로 충만했다. 그 버겁고 강력한 열정에 굴복했더라면 지금쯤 얼마나 큰 고통에 몸부림치고 있을까! 고작 몇 년의 쾌락을 위해 지금 저 앞에 찬란히 오래도록 빛나는 영생을 포기한 꼴이었을 테니 그야말로 미친 짓이었으리라! 갑자기 들이닥친 죽을 고비를 가까스로 넘긴 뒤 아무리 손발을 만져 봐도 살아 있다는 것이 믿어지지 않아 놀란 눈으로 두리번거리는 사람들처럼 그들은 여전히 얼떨떨했다. 사는 동안 자책할 만한 짓을 하지 않았으므로, 천사가 다가와서 앞으로 나오라고 하면 이제 까마득히 멀리 있는 세상을 뒤로하고 떠나올 때 그랬듯 본분을 다했다는 홀가분한 기분으로 나아갈 생각이었다. 그들은 엄청난 인파에 밀려 한쪽으로 비켜섰다. 치열한 전쟁이 한창이라 각국의 병사들, 활짝 피어난 한창때의 청년들이 해마다 심판대를 향해 끊임없이 밀려들었다. 폭력에 희생되었거나, 슬픔과 질병, 기아에 의해 더 불행한 최후를 맞은 여자들과 아이들까지 가세해 하늘의 법정은 여간 혼란스러운 것이 아니었다.

이 힘없는 세 유령이 몸을 떨면서 심판을 기다리게 된 것도 바로 이 전쟁 때문이었다. 존과 메리는 잠수함의 어뢰에 침몰한 배의 승객이었고, 루스는 몸을 아끼지 않고 숭고하게 임한 고된 노동 끝에 건강을 해친 데다 온 마음을 다해 사랑했던 남자가 사망했다는 소식을 듣고 그 충격에 그대로 무너져 죽었다. 존은 아내를 구하려 하지 않았다면 목숨을 건졌을지도 모른다. 그는 아내를 증오했다. 지난 삼십 년 동안 아내에 대한 증오는 그의 영혼 속에 깊숙이 침투했지만, 늘 아내 곁에서 의무를 다했기에 그 끔찍한 위기의 순간에도 딴마음은 전혀 들지 않았다.

마침내 천사들이 그들의 손을 잡고 하느님 전으로 안내했다. 잠시 영원의 신은 그들이 있다는 것을 알아채지 못했다. 사실대로 고하자면, 이때 신은 기분이 썩 좋지 않았다. 방금 전 심판을 받으러 올라온 한 철학자 때문이었다. 장수와 명예를 누리다가 사망한 철학자는 불사신 앞에서 나는 당신을 믿지 않는다고 대놓고 말했다. 왕 중의 왕은 평온함을 잃지 않고 도리어 미소를 지었지만, 철학자는 현재 지상에서 벌어지는 유감천만한 사건들을 부당하게 끌어대면서, 그것들을 냉철히 감안한다면 당신이 당신의 전능에 당신의 지선(至善)을 조화시키는 것이 과연 가능하냐고 하느님에게 따져 물었다.

"아무도 악(惡)의 존재를 부인하지 못해요." 철학자가 딱딱하게 말했다. "신이 악을 막지 못한다면 신은 전능하지 않고, 막을 수 있는데 막지 않는 것이라면 지선하지 않은 것이에요."

물론 이것은 전지(全知)의 신에게 새로운 논쟁이 아니었지만 신은 항상 이 문제를 숙고하지 않았다. 사실 모든 것을 알면서도 이에 대한 답만은 알지 못했기 때문이다. 신마저도 2 더하기 2를 5로 만들 수는 없었다. 하지만 이 철학자는 유리한 고지를 십분 활용하여 철학자들이 자주 그러하듯 합리적인 전제로부터 정당성이 없는 결론을 도출했다. 그는 터무니없는 진술로 말을 마쳤다.

"전능하지도 지선하지도 않은 신이라면 나는 믿지 않겠습니다."

그가 말했다.

이런 연유로 영원의 신은 자기 앞에 공손하지만 희망을 가지고 서 있는 세 유령에게 주의를 돌렸을 때 안도하는 기색을 비친 것도 같았다. 산 자들은 사는 날이 짧으므로 자기 이야기를 할 때면 말이 너무 많아지지만, 죽은 자들은 영원을 앞에 두었으므로 오직 천사들만이 경청할 수 있을 만큼 장광설을 늘어놓는다. 이제부터 이 셋이 기술한 이야기를 간단히 요약하면 이렇다.

존과 메리는 결혼해 오 년 동안 행복하게 살았다. 존이 루스를 만나기 전까지는, 부부들이 대개 그렇듯 진심으로 아끼고 존중하며 서로를 사랑했다. 루스는 열여덟 살이었고 존보다 열 살 어렸다. 그녀는 사랑스러움으로 순식간에 항복을 받아 내는 매력적이고 우아한 아가씨였다. 마음도 몸만큼이나 건강했으며, 인생의 자연스러운 행복을 열망했고, 영혼의 아름다움이란 위대함을 성취할 능력도 가지고 있었다. 존은 루스를 사랑했고 루스도 존을 사랑했다. 그들을 사로잡은 것은 평범한 열정이 아니었다. 기나긴 세계사에서 중요한 것은 오로지 그들을 만나게 한 시간과 장소뿐이라고 느낄 만큼 너무나 막강한 열정이었다. 그들은 다프니스와 클로에, 파올로와 프란체스카처럼 사랑했다.[1] 그러나 서로의 사랑을 확인하며 황홀감에 젖었지만 곧 절망에 휩싸였다. 그들은 반듯한 사람들이었

---

1) 13세기 이탈리아 군주의 딸 프란체스카는 잔인한 추남 조반니를 그의 동생 파올로인 줄 알고 속아 결혼한 후, 파올로와 계속 사랑하다가 남편에게 죽음을 당한다.

다. 자기 자신뿐 아니라 성장하면서 배운 믿음과 살아가는 사회도 존중했다. 그가 어찌 무고한 여인을 배신할 수 있으며, 그녀가 어찌 유부남과 얽힐 수 있겠는가? 메리는 그들의 사랑을 알아챘고, 그들도 메리가 안다는 것을 알게 되었다. 메리가 남편에게 바쳤던 확고한 애정은 흔들렸다. 그리고 상상조차 못했던 감정들이 일어났다. 질투, 그에게 버림받을지 모른다는 두려움, 그의 마음을 빼앗길지 모른다는 분노, 사랑보다 더 고통스러운 이상한 영혼의 허기. 그녀는 그가 떠나면 죽을 것만 같았다. 하지만 그가 사랑에 빠졌다면 사랑이 그를 찾았기 때문이지 그가 그것을 찾은 것이 아님을 알고 있었다. 그를 비난하지 않았다. 그녀는 힘을 달라고 기도를 올렸고 조용히 비통한 눈물을 흘렸다. 존과 루스는 메리의 비통한 마음을 곧 알아차렸다. 길고 힘겨운 싸움이 이어졌다. 가끔은 가슴이 말을 듣지 않아서 온몸을 활활 태우는 열정에 저항할 수 없을 것 같았다. 그들은 저항했다. 야곱이 하느님의 천사와 씨름했듯 그들은 악과 씨름했고 마침내 그것을 정복했다. 가슴이 무너졌지만 순수함을 지켜 냈다는 자긍심을 안고 헤어졌다. 행복을 바라는 희망, 삶의 기쁨, 세상의 아름다움을 하느님에게 제물로 바쳤다.

루스는 열정을 다해 사랑했기 때문에 다시는 사랑할 수 없었다. 이후 냉철한 마음으로 하느님과 성실한 노동에 의지했다. 잠시도 멈추지 않았다. 병자들을 돌보고 빈자들을 도왔다. 고아원을 세우고 자선 단체들을 운영했다. 한때 공들여 가꾸었던 아름다움은 점점 그녀를 떠나갔고, 얼굴도 마음처럼 엄

격해졌다. 그녀의 종교는 맹렬하고 편협해졌다. 그녀의 친절함은 잔혹함이었다. 사랑이 아니라 이성에 기반해 세워졌기 때문이었다. 그녀는 횡포를 부렸고 포용할 줄을 몰랐으며 앙심을 품었다. 한편, 존은 퇴직한 뒤 무뚝뚝하고 성마른 사람이 되어 죽음의 손에 해방될 때를 기다리며 하루하루를 연명했다. 더 이상 살아갈 의미가 없었다. 힘을 다 쏟았기 때문에 정복했지만 정복당한 것이나 같았다. 남은 감정은 아내를 향해 끊임없이 끓어오르는 은밀한 증오뿐이었다. 그는 친절하게 아내를 배려했고, 기독교도이자 신사로서 할 도리를 했다. 자신의 의무를 다했다. 선량하고 충직하며 (인정하건대) 나무랄 데 없는 아내 메리는 광풍에 휘말렸던 남편을 한 번도 원망한 적 없었지만, 그녀를 위해 자신을 희생한 그를 용서할 수 없었다. 그녀는 사나워지고 짜증이 많아졌다. 자괴감이 들었지만 어쩌지 못하고 그에게 상처가 될 말을 했다. 그를 위해서라면 목숨도 던질 수 있었지만, 그가 한순간이라도 행복감에 취할 것을 생각하니 견딜 수가 없었고, 그런 현실이 너무나 비참해서 죽고 싶은 마음이 수백 번도 더 들었다. 이제 그녀는 죽었고, 그들도 죽었다. 침울하고 칙칙했던 그들의 삶은 지나가 버렸다. 그들은 죄를 짓지 않았기에 이제 보상을 바라고 있었다.

그들은 이야기를 마쳤고 침묵이 흘렀다. 하늘의 법정 전체가 침묵에 싸였다. 영원의 신은 지옥으로 가라는 말이 입안을 맴돌았지만 입 밖에 꺼내지 않았다. 지옥으로 가라는 말에서 연상되는 속어가 지금의 엄숙함에 어울리지 않는다고 생각했기 때문이다. 또한 그러한 판결은 이 경우의 옳고 그름에도 부합하지 않았다. 신은 눈살을 찌푸렸다. 그리고 자문했다. 내가 고작 이런 꼴을 보려고 끝없이 펼쳐진 바다 위로 찬란히 떠오르는 태양을 만들고 산봉우리에 쌓인 눈이 반짝거리게 만들었던가? 시냇물이 명랑하게 노래하며 산비탈을 흘러가게 하고 황금빛 옥수수가 저녁 산들바람에 흔들리게 했던가?

"난 가끔씩 이런 생각을 한다." 영원의 신이 말했다. "길가 도랑의 흙탕물에 비친 별들보다 더 총총히 빛나는 별들은 없다고."

하지만 세 유령은 그의 앞에 서 있었다. 불행한 사연을 털어놓고 나서 후련한 기색이었다. 고통스럽게 몸부림쳐야 했지만 어쨌든 본분을 다한 자들이었다. 영원의 신이 입바람을 훅 불었다. 인간 남자가 입바람을 불어 성냥불을 끄듯 훅 바람을 불었다. 보라! 거기 서 있던 세 가련한 영혼은 흔적이 없었다. 영원의 신이 그들을 소멸시킨 것이다.

"왜 인간들은 내가 그깟 성적 일탈을 중요하게 여긴다고 생각하는지 통 모르겠다." 그가 말했다. "내 작품을 더 주의 깊게 읽는다면, 내가 인간의 약점을 드러내는 특별한 부류에 늘 공감한다는 것을 알았을 텐데."

그러고 나서 그는 철학자에게 고개를 돌렸다. 철학자는 아직 자기가 한 말에 대한 대답을 기다리는 중이었다.

영원의 신이 말했다.

"이번에는 내가 아주 흡족하게 나의 전능과 나의 지선을 조화시켰다는 것을 그대도 인정할 수밖에 없을 것이다."

척척박사

나는 맥스 켈라다라는 사람과 일면식도 없었지만 그자가 참으로 못마땅했다. 전쟁이 막 끝나고 외항선들이 승객을 가득 태운 채 대양을 오가던 때였다. 선실을 구하는 것이 하늘의 별 따기라 여행사에서 정해 주는 대로 군말 없이 받아들여야 하는 상황이었다. 혼자 쓰는 선실은 꿈도 꿀 수 없었기에, 나는 승객이 단둘뿐인 선실을 배정받고 그저 고맙게만 여겼다. 하지만 동승자의 이름을 듣는 순간 가슴이 턱 막혔다. 꽉 닫힌 현창(舷窓)과 철저히 차단된 밤공기를 예고하는 이름이었기 때문이다. 누군가와 십사 일 동안이나 한 선실을 나눠 써야 한다는 것만으로도 충분히 힘든 일이었지만(나는 샌프란시스코에서 요코하마로 갈 예정이었다.) 같은 선실을 쓰는 승객의 이름이 스미스나 브라운만 되었어도 그렇게 마음이 무겁지는 않았을 것이다.

선실에 올라 보니 켈라다 씨의 짐들이 이미 아래층 침대를 점령한 상태였다. 참으로 꼴사나운 광경이었다. 라벨이 덕지덕지 붙은 여행 가방들하며, 옷 트렁크는 어마어마하게 컸다. 세면도구 꾸러미는 벌써 풀었는지 세면대 위에 향수와 샴푸, 머릿기름이 보였는데, 값비싼 무슈 코티 제품을 쓰는 모양이었다. 켈라다 씨의 머리빗은 금빛 머리글자를 새긴 흑단 빗으로, 머리를 빗는 용도치고 지나치게 좋아 보였다. 나는 이 켈라다 씨라는 사람이 영 탐탁지 않았다. 그래서 곧장 흡연실에 가서 트럼프 카드 한 벌을 요청해 솔리테어를 하기 시작했다. 게임을 시작하기 무섭게 어떤 남자가 다가와 내 이름이 아무개인 듯한데 맞느냐고 물었다.

"나는 켈라다입니다."

그가 덧붙였다. 그러고는 방긋 웃으며 반짝반짝 윤이 나는 치열을 드러내고는 자리에 앉았다.

"아, 네, 선실을 같이 쓰게 되었군요."

"운이 좋았지 뭡니까. 누구랑 한방을 쓰게 될지 아무도 모르는 건데 댁이 영국인이라는 걸 알고 얼마나 기뻤는지 몰라요. 나는 우리 영국인들이 타국에 있을 때 서로 뭉쳐야 한다는 생각에 전적으로 동의하는 사람입니다. 무슨 말인지 잘 아실 거예요."

나는 눈을 깜빡거렸다.

"영국인이세요?"

내가 물었다. 대답치고는 요령이 부족한 말이었다.

"그럼요. 설마 나를 미국인으로 보신 겁니까? 난 뼛속까지 영국인입니다. 그게 나예요."

그것을 증명하려는 듯 켈라다 씨는 주머니에서 여권을 꺼내더니 내 코밑에 그것을 경쾌하게 흔들어 댔다.

조지 왕[1]의 신민 중에는 별난 인사들이 많다. 켈라다 씨는 작은 키에 다부진 몸, 깨끗이 면도한 얼굴과 짙은 색 피부, 살집 있는 매부리코, 아주 크고 반짝반짝하고 촉촉한 눈의 소유자였다. 길고 검은 머리는 윤기가 좔좔 흐르고 곱슬거렸다. 그리고 영국인답지 않게 말을 줄줄 쏟아 내고 풍부한 제스처를 구사했다. 그 영국 여권을 조금만 들여다보면 켈라다 씨의 출생지가 잉글랜드에서는 좀처럼 볼 수 없는 푸른 하늘 밑이라는 것이 금방 드러날 것 같았다.

"뭘로 드실래요?"

그가 내게 물었다.

나는 어리둥절해 그를 쳐다보았다. 금주법이 시행되던 시절이라 그 배에 술이 있을 턱이 없었다. 나는 목이 마르지 않는 한 진저에일[2]이나 레몬 음료수는 질색하는 사람이다. 하지만 켈라다 씨는 내게 반짝거리는 미소를 지었다.

"위스키소다든 드라이 마티니든 말만 하세요."

그는 양쪽 뒷주머니에서 작은 병을 하나씩 꺼내 탁자 위 내

---

1) 1910년에서 1936년까지 재위한 조지 5세, 또는 1936년에서 1952년까지 재위한 조지 6세로 추정된다. 현 영국 여왕 엘리자베스 2세에게 조지 5세는 조부이고 조지 6세는 부친이다.

2) 생강 맛을 더한 무알콜 음료.

앞에 놓았다. 나는 마티니를 선택했다. 그는 승무원을 불러 큰 잔에 채운 얼음과 유리잔을 두 개 가져다달라고 말했다.

"칵테일 맛이 참 좋군요."

내가 말했다.

"이것 말고도 많아요. 이 배에 친구분들이 있거든 세상의 술이란 술은 모조리 챙겨 온 사람이 있더라고 전해 주시오."

켈라다 씨는 말이 많았다. 뉴욕이니 샌프란시스코니 떠들어 댔다. 연극, 영화, 정치를 논했다. 그는 애국심이 강했다. 영국 국기는 걸어 놓으면 웅장한 분위기를 자아내지만, 알렉산드리아나 베이루트에서 온 신사가 흔들면, 내 눈에는 그 위엄이 아무래도 조금은 퇴색해 보인다. 켈라다 씨는 친근했다. 거드름을 떨 생각은 없지만, 나를 생판 모르는 사람들은 내 이름에 '씨' 자를 잊지 않고 붙이는 경향이 있는데, 켈라다 씨는 내가 긴장을 풀었다고 생각했는지 그런 예의를 차리지 않았다. 나는 켈라다 씨가 마음에 들지 않았다. 그가 자리에 앉을 때 트럼프 카드를 옆으로 밀어 두었는데, 초면에 대화가 너무 길다는 생각이 들어 하던 게임을 마저 하기 시작했다.

"4 위에 3이죠."

켈라다 씨가 말했다.

솔리테어를 하는데 방금 뒤집은 카드를 어디에 놓을지 생각할 틈도 없이 누군가의 훈수를 듣는 것만큼 부아가 치미는 일도 없다.

"나온다, 나온다." 그가 소리쳤다. "잭 위에 10."

나는 속을 부글부글 끓이면서 게임을 마쳤다. 그가 카드를 차지했다.

"카드 마술 좋아하시오?"

"아뇨, 카드 마술은 질색이에요."

내가 대꾸했다.

그는 내게 세 가지를 보여 주었다. 나는 그만 식당으로 내려가서 자리를 잡아야겠다고 말했다.

"오, 걱정 말아요." 그가 말했다. "댁의 자리는 내가 벌써 잡아 뒀어요. 같은 방을 쓰는 처지인데 한 테이블에 앉는 게 좋을 것 같아서요."

나는 켈라다 씨가 싫었다.

그는 나와 선실을 같이 쓰고 하루 세 끼마저 같은 테이블에서 먹는 것도 모자라 내가 갑판을 산책할 때도 끼어들었다. 그를 무시해 봤지만 소용없었다. 그는 환영받지 못한다는 생각은 아예 하지 않았다. 그가 상대를 반기는 만큼 상대도 그를 반겨 줄 것으로 확신했다. 집이라면 그자를 계단 아래로 걷어차 버리고 문을 쾅 닫는 것으로 댁은 불청객이요, 하는 뜻을 분명히 전달할 수 있으련만. 그는 붙임성이 좋아 사흘 만에 배에 누구누구가 탔는지 모두 알아냈다. 그는 안 하는 일이 없었다. 도박판을 열고, 경매를 진행하고, 스포츠 내기 상금을 걷고, 쇠고리 던지기 놀이와 골프 내기를 벌이고, 콘서트를 주관하고, 가장무도회를 열었다. 그는 어디에나 있었고 언제나 있었다. 배 안에서 가장 미움을 받는 남자였다. 우리는 그를 척척박사라고 불렀다. 심지어 그의 면전에서도 그렇게 불렀다. 그는 그것을 칭찬으로 받아들였다. 하지만 식사 시간만큼 그가 밉살스러울 때도 없었다. 그는 한 시간은 족히 우리를 쥐고 흔들었다. 방방 뜨고 나대고 주절거리고 주장을 펼쳤다. 그보다 더 많이 아는 사람은 세상에 없었다. 그의 잘난 허영심을 모욕하려면 그의 의견에 반대만 하면 됐다. 그는 아무리 사소한 주제라도 상대가 자기처럼 생각할 때까지 화제를 바꾸지 않았다. 자기가 틀릴 수 있다는 생각은 아예 하지 않았다. 무얼 아는 사람은 자기뿐이었다. 우리는 의사 양반의 테이블에서 식사를 했다. 의사 양반은 게으르고 나는 본디 냉담하고 무관심한 인사이므로, 만약 램지라는 남자가 한자리에 있지 않았다면 이번에도 켈라다 씨가 자기 식대로 이야기를 끌고 갔을 것이다. 램지는 켈라다 씨 못지않게 자기주장이 강했고 이 레반트[3] 사람의 독선에 불같이 화를 냈다. 그들의 격론은 끝날 줄을 몰랐다.

램지 씨는 고베 주재 미국 영사관 직원이었는데, 미국 중서부 출신으로 몸집이 우람하고 피부가 팽팽하며 살집이 투실투실했고, 기성복 밑으로 울룩불룩한 몸이 드러났다. 그는 뉴욕으로 급히 가서 일 년간 혼자 집을 지킨 아내를 데리고 직장으로 돌아가는 길이었다. 램지 부인은 온화한 행동거지와 유머 감각을 지닌 아주 어여쁜 여자였다. 영사관 일이 박봉이었기 때문에 항상 옷을 아주 검소하게 입었지만, 옷맵시가 있었다. 얌전하면서 돋보이는 옷차림이었다. 내가 그녀에게 주목한 것은 다름이 아니라, 여성들의 흔한 공통점일 수도 있지만

3) 아라비아 북부와 터키 남부를 포함한, 동부 지중해 연안 지방.

요즘 여성들의 처신에서는 잘 보이지 않는 어떤 특성 때문이었다. 그녀를 본 사람은 누구나 그녀의 겸손함에 놀라지 않을 수 없었다. 마치 외투에 꽂힌 꽃송이처럼 겸손한 빛이 그녀 안에서 반짝거렸다.

어느 날 저녁, 식사 자리의 대화가 우연히 진주 이야기로 흘렀다. 기발한 일본인들이 만드는 양식 진주가 신문에 대서특필되었다. 의사 양반은 이제 양식 진주가 진짜 진주의 가치를 떨어뜨릴 거라고 말했다. 이미 품질이 상당히 좋은 데다 곧 완전한 수준에 도달할 거라고. 켈라다 씨는 습관처럼 새로운 화제에 뛰어들었고, 우리에게 진주에 관해 알아야 할 것들을 모두 알려 주었다. 램지 씨는 진주에 관해 아는 것이 없는 듯했지만 레반트인을 공격할 기회를 놓치지 않았다. 오 분 뒤 우리는 열띤 논쟁의 한가운데에 있었다.

"이것의 정체를 알아봐야겠어요. 바로 이 일본의 진주 산업을 조사하러 일본에 가는 길이에요. 나는 무역업에 종사하고, 이 바닥에 있는 사람이라면 진주에 관해 나와 의견을 달리하는 사람이 없을 겁니다. 나는 세상의 최상급 진주들을 훤히 꿰고 있어요. 진주에 관해 내가 모르는 건 알 가치가 없는 거예요."

이것은 우리에게 뉴스가 아닐 수 없었다. 켈라다 씨가 그간 온갖 수다를 떨면서도 자기 직업이 무엇인지 누구에게도 말한 적이 없었기 때문이다. 우리는 그가 무역 일로 일본에 간다는 것만 어렴풋이 추측하던 차였다. 그는 의기양양하게 좌중을 돌아보았다.

"양식 진주를 아무리 잘 만들어도 나 같은 전문가는 한쪽 눈을 감고도 딱 알아봅니다." 그는 램지 부인이 걸고 있는 목걸이를 가리켰다. "제 말 믿으셔야 합니다, 렘지 부인. 부인이 걸고 있는 그 목걸이는 앞으로 가치가 동전 한 푼 떨어지지 않을 겁니다."

램지 부인은 겸손하게 얼굴을 살짝 붉히며 목걸이를 옷 안쪽으로 밀어 넣었다. 램지는 몸을 앞으로 내밀었다. 그가 우리를 한번 쓱 둘러보았다. 그의 눈에 웃음기가 반짝였다.

"우리 램지 부인의 목걸이가 참 예쁘긴 하죠?"

"난 한눈에 알아보았어요." 켈라다 씨가 대꾸했다. "속으로 생각했죠. 와, 저런 것이 진짜 진주지, 하고요."

"내가 직접 산 건 아닙니다. 댁이 이것의 가격을 얼마쯤으로 보는지 궁금한데요."

"이 바닥에선 1만 5000달러쯤 갈걸요. 하지만 5번가에서 구입하셨다면 3만 달러를 호가했다고 해도 놀라지 않을 겁니다."

램지는 의뭉스러운 미소를 지었다.

"우리 램지 부인이 뉴욕을 떠나기 전날 어느 백화점에서 단돈 18달러에 이 목걸이를 샀다고 하면 놀라시려나."

켈라다 씨의 얼굴이 벌게졌다.

"헛소리. 그건 진품일 뿐만 아니라 크기로 봐도 고급 목걸이예요."

"내기하실래요? 이것이 모조품이라는 데 100달러 걸죠."

"좋소."

"오, 엘머, 확실한 걸 가지고 내기를 하면 어떡해요."

램지 부인이 말했다.

그녀는 입가에 희미한 미소를 띠고 있었고 살짝 비난하는 말투였다.

"왜 안 되오? 공돈이 생길 기회인데 바보가 아닌 다음에야 놓치면 안 되지."

"하지만 어떻게 증명을 하죠?" 그녀가 말했다. "켈라다 씨의 말을 반박할 것은 내 말뿐이잖아요."

"내게 그 목걸이를 보여 주세요. 만약 모조품이면 내가 곧바로 말씀드리리다. 까짓 100달러쯤이야 아무것도 아니오."

"풀어 봐요, 여보. 신사분이 원하는 만큼 살펴보라고 합시다."

램지 부인은 잠시 망설이다가 두 손을 잠금쇠에 댔다.

"풀 수가 없네요." 그녀가 말했다. "켈라다 씨는 그냥 제 말을 믿어 주셔야겠어요."

나는 돌연 불행한 사고가 일어날 것을 예감했지만 뭐라 할 말이 없었다.

램지가 벌떡 일어섰다.

"내가 풀어 주지."

그는 목걸이를 켈라다 씨에게 건넸다. 레반트인은 주머니에서 돋보기를 꺼내 목걸이를 면밀히 살펴보았다. 승리의 미소가 그의 매끄럽고 가무잡잡한 얼굴 위로 번져 나갔다. 그는 목걸이를 다시 건네고 나서 무슨 말을 하려고 했다. 별안간 램지 부인의 얼굴이 그의 눈에 들어왔다. 그녀의 얼굴은 금방이라도 실신할 것처럼 창백했다. 그녀는 두려움에 사로잡혀 부릅

뜬 눈으로 그를 쳐다보고 있었다. 간청하는 눈이었다. 그것이 너무나 명백해서 나는 그녀의 남편이 그것을 알아차리지 못하는 것이 이상할 정도였다.

켈라다 씨는 입을 딱 벌린 채 말을 멈추었다. 그의 얼굴이 벌겋게 달아올랐다. 그가 용을 쓰고 있는 것이 눈에 보일 정도였다.

"내가 잘못 알았나 봅니다." 그가 말했다. "아주 훌륭한 모조품이긴 한데, 돋보기를 대자마자 진짜가 아닌 걸 딱 알겠네요. 그 빌어먹을 건 18달러도 과분한 것 같군요."

그는 지갑을 꺼내 안에서 100달러짜리 지폐를 꺼냈다. 그리고 아무런 말 없이 램지에게 그것을 건넸다.

"이 일을 계기로 다음부터는 너무 자신하지 마시오, 젊은 양반."

램지가 지폐를 받으며 말했다.

나는 켈라다 씨의 두 손이 떨리는 것을 보았다.

이야기가 원래 그렇듯 이 이야기도 배 전체로 퍼져 나갔고, 그날 저녁 그는 적잖은 농담을 참고 견뎌야 했다. 척척박사가 한 방 먹었다는 통쾌한 농담이었다. 하지만 램지 부인은 머리가 아프다면서 자기 방으로 물러갔다.

이튿날 나는 일어나 면도를 하기 시작했다. 켈라다 씨는 자기 침대에 누워 담배를 피웠다. 갑자기 부스럭거리는 소리가 나더니 편지 한 통이 문 밑으로 쓱 미끄러져 들어오는 것이 보였다. 나는 문을 열고 밖을 내다보았다. 아무도 없었다. 나는 편지를 집어 들었다. 맥스 켈라다 앞으로 온 편지였다. 수신인

이름이 대문자로 쓰여 있었다. 나는 그것을 그에게 건넸다.

"누가 보낸 거지?" 그는 편지를 뜯었다. "오!"

그는 봉투에서 편지가 아니라 100달러짜리 지폐를 꺼냈다. 그는 나를 쳐다보고는 다시 얼굴을 붉혔다. 그는 봉투를 박박 찢어서 그것을 내게 주었다.

"그것 좀 현창 밖으로 버려 주겠소?"

나는 시키는 대로 하고서 미소 띤 얼굴로 그를 쳐다보았다.

"톡톡히 망신당하는 걸 좋아할 사람이 누가 있겠습니까."

그가 말했다.

"그 진주 진짜였죠?"

"만약 내게 어여쁜 아내가 있다면 말이오, 나라면 아내를 뉴욕에 혼자 두고 고베에 가 있지는 않을 겁니다."

그가 말했다.

그 순간 나는 켈라다 씨가 그리 싫지만은 않았다. 그는 지갑을 집어서 100달러짜리 지폐를 지갑 안에 조심스럽게 넣었다.

행복한 남자

타인의 삶을 놓고 이러쿵저러쿵 지시하는 것은 위험한 일이거늘, 놀랍게도 사람들의 태도나 습관, 견해를 수정해야 한다고 거침없이 논평하는 자신만만한 정치인이나 개혁가 같은 인사들이 종종 있다. 나는 조언하는 것이 늘 주저된다. 다른 사람을 자기 자신만큼 속속들이 알지 않는 이상 어찌 그 사람에게 어떻게 행동하라는 조언을 할 수 있을까? 맹세코 나는 나 자신을 거의 알지 못하며 다른 사람들은 조금도 알지 못한다. 우리는 이웃 사람들의 생각과 감정을 그저 짐작만 할 뿐이다. 우리는 각자 외로운 탑에 홀로 갇힌 죄수들이고, 인간의 형상을 한 다른 죄수들과 기존의 신호로 의사소통을 하지만, 그 신호의 의미는 내가 생각하는 바와 다른 사람들이 생각하는 바가 반드시 같은 것이 아니다. 안타깝게도 인생은 한 번만 살 수 있는 것이고 가끔은 돌이킬 수 없는 실수도 일어나는데, 내가 뭐라고 이래라저래라 남에게 어떻게 살라는 말을 감히 한단 말인가? 인생은 어려운 숙제다. 나로서는 나의 삶을 완성하고 개선하는 일만으로도 충분히 벅차다. 내 이웃에게 어떻게 살라고 가르칠 생각은 한 적이 없다. 하지만 인생의 여정을 막 시작한 사람들 중에 혼란스럽고 험난한 길을 앞두고 방황하는 사람들이 있어서, 내키지는 않지만 마지못해 변덕스러운 운명의 향방을 가리켜 준 적은 있다. 가끔 사람들은 내게 어떤 인생을 살 생각이냐고 묻는데, 그럴 때마다 나는 운명의 검은 망토에 둘러싸인 내 모습이 언뜻 눈앞을 스친다.

나도 한때는 조언을 곧잘 한 적이 있다.

당시 나는 젊은 남자였고, 런던 빅토리아 역 근처의 현대식 아파트에 살고 있었다. 어느 날 오후 늦은 시각에 오늘은 이만하면 일을 할 만큼 했다는 생각을 하던 중 초인종 소리를 들었다. 문을 열어 보니 생판 모르는 사람이 있었다. 그 남자는 내게 이름을 물었고, 나는 그에게 내 이름을 말해 주었다. 그가 들어가도 되느냐고 내게 물었다.

"그러시죠."

나는 그를 거실로 안내한 뒤 앉으라고 말했다. 그는 조금 쑥스러운 듯 보였다. 나는 그에게 담배를 권했고 그는 모자를 쓴 채 담뱃불을 붙이려 애를 썼다. 그가 겨우 담뱃불을 붙였을 때 나는 그에게 모자를 의자 위에 놓아드릴까요, 하고 물었다. 그는 얼른 모자를 의자 위에 놓았는데, 그 와중에 우산을 떨어뜨렸다.

"불쑥 찾아와 폐를 끼친 것이 아닌가 모르겠네요." 그가 말했다. "저는 스티븐스라고 하고 의사입니다. 선생도 의료업에 종사하시죠?"

"네, 하지만 환자는 받지 않습니다."

"네, 압니다. 얼마 전 스페인에 관한 선생님의 책을 읽고 여쭙고 싶은 게 있어 왔습니다."

"유감이지만 그리 좋은 책은 아닙니다."

"그래도 선생님은 스페인에 대해 아는 바가 있으시고, 선생님 외에는 다른 분을 모르겠어요. 선생님은 저에게 어떤 정보를 주실 수 있을 것 같았습니다."

"얼마든지요."

그는 잠시 입을 다물었다. 그리고 한 손을 내밀어 자기 모자를 들더니 무심코 다른 손으로 그것을 만지작거렸다. 그러면 좀 용기가 나는 모양이었다.

"생판 모르는 사람이 이런 말을 하면 이상하게 생각하실 수도 있겠네요." 그는 사과하듯 웃었다. "제가 살아온 이야기를 하려는 건 아닙니다."

내가 알기로 사람들이 이렇게 말을 시작하면 어김없이 자기 이야기를 하게 되어 있다. 나야 개의치 않지만. 사실은 반기는 편이다.

"저는 이모님 두 분의 손에 자랐습니다. 다른 곳을 가 본 적도 없고 무얼 해 본 적도 없지요. 결혼한 지는 육 년 됐습니다. 아이는 없고요. 캠버웰 병원의 의사로 있는데 더 이상은 견딜 수가 없어요."

그가 구사한 짧고 간결한 말에는 대단히 관심을 끄는 면이 있었다. 파고드는 울림이랄까. 그제까지 그를 대충 쳐다보던 나는 이제 호기심을 가지고 그를 쳐다보았다. 그는 작지만 딱 바라진 몸집에 통통한 편이었다. 나이는 서른쯤 됐을까. 얼굴은 둥글고 붉었으며, 작고 검은 눈망울은 아주 초롱초롱했고, 검은 머리는 바짝 잘라 총알 모양의 두상이 드러나 보였다. 그는 입고 다니기엔 민망한 푸른색 양복을 입고 있었는데, 무릎 부위가 불룩하게 튀어나온 데다 주머니도 볼썽사납게 축 늘어진 상태였다.

"병원에서 의사가 하는 일이 어떤 건지 잘 아실 겁니다. 그날이 그날 같죠. 저의 앞날도 별반 다르지 않을 겁니다. 이런 삶이 가치가 있을까요?"

"먹고살 수는 있죠."

내가 대답했다.

"네, 압니다. 돈은 많이 벌죠."

"왜 찾아오셨는지 저는 잘 모르겠군요."

"영국인 의사가 스페인에서 자리 잡을 가망이 있을지 선생님의 생각이 궁금합니다."

"왜 스페인이죠?"

"글쎄요, 그냥 그쪽이 끌립니다."

"아시겠지만 「카르멘」 같지는 않습니다."

"하지만 햇살이 좋지 않습니까. 좋은 와인도 있고요. 색깔이 있고 숨 쉴 수 있는 공기가 있죠. 터놓고 말씀드리죠. 세비야에 영국인 의사가 없다는 말을 우연히 들었습니다. 거기 가면 터를 잡고 살 수 있을까요? 불확실한 것을 위해 안락한 직장을 포기한다면 미친 짓일까요?”

“아내분은 뭐라고 합니까?”

“대찬성입니다.”

“위험 부담이 커요.”

“압니다. 하지만 선생님께서 그러라고 말씀하시면 그리하렵니다. 지금 있는 곳에 남으라고 하셔도 남겠습니다.”

그는 반짝반짝한 검은 눈으로 나를 열렬히 쳐다보았다. 진심으로 하는 말이 분명했다. 나는 잠시 생각에 잠겼다.

“앞날이 달린 일입니다. 스스로 결정하세요. 하지만 이것만은 말씀드릴 수 있습니다. 돈 욕심이 없다면, 그저 먹고사는 것에 만족한다면 가세요. 멋진 삶을 영위할 수 있을 테니까요.”

그는 떠났고, 나는 하루 이틀 정도 그에 대한 생각을 하다가 잊어버렸다. 그 일화는 내 기억에서 완전히 지워졌다.

여러 해가 흘렀다. 한 십오 년쯤 지났을까, 나는 우연히 세비야에 머물게 되었다. 가벼운 병증이 있어 호텔 짐꾼에게 마을에 영국인 의사가 있는지 물었다. 짐꾼은 한 명 있다면서 주소를 알려 주었다. 나는 택시를 탔다. 내가 탄 택시가 그 건물로 다가가는데 작고 뚱뚱한 남자가 건물에서 나왔다. 그가 나를 보더니 멈칫거렸다.

“저를 만나러 오셨죠?” 그가 말했다. “제가 그 영국인 의사입니다.”

나는 내 용무를 설명했고, 그는 내게 들어가자고 했다. 그는 테라스가 딸린 평범한 스페인 주택에 살고 있었다. 테라스와 이어진 진료실에는 서류며 책, 의료 장비, 잡동사니가 여기저기 널려 있었다. 심약한 환자들은 보고 깜짝 놀랄 광경이었다. 진료가 끝난 뒤 나는 그에게 진료비가 얼마냐고 물었다. 그는 고개를 절레절레 젓더니 미소를 지었다.

"진료비는 됐습니다."

"아니, 대체 왜요?"

"저를 기억하지 못하십니까? 지금 제가 여기 있는 것은 선생님의 말씀 덕분입니다. 선생님이 제 인생을 완전히 바꾸셨어요. 저는 스티븐스입니다."

나는 그가 무슨 말을 하는지 통 알 수가 없었다.

그가 우리의 면담을 일깨우면서 우리가 나눈 이야기를 되풀이하자, 그 일화에 대한 희미한 기억이 어둠 속에서 천천히 떠올랐다.

"선생님을 다시 만날 날이 있을까 궁금했었어요." 그가 말했다. "선생님이 제게 베푸신 친절에 감사의 인사를 드릴 날이 올까 하고요."

"성공하셨군요?"

나는 그를 쳐다보았다. 그는 아주 뚱뚱하고 대머리가 벗어졌지만, 눈은 명랑하게 반짝거렸고, 살집이 있는 붉은 얼굴에는 유쾌함이 가득했다. 입고 있는 옷은 몹시 낡았지만 스페인 재봉사의 솜씨가 분명했다. 그의 모자는 스페인인들이 쓰는 챙 넓은 솜브레로였다. 나는 왠지 그가 좋은 와인을 첫눈에 알아볼 것 같은 느낌이 들었다. 그는 동정심은 넘치지만 자제력은 부족할 것 같은 인상이었다. 맹장 수술을 맡기기는 망설여겨도 같이 와인 잔을 기울일 상대로는 그만일 것 같은 사람이랄까.

"그때 결혼을 했었잖아요?"

내가 말했다.

"네. 아내는 스페인을 좋아하지 않아서 캠버웰로 돌아갔습니다. 거기가 더 편하답니다."

"오, 그것참 안됐군요."

그의 검은 눈에 술꾼의 미소가 스쳤다. 그는 젊은 실레노스[1] 같은 인상을 주었다.

"대신할 것들은 얼마든지 있죠."

그가 중얼거렸다.

그가 그 말을 하자마자, 꽃다운 청춘은 지났지만 아직은 대담하고 육감적인 아름다움을 지닌 스페인 여자가 문가에 나타났다. 그녀가 그에게 스페인어로 말했다. 이 집의 안주인이 분명했다.

그는 문가에 서서 나가는 나를 배웅하며 말했다.

"예전에 만났을 때 선생님이 그러셨죠. 여기 오면 그저 먹고사는 정도겠지만 멋진 삶을 영위할 수 있을 거라고. 그 말이 맞았어요. 이제까지 늘 가난했고 앞으로도 가난하겠지만 저는 만족합니다. 이 삶을 세상 어느 왕의 인생하고도 바꾸지 않을 겁니다."

---

1) 술의 신 디오니소스의 양부이자 스승.

낭만적인 아가씨

현실이 내포한 여러 가지 불편한 요소들 중 하나는 완성된 이야기가 드물다는 것이다. 흥미를 자극하는 사건들이 있어도 관련된 인물들이 짙은 안갯속에 있기 마련이라 도대체 앞으로의 일을 가늠할 수가 없다. 우리가 예상한 불가피한 재앙은 전혀 불가피한 것이 아니며, 엄청난 비극은 예술성이 결여된 잡담 수준의 촌극으로 축소되고 만다. 늙어 갈수록 불리한 점들이 늘어나지만, 오래전 목격한 특정 사건들의 결과를 확인할 기회가 있다는 점에서 보상을 받기도 한다.(늙어 가는 것의 이점들이 꽤 많다는 것을 인정한다.) 절대 알 수 없을 거라고 포기했던 이야기의 결말이 전혀 예상하지 못한 순간에 떡하니 눈앞에 등장하는 것이다.

산에스테반 후작 부인을 그녀의 자동차까지 배웅한 뒤 호텔로 돌아와 라운지에 다시 앉았을 때 나는 이런 생각을 했다. 그리고 칵테일을 한 잔 주문하고 담뱃불을 붙인 뒤 생각을 정리하려고 마음을 가라앉혔다. 이 새롭고 멋진 호텔은 유럽의 어느 최상급 호텔과 다를 바 없었다. 신식 수도 시설에 혹해서, 세비야에 오면 늘 묵었던 구식의 고풍스러운 '호텔 데 마드리드'를 버리고 온 것이 벌써부터 후회가 됐다. 지금 묵는 호텔에서는 웅장한 과달키비르강의 풍경이 보였지만, 그것이 일주일에 두세 번 바 라운지 전체에서 열리는 '데 당상'[1] 재즈 악단의 시끄러운 음악 소리가 묻힐 정도로 멋쟁이들이 활기차게 재잘거리는 그 풍류에 비할 수는 없었다.

이날 오후 내내 외출했다가 돌아와 보니 한 무리의 사람들로 호텔이 시끌벅적했다. 나는 내 방으로 곧장 올라가려고 안내 데스크로 가서 방 열쇠를 달라고 했다. 하지만 호텔 수위는 내게 열쇠를 건네면서 어떤 숙녀분이 나를 찾아왔다고 말했다.

"나를요?"

"손님을 무척이나 만나고 싶어 합니다. 산에스테반 후작 부인이세요."

그런 이름은 금시초문이었다.

"무슨 착오가 있었나 본데요."

그렇게 말하면서 주위를 살짝 돌아보는데 어떤 여성이 내게 다가오는 것이 보였다. 그녀는 두 팔을 활짝 벌리고 입가에

---

1) 오후에 차를 마시면서 갖는 댄스 타임.

는 환한 미소를 머금고 있었다. 기억을 아무리 더듬어도 내 평생 한 번도 만난 적이 없는 여자였다. 그녀가 내 손을, 두 손을 모두 잡더니 따뜻하게 흔들었다. 그리고 유창한 프랑스어로 말했다.

"오랜만에 다시 만나니 정말 반갑네요. 당신이 여기 묵고 있다는 신문 기사를 읽고 꼭 연락해야겠다는 생각이 들었어요. 그때 같이 춤추고 나서 시간이 얼마나 흐른 거죠? 까마득하네요. 아직도 춤춰요? 난 여전해요. 할머니가 됐지만요. 몸이 뚱뚱해도 신경 안 써요. 그래서 더 뚱뚱해지지 않는 거예요."

그녀가 어찌나 말을 줄줄 쏟아 내는지 나는 그 말을 알아듣느라 숨이 찰 지경이었다. 뚱뚱한 몸에 중년을 넘긴 나이, 아주 진한 화장, 염색한 것이 분명한 암적색 단발머리. 파리에서 한창 유행하는 옷차림을 하고 있었는데, 스페인 여자들에게는 절대 어울리지 않은 차림새였다. 하지만 그녀의 활달하고 낭랑한 웃음소리는 상대를 덩달아 웃고 싶게 만들었다. 인생을 즐기며 사는 것이 분명했다. 풍채가 좋은 여자여서 젊었을 때는 미인이었겠구나 싶었지만, 누구인지는 여전히 가늠이 되지 않았다.

"같이 샴페인 한잔 하면서 옛날이야기나 해요. 아니면 칵테일? 보다시피, 우리의 오랜 세비야도 많이 변했답니다. 데 당상도, 칵테일도. 이젠 파리랑 런던과 똑같아요. 시류를 따르는 거죠. 우리는 문명화된 사람들이에요."

그녀는 사람들이 춤추는 공간 근처의 자리로 나를 이끌었고, 우리는 자리를 잡고 앉았다. 나는 더 이상 편한 척 연기를 계속할 수가 없었다. 골치 아픈 일에 휘말렸다는 생각이 들었다.

"어처구니없는 말이긴 한데," 나는 말했다. "예전에 세비야에서 부인과 같은 이름을 가진 사람을 안 기억이 통 없습니다."

"산에스테반 말이죠?" 내가 말을 잇기 전에 그녀가 끼어들었다. "그럴 만도 해요. 내 남편은 살라망카 출신이에요. 외교관으로 복무했고요. 남편과는 사별했어요. 당신은 나를 필라 캐리언으로 알고 있을 거예요. 이 빨간 머리 때문에 조금 다르게 보이겠지만, 그것 말고는 크게 변한 점은 없을 텐데요."

"그럼요." 나는 얼른 말했다. "이름이 가물가물한 게 문제죠."

물론 나는 그녀가 기억났지만 실망스럽기도 하고 반갑기도 한 내 마음을 감추려 애쓰는 중이었다. 마벨라 백작 부인의 파티에서 같이 춤춘 그 필라 캐리언이 이렇게 뚱뚱하고 나대는 과부가 되었다니. 실망스럽기 그지없었으나 신중히 행동해야 했다. 나는 세비야를 발칵 뒤집어 놓았던 그 이야기를 똑똑히 기억하고 있었지만, 이 여자도 내가 그 이야기를 잘 알고 있다는 사실을 아는지 궁금했다. 그녀가 내게 요란한 작별 인사를 고했다는 것과 지금은 그 사건을 편히 떠올릴 수 있다는 것이 기쁠 따름이었다.

지금으로부터 사십 년 전 세비야는 지금처럼 번창한 상업 도시가 아니었다. 흰 자갈길은 조용했고, 황새들이 교회 종탑 여기저기에 둥지를 튼 그런 곳이었다. 투우사들과 학생들, 한량들이 카예 시에르페스 거리를 온종일 어슬렁거렸다. 삶은 느긋하게 흘러갔다. 물론 자동차의 시대가 도래하기 전이었고, 세비야 사람들은 궁색한 살림살이에 마차를 한 대 마련하려고 아낄 수 있는 것들은 죄다 아끼며 살았다. 이 호사 하나를 위해 다른 필수품들을 기꺼이 희생했다. 화창한 날이면 신사를 자처하는 사람들이 5시부터 7시까지 마차를 몰고 과달키비르강 가의 공원 같은 정원, 델리시아스를 지나다녔다. 최고급 런던 빅토리아[2]부터 금방이라도 부서질 듯한 낡은 세이즈[3]까지 온갖 탈것들이 있었고, 말들도 위풍당당한 말부터 투우장에서의 비극적 최후가 임박한 늙은 말까지 다양했다. 하지만 외지인의 눈길을 반드시 끌 수밖에 없는 사륜마차가 한 대 있었는데, 아름다운 노새 두 마리가 끌고 안달루시아의 연회색 전통 의복을 차려입은 마부와 시종을 거느린 멋들어진 최신식 빅토리아였다. 세비야에 한 번도 없었던 그 멋들어진 마차는 마벨라 백작 부인의 소유였다. 그녀는 스페인 남자와 결혼한 프랑스 여자였는데, 남편을 따라 이 나라의 예절과 관습을 열심히 익혔지만 파리인 특유의 우아함이 더해져서 독특한 개성을 지니고 있었다. 나머지 마차들은 달팽이의 속도로 느릿느릿 움직였기 때문에 주변을 구경하기에도 좋고 구경거리가 되기에도 좋았다. 백작 부인은 노새를 앞세우고 기어가는 마차들의 두 행렬 사이로 델리시아스 끄트머리까지 빠르게 내달렸다가 돌아오는 것을 두 번 반복한 뒤 사라졌다. 귀족 신분을 만끽하는 절차인 셈이었다. 날쌘 마차

2) 말 한두 필이 끄는 2인승 사륜마차.

3) 지붕을 접었다 폈다 하는 1~2인승 이륜마차.

에 앉은 그녀의 우아한 모습, 멋지게 손질한 머리 모양, 염색하지 않은 머리라기엔 너무나 찬란한 그 금발머리를 보면, 그녀가 프랑스인다운 활달함과 강단으로 지금의 위치를 차지했으리라 생각하지 않을 수 없었다. 그녀가 내린 지시는 곧 법이었다. 하지만 백작 부인에게는 추종자가 많은 만큼 적도 많을 수밖에 없었으니, 그중 가장 완강한 맞수는 미망인인 도스팔로스 공작 부인이었다. 그녀는 그 프랑스 여인이 우아함과 위트, 좋은 평판으로 얻어 낸 사교계 우두머리의 위치는 출생으로 보나 사회적 성과로 보나 본인의 것이 맞다는 생각을 가지고 있었다.

그 공작 부인에게는 딸자식이 하나 있었는데, 그 딸이 바로 이 도나 필라였다. 내가 도나 필라를 처음 만난 것은 그녀가 스무 살 때였다. 그녀는 대단한 미인이었다. 눈이 참으로 아름다웠고, 피부는 아무리 진부한 표현을 꺼리는 사람도 복숭아 같다는 말 외에는 다른 표현이 떠오르지 않을 만큼 탐스러웠다. 몸매가 아주 날씬한 데다 키도 스페인 여자로서는 상당히 컸고, 붉은 입술과 눈부시게 새하얀 치아를 자랑했다. 풍성하고 윤기 나는 검은 머리는 당시의 스페인 스타일로 정교하게 손질되어 있었다. 그녀의 매력은 끝이 없었다. 검은 눈망울에 어린 그 불꽃, 미소의 온화함, 동작이 발산하는 유혹이 어찌나 강렬한 열정을 암시하는지 여간 아름다운 것이 아니었다. 스페인의 명문가들은 딸들을 결혼 적령기까지 외부에 노출하지 않는 오랜 관습이 있었지만 그녀는 그것을 깨려 애쓰는 세대였다. 나는 그녀와 자주 테니스를 쳤고 마벨라 백작 부인의 파티에서 그녀와 춤을 추었다. 공작 부인은 샴페인이 나오고 앉아서 식사하는 프랑스 여인의 파티를 겉만 번드르르하다고 평가하면서 일 년에 두 번 자신의 으리으리한 저택을 사교계에 공개하고 레모네이드와 비스킷을 내섭했다. 하지만 남편이 생전에 그랬듯 투우 황소들을 기르고 젊은 황소가 시험 출정을 나갈 때면 친구들을 초대해 아주 유쾌하고 소탈하게 피크닉 오찬을 열었다. 그러나 공작 부인을 둘러싼 반목적인 상황은 나의 낭만적인 상상력을 사로잡았다. 한번은 공작 부인의 황소가 투우장에서 싸우게 되어 밤중에 도나 필라를 호위하는 남자들과 같이 마차를 타고 간 일이 있었다. 도나 필라의 차림새는 고야의 그림 중 앞장서서 대열을 이끄는 인물을 떠올리게 했다. 안달루시아산 말들이 끄는 마차를 타고 거세한 수소들에 둘러싸여 쿵쿵 따라오는 황소 여섯 마리를 거느린 채 밤길을 달리는 것은 참으로 신나는 경험이었다.

부유하거나 귀족 혈통이거나 혹은 둘 다인 남자들은 줄을 서서 도나 필라에게 청혼했지만, 그녀는 어머니의 불평에도 아랑곳하지 않고 그들을 모두 거절했다. 열다섯에 결혼한 공작 부인으로서는 스무 살이 되도록 아직 미혼인 딸이 못마땅할 수밖에 없었다. 공작 부인은 딸에게 왜 꾸물거리느냐, 까다롭게 굴어야 좋을 것 없다, 결혼하는 것이 너의 의무라고 말했다. 하지만 필라는 고집을 꺾지 않았고 매번 구실을 달아서 구혼자들에게 번번이 퇴짜를 놓았다.

이후 그 내막이 밝혀졌다.

공작 부인은 날마다 딸과 같이 커다란 구식 랜도[4]를 타고 델리시아스를 돌아보곤 했는데 도중에 산책로를 오르내리는 백작 부인을 지나치곤 했다. 두 부인네들은 서로 앙숙이었기 때문에 본체만체했지만, 필라는 그 멋들어진 마차와 아름다운 잿빛 노새 두 마리한테서 도저히 시선을 떼지 못하다가 백작 부인의 시큰둥한 시선을 피하느라 그 마차를 몰고 가는 마부에게 눈길을 돌렸다. 그 마부는 세비야에서 가장 잘생긴 남자였고 아름다운 제복을 갖춰 입은 맵시가 가히 일품이었다. 그 순간 무슨 일이 있었는지 누가 알겠는가마는, 필라는 갈수록 마부의 생김새에 마음이 끌렸던 모양이다. 이후의 상황은 비밀에 싸여 있지만 두 사람은 만남을 갖게 되었다. 스페인의 계급 사회는 묘하게 혼란스러운 면이 없지 않아서 집사가 주인보다 훨씬 고귀한 경우가 없지 않다. 필라는 그 마부가 레온 가문의 먼 후손임을 알게 되었다. 안달루시아 지방에서 레온 가문은 가장 유명한 집안이었다. 출생에 관한 한, 둘의 우열을 가리기가 어려웠다. 다만, 그녀의 삶이 공작의 저택에서 흘러가는 동안 운명은 그에게 빅토리아 마부석에 앉아 밥벌이를 하라고 강요했다. 하지만 높다란 마부석에 앉은 덕에 세비야에서 가장 어려운 아가씨의 이목을 끌었으니, 이것도 그리 유감스러운 일은 아니었다. 그들은 폭풍 같은 사랑에 빠졌다. 공교롭게도 하필 이때, 지난해 여름 산세바스티안에서 만났던 산에스테반 후작이라는 청년이 공작 부인에게 따님과 결혼하

---

4) 마차 지붕을 접고 펼 수 있는 사륜마차.

고 싶다는 편지를 보내왔다. 그는 훌륭한 신랑감이었고, 두 집안은 필립 2세의 통치 이후 때때로 연대해 온 사이였다. 공작 부인은 더 이상 헛소리는 용납하지 않기로 단단히 결심하고는 필라에게 청혼 사실을 통보하면서 미적거리는 것을 더 이상 봐주지 않겠다고 덧붙였다.

"핑계 댈 생각 없어요."

필라가 말했다.

"그럼 무얼 어쩌려고? 나는 너에게 가정이라는 울타리를 충분히 주었어."

"호세 레온과 결혼할 거예요."

"그게 누구니?"

필라는 잠시 머뭇거렸다. 이때 그녀가 얼굴을 붉혔을까. 확실히는 모르겠지만 부디 그랬기를 진심으로 바란다.

"그이는 백작 부인의 마부예요."

"백작 부인 누구?"

"마벨라 백작 부인요."

나는 공작 부인이 또렷이 기억났다. 당시 부인이 얼마나 기함을 했을지는 불을 보듯 뻔하다. 그녀는 분노하고 애원하고 울부짖고 따졌다. 진풍경이 펼쳐졌다. 사람들의 말에 의하면, 그녀는 딸의 뺨을 때리고 머리채를 잡았다고 한다. 하지만 내 생각에는 필라도 그런 상황에 처하면 능히 맞받아치고도 남았을 여자다. 필라는 호세 레온을 사랑하며 그도 그녀를 사랑한다고 거듭 말했다. 그와 결혼하겠다는 의지가 굳건했다. 공작 부인은 친족 회의를 소집했다. 그들은 논의 끝에 다 같이 오명을 쓰지 않기 위해서는 필라를 시골로 보내 열병에서 회복될 때까지 그곳에 두어야 한다는 결론을 얻었다. 필라는 풍문으로 그들의 계획을 미리 입수하고 어느 날 밤 모두 잠들었을 때 방 창문으로 몰래 빠져나가 연인의 부모님과 함께 지내는 것으로 그 계획을 무산시켰다. 연인의 부모님은 과달키비르강가의 인기 없는 지역, 일명 트리아나의 작은 아파트에 거주하는 점잖은 사람들이었다.

이제는 쉬쉬하는 것이 더 이상 불가능했다. 먹잇감은 던져졌고, 카예 시에르페스 거리에 들어선 클럽들은 그 스캔들로 연일 떠들썩했다. 웨이터들은 이웃한 와인 상점에서 들여온 만사니아[5]를 유리잔에 따라 클럽 회원들에게 내가느라 바빴다. 그들은 그 스캔들을 안주 삼아 떠들며 웃어 댔고, 필라에게 거절당한 구혼자들은 연신 축하 인사를 받았다. 용케 화를 면했지 뭔가! 공작 부인은 절망에 빠졌다. 그녀는 궁리 끝에 그녀의 충직한 친구이자 고해 신부였던 대주교를 찾아가 열병에 걸린 딸을 설득해 달라 간청했다. 필라는 주교들의 궁전으로 불려 갔다. 종종 집안 내 분란을 중재해 온 그 선량한 노인은 필라에게 그녀의 행각이 얼마나 어리석은 짓인지 최선을 다해 설명했다. 하지만 누가 무슨 말을 해도 그녀가 사랑하는 남자를 저버리도록 설득하지는 못했다. 옆방에서 대기하던 공작 부인도 불려 가 마지막으로 딸을 설득했다. 허사였다. 필라는 허름한 숙소로 돌아갔고, 공작 부인은 눈물을 흘리며 대주

5) 스페인산 쌉쌀한 셰리주.

교와 함께 단둘이 남았다. 신앙심 못지않게 지략이 뛰어났던 대주교는 지금이야말로 이 심란한 여인에게 그의 말이 잘 먹힐 때임을 간파하고는, 최후의 방편으로 마벨라 백작 부인을 찾아가 보라고 권유했다. 마벨라 백작 부인은 세비야에서 가장 똑똑한 여인이니 그녀라면 무슨 수가 있을지도 모른다고.

처음에 공작 부인은 펄쩍 뛰며 거절했다. 앙숙에게 아쉬운 소리를 하다니 그런 치욕을 겪을 수는 없었다. 도스 팔로스에서 가장 유서 깊은 집안이 곧 무너질 위기였고, 대주교는 성가신 여인들을 다루는 데 이골이 난 사람이었다. 그가 상냥한 태도를 유지하면서 다시 생각해 보라고 교묘히 구슬리자, 그녀는 과감히 그 프랑스 여인에게 몸을 던져 자비를 구해 보기로 했다. 그녀는 부글부글 끓는 가슴으로 면담을 요청하는 전갈을 보냈고, 그날 오후 백작 부인의 응접실로 안내되었다. 물론 백작 부인은 이 소식을 가장 먼저 입수한 사람들 중 하나였지만, 불행한 어머니의 이야기를 금시초문인 양 귀담아들었다. 그녀로서는 꽤나 만족스러운 상황이었다. 서로 반목하던 공작 부인을 자기 앞에 무릎 꿇렸으니 대승리가 아닐 수 없었다. 하지만 그녀는 심성이 착한 사람이었고 유머 감각도 있었다.

"참으로 난처한 상황이네요." 그녀가 말했다. "내 하인 중 하나가 연루되었으니 안타까운 일이기도 하고요. 하지만 저도 딱히 어쩔 방법이 없네요."

공작 부인은 그 화장한 낯짝을 후려치고 싶었다. 분노를 억누르느라 목소리가 조금 떨렸다.

"나 혼자 좋자고 도움을 요청하는 게 아니에요. 필라를 위해서죠. 나도 알고 모두 알다시피, 당신은 이 도시에서 가장 똑똑한 여성이니까요. 내 생각도 그렇고 대주교님 생각에도 분명 살길이 있을 것이고, 당신의 기지라면 그것을 찾아내리라고 믿어요."

백작 부인은 그것이 역겨운 아첨이라는 것을 알고 있었다. 하지만 상관없었다. 기분이 좋았다.

"생각 좀 해 볼게요."

"물론 그 남자가 신사였다면 내 아들을 보내 죽여 버렸을 거예요. 하지만 도스 팔로스의 공작이 마벨라 백작 부인의 마부와 결투를 할 수는 없잖아요."

"그럴 수는 없죠."

"옛날 같으면 훨씬 간단했을 거예요. 악당 두엇을 고용해 밤중에 길바닥에서 그 작자의 목을 따 버리면 그만이니까요. 하지만 법이니 뭐니 하는 것들이 엄연한 현실이니 점잖은 사람들이 치욕으로부터 자신을 지킬 방도가 없군요."

"나도 훌륭한 마부를 내쳐 이 난관을 돌파할 수가 없는 입장이니 안타까울 따름이에요."

백작 부인이 중얼거렸다.

"하지만 그자가 내 딸과 결혼한다면 더 이상 당신의 마부 노릇을 할 수가 없죠."

공작 부인은 발끈해 외쳤다.

"필라에게 생활비를 주시려고요?"

"내가요? 땡전 한 푼 못 줘요. 처음부터 필라에게 아무것도 기대하지 말라고 딱 잘라 말해 뒀어요. 자기들끼리 굶어 죽든 말든 내 알 바 아니에요."

"그자를 내 마부로 붙들어 앉힐 방법을 궁리해 봐야겠어요. 우리 집 마구간 옆에 아주 좋은 방들이 많아요."

공작 부인의 얼굴이 하얘졌다가 새빨개졌다.

"우리 사이의 지난 일은 그만 잊어 주세요. 친구가 되자고요. 나를 그런 치욕으로 내몰지 마시고요. 내가 당신에게 상처 준 일이 있다면 무릎 꿇고 용서를 구할 테니 용서하세요."

공작 부인은 울음을 터뜨렸다.

"눈물을 그치세요, 공작 부인." 마침내 프랑스 여인이 말했다. "내가 어떻게든 해 볼게요."

"방법이 있을까요?"

"어쩌면요. 필라가 지금도 그렇고 앞으로도 마음대로 쓸 수 있는 돈이 없는 거 맞죠?"

"내 허락하에 결혼하지 않는 이상 한 푼도 없어요."

백작 부인이 찬란한 미소를 활짝 지어 보였다.

"남부 사람들은 낭만적이고 북부 사람들은 현실적이라는 통념이 있죠. 사실은 그 반대예요. 못 말리게 낭만적인 건 바로 북부 사람들이죠. 당신들 스페인 사람들 틈에서 오랫동안 살아 보니 알겠더라고요. 당신들은 아주아주 현실적이에요."

공작 부인은 상심이 워낙 컸기 때문에 대놓고 꼬집는 발언에도 화를 내지 못했다. 하지만, 오, 정말이지 가증스러운 여자였다! 마벨라 백작 부인은 일어섰다.

"오늘 중으로 기별이 갈 거예요."

그녀는 단호히 손님을 내보냈다.

마차를 5시에 대령하라는 지시가 떨어졌다. 5시 10분 전 백작 부인은 외출 복장을 갖추고 호세를 불러들였다. 연회색 마부복에 당당한 면모의 그는 백작 부인의 눈에도 대단히 멋진 남자였다. 내가 부리는 마부만 아니었어도……. 아니, 지금은 그런 생각을 할 때가 아니었다. 그는 그녀 앞에 편한 자세로 서 있었지만, 정중하면서도 떳떳한 면이 있었다. 몸가짐에 굽실거리는 기색이 전혀 없었다.

"에휴." 백작 부인은 혼잣말을 중얼거렸다. "이런 종자는 오직 안달루시아에서만 배출될 테지." 그러고는 소리 높여 말했다. "듣자 하니, 도스 팔로스 공작 부인의 따님과 결혼한다면서."

"백작 부인께서 반대하시지 않는다면요."

그녀는 어깻짓을 했다.

"네가 누구와 결혼하든 내 알 바 아니야. 도나 필라가 유산을 한 푼도 못 받는다는 것도 물론 알 테고."

"네, 마님. 마땅한 집이 있으니 아내를 건사할 수 있을 겁니다. 그녀를 사랑하고 있어요."

"그거야 비난할 수 없지. 아름다운 아가씨니까. 하지만 내게는 결혼한 마부에 대해 뿌리 깊은 반감이 있다는 것을 내 권리로서 밝혀 두겠다. 결혼식 날 내 일은 그만둬. 네가 너에게 할 말은 그것뿐이다. 그만 가 봐."

그녀는 방금 파리에서 도착한 일간지를 읽기 시작했지만, 호세는 그녀가 예상한 대로 꼼짝하지 않았다. 그저 바닥을 내려다보았다. 백작 부인은 금세 고개를 들었다.

"왜 꾸물거리지?"

"마님이 저를 내보내실 줄은 몰랐습니다."

그가 곤혹스러운 말투로 대꾸했다.

"너라면 다른 일자리를 얼마든지 찾을 수 있을 거야."

"그렇기는 하지만……."

"왜, 뭐가 문제냐?"

그녀가 날카롭게 물었다.

그는 애처롭게 한숨을 내쉬었다.

"스페인을 통틀어 우리 노새 한 쌍을 따라올 놈들은 없을 겁니다. 녀석들은 인간이나 다름없어요. 내가 하는 말을 다 알아듣습니다."

백작 부인은 이미 사랑에 홀딱 빠진 사람이 아니라면 누구나 돌아볼 만한 미소를 그에게 지어 보였다.

"그럼 나와 네 약혼자 중에 하나를 선택해야겠구나."

그는 이 발에서 저 발로 체중을 옮겼다. 담배를 찾느라 손을 주머니에 댔지만 지금 있는 곳을 떠올리고 동작을 멈추었다. 그는 백작 부인을 흘끔 보았다. 안달루시아에서 오래 산 사람들끼리 통하는, 특유의 영민한 미소가 그의 얼굴에 떠올랐다.

"그렇다면 망설일 일이 아니죠. 제 신상에 변동이 생긴다면 필라가 이해해야 합니다. 아내는 언제든 구할 수 있지만 이런 자리는 일생에 단 한 번뿐이니까요. 여자 하나 때문에 이걸 포기한다면 바보짓을 하는 거예요."

그것이 모험담의 결말이었다. 호세 레온은 마벨라 백작 부인의 마부로 계속 일했지만, 백작 부인은 마차를 타고 델리시아스를 오르내릴 때 자신의 최신식 모자만큼이나 잘생긴 마부를 좇아 움직이는 무수한 시선들을 느끼곤 했다. 일 년 뒤 필라는 산에스테반 후작과 결혼했다.

명예가 걸린 문제

몇 해 전 나는 황금기의 스페인에 대한 책을 쓰다가 칼데론[1]의 희곡을 다시 읽은 적이 있다. 여러 편의 희곡들 중 「엘 메디코 데 수 온라」라는 희곡을 읽게 되었는데, 그 뜻을 옮겨 보자면 '명예로운 의사' 정도 된다. 잔혹한 희곡이라 읽다 보면 저절로 몸서리를 치게 된다. 하지만 나는 이것을 다시 읽으면서 오래전에 겪었던 우연한 만남을 떠올리게 되었다. 가장 이상한 일로 기억되는 사건이다. 당시 나는 상당히 젊은 나이였고, 성체 성혈 대축일[2]을 보기 위해 세비야를 잠시 방문

---

1) 페드로 칼데론 데 라 바르카 (Pedro Calderón de la Barca, 1600~1681). 스페인의 극작가 겸 시인.

2) 성찬식 때 예수 그리스도의 몸이 현존하는 것을 기념하는 그리스도교 축일.

했다. 여름이 절정에 달했을 때라 열기가 절절 끓었다. 비좁은 거리에는 거대한 범포들이 펼쳐져 고마운 그늘을 만들어 주었지만, 광장에는 뙤약볕이 사정없이 내리쬐었다. 나는 아침에 축제 행진을 구경했다. 대단한 장관이었다. 군중이 무릎을 꿇고 있는 가운데 성찬식의 빵이 엄숙하게 운반되었고, 성장한 시민 경비대는 경례 자세로 서서 하늘의 왕에게 경의를 표했다. 나는 오후에 투우장으로 향하는 빽빽한 인파에 합류했다. 담배 파는 아가씨들과 자수천을 파는 아가씨들은 검은 머리에 카네이션을 달았고, 청년들도 한껏 차려입고 있었다. 미서 전쟁[3] 직후라 짧은 자수 재킷과 딱 붙는 바지, 챙이 넓고 높이가 낮은 모자가 여전히 애용되었다. 때때로 기마 투우사들이 그날 오후를 넘기지 못할 듯한 늙어 비실거리는 말을 타고 나타나 군중들을 흩어 놓았는데, 투우사는 화려한 의상이 끌어낸 자긍심을 한껏 의식하면서 익살꾼들과 환담을 나누었다. 한껏 고양된 낡고 닳은 마차들의 기나긴 행렬이 시끄럽게 지나갔다.

나는 일찍 그곳에 도착했다. 사람들이 거대한 투우장을 서서히 채우는 광경이 재미난 구경거리였기 때문이다. 햇빛이 드는 저렴한 좌석은 이미 꽉 채워진 상태였다. 남자든 여자든 쉴 새 없이 부채를 부쳐 대는 바람에 무수한 부채들이, 파닥거리는 나비 떼처럼 흥미로운 효과를 자아냈다. 내가 앉아 있는

---

3) 1898년 4월부터 8월까지 쿠바의 독립 문제를 놓고 쿠바와 필리핀에서 일어난 미국과 스페인의 전쟁.

차양 밑자리들은 천천히 채워지는 편이었지만, 아직 투우가 시작되기 한 시간 전인데도 유심히 둘러보며 자리를 찾아야 했다. 얼마 뒤 어떤 남자가 내 앞에서 멈춰 서더니 상냥한 미소를 지으며 지나가게 좀 비켜 달라고 했다. 그가 자리를 잡고 앉을 때 나는 그를 곁눈질로 훔쳐보았다. 영국식으로 잘 차려입은 것이 신사로 보이는 남자였다. 작지만 탄탄한 손이 아름다웠고 손가락이 가늘고 길었다. 나는 담배 생각이 나서 담뱃갑에서 담배를 한 대 꺼내 들었다. 예의상 그에게 한 대 권해야 할 것 같았다. 그는 담배를 받아 들었다. 그는 내가 외국인인 걸 알아챘는지 내게 프랑스어로 고맙다고 인사했다.

"영국인이신가요?"

그가 말을 이었다.

"그렇습니다."

"뜨거운데 왜 피서를 안 가시고요?"

나는 성체 성혈 대축일을 보러 방문했다고 설명했다.

"그것만으로도 세비야는 꼭 와야 할 곳이죠."

나는 구름 같은 거대한 인파에 대해 일상적인 말을 몇 마디 했다.

"스페인이 제국의 유산을 잃어 가면서 신음하게 되리라고 누가 상상이나 했을까요. 이 나라의 오랜 영광은 이제 이름만 남았습니다."

"그래도 남은 게 많아요."

"햇빛, 파란 하늘, 그리고 미래."

그는 쇠퇴한 조국의 불행이 남 일인 양 덤덤하게 말했다. 나는 딱히 대꾸할 말이 없어서 잠자코 있었다. 우리는 기다렸다. 칸막이 특별석은 만석이 되어 갔다. 검거나 하얀 레이스의 만틸라[4]를 두른 숙녀들이 자리로 들어와서 난간에 펼쳐 걸어 둔 만틸라들이 화려하고 알록달록한 휘장처럼 보였다. 간혹 그들 가운데 대단한 미인이 있으면 박수갈채가 한바탕 터져 나와 등장을 환영했고, 여자는 미소를 지으면서 부끄러운 기색 없이 고개를 숙여 인사했다. 마침내 투우 협회장이 등장했고 악단이 연주를 시작했다. 온통 새틴과 금색과 은색으로 반짝반짝하게 치장한 투우사들이 으스대는 걸음걸이로 행진하며 투우장을 가로질렀다. 잠시 후 거대한 검은 황소 한 마리가 안으로 뛰어들었다. 옆자리의 남자는 투우의 광란적 열기에 휩쓸리면서도 침착함을 유지하는 것 같았다. 투우장 안의 남자가 넘어졌다가 성난 짐승의 뿔을 기적처럼 아슬아슬하게 피했을 때 수천 명의 관중이 벌떡 일어서는데도 그는 움직이지 않았다. 황소는 죽었고, 노새들이 그 거대한 시체를 끌어냈다. 나는 지쳐 자리에 몸을 기댔다.

"투우 재밌습니까?" 그가 내게 물었다. "영국인들은 대부분 재미있다고 말하더군요. 고국에 가면 험담을 많이 하지만."

"사람이 공포와 혐오감을 자극하는 것을 좋아할 수 있을까요? 나는 투우장에 올 때마다 다시는 오지 않겠다고 다짐합니다. 그러면서 매번 다시 오죠."

---

4) 스페인, 멕시코, 이탈리아 등지에서 여성이 의례적으로 머리부터 어깨까지 덮어쓰는 쓰개.

"우리가 위기에 처한 타인을 보고 희열을 느끼는 것은 기묘한 열정 때문입니다. 인간 종족의 자연스러운 측면일지도 모르죠. 로마인들은 검투사들을 보유했었고, 현대인들은 멜로드라마를 가지고 있죠. 유혈과 고뮤의 광경에서 기쁨을 얻는 것이 인간의 본능인가 봅니다."

나는 다른 말로 대답을 했다.

"스페인에서 인간의 생명이 경시되는 것이 투우 때문은 아닐까요?"

"인간의 생명이 중시되어야 한다고 보세요?"

그가 물었다.

나는 그를 흘끔 쳐다보았다. 그의 목소리에 누가 들어도 비꼬는 빛이 어려 있었기 때문이다. 그의 눈은 조롱하는 눈빛으로 가득했다. 나는 얼굴을 조금 붉혔다. 별안간 그의 말에 애송이가 된 듯한 느낌이 들어서였다. 나는 돌변한 그의 표정에 놀라지 않을 수 없었다. 아까만 해도 크고 보드랍고 다정한 눈을 가진 상냥한 남자처럼 느껴졌는데 지금 그의 얼굴에는 조롱과 거만함이 어려 있었고, 그것이 살짝 거부감을 일으켰다. 나는 의자에 다시 몸을 기댔다. 이후 오후 내내 우리는 거의 말을 섞지 않았지만, 마지막 황소가 죽고 나서 모두들 일어섰을 때 그는 나와 악수하면서 또 만나자는 말을 했다. 예의상 하는 덕담이었고, 우리 둘 다 실제로 그럴 리는 없을 거라고 생각했을 것이다.

하지만 희한하게도 이삼 일 뒤 우리는 다시 만났다. 그때 나는 세비야의 어느 지역에 있었는데, 내가 잘 모르는 곳이었다. 그날 오후 나는 정원이 아름답고, 그라나다[5]가 무너지기 전 무어인 포로들이 아름다운 천장을 만들었다는 유명한 방을 보러 알바 공작의 저택을 방문했다. 입장하기 쉬운 방은 아니었지만, 구경하고 싶은 마음이 컸기 때문에 한여름이니 2~3페세타를 쥐여 주면 들어갈 수 있으리라 기대하고 갔던 것인데 허탕을 치고 말았다. 책임자는 그 방이 수리 중이라면서 공작의 대리인이 발행한 허가증이 없는 한 외부인은 출입이 불가하다고 했다. 나는 달리 할 일이 없어 알카사르[6]의 왕실 정원을 찾아갔다. 세비야 사람들의 기억 속에 여전히 살아 있는 잔혹 왕 돈 페드로의 옛 궁전이었다. 오렌지 나무들과 사이프러스 나무들 사이에 있으니 기분이 상쾌했다. 가져온 책이 한 권 있었다. 나는 잠시 거기 앉아 칼데론을 읽다가 천천히 걸어 다녔다. 세비야의 오래된 지역은 거리가 비좁고 복잡하다. 머리 위로 쭉 뻗은 차양 밑을 지나면서 이리저리 걸으니 참으로 좋았지만, 길을 찾는 것이 쉽지 않았고 결국 길을 잃고 말았다. 어느 쪽으로 방향을 틀어야 하는지 가늠이 안 되어 막막해하던 차에 한 남자가 나를 향해 다가오는 것이 보였다. 투우장에서 만났던 남자였다. 나는 그를 멈춰 세우고 길을 물었다. 그는 나를 알아보았다.

"여기선 길 못 찾습니다." 그가 웃는 얼굴로 돌아보았다. "방향 감각이 잡힐 때까지 저랑 같이 걸으시죠."

---

5) 스페인 안달루시아 지방에 있었던 중세 무어인의 이슬람 왕국.

6) 1364년에 건축된 사각형의 요새. 네 귀퉁이에 거대한 탑이 있고 안쪽에 중정과 정원이 있다.

나는 사양했지만 그는 고집을 부렸다. 전혀 수고스럽지 않다고 했다.

"그럼 멀리까지 가지 않았겠군요?"

그가 물었다.

"내일 떠나서요. 알바 공작의 저택만 다녀왔어요. 거기 무어인들의 천장을 보고 싶었지만 들여보내 주지 않더라구요."

"아랍 예술에 관심 있으세요?"

"네, 그럼요. 그 천장이 세비야에서 가장 훌륭한 작품이라는 이야기를 들었어요."

"제가 그에 못지않은 걸 보여 드릴 수 있는데요."

"어디인데요?"

그는 내가 어떤 부류의 사람인가 가늠하는 듯 잠시 나를 쳐다보며 생각에 잠겼다. 만족스러운 결론에 이른 것 같았다.

"십 분 정도 짬을 내실 수 있다면 제가 그곳으로 데려다드리죠."

나는 그에게 열렬히 감사를 표했다. 우리는 뒤로 돌아 계단을 걸어 되돌아갔다. 소소한 이야기를 나누다 보니 어느 커다란 집 앞에 도달했다. 연초록색 칠을 한 그 집은 아랍의 감옥 같은 인상을 주었는데, 세비야의 많은 집들이 그렇듯 거리에 면한 창문마다 쇠창살이 단단히 설치돼 있었다. 나의 길잡이가 문 앞에서 손뼉을 치자, 하인이 안마당으로 연결된 창문으로 고개를 내밀더니 줄을 당겼다.

"여기는 누구 집이죠?"

"제 집입니다."

나는 놀라고 말았다. 스페인 사람들이 사생활 보호에 철저하다는 것과 여간해서는 모르는 사람을 자기 집에 들이지 않는다는 것을 알았기 때문이다. 육중한 철 대문이 열렸고 우리는 마당으로 들어갔다. 마당을 지나 좁은 통로를 통과하니 어느새 매혹적인 정원 안이었다. 정원은 삼면이 집만큼이나 높은 담에 둘러싸여 있었다. 오래된 붉은 벽돌담은 세월의 손길에 은은한 빛을 띠었고 장미꽃으로 뒤덮여 있었다. 담을 빽빽이 수놓은 것은 흐드러지게 피어난 탐스럽고 향기로운 장미꽃들이었다. 정원 안쪽에는 정원사가 자연의 왕성함을 꺾어 보려 헛된 싸움이라도 벌인 듯, 태양을 향한 강렬한 욕망을 불태우며 하늘 높이 솟구친 야자수들과, 짙은 색 오렌지 나무들, 꽃을 피운 이름 모를 나무들, 그 사이로 피어난 장미꽃들, 더 많은 장미꽃들이 무성하게 자라 있었다. 네 번째 담은 이슬람 양식의 로지아[7]였는데, 장식 무늬가 촘촘히 새겨진 편자형 아치가 딸려 있었다. 그 밑으로 들어서니 아름다운 천장이 눈에 들어왔다. 마치 알카사르의 일부를 옮겨 놓은 듯했지만, 복원 작업으로 모든 매력이 사라진 그 궁전과 달리 복원 작업은 되어 있지 않았다. 색깔이 수려하고 부드러웠다. 보석 그 자체였다.

"제 말 믿으세요. 그 공작의 집은 구경하지 않아도 전혀 아쉬울 게 없어요. 지금 당신이 본 것이 오히려 현존하는 외국인

7) 공기가 통하면서 햇빛은 가려지도록 벽면이 한쪽 이상 트인 방이나 복도 또는 회랑.

중에는 아무도 본 적 없는 것입니다."

"이런 걸 보여 주시다니 정말 친절하시군요. 뭐라고 감사를 드려야 할지 모르겠어요."

그는 자긍심을 가지고 주변을 둘러보았는데 나는 그럴 만하다고 생각했다.

"이 집은 돈 페드로 잔혹왕 시절에 내 조상님이 지으신 겁니다. 국왕이 조상님과 이 천장 아래서 흥청망청했던 것이 한두 번이 아니었을 거예요."

나는 들고 있던 책을 그에게 내밀었다.

"아까 돈 페드로가 주요 인물로 등장하는 희곡을 읽었어요."

"어떤 책이죠?"

나는 그것을 그에게 건넸고 그는 제목을 읽었다. 나는 주변을 돌아보았다.

"물론 아름다움을 드높이는 것은 멋진 정원입니다." 내가 말했다. "전반적으로 지극히 낭만적이라는 인상이 드네요."

이 스페인인은 나의 열정적인 반응에 대단히 흡족한 기색이었다. 그는 미소를 지었다. 나는 그의 미소가 얼마나 음울한지 익히 알고 있었다. 미소도 그의 얼굴에 밴 우수를 내몰지는 못했다.

"몇 분 앉아서 담배 한 대 태우시렵니까?"

"그러죠."

우리는 정원 밖으로 나가서 무어 타일 벤치에 앉아 있는 여인에게 다가갔다. 알카사르의 정원에 있던 타일과 똑같은 것들이었다. 그녀는 자수를 놓다가 얼른 고개를 들었다. 낯선 사람을 보고 놀란 기색으로 내 옆의 남자에게 묻는 시선을 던졌다.

"내 아내를 소개하죠."

그가 말했다.

여인이 정중히 고개를 숙였다. 수려한 눈과 반듯한 콧대, 섬세한 콧구멍, 희고 매끄러운 피부의 대단한 미인이었다. 여느 스페인 여인들처럼 머리카락은 숱이 많고 검었지만 흰머리가 넓게 한 가닥 나 있었다. 주름이 별로 없는 팽팽한 얼굴이라 기껏해야 서른 살 정도로 보였다.

"정원이 참 아름답네요, 세뇨라.(부인.)" 무슨 말이든 해야 할 것 같아서 내가 말했다.

그녀는 무심히 정원을 흘끔 보았다.

"네, 예쁘죠."

나는 갑자기 민망한 기분이 들었다. 환대를 바랄 입장이 아니라 그녀가 나를 귀찮은 불청객으로 여긴다고 해도 할 말이 없었다. 그녀에게서 가늠할 수 없는 뭔가가 느껴졌다. 노골적인 적대감은 아니었다. 뭔가가 죽은 듯한 여자였지만, 젊고 아름다웠으므로 터무니없는 생각인가 싶기도 했다.

"여기 앉으려고요?"

그녀가 남편에게 물었다.

"당신이 허락한다면. 몇 분만."

"방해가 되선 안 되죠."

그녀는 수를 놓던 실크와 캔버스 옷감을 챙겨서 일어섰다. 보통 스페인 여자들보다 키가 컸다. 그녀가 미소를 짓지 않고 내게 고개를 숙였다. 몸가짐이 왕족처럼 침착했고 걸음걸이는 당당했다. 그 시절 경솔한 인간이었던 내가 절대 호락호락한 여자가 아니로구나 생각했던 기억이 난다. 우리는 알록달록한 벤치에 앉았다. 나는 집주인에게 담배를 건넸다. 그리고 성냥불을 붙여 주었다. 그는 내 책 칼데론을 아직 들고 있었고, 이제 책장을 한가롭게 넘겼다.

"어느 희곡을 읽었습니까?"

"「엘 메디코 데 수 온라」."

그가 나를 슬쩍 쳐다보았고, 나는 그의 큰 눈에서 조롱하는 빛이 번뜩이는 것을 본 것 같았다.

"그래, 어떻게 생각하시오?"

"혐오스럽던데요. 물론 당시의 생각은 현대적 개념에 비춰 보면 많이 생소할 수밖에 없죠."

"무슨 생각 말이오?"

"명예가 걸린 문제 같은 생각들 말입니다."

나는 '명예가 걸린 문제'가 스페인 희곡의 주된 근간이라고 설명했다. '아내가 바람을 피웠을 때뿐 아니라 아내의 행동에 딱히 잘못된 게 없더라도 그로 인해 추문이 돌았다면 남자가 자기 아내를 냉혹하게 죽이는 것이 귀족층의 관례이며, 특히 이 희곡에는 내가 이제껏 읽은 어느 희곡보다 이것이 의도적으로 드러난 본보기가 있는데, 명예로운 의사가 아내의 무고함을 알면서도 순전히 체면 때문에 아내에게 복수를 하는 내용이 바로 그것'이라고.

"그것은 스페인의 혈통에 새겨져 있어요." 내 친구가 말했다. "외국인들이 그것을 받아들이든 말든 그렇죠."

"에이, 칼데론의 시대 이후 과달키비르강을 따라 많은 강물이 흘러갔어요. 아직도 남자들이 그렇게 행동할 거라는 말은 하지 마세요."

"나는 아직도 그런 치욕과 망신을 당한 남편은 가해자가 죽어야만 자존감을 되찾을 수 있다고 보는데요."

나는 대답하지 않았다. 그가 다분히 낭만적인 제스처를 취하는 듯 보여서 속으로 헛소리, 하고 중얼거리고 말았다. 그는 내게 냉소적인 미소를 지었다.

"돈 페드로 아구리아라고 들어 보셨소?"

"아뇨."

"스페인 역사에는 알려지지 않은 이름이에요. 필립 2세 치하에서 스페인 제독을 지낸 선조였고 필립 4세의 절친한 친구였어요. 왕명으로 벨라스케스가 그의 초상화를 그리기도 했죠."

집주인은 잠시 망설였다. 그는 생각에 잠긴 눈으로 나를 한참 쳐다보다가 말을 이었다.

"아구리아 가문은 필립 왕 치하에서 부를 누렸지만 내 친구 돈 페드로가 아버지의 작위를 물려받을 무렵에는 가세가 상당히 기울었어요. 하지만 가난한 정도는 아니었고 코르도바와 아길라르 사이에 영지를 소유하고 있었죠. 과거에 누렸던 영광의 흔적이 조금 남아 있는 집을 세비야에 가지고 있었고요. 그가 몰락한 아카바 백작의 여식 솔레다드와 약혼을 발표했을 때 좁은 세비야가 발칵 뒤집혔어요. 그녀의 가문이 유명하긴 해도 그녀의 아버지가 늙은 무뢰한이었거든요. 그자는 빚에 허덕였고 그다지 점잖지 못한 방편에 기대 근근이 살아가고 있었어요. 하지만 솔레다드는 아름다웠고 돈 페드로는 그녀를 사랑했어요. 그들은 결혼했습니다. 그는 오직 스페인 사람만이 가능한 뜨거운 열정으로 그녀를 사모했어요. 하지만 그녀는 그를 사랑하지 않았고, 그는 그것을 알고 가슴이 무너졌죠. 그녀는 다정하고 상냥했어요. 좋은 아내였고 좋은 가정주부였어요. 그리고 그에게 감사했죠. 하지만 그것이 다였어요. 그는 그녀가 아이를 가지면 달라질 거라고 생각했지만, 아이가 생기고 나서도 달라지는 것은 없었습니다. 그가 처음부터 느꼈던 그들 사이의 벽은 여전히 존재했어요. 그는 괴로워하다가 결국은 그녀가 속세의 열정을 담기에는 너무 고상한 성격과 민감한 영혼을 가졌다고 생각하고 말았죠. 인간의 사랑을 하기에는 한참 위의 존재라고 말입니다."

나는 앉은 자리에서 조금 불편하게 꼼지락거렸다. 이 스페인인은 쓸데없는 미사여구를 참 많이 쓰는구나 하고 생각했다. 그가 말을 이었다.

"알다시피 여기 세비야에서 오페라 하우스는 부활절 후 육주 동안만 문을 엽니다. 세비야 사람들은 유럽 음악을 그다지 좋아하지 않기 때문에 가수들의 노래를 들으러 가기보다는 친구들을 만나러 갑니다. 아구리아 집안사람에게도 특별석이 있었고 오페라 개막 첫날밤에 참석했죠. 「탄호이저」[8]가 상연될 예정이었어요. 돈 페드로와 그의 아내는 스페인 사람들이 그렇듯 종일 할 일이 없으면서도 늘 늦는 성향이 있어서 1막

---

8) 바그너의 오페라 「탄호이저와 바르트부르크의 노래 경연」을 의미한다.

이 끝날 때쯤 극장에 도착했습니다. 막간에 아카바의 백작, 즉 솔레다드의 아버지가 돈 페드로가 한 번도 만난 적 없는 젊은 포병대 장교를 대동하고 그들의 자리를 찾았습니다. 그런데 솔레다드는 그 장교를 아주 잘 아는 것 같았어요.

'이쪽은 페페 알바레즈.' 백작이 말했죠. '쿠바에서 막 돌아온 젊은이인데 만나 보라고 데려왔네.'

솔레다드는 웃으면서 손을 내밀고는 손님을 남편에게 소개했어요.

'페페는 카르모나의 일을 봐 주는 관리인의 아들이에요. 나랑은 어릴 때 같이 놀던 사이예요.'

카르모나는 세비야 인근의 소도시인데, 백작이 도시 빚쟁이들의 성화에 못 이겨 은신했던 곳이죠. 그가 그곳에 소유한 집은 전 재산을 거의 탕진한 뒤 그의 수중에 남은 유일한 재산이었어요. 백작은 현재 돈 페드로의 지원으로 세비야에 살고 있었어요. 하지만 돈 페드로는 그 청년이 마음에 들지 않아서 젊은 장교에게 뻣뻣하게 고개를 까딱이고 말았어요. 그리고 청년의 아버지, 즉 관리인과 백작이 잘 알려지지 않은 사건에 같이 연루되었을 거라고 짐작했죠. 그리고 맞은편 특별석에 있는 사촌 산타구아도 공작 부인과 이야기를 나누러 곧바로 자리를 떴습니다. 며칠 뒤 그는 카예 시에르페스에 있는 그의 클럽에서 페페 알바레즈를 다시 만나 대화를 나누게 되었는데, 놀랍게도 페페 알바레즈는 대단히 유쾌한 청년이었습니다. 쿠바에서 세운 공훈이 상당해서 그 경험담을 재미나게 풀어놓았죠.

부활절 후 육 주간의 대축제 기간은 세비야에서 가장 활기찬 시기입니다. 축제가 거듭되는 동안 사람들은 서로 만나 웃고 떠들며 풍문을 주고받습니다. 선량한 성품과 쾌활한 기질의 페페 알바레즈는 만나자는 청을 많이 받았고, 이구리아 집안사람들은 그를 지속적으로 만났습니다. 돈 페드로는 그 청년이 솔레다드에게 즐거움을 준다는 것을 알게 되었어요. 아내는 청년과 있으면 쾌활해 보였어요. 그간 거의 들을 수 없었던 아내의 웃음소리는 돈 페드로에게 기쁨이 되었습니다. 다른 귀족들이 그렇듯 그도 대축일에 그들의 자리를 마련했고, 거기서 동이 틀 때까지 춤추고 식사하고 샴페인을 마셨어요. 페페 알바레즈는 시종일관 무리의 활력이 되었고요.

어느 밤 돈 페드로가 산타구아도 공작 부인과 춤을 추고 있었습니다. 그들은 페페 알바레즈와 함께 있는 솔레다드를 지나치게 되었죠.

'오늘 저녁 솔레다드가 유달리 아름다워 보이는군.' 공작 부인이 말했어요.

'그리고 행복해 보여.' 그가 대꾸했죠.

'솔레다드가 페페 알바레즈와 약혼한 적이 있다던데 사실이야?'

'전혀 아니야.'

하지만 그 질문은 그에게 충격을 주었습니다. 그는 솔레다드와 페페 알바레즈가 어릴 때 알고 지낸 사이라고 들었고 둘 사이에 뭔가가 있을 거라고는 생각조차 해 본 적이 없었으니까요. 아카바 백작이 악당이긴 해도 태생이 신사였기 때문에 딸을 일개 지방 관리인의 아들에게 시집보낸다는 것은 상상할 수 없는 일이었죠. 집에 돌아왔을 때 돈 페드로는 아내에게 공작 부인과 주고받은 말을 들려주었습니다.

'페페와 약혼했던 건 맞아요.' 그녀가 말했어요.

'왜 나한테 말하지 않았소?'

'이미 지난 일이니까요. 그 사람은 쿠바에 있었고요. 그 사람을 다시 만날 줄은 몰랐어요.'

'당신이 그자와 약혼한 적 있다는 걸 아는 사람들이 있을 거 아니오.'

'그렇겠죠. 그게 중요해요?'

'당연히 중요하지. 그자가 돌아왔을 때 만나지 말았어야 했어.'

'지금 그 말은, 나에게 믿음이 없다는 뜻이에요?'

'말도 안 되오. 난 당신을 전적으로 믿어요. 그렇지만 이제 그만 당신이 그자와의 인연을 끊었으면 해요.'

'내가 거절하면요?'

'그자를 죽여야겠지.'

그들은 서로의 눈을 오랫동안 들여다보았죠. 그녀는 그에게 살짝 고개를 숙이고는 자기 방으로 물러갔어요. 돈 페드로는 한숨을 쉬었어요. 그녀가 아직도 페페 알바레즈를 사랑하는 걸까, 그것 때문에 나를 사랑하지 못하는 걸까 궁금했죠. 그러면서도 질투라는 쓸데없는 감정에 휘둘리지 않기로 마음먹었습니다. 자기 마음을 들여다보고 그 안에 젊은 포병 장교에 대한 증오심이 없다는 걸 확인한 거죠. 도리어 그는 그 청년을 좋아했어요. 이것은 사랑이나 증오의 문제가 아니라 명예의 문제였던 거예요. 그러다 문득 며칠 전 자기가 클럽에 들어갔을 때 대화가 뚝 끊겼던 일이 떠올랐어요. 곰곰 돌이켜 보니 거기 앉아 있던 사람 몇 명이 흘끔흘끔 그의 눈치를 보면서 이야기하던 것이 기억난 거죠. 내 얘기를 하고 있었나? 그 생각을 하자 그는 몸서리가 났습니다.

그때는 축제가 끝날 무렵이었어요. 아구리아 사람들은 축제가 끝나면 코르도바에 다녀오기로 되어 있었습니다. 돈 페드로가 때때로 코르도바의 영지를 방문해 돌아봐야 했기 때문입니다. 그는 세비야에서 떠들썩한 시간을 보낸 터라 평화로운 전원생활을 기대했어요. 솔레다드는 남편과 대화를 나눈 이튿날 몸이 좋지 않다면서 집에 머물렀고, 그다음 날도 마찬가지였어요. 돈 페드로는 아침저녁으로 아내의 방을 찾았고, 두 사람은 소소한 이야기를 나누었어요. 하지만 사흘째 되는 날은 그의 사촌 콘치타 데 산타구아도가 여는 무도회가 열릴 예정이었어요. 시즌의 대미를 장식하는 행사였기 때문에 그녀의 독보적 인맥에 해당하는 사람들은 모두 참석하기로 되어 있었죠. 그런데 솔레다드는 아직도 몸이 좋지 않다면서 계속 집에 있겠다고 했어요.

'저번에 나눈 이야기 때문에 가지 않으려는 건 아니지?' 돈 페드로가 물었어요.

'당신이 한 말은 생각해 봤어요. 당신의 요구는 사리에 맞지 않지만 받아들일게요. 페페와의 우정을 포기하려면 그를 만날 만한 자리를 피할 수밖에 없어요.' 그녀의 사랑스러운 얼굴이 고통으로 떨려 왔죠. '그것이 최선이에요.'

'아직 그자를 사랑하오?'

'네.'

돈 페드로는 비통함으로 냉정해졌어요.

'그럼 왜 나와 결혼했지?

'페페는 먼 쿠바에 있었고 그이가 언제 돌아올지는 아무도 몰랐어요. 돌아오지 않을 수도 있었고요. 아버지가 당신과 결혼해야 한다고 하셨어요.'

'아버지의 불명예를 막으려고?'

'불명예보다 더한 걸 막아야 했어요.'

'안된 일이군.'

'당신은 내게 친절하셨어요. 나도 감사하는 마음을 당신에게 전하려고 나름 정성을 다했어요.'

'페페도 당신을 사랑하오?'

그녀는 고개를 젓고는 슬프게 미소를 지었죠.

'남자들은 달라요. 그이는 젊어요. 누군가를 오랫동안 사랑하기에는 너무 유쾌하죠. 그이에게 나는 아이 때의 놀이 친구, 소년기의 연애 상대일 뿐이에요. 한때 내게 품었던 사랑을 두고 농담을 할 수 있을 만큼.'

그는 그녀의 손을 꼭 쥐고는 입을 맞추고 나서 그녀를 두고 나왔습니다. 그리고 무도회에 혼자 갔죠. 그의 친구들은 솔레다드가 몸이 좋지 않다는 이야기를 듣고 안타까운 마음을 적당히 표하고는 곧바로 그날 저녁의 유흥에 빠져들었어요. 돈 페드로는 카드놀이가 벌어지는 방으로 들어섰습니다. 탁자 앞에 자리가 하나 있어서 자리를 잡고 앉아 슈만드페르를 했고, 그날따라 행운이 따라 많은 돈을 땄죠. 같이 게임하는 남자 하나가 실실 웃으면서 솔레다드는 어디 있느냐고 물었어요. 돈 페드로는 다른 사람이 놀란 눈으로 그자를 쳐다보는 걸 알아챘지만 웃는 얼굴로 아내는 침대에 안전하게 누워 자고 있다고 대답했죠. 그때 불행한 사건이 터지고 말았습니다. 한 젊은이가 들어와 게임을 하고 있던 어느 포병 장교에게 페페 알바레즈가 어디 있느냐고 물은 겁니다.

'여기 없나?' 하고 그 장교가 말했죠.

'없어.'

이상한 침묵이 좌중을 휘감았어요. 돈 페드로는 순간 그의 마음을 사로잡은 어떤 감정을 내색하지 않으려고 안간힘을 썼습니다. 게임 테이블에 있던 남자들은 페페가 그의 아내, 솔레다드와 함께 있다고 생각했던 겁니다. 오, 그런 치욕이 또 있을까! 이런 수모가 또 있을까! 그는 꾹 참고 한 시간쯤 더 게임을 했고 돈을 계속 땄죠. 일을 그르칠 수는 없었습니다. 게임은 끝났고, 그는 무도회장으로 돌아가 사촌에게 다가갔어요.

'통 이야기를 못 나누었군.' 그가 말했지요. '다른 방으로 가서 잠시 우리끼리 이야기 좀 하지.'

'그러자.'

콘치타의 내실에는 아무도 없었습니다.

'오늘 페페 알바레즈는 어디 있지?' 그는 아무렇지 않게 물었어요.

'나야 모르지.'

'오늘 온대?'

'물론이지.'

그녀 역시 미소를 짓고 있었지만 그가 보기에 그를 향한 그녀의 눈길은 날카로웠어요. 그는 아무렇지 않은 척하던 가면을 벗어던지고 단둘이 있었음에도 목소리를 낮춰 말했어요.

'콘치타, 부디 사실대로 말해 줘. 그자가 솔레다드의 연인이라고 사람들이 수군거리나?'

'페드리토, 무슨 얼토당토않은 질문을 하는 거야!'

하지만 그는 그녀의 눈에 어린 두려움과 본능적으로 얼굴을 향해 움찔하며 올라가는 손을 포착했어요.

'대답은 그것으로 됐어.'

그는 일어나 그녀를 두고 그곳을 떠났습니다. 집으로 돌아와 안마당에서 불이 켜진 아내의 방을 올려다보았죠. 그는 위층으로 올라가 문을 두드렸어요. 응답하는 소리는 없었지만 그는 안으로 들어갔습니다. 놀랍게도 그 늦은 시각에 그녀는 앉아 자수를 놓고 있었어요, 평소 늘 하던 대로 말입니다.

'이 시각에 왜 그걸 하는 거요?'

'잠도 못 자겠고 책도 안 읽혀요. 일이라도 하면 딴생각이 나지 않을 것 같아서요.'

그는 앉지 않았어요.

'솔레다드, 당신에게 듣기 거북한 말을 해야겠소. 마음 단단히 먹고 들어요. 페페 알바레즈가 오늘 밤 콘치타의 무도회에 오지 않았소.'

'그게 나랑 무슨 상관인데요?'

'당신도 그 자리에 없었다는 게 문제였소. 무도회에 온 모

든 사람들이 당신들 둘이 같이 있다고 생각했으니 말이오.'

'터무니없는 억측이에요.'

'나도 알아요. 하지만 그렇다고 해서 뭐가 달라지냔 말이오. 당신이 직접 문을 열어 그자를 들였다가 내보냈거나, 아니면 당신이 누구의 눈에 띄지 않고 몰래 드나들었다고 생각하면 그만 아니오.'

'하지만 당신도 그걸 믿어요?'

'아니. 나도 당신처럼 터무니없는 억측이라고 생각하오. 페페 알바레즈는 어디 있소?'

'내가 어떻게 알아요? 내가 그걸 알아야 해요?'

'그자가 시즌의 가장 성대한 파티, 마지막 파티에 오지 않은 건 정말 이상한 일이오.'

그녀는 잠시 침묵을 지켰어요.

'당신이 내게 그 사람 이야기를 꺼낸 날 밤, 내가 그 사람에게 편지를 보내 상황이 이리됐으니 앞으로는 더 이상 서로 마주치지 않는 것이 신상에 이롭겠다고 말했어요. 어쩌면 그래서 그 사람도 나와 같은 이유로 무도회에 가지 않았나 봐요.'

그들은 잠시 아무런 말도 하지 않았습니다. 그는 바닥을 내려다보았지만 자신에게 고정된 그녀의 시선을 느꼈죠. 미리 말씀드리지 않았지만, 돈 페드로에게는 다른 남자들보다 돋보이는 능력이 하나 있었어요. 하지만 그것은 그의 흠결이기도 했죠. 그는 안달루시아의 최고 명사수였습니다. 모두가 그걸 알았으니 감히 그를 도발하는 자는 세상에서 가장 용감한 자라고 봐야겠지요. 바로 며칠 전 세비야 외곽 과달키비르강 가

타블라다에서 비둘기 사냥이 있었는데, 돈 페드로는 모두를 압도했어요. 반면 페페 알바레즈는 실력이 하도 형편없어서 모두들 그를 보고 웃어 댔고, 젊은 포병 장교는 농담을 유쾌하게 받아넘겼습니다. 자기가 다루는 무기는 대포라면서.

'어떻게 하실 거죠?'

그녀가 물었어요.

'내가 할 수 있는 게 하나뿐이라는 걸 당신도 알잖소.'

그녀는 말뜻을 알아들었지만 그의 말을 농담으로 받아들였어요.

'어린애처럼 왜 이래요. 우리는 이제 16세기에 사는 게 아니에요.'

'알아. 그래서 지금 당신에게 이 이야기를 하는 거요. 내가 페페에게 도전을 하면 나는 그자를 죽여야 하오. 그러고 싶지는 않아. 그자가 일을 그만두고 스페인을 떠난다면 나는 아무것도 하지 않아도 되오.'

'어떻게 그래요? 어디로 가라고요?'

'남아메리카로 가면 되지. 거기서라면 많은 돈을 벌 수 있을 거요.'

'내가 그 사람에게 말하길 원해요?'

'당신이 그자를 사랑한다면.'

'그 사람을 너무 사랑해서 도저히 겁쟁이처럼 달아나라는 말은 못 하겠어요. 그 사람에게 명예 없는 삶을 어찌 마주하라는 거예요?'

돈 페드로는 웃음을 터뜨렸습니다.

'페페 알바레즈, 카르모나 관리인의 아들에게 명예가 있어서 뭐 하게?'

그녀는 대답하지 않았지만, 그는 그녀의 눈에서 맹렬한 증오를 보았죠. 그는 그녀를 사랑했기 때문에 그 눈빛은 비수처럼 그의 심장에 꽂혔습니다. 그는 그녀를 언제나 그렇듯 열렬히 사랑했죠.

이튿날 그는 클럽으로 가서 창가에 앉은 무리에 합류했고, 거기서 카예 시에르페스 거리를 오르내리는 사람들을 바라보았습니다. 페페 알바레즈도 그들 틈에 끼어 있었죠. 그들은 간밤의 파티 이야기를 나누고 있었어요.

'어디 있었나, 페페?' 하고 누군가 물었죠.

'어머니가 아프셔서 카르모나에 다녀와야 했습니다.' 그가 대답했죠. '나야 실망이 이만저만이 아니었지만 다들 좋았겠군요.' 그는 웃는 얼굴로 돈 페드로에게 돌아섰다. '행운을 잡으셨다고 들었습니다. 돈을 다 따셨다고요.'

'언제 설욕할 기회를 줄 텐가, 페드로?' 하고 누군가가 물었지요.

'유감이지만 그건 좀 기다려 주게.' 그가 대꾸했어요. '코르도바에 가 봐야 하거든. 내 관리인이 횡령을 하고 있어서 말이지. 관리인 놈들이 죄다 도적인 건 알았지만, 어리석게도 이자만은 정직할 거라고 생각했지 뭔가.'

그의 말투는 상당히 가볍게 들렸어요. 그러자 페페 알바레즈도 그 못지않게 가벼운 말투로 대꾸했습니다.

'과장이 심하시군요, 페드리토. 제 아버지도 관리인이지만

정직한 분이라는 걸 잊지 마십시오.'

'그건 조금도 믿을 수가 없는걸.' 돈 페드로는 웃음을 터뜨렸습니다. '자네 아버지만큼 큰 도둑도 없을걸.'

너무나 뜻밖이었고 너무나 부당한 모욕이었기에 페페 알바레즈는 큰 충격을 받았어요. 다른 사람들은 분위기가 갑자기 심각하게 돌변하자 깜짝 놀랐고요.

'그게 무슨 뜻입니까, 페드리토?'

'말한 그대로야.'

'거짓말. 당신도 거짓말인 걸 아시잖아요. 그 말 당장 취소하세요.'

돈 페드로는 웃었어요.

'내가 왜 취소를 해야 하나. 자네 아버지는 도둑에 악당인데.'

페페는 의자에서 벌떡 일어서서 손바닥으로 돈 페드로의 얼굴을 때렸습니다. 그 상황에서는 그럴 수밖에 없었죠. 그 결과는 불가피한 것이었고요. 이튿날 두 남자는 포르투갈 국경에서 만났습니다. 관리인의 아들 페페 알바레즈는 가슴에 총알을 맞고 신사답게 죽었습니다."

스페인인이 너무나 덤덤한 말투로 이야기를 마쳤기 때문에 처음에 나는 그것이 믿어지지 않았지만, 곧 그것을 실감하고 적잖이 충격을 받았다.

"야만스럽군요." 내가 말했다. "그건 그냥 냉혹한 살인이에요."

집주인이 일어섰다.

"모르는 소리 말아요, 젊은 친구. 돈 페드로는 그 상황에서 할 수 있는 일을 한 거예요."

이튿날 나는 세비야를 떠났고, 이후로도 내게 이 이상한 이야기를 들려준 남자의 이름은 알아내지 못했다. 그때 본 그 여인, 창백한 얼굴에 흰머리 한 가닥이 나 있던 여인이 그 불행한 솔레다드일까 종종 생각한다.

시인

나는 유명 인사들에게 별다른 관심도 없고 지구상의 위인들과 악수 한번 해 보려 안달하는 마음을 참아 넘긴 적도 없다. 신분이 높거나 위업을 달성한 유명인을 만나 보라는 권유를 받으면 정중한 핑계를 대고 그 영광을 물리치는 편이다. 이런 연유로 내 친구 디에고 토레가 산타 아냐를 소개해 주겠다고 제안했을 때 나는 거절했다. 하지만 거절하면서 댄 핑계는 진심이었다. 산타 아냐는 위대한 시인일 뿐만 아니라 로맨틱한 인물이었다. 전설적인 모험담으로 유명한(적어도 스페인에서는) 남자의 노쇠한 모습을 보는 것도 흥미로울 것 같았지만, 늙고 병든 그에게 생판 낯선 외국인을 만나는 것은 분명 성가신 일일 거라 생각했던 것이다. 칼리스토 데 산타 아냐는 그랜드 학파의 마지막 계승자였다. 바이런주의[1]에 무심한 세상에서, 그는 바이런적 존재로 우뚝 서서 일련의 시를 통해 위태롭게 살아온 본인의 삶을 이야기했고, 그 시들은 동시대인들이 누리지 못한 명성을 그에게 안겨 주었다. 나는 그의 시를 비평할 입장이 아니다. 스물셋의 나이에 그의 시를 처음 읽고 나는 환희에 휩싸였다. 그 열정과 영웅적 오만, 다채로운 생동감은 나를 철저히 사로잡았고, 심금을 울리는 시구와 사람을 홀리는 어조는 내 청춘의 황홀한 추억과 뒤섞여 오늘날까지도 살아 있기에, 지금도 그 시들을 읽으면 어김없이 가슴이 벅차오른다. 칼리스토 데 산타 아냐는 스페인어를 모국어로 쓰는 사람들 사이에서 명성이 자자하고 나는 그가 명성을 누릴 자격이 있다고 생각하는 쪽이다. 그 시절 그의 시구는 모든 젊은이들의 입에 오르내렸고 내 친구들은 내게 그의 야성성, 격렬한 언사(그는 시인인 동시에 정치인이었으므로), 기발한 재치, 그리고 정사(情事)에 대해 끝없이 이야기했다. 그는 반항적이고 때로는 법을 어기면서 대담하게 모험을 즐겼지만, 무엇보다 사랑꾼이었다. 그가 이러저러한 대단한 여배우, 최고의 여가수와 열정을 불태웠다는 것은 잘 알려진 사실이다. 우리는 사랑과 고통, 분노를 표현한 그의 뜨거운 소네트를 줄줄 외울 때까지 몇 번이나 읽고 또 읽었다. 또한 스페인의 왕녀, 부르봉 왕가의 가장 콧대 높은 후손이 그의 구애에 항복했다가 그가 사랑을 거두자 수녀가 된 일화도 있었다. 그녀의 조상인 필립 왕들의 애인

1) 영국의 낭만주의 시인 바이런의 작품에 공통적으로 나타나는 경향으로 우울감과 저항, 현실 풍자, 낭만, 자유분방함을 특징으로 한다.

들은 왕이 싫증을 내면 수녀원에 들어갔다. 왕의 사랑을 받았던 여인이 다른 사람에게 사랑받는 것은 부적절한 일이었기 때문이다. 그렇다면 칼리스토 데 산타 아나냐는 지상의 어떤 왕보다 더 위대한 것 아닌가? 우리는 그 여인의 낭만적인 제스처에 박수를 보냈다. 그것은 칭송받아 마땅한 일이자 우리의 시인을 드높이는 행위였다.

하지만 이는 모두 오래전의 일이었다. 돈 칼리스토는 사반세기 동안 더는 그에게 내어놓을 것이 없는 세상으로부터 미련 없이 물러나 고향인 에시하[2]에 은둔하여 살았다. 내가 그곳을 방문하겠다고 말한 것은 바로 그 무렵인데(당시 나는 세비야에서 한두 주일 머물고 있었다.), 그 시인 때문이 아니라 디에고 토레가 더불어 소개한 안달루시아의 매력적인 소도시에 마음이 끌렸기 때문이었다. 돈 칼리스토는 편지를 보낸 젊은이들을 가끔씩 초대해서 한창때 청중의 심금을 울렸던 불꽃을 다시 불태우며 젊은이들과 이야기를 나누는 것 같았다.

"지금 그분은 어떤 모습인가?"

내가 물었다.

"멋지다네."

"그분 사진 있나?"

"그럼 얼마나 좋겠나. 그분은 서른다섯 이후 줄곧 카메라를 피하신다네. 당신의 젊지 않은 모습을 후대에 보여 주고 싶지 않다는군."

2) 스페인 남서부 세비야주에 있는 도시.

고백하건대, 나는 이 쓸데없는 제안을 받고 적잖이 감동한 것이 사실이다. 내가 알기로 그는 젊은 시절 대단한 미남자였고, 청춘이 언젠가는 떠나갈 것을 의식하며 써 내려간 그 감동적인 소네트는 칭송이 자자했던 자신의 미모가 스러지는 것을 지켜보며 느꼈을 비통하고 냉소적인 고통을 담고 있었다.

하지만 나는 내 친구의 권유를 뿌리쳤다. 한때 대단히 공감했던 그 시들을 한두 편 읽고 나서 햇살이 가득하고 조용한 에시하의 거리를 자유롭게 거니는 것으로 나머지 시간을 보내고 싶었다. 그래서 그곳에 도착한 날 저녁에 그 위대한 시인의 전갈을 받고는 실망하지 않을 수 없었다. 그는 내가 그곳을 방문한다는 디에고 토레의 편지를 받았다면서, 이튿날 아침 11시에 자신의 집을 찾아 준다면 큰 기쁨이 될 거라고 했다. 상황이 이러하니 약속된 시간에 그의 집에 나타나는 것 외에는 다른 방법이 없었다.

내 호텔은 광장 안에 있었다. 봄날의 아침은 활기찼지만 그곳을 떠나자마자 인적이 끊긴 듯한 도시를 걷게 되었다. 그 거리들, 그 복잡하고 하얀 거리들은 예배를 보고 조심스러운 발걸음으로 돌아오는 검은 옷의 여인 말고는 텅 비어 있었다. 에시하는 교회가 많은 도시여서 어디를 가나 허물어져 가는 파사드[3]나 황새가 둥지를 튼 종탑이 보였다. 중간에 줄지어 지나가는 작은 당나귀들을 구경하려고 걸음을 멈추었다. 빨간 마구는 빛이 바랬고, 짐 바구니 안에는 무엇이 들었는지 짐작

---

3) 건축물의 주된 출입구가 있는 정면부.

되지 않았다. 하지만 에시하는 당대의 중심 도시였고, 석조 입구에 위풍당당한 문장이 둘러 새겨진 하얀 집들이 많았다. 신세계의 부자들과 아메리카 대륙에서 부를 축적한 모험가들이 이 외진 곳까지 흘러들어 말년을 보내고 있었기 때문이다. 바로 이런 집들 중 한 곳에 돈 칼리스토가 살고 있었다. 벨을 누른 뒤 격자창 앞에 섰을 때 나는 그가 자기 스타일대로 살고 있다는 생각에 기분이 좋아졌다. 웅장하지만 허물어져 가는 거대한 입구는 이 대범한 시인에 대한 나의 인상에 부합했다. 초인종 소리가 집 안에 울리는 것이 들렸지만 아무도 응답하지 않아서 나는 초인종을 두 번, 세 번 울렸다. 마침내 윗입술에 수염이 무성한 어느 노부인이 대문으로 나왔다.

"무슨 일이세요?"

그녀가 말했다.

그녀는 검은 눈이 근사했지만 뚱한 표정이었고, 나는 그녀가 그 늙은 시인을 돌봐 주는 사람이겠거니 짐작했다. 나는 그녀에게 내 명함을 내밀었다.

"주인어른과 약속이 되어 있습니다."

그녀는 철 대문을 열고 나를 집 안으로 들였다. 그러고는 내게 기다리라고 말하더니 위층으로 올라갔다. 거리를 걸어온 터라 안마당이 상쾌하고 시원하게 느껴졌다. 비율이 웅장해서 콩키스타도레[4]의 추종자가 건축했나 싶은 집이었지만, 페인트는 변색되고 바닥의 타일들은 부서졌으며 회칠은 큼직하

4) 16세기 아메리카 대륙의 정복 사업을 주도했던 스페인 사람들.

게 벗겨진 곳들이 여기저기 보였다. 모든 곳에서 궁색한 형편이 엿보였으나 불결하지는 않았다. 나는 돈 칼리스토가 가난하다고 알고 있었다. 돈은 때때로 그에게 쉽게 굴러들었지만 그는 한 번도 돈을 소중히 여긴 적 없이 펑펑 써 버렸다고. 그러니 인정하고 싶지 않겠지만 이렇게 궁핍하게 살 수밖에. 안마당 중앙에는 보름 전 신문이 놓인 탁자가, 그 양옆에는 흔들의자가 하나씩 있었다. 나는 훈훈한 여름밤 그곳에 앉아 담배를 피우는 그의 머릿속에 어떤 공상들이 피어날까 궁금했다. 콜로네이드[5] 밑 벽에는 칙칙하고 못난 스페인 그림들이 걸려 있었고, 먼지가 앉은 낡은 바르가스[6]가 여기저기 서 있고 그 위에 수리를 한 반짝반짝한 도금 접시가 놓여 있었다. 문 옆에는 구식 소총 두 자루가 걸려 있었다. 그가 온 세상이 떠들썩하도록 여러 번 결투를 벌일 때 사용한 무기가 아닐까 생각했다. 그는 댄서 페파 몬타네스를 위해(지금은 이가 다 빠진 시들시들한 할멈이 됐겠지만) 도스 에르마노스 공작을 죽인 적이 있었다.

그 광경이 나의 추측이 일으킨 심상들과 맞물리면서 이 로맨틱한 시인에게 너무나 들어맞아 보였기 때문에 나는 그곳의 정취에 취하고 말았다. 그의 화려한 청춘이 그랬듯 이제는 고귀한 빈곤이 그를 찬란히 둘러싸고 있었다. 그에게도 오랜 콩키스타도레의 정신이 어려 있었고, 이 허름하고 웅장한 집

5) 지붕을 떠받치는 돌기둥.
6) 다리가 달린 장식 선반.

은 유명세를 탄 일생이 마무리되는 곳으로 더할 나위 없었다. 암, 모름지기 시인이라면 이렇게 살다가 죽어야지. 시원한 곳에 있었고 그를 만날 생각을 하니 조금 지루한 생각도 들었지만, 조금씩 초조해지기 시작했다. 나는 담뱃불을 붙였다. 제시간에 맞춰 왔기 때문에 무엇 때문에 이 영감이 늦는 것인지 궁금했다. 그곳의 침묵이 이상하게 거슬렸다. 과거의 유령들이 고요한 안마당에 모여 있었고, 한물간 시절이 내 앞에 어렴풋한 존재감을 드러냈다. 그 시절의 남자들에게는 요즘 세상에서 영영 자취를 감춘 열정과 야성이 있었다. 지금의 우리에게는 그들의 무모한 행위나 영웅들의 극적인 삶을 펼칠 능력이 없었다.

무슨 소리가 났고 내 심장은 빠르게 뛰었다. 이제는 가슴이 설렜다. 마침내 천천히 계단을 내려오는 그를 보고 나는 숨을 들이켰다. 그는 손에 내 명함을 들고 있었다. 키가 큰 영감은 비쩍 마른 몸에 피부는 오래된 상아색이었다. 숱이 많은 머리는 하얗게 세어 있었지만 눈썹은 아직 검었다. 그 덕에 큰 눈에 담긴 침울한 불꽃이 돋보였다. 그 나이에도 아직 그 검은 눈망울에 초롱초롱한 눈빛을 품고 있다는 것은 대단한 일이었다. 매부리코, 꽉 다물린 입매. 그는 웃음기 없는 눈을 내게 고정하고 다가왔는데, 그의 눈에는 사람을 냉정히 평가하는 눈빛이 어려 있었다. 그는 검은 옷을 입고 한 손에는 챙 넓은 모자를 들고 있었다. 그의 몸가짐에서 확신과 위엄이 풍겼다. 그는 내가 희망한 모습 그대로였다. 그를 바라보니 그가 어떻게 사람들의 마음을 휘어잡고 어떻게 사람들의 심금을 울렸는지 알 것 같았다. 그는 뼛속까지 시인이었다.

그는 안마당에서 천천히 나를 향해 다가왔다. 그의 눈은 진정한 독수리눈이었다. 나는 그것이 일생일대의 순간처럼 느껴졌다. 거기에 그가 서 있었기 때문이다. 옛 스페인 시인들의 후계자, 장엄한 에레라, 가슴 뭉클한 노스탤지어의 프라이 루이스, 후안 데 라 크루스, 신비롭고 난해하며 모호한 공고라. 그는 그 기나긴 계보의 마지막이었고, 그들의 발걸음으로 결코 무가치하지 않은 행보를 이어 왔다. 이상하게도 돈 칼리스토의 시가 중 가장 유명한, 사랑스럽고 달콤한 시구가 내 가슴 속에 울려 퍼졌다.

나는 부끄러웠다. 그를 만나러 오기 전 미리 시를 읽고 준비한 것이 다행이었다.

"외국인인 제가 이렇게 위대한 시인을 만나 뵙다니 대단한 영광입니다, 작가님."

꿰뚫어 보는 두 눈에 즐거운 빛이 반짝거리고 단호하게 고부라진 입술에 미소가 순간적으로 스쳤다.

"나는 시인이 아닙니다, 세뇨르.(선생.) 모피 상인이에요. 착오가 있으신가 본데 돈 칼리스토는 옆집에 삽니다."

내가 집을 잘못 찾았던 것이다.

어머니

사람들 두세 명이 안마당에서 싸우는 소리를 듣고 방에서 나와 귀를 기울였다.

"새로 이사 온 사람이야." 한 여자가 말했다. "그 여자가 짐을 날라 준 짐꾼이랑 시비가 붙었어."

그곳은 안마당을 둘러싸고 지어진 이 층짜리 공동 주택이었고, 세비야에서 가장 험한 지역인 라 마카레나의 뒷길에 위치해 있었다. 이곳에는 우체부나 경찰관, 트램 운전수 등 스페인에서 흔해 빠진 하급 공무원들과 노동자들이 세 들어 살았고 아이들이 우글거렸다. 모두 스무 세대였다.

주민들은 티격태격하고 화해하고 펄펄 뛰며 분통을 터뜨렸다. 도움이 필요할 때는 서로 도왔다. 안달루시아 사람들은 천성이 선량했기 때문이다. 그들은 대체로 사이좋게 지냈다. 오랫동안 비어 있던 방이 하나 있었는데, 오늘 아침 한 여자가 그 방을 빌리고 한 시간 뒤 갖은 잡동사니를 들여왔다. 그 여자는 자기가 나를 수 있는 것들은 나르고 나머지 짐은 가예고(스페인에서 짐꾼들은 대부분이 갈리아인들이었다.)에게 넘겼다.

하지만 싸움은 점점 격렬해졌고, 2층에 사는 두 여자는 한 마디라도 놓칠세라 발코니 너머로 몸을 내밀었다.

그들은 새로 들어온 세입자가 따따부따 쏘아 대는 앙칼진 고성과 사이사이에 끼어드는 남자의 볼멘소리를 들었다. 두 여자는 서로를 쿡쿡 찔렀다.

"돈을 받아야 가지."

남자가 그 말을 반복했다.

"돈은 이미 줬잖아. 당신이 3레알[1]에 하겠다고 했잖아."

"아니! 당신이 4레알 준다고 했어."

그들은 푼돈을 가지고 옥신각신하고 있었다.

"짐이 몇 개 되지도 않는데 4레알이나 달라고? 미쳤네."

그녀는 남자를 밀어내려 했다.

"돈을 받아야 가지."

남자가 반복했다.

"1페니 더 줄게."

"어림없어."

말다툼은 갈수록 요란해졌다. 여자는 짐꾼에게 고래고래 소리를 지르면서 욕을 했다. 그리고 주먹을 남자의 면전에 흔

---

1) 스페인의 옛 은화.

들어 댔다. 결국 남자가 포기하고 말았다.

"에라, 그래, 1페니 줘, 갈 테니까. 너 같은 년을 상대로 시간 낭비하기 싫다."

여자는 남자에게 돈을 주었고, 남자는 그녀의 매트리스를 내던지고 가 버렸다. 그녀는 떠나는 남자에게 지저분한 말을 퍼부었다. 그리고 방 밖으로 나가 물건들을 안으로 끌어들였다. 발코니에 나와 있던 두 여자는 그 여자의 얼굴을 보았다.

"카라(어머머), 얼굴이 표독해! 살인자처럼 생겼어."

젊은 여자 하나가 계단을 올라왔고, 그녀의 어머니가 외쳤다.

"그 여자 봤니, 로살리아?"

"그 가예고한테 어디서 온 여자냐고 물어봤더니, 그 남자 말이 트리나에서부터 짐을 날랐대요. 여자가 4레알을 주겠다고 하고는 주지 않았대요."

"그 여자 이름이 뭐라던?"

"그 사람도 모른대요. 트리나에서 사람들이 그 여자를 '라카치라'로 불렀대요."

그때 그 암여우가 깜빡한 꾸러미를 가지러 방 밖으로 다시 나왔다.

그녀는 발코니에서 이쪽을 태연히 쳐다보는 여자들을 흘끔거렸지만 아무 말도 하지 않았다. 로살리아는 진저리를 쳤다.

"소름 끼치는 여자네."

라카치라는 수척하고 깡마른 사십 대 여자였다. 앙상한 손과 손가락은 독수리의 갈고리발톱 같았다. 빰은 움푹 꺼지고 피부는 주글주글하고 누르끄레했다. 창백하고 두툼한 입술을 벌리면, 육식 동물의 이빨 같은 뾰족한 이가 드러났다. 아무렇게나 대충 틀어 올린 검고 푸석한 머리는 금방이라도 어깨 위로 흘러내릴 것 같았고, 양쪽 귀밑머리가 넓게 늘어져 있었다. 눈구멍 안쪽에 깊숙이 자리한 크고 검은 눈은 형형히 번뜩였다. 그녀의 얼굴에는 누구도 다가와 말을 걸지 못할 사나운 표정이 어려 있었다. 그녀는 철저히 혼자였다. 이웃 사람들은 호기심이 발동했다. 그들은 그녀의 추레한 차림새를 보고 그녀의 옹색한 형편을 알아차렸다. 그녀는 매일 아침 6시에 집을 나가 밤이 돼서야 돌아왔다. 하지만 그녀가 어떻게 생계를 유지하는지는 아무도 몰랐다. 그들은 같은 건물에 사는 경찰관에게 뒤를 캐 보라고 부추겼다.

"분란을 일으키지 않는 한 그 여자는 내 소관이 아니에요."

그가 말했다.

하지만 세비야에서 추문은 빠르게 퍼진다. 며칠 뒤 위층에 사는 한 석공이 트리나에 사는 친구가 그녀의 사연을 안다면서 소식을 가져왔다. 라카치라는 한 달 전 감옥에서 출소했고 칠 년 동안 감옥살이를 했는데 죄목은 살인이었다. 트리나의 어느 셋집에서 지냈지만, 그녀의 정체를 안 아이들이 돌을 던지면서 욕을 했고, 그녀는 거친 말과 주먹질로 아이들에게 대응하며 온 동네를 발칵 뒤집어 놓았다가 집주인에게 쫓겨났다. 라카치라는 집주인 남자와 그녀를 박대한 모든 이들에게 저주를 퍼붓고는 어느 날 아침 홀연히 사라졌다.

"그런데 그 여자는 누구를 죽인 거예요?"

로살리아가 물었다.

"애인을 죽였다는군요."

석공이 대답했다.

"그 여자에게 애인이 있을 리 없죠."

로살리아가 비웃으며 말했다.

"산타 마리아!(성모님!)" 그녀의 어머니 필라르가 외쳤다. "우리는 죽이지 말아야 할 텐데. 내가 뭐랬어, 살인자처럼 생겼다니까!"

로살리아는 진저리를 치면서 가슴에 성호를 그었다. 바로 그때 라카치라가 일터에서 돌아왔고, 이야기를 나누던 사람들은 일제히 입을 딱 다물었다. 그들은 붙어 있으려는 듯 슬금슬금 움직이면서 성난 눈초리의 여자를 초조하게 쳐다보았다. 그녀는 사람들의 침묵에서 뭔가 불길한 기운을 느꼈는지 의심하는 눈초리로 그들을 재빨리 훑어보았다. 경찰관이 그녀에게 안녕하세요, 하고 말을 붙였다.

"부에나 세라.(안녕하세요.)"

그녀는 인상을 잔뜩 쓴 채 대꾸하고는 얼른 자기 방으로 들어가서 문을 쾅 닫았다.

그들은 그녀가 자물쇠를 철컥 채우는 소리를 들었다. 그 사악하고 심술맞은 눈이 그들 위에 먹구름을 드리웠고, 그들은 지독한 저주에 걸린 듯 귀엣말을 나누었다.

"악마를 품은 여자야."

로살리아가 말했다.

"당신이 여기서 우리를 보호해 주니 얼마나 다행이에요, 마누엘."

로살리아의 어머니가 경찰관에게 말했다.

하지만 라카치라는 말썽을 부릴 생각이 없는 듯했다. 그저 묵묵히 자기 생활을 했다. 사람들과 한마디 이상 말을 섞지 않았고, 접근하는 모든 호의적 시도를 단칼에 잘라 냈다. 그녀는 이웃 사람들이 자신의 비밀, 살인 사건과 오랜 감옥살이에 대해 알아냈다는 것을 직감했다. 그녀의 얼굴 주름은 더욱 뚜렷해지고 깊숙이 자리한 눈은 더욱 비정한 빛을 띠었다. 하지만 그녀가 불러일으킨 불안은 점차 사라졌다. 말이 많은 필라르조차 안마당에 앉아 있는 사람들을 쌩하니 지나쳐 가는 과묵한 말라깽이에게 더 이상 관심을 갖지 않았다.

“감옥에서 미쳐 버린 거지. 흔히 그렇게 된다고들 하더라.”

하지만 어느 날 터진 사건이 추문을 되살려 냈다. 한 청년이 레하(이 세비야 집의 현관문 노릇을 하는 연철 대문)에 나타나 안토니아 산체스를 찾았다. 안마당에서 치마를 수선하던 필라르는 고개를 들어 자기 딸을 쳐다보고는 어깻짓을 했다.

“그런 사람 여기 안 살아요.”

그녀가 말했다.

“아뇨, 사는데요.” 청년이 대꾸하고는 머뭇거리다가 덧붙였다. “사람들이 라카치라라고 부릅니다.”

“아!” 로살리아는 대문을 열고 방문을 가리켰다. “지금 안에 있어요.”

“고마워요.”

청년은 로살리아에게 미소를 지었다. 그녀는 발그레한 혈색과 시원한 눈매의 예쁜 아가씨였다. 그녀의 검고 매끄러운 머리에는 빨간 카네이션이 한 송이 꽂혀 있었다. 가슴이 풍만했고 블라우스 밑의 젖꼭지가 도드라져 보였다.

"당신을 낳으신 어머니에게 축복이 있기를."

청년이 진부한 표현을 동원해 말했다.

"바야 우스테드 콘 디오스, 신의 가호가 있기를."

필라르가 대꾸했다.

그는 그들을 지나 방문을 두드렸다. 두 여자는 호기심 어린 눈으로 그를 지켜보았다.

"누굴까?" 필라르가 물었다. "라카치라를 찾아온 사람은 없었는데."

노크 소리에 아무런 응답이 없자 청년은 다시 문을 두드렸다. 그들은 누구냐고 묻는 라카치라의 거친 목소리를 들었다.

"마드레!(어머니!)" 그가 외쳤다. "어머니."

안에서 고성이 터졌다. 문이 벌컥 열렸다.

"쿠리토!"

여인은 두 팔을 청년의 목에 휙 감고 청년에게 열렬히 입을 맞추었다. 그리고 애틋한 몸짓으로 청년을 귀여워하면서 두 손으로 청년의 얼굴을 어루만졌다. 지켜보던 두 모녀는 그 여자에게 있으리라고는 상상도 못한 다정한 면모를 목격했다. 그녀는 기쁨의 눈물을 흘리면서 청년을 방 안으로 들였다.

"아들이네." 로살리아가 놀라 말했다. "누가 생각이나 했을까! 게다가 저리 멋진 아들이라니."

쿠리토의 얼굴은 날씬했고 치아가 하얗고 반듯했다. 관자놀이 쪽을 깔끔하게 밀고 나머지는 바짝 친 머리 모양이 안달루시아인의 표상 같았다. 갈색 피부를 푸르스름하게 덮은 턱수염은 조숙한 느낌을 주었다. 물론 그는 말쑥한 청년이었다. 멋들어진 옷차림은 누구나 사랑할 만했고 몸에 딱 붙는 바지를 입고 있었다. 짧은 재킷과 프릴 셔츠는 새것 중의 새것이었다. 그는 챙이 넓은 모자를 쓰고 있었다.

마침내 라카치라의 방문이 열리고 그녀가 아들의 팔에 매달려 나타났다.

"다음번 일요일에 또 올 거지?"

그녀가 물었다.

"별일 없으면요."

그는 로살리아를 흘끔거리고는 어머니에게 작별 인사를 하고 나서 로살리아에게도 고개를 끄덕였다.

"바야 우스테드 콘 디오스!"

그녀가 말했다.

그녀는 그에게 미소를 지으며 검은 눈망울을 반짝거렸다. 라카치라는 그 표정을 포착했다. 지극한 기쁨으로 환해졌던 그녀의 얼굴이 다시 시무룩해지면서 먹구름이 낀 듯 어두워졌다. 그녀는 예쁜 아가씨에게 사납게 인상을 썼다.

"당신 아들이에요?"

청년이 가고 나서 필라르가 물었다.

"네, 내 아들이에요."

라카치라는 자기 방으로 돌아가면서 퉁명스럽게 대답했다.

그녀는 부드러운 기색이 전혀 없었다. 마음은 행복감으로 가득했지만 우정의 전주곡을 단칼에 쳐 냈다.

"잘생긴 청년이네요."

로살리아가 말했다. 그녀는 이후 며칠 동안 그 남자를 한두 번 이상 떠올렸다.

라카치라는 아들에 대한 사랑이 지극했다. 그녀에게 아들은 세상의 전부였다. 그녀는 맹렬한 열정과 시기심으로 아들을 아꼈고, 그 보답으로 무리한 헌신을 요구했다. 그녀 자신이 아들에게 전부가 되기를 바랐다. 아들의 일 때문에 그들은 같이 살 수 없었는데, 그녀는 아들이 떨어져 있는 동안 무얼 할까 생각하면 괴로웠다. 아들이 젊은 여자를 쳐다보면 참을 수가 없었고 아들이 젊은 여자에게 구애하는 상상만 해도 피가 거꾸로 솟았다. 세비야에서 창살에 가로막힌 창가에 앉아 있거나 대문 안쪽에 서 있는 처녀와, 거리에서 처녀의 활짝 열린 귀에 황홀한 마음을 토로하는 연인보다 더 흔한 볼거리는 없었다. 라카치라는 아들에게 노비아, 즉 애인이 있느냐고 물었다. 이토록 매력적인 청년이니 분명 여자들의 미소가 쏟아질게 분명했다. 그녀의 아들은 일을 하면서 저녁 시간을 보낸다고 말했지만, 그녀는 그것이 거짓말임을 알고 있었다. 하지만 아들이 부인할 때마다 짜릿한 희열을 맛보았다.

그녀는 로살리아의 거슬리는 시선과 그에 응답하는 쿠리토의 미소를 보고는 분노가 목구멍까지 치솟았다. 이웃이라는 인간들, 안 그래도 혐오스러운 자들이었다. 그녀는 불행한데 그들은 행복했고 그녀의 끔찍한 비밀까지 알고 있었기 때문이다. 이제 그녀는 그들이 더욱더 혐오스러웠고, 자기 아들을 빼앗으려 음모를 꾸미는 그들의 모습이 벌써부터 상상돼 미칠 지경이었다. 다음 일요일 오후 라카치라는 안마당을 건너 대문 앞에 섰다. 좀처럼 볼 수 없는 일이라 이웃들은 이야기를 나누지 않을 수 없었다.

"저 여자가 왜 저기 있는지 알아?" 로살리아가 웃음을 참으며 말했다. "소중한 아들이 올 거거든. 우리한테 자기 아들을 보여 주기 싫어서 저래."

"우리가 자기 아들을 잡아먹기라도 한다니?"

쿠리토가 도착했고 그의 어머니는 그를 얼른 자기 방으로 데리고 들어갔다.

"아들이 애인이라도 되나, 아주 독차지하려 드네."

필라르가 말했다.

로살리아는 닫힌 방문을 쳐다보며 다시 웃었다. 그녀의 반짝이는 눈에 장난기가 가득했다. 문득 쿠리토랑 이야기를 나누면 정말 재밌겠는걸 하는 생각이 들었다. 라카치라가 펄펄 뛰는 상상을 하니 하얗고 반짝거리는 치아가 드러나도록 웃음이 났다. 그녀는 두 모자가 밖으로 나왔을 때 자기를 지날 수밖에 없도록 대문간에 자리를 잡았다. 하지만 라카치라는 아들의 반대편으로 돌아와 둘 사이에 눈빛이 오갈 수 없게끔 가로막았다. 로살리아는 어깻짓을 했다.

'날 그리 쉽게 이기진 못할 거다.'

그녀는 생각했다.

다음 일요일, 라카치라가 대문간에서 진을 치고 있을 때 로살리아는 거리로 나가 그가 오리라 예상되는 방향으로 슬슬 걸어갔다. 몇 분 뒤 그녀는 쿠리토를 보고는 우아하게 그를 못 본 척하며 그대로 걸어갔다.

"올라!(안녕!)"

그가 말했다.

"당신이군요? 난 당신이 두려워 내게 말도 못 거는 줄 알았는데요."

"난 두려울 게 없는데요."

그가 허세를 부리며 말했다.

"엄마만 빼고!"

그녀는 가던 길이나 마저 가라는 듯 계속 걸어갔지만, 그가 그러지 않으리란 걸 잘 알았다.

"어디 갑니까?"

그가 물었다.

"당신이 무슨 상관이죠, 쿠리토? 어머니한테나 가 보시죠, 아드님. 어머니한테 맞기 전에. 어머니랑 같이 있을 땐 두려워 나랑 눈도 못 마주치던데요."

"말도 안 되는 소리."

"음, 바야 우스테드 콘 디오스! 난 볼일이 있어서 이만."

그는 시무룩해서 가 버렸고 그녀는 속으로 큭큭 웃었다. 그 날 그가 라카치라와 함께 안마당을 지나 밖으로 나갈 때 로살리아는 다시 안마당에 있었다. 이번에 그는 부끄러움을 무릅쓰고 용기를 내서 그녀에게 인사를 건넸다. 라카치라는 화가 나서 얼굴이 새빨개졌다.

"가자, 쿠리토." 그녀는 초조한 목소리로 소리쳤다. "왜 꾸물거리니?"

아들이 가고 나서 라카치라는 할 말이 있는 듯이 로살리아 앞에서 걸음을 멈추었지만 꾹꾹 참는 티를 눈에 보이게 내더니 어둡고 고요한 방으로 들어가 버렸다.

며칠 뒤는 세비야의 수호성인 성이시도로의 축일이었다. 석공과 다른 주민 한두 명이 이날을 기념해 안마당에 줄을 매달고 중국식 등불들을 걸었다. 등불들이 청명한 여름밤을 은은히 비추었고, 별들이 총총 박힌 밤하늘이 보드라웠다. 주민들이 안마당 가운데로 모여들어 의자에 자리를 잡았다. 몇몇 아기 엄마들은 아기에게 젖을 물렸고 여자들은 작은 종이부채를 부치면서 끊임없이 수다를 떨다가 성가시게 구는 아이를 따끔하게 나무랐다. 더위가 기승을 부리던 낮이 지나고 시원한 바람이 불어 상쾌했다. 투우장에 다녀온 사람들이 미처 가지 못한 사람들에게 이야기를 들려주고 있었다. 유명한 투우사 벨몬트가 선보인 훌륭한 실력을 상세히 설명했다. 이야기는 화자들의 생생한 상상이 가미되어 시시각각 다채롭게 진화하다가 급기야 세비야 역사상 최고의 코리다(투우)로 이어졌다. 라카치라만 빼고 모두 모였다. 그들은 그녀의 방을 비추는 외로운 촛불 하나를 보았다.

"그 여자 아들은?"

"지금 와 있어." 필라르가 대답했다. "한 시간 전에 아들이 지나가는 걸 봤어."

"그 남자, 즐거운 시간을 보내나 봐요."

로살리아가 웃으며 말했다.

"라카치라는 그냥 놔둬요." 다른 사람이 말했다. "춤이나 춥시다, 로살리아."

"그래그래." 사람들이 소리쳤다. "그럽시다, 아가씨. 춤추자고."

스페인 사람들은 춤추는 것도 좋아하고 춤추는 걸 구경하는 것도 좋아한다. 옛날 옛적에는 춤추기 위해 태어나지 않은 스페인 여자는 하나도 없다는 말까지 있었다.

의자들은 금세 둥그렇게 배치되었다. 석공과 트램 운전수가 기타를 가져왔고, 로살리아는 캐스터네츠를 가져와 다른 아가씨와 같이 앞으로 나서서 춤을 추기 시작했다.

비좁은 방에 있던 쿠리토는 음악 소리를 듣고 귀를 바짝 세웠다.

"사람들이 춤을 추나 보네."

그는 중얼거렸다. 그의 팔다리가 저절로 들썩거렸다.

그는 커튼 사이로 중국식 등불의 은은한 불빛 아래 모인 사람들을 보았다. 춤을 추는 두 아가씨가 보였다. 로살리아는 나들이옷을 입고 늘 그렇듯 진하게 화장한 차림새였다. 그녀의 머리에 꽂힌 예쁜 카네이션이 어슴푸레 반짝였다. 쿠리토의 심장이 빠르게 뛰었다. 스페인에서 사랑은 빠르게 자라난다. 그녀와 처음 이야기를 주고받은 날 이후 그는 그 아리따운 아가씨를 종종 떠올렸다. 쿠리토는 문 쪽으로 움직였다.

"뭐 하는 거니?"

라카치라가 물었다.

"가서 춤추는 것 좀 보려고요. 어머니는 내가 한시도 즐기게 놔두질 않네요."

그녀가 막으려 하자 그는 그녀를 밀치고 나가서 무리에 섞여 춤추는 여자들을 구경했다. 라카치라는 한두 걸음 따라나섰다가 어둠 속에 반쯤 몸을 숨기고 섰다. 분노가 그녀의 심장을 갉아먹었다. 로살리아는 그를 쳐다보았다.

"나를 보는 게 두렵지 않아요?"

그녀는 지나가면서 그에게 슬쩍 속삭였다.

춤이 그녀를 경솔함으로 이끌었다. 그녀는 라카치라가 두렵지 않았다. 음악이 끝나고 그녀와 같이 춤을 추었던 아가씨는 의자에 털썩 주저앉았다. 로살리아는 쿠리토 앞으로 걸어가서 그의 앞에 고개를 뒤로 젖히고 똑바로 섰다. 빠른 춤 동작 때문에 가슴이 크게 들썩였다.

"춤출 줄 알려나 모르겠네."

그녀가 말했다.

"출 줄 알아요."

그녀는 도발하는 미소를 지었지만 그는 망설였다. 뒤쪽의 어머니를 돌아보았다. 굳이 보지 않아도 어머니가 어둠 속에서 지켜보고 있다는 것을 이미 알고 있었다. 로살리아는 그 시선과 그것이 뜻하는 바를 알아챘다.

"두려워요?"

"왜 두렵겠어요?"

그는 어깻짓을 하면서 물었다.

그는 원 안으로 들어섰다. 기타를 든 사람들이 기타를 퉁겼고 구경꾼들은 리듬에 맞춰 박수를 치며 간간히 "올레!"를 외쳐 추임새를 넣었다. 어느 젊은 여자가 그에게 캐스터네츠를 건넸고, 그들은 춤을 추기 시작했다. 앙칼진 괴성이 작게 들려왔다. 어둠 속에 도사린 뱀이 쉭쉭거리는 소리였다. 이제 상당히 무모해진 로살리아는 어둠 속에서 허옇게 빛을 발하는 유령 같은 얼굴을 보고 웃음을 터뜨렸다. 라카치라는 움직이지 않았다. 그저 춤동작과 흔들리는 몸, 복잡한 스텝을 주시했다. 그녀는 쿠리토가 캐스터네츠를 두들기며 로살리아를 휘감는 동안 로살리아가 우아한 몸짓으로 몸을 젖히고 쿠리토의 얼굴에 미소 짓는 것을 보았다. 라카치라의 눈은 석탄불처럼 번쩍였다. 그녀의 눈구멍 안이 활활 타는 듯 이글거렸지만, 아무도 그녀를 알아채지 못했다. 그녀는 분을 이기지 못해 신음을 토했다. 춤이 끝났다. 로살리아는 박수갈채에 기쁜 미소를 짓고는 쿠리토에게 춤을 이렇게 잘 추는 줄 몰랐다고 말했다.

라카치라는 방으로 쌩하니 들어가서 문을 잠갔다. 쿠리토가 와서 문을 열어 달라고 애원했지만 응답하지 않았다.

"나 집에 가요."

그가 말했다.

그녀는 가슴이 무너지고 비통했지만 대꾸하지 않았다. 아들은 그녀의 전부였고 세상에서 가장 사랑하는 이였다. 그러면서도 아들이 미웠다. 그날 밤 그녀는 잠을 이룰 수 없었다. 반쯤 정신이 나가서 그들이 아들을 빼앗아 갈 거라는 생각만 하며 누워 있었다. 아침이 됐지만 그녀는 일하러 가지 않고 누워 로살리아를 기다렸다. 마침내 간밤의 축제로 조금 지친 모습의 처녀가 나타났다. 로살리아는 들이닥친 라카치라를 대면하고 깜짝 놀랐다.

"내 아들한테 원하는 게 뭐야?"

"무슨 소리예요?"

로살리아는 짐짓 어리둥절한 표정을 끌어내며 대꾸했다.

라카치라는 몸이 벌벌 떨릴 정도로 감정이 격해져서 자제하려 손을 깨물었다.

"오, 무슨 소리인지 알잖아. 넌 나한테서 내 아들을 빼앗으려는 거야."

"내가 당신 아들을 노린다고 생각해요? 나한테서 댁의 아들 좀 데려가세요. 댁의 아들이 내가 가는 곳마다 쫓아오는데 나더러 어쩌라는 거예요."

"거짓말 마!"

"아들한테 물어보든가!"

로살리아의 목소리에 조롱하는 빛이 너무나 역력해서 라카치라는 더는 참을 수 없었다.

"쿠리토가 길에서 나를 한 시간도 넘게 기다린다고요. 아들 간수부터 하지 그래요?"

"거짓말, 거짓말! 네가 내 아들 앞에서 알짱거리는 거잖아."

"난 원하면 애인은 얼마든지 구할 수 있어요. 살인자의 아들 따위 원하지 않아요."

그 순간 라카치라는 모든 것이 뒤죽박죽되었다. 피가 거꾸로 솟고 눈앞이 하얘졌다. 그녀는 로살리아에게 달려들어 그녀의 머리를 쥐어뜯었다. 처녀는 날카로운 비명을 내지르며 방어하려 했지만, 지나가던 사람이 즉시 끼어들어 둘을 떼어 놓았다.

"쿠리토를 건드리면 죽여 버린다!"

라카치라가 소리쳤다.

"내가 겁먹을 것 같아요? 할 수 있으면 어디 아들을 말려 봐요. 이 바보 양반아, 쿠리토가 나를 사랑해서 눈이 뒤집힌 거 모르겠어요?"

"이제 그만. 저리들 가." 남자가 말했다. "대거리하지 마, 로살리아."

라카치라는 먹잇감을 앞에 두고 붙잡힌 야수처럼 흥분해 으르렁거리다가 사람을 밀치고 거리로 나가 버렸다.

하지만 같이 춤을 춘 이후 쿠리토는 로살리아에게 푹 빠져 버렸다. 이튿날 그는 온종일 그녀의 빨간 입술만 생각했다. 그녀의 초롱초롱한 눈빛은 그의 가슴을 환히 비추면서 희열로 가득 채웠다. 그는 열렬히 그녀를 갈망했다. 밤이 찾아오자 그는 마카레나 거리 쪽으로 발길을 옮겼고 어느새 그녀의 집 앞에 와 있었다. 지붕 밑 어둠 속에서 기다리다가 그녀가 안마당으로 나오는 것을 발견했다. 반대편에서는 어머니의 외로운 등불이 타고 있었다.

"로살리아."

그가 낮은 목소리로 불렀다.

그녀는 돌아보고 나서 놀라 터져 나오는 목소리를 죽였다.

"오늘은 무슨 일로 왔어요?"

그녀가 그에게 다가가며 속삭였다.

"당신을 안 보고는 배길 수가 없었어요."

"왜요?"

그녀가 미소를 지었다.

"당신을 사랑하니까요."

"오늘 아침 당신 어머니가 날 죽일 뻔한 거 알아요?"

그녀는 안달루시아인의 성정을 어쩌지 못하고 이야기를 입맛에 맞게 윤색해, 있었던 일을 들려주었다. 라카치라가 인내심을 잃고 폭발하게 만든 마지막 조롱조의 말은 뺐다.

"어머니는 성질이 불같아요." 쿠리토는 그렇게 말하고는 호기를 부렸다. "당신이 내 애인이라고 어머니에게 말할게요."

"어머니가 참 좋아하시겠네요."

로살리아는 비꼬는 투로 말했다.

"내일도 레하로 나와 줄 거죠?"

"아마도."

그녀가 대답했다.

그는 그녀의 목소리에서 긍정의 뜻을 읽고 큭큭 웃었다. 카예 시에르페스 거리를 통과해 집으로 돌아가는 그의 발걸음은 평소보다 유난히 거드럭거렸다. 이튿날 그가 다시 찾아갔을 때 그녀는 그를 기다리고 있었다. 세비야의 여느 연인들처럼 그들은 쇠창살을 사이에 두고 몇 시간씩 숨죽여 이야기를 나누었다. 쿠리토에게 쇠창살은 불필요한 장애물로 느껴지지 않았다. 그가 로살리아에게 나를 사랑하냐고 물었을 때, 그녀는 작고 사랑스러운 한숨으로 답했다. 그들은 상대의 눈에서 뜨겁게 타오르는 열정을 확인하려 애썼다. 이후 그는 매일 밤 찾아왔다.

하지만 쿠리토는 자기가 그 집을 찾아간 것을 어머니가 알고 있을까 봐 두려워 다음 일요일에 어머니를 보러 가지 않았다. 비참한 여인은 애절한 마음으로 아들을 기다렸다. 아들 앞에 무릎을 꿇고 용서를 구할 생각도 있었지만 끝내 아들이 오지 않자 아들을 증오했다. 차라리 아들이 죽어 발밑에 누워 있었으면 싶었다. 하지만 그나마 일주일을 다시 기다려야 아들을 만날 가망이 있다는 생각에 가슴이 무너졌다.

일주일이 다시 지났지만 아들은 오지 않았다. 그녀는 더 이상 견딜 수가 없었다. 고통스럽고 고통스러웠다! 애인이 아들을 사랑한다 한들 그녀만큼 사랑할 수는 없었다. 그녀는 이 모든 것이 로살리아의 소행이라고 중얼거렸다. 가슴에 분노가 차올랐다. 마침내 쿠리토는 용기를 끌어모아 어머니를 보러 왔지만, 어머니를 너무 오래 기다리게 한 것이 문제였다. 아들이 입을 맞추려 하자 그녀는 아들을 밀쳐 냈다.

"왜 이제야 왔어?"

"어머니가 문을 걸어 잠그고 열어 주지 않았잖아요. 난 어머니가 나를 보기 싫어하는 줄 알았죠!"

"단지 그것 때문이야? 다른 이유는 없고?"

"바빴어요."

그는 어깻짓을 하며 말했다.

"바빠? 너처럼 빈둥거리는 한량이? 그동안 무얼 하며 지냈니? 아무리 바빠도 로살리아를 만나러 올 시간은 있었을 텐데."

"그 여자는 왜 때렸어요?"

"내가 그 앨 때린 건 어떻게 알았어? 그 앨 만난 거야?" 라카치라는 아들에게 성큼 다가섰다. 그녀의 눈이 번뜩였다. "그 애가 날 살인자라고 했다."

"그게 뭐 어쨌다고요?"

"그게 뭐 어쨌냐고?" 그녀가 소리를 질렀다. 이제 그녀의 목소리는 안마당에서도 들렸다. "내가 살인자라면 그건 너 때문이야. 그래, 내가 페페 산티를 죽였어. 하지만 그건 그이가 널 때렸기 때문이야. 내가 칠 년 동안 감옥살이를 한 건 너를 위해서였단 말이다. 으이그, 이 바보야, 넌 그 애가 널 좋아한다고 생각하지? 그 애가 매일 밤 대문간에서 몇 시간씩 있는 줄도 모르고."

"알아요."

쿠리토는 씩 웃으며 대답했다.

라카치라는 기겁을 했다. 그녀는 어리둥절한 시선을 그에게 던지고 나서 깨달았다. 고통과 분노로 숨이 턱 막혔다. 그녀는 고통이 극심해 참을 수 없는 것처럼 가슴을 부여잡았다.

"매일 밤 레하에 왔으면서 나한테는 오지 않은 거니? 오, 잔인해라! 너를 위해 무슨 짓이든 다 했거늘. 내가 페페 산티를 사랑했다고 생각하니? 내가 그자의 주먹질을 참은 것은 너를 먹이기 위해서였어. 그자가 너를 때려서 나는 그자를 죽인 거야. 오, 하느님, 나는 오로지 너를 위해 살았어. 하지만 그 오랜 세월을 감옥에서 보내느니 너를 생각해 차라니 죽어 버릴 걸 그랬구나."

"참 나, 어머니, 말이 되는 소리를 해요. 이제 난 스무 살이에요. 무얼 기대하는 거예요? 로살리아가 아니었더라도 다른 여자가 생겼을 거예요."

"이 짐승 같은 놈. 꼴도 보기 싫다. 나가."

그녀는 그를 거칠게 문 쪽으로 밀어냈다. 쿠리토는 어깻짓을 하고 말았다.

"나도 있고 싶어 있는 거 아니에요."

그는 휭하니 안마당을 건너가 밖에서 철 대문을 쾅 닫았다. 라카치라는 작은 방 안에서 이리저리 서성였다. 시간이 천천히 흘러갔다. 그녀는 오랫동안 창가를 떠나지 않았고, 튀어 나가려는 사나운 짐승처럼 가만히 노리고 서서 밖을 지켜보았다. 레하 쪽에서 짝 하고 박수 치는 소리가 났다. 아무도 없다는 신호였다. 그녀는 씨근거리면서 앞쪽을 응시했다. 이글거리는 눈이 머리에서 튀어나올 것 같았다. 하지만 그곳에는 그 석공뿐이었다. 그녀는 더 기다렸다. 로살리아의 어머니 필라르가 들어와 자기 방을 향해 천천히 계단을 올라갔다. 고통스럽게 숨을 죽이던 라카치라는 목을 부여잡고 숨을 훅 내쉬었다. 그녀는 계속 기다렸다. 때때로 이상한 전율이 그녀의 팔다리를 타고 흘렀다.

드디어! 대문간에서 작게 손뼉 치는 소리가 나더니 위쪽에서 목소리가 외쳤다.

"누구야?"

"쉿!"

라카치라는 로살리아의 목소리를 알아챘다. 그녀는 승리감에 취해 숨을 들이켰다. 위쪽에서 문이 열리더니 로살리아가 들어와 발랄한 걸음으로 안마당을 사뿐사뿐 건너왔다. 몸짓 하나하나에 인생의 기쁨이 배어 있었다. 로살리아가 계단에 발을 올리려는 순간, 라카치라는 앞으로 튀어 나가 앞을 막았다. 그녀는 로살리아의 팔을 움켜쥐었고, 처녀는 그녀의 손을 뿌리치려 했다.

"왜 이러는 거예요?" 로살리아가 말했다. "길 비켜요."

"내 아들과 무슨 짓을 했니?"

"길 비키라고요. 아니면 소리칠 거야."

"매일 밤 레하에서 만난 게 사실이야?"

"어머니, 도와줘요! 안토니오!"

로살리아는 소리를 질렀다.

"대답해."

"진실을 원하시니 알려 드리죠. 그이가 결혼하자고 했어요. 그이는 나를 사랑하고 나는…… 나도 진심으로 그이를 사랑해요." 그녀는 움켜쥔 손을 뿌리치려 하면서 라카치라를 향해 돌아섰다. "당신이 우리를 막을 수 있을 것 같아요? 그이가 당신을 두려워한다고 생각해요? 그이는 당신을 혐오해요. 나한테 그렇게 말했어요. 당신이 감옥에서 영영 안 나왔으면 좋았겠다고."

"걔가 그렇게 말했어?"

라카치라는 한풀 꺾였다. 로살리아는 승기를 잡았다 싶어 몰아붙었다.

"그래요, 그이가 그렇게 말했어요. 다른 말도 했고요. 당신이 페페 산티를 죽였다고, 그래서 감옥에서 칠 년을 보냈다고, 당신이 죽었으면 좋겠다고 했어요."

로살리아는 표독스럽게 그 말들을 내뱉으면서 그 가련한 여인이 실제로 두들겨 맞은 양 움츠러드는 것을 보고는 앙칼진 웃음을 터뜨렸다.

"살인자의 아들을 거부하지 않고 결혼해 주는 걸 자랑으로 알 것이지 말이야."

로살리아는 라카치라를 떠밀고 계단을 뛰어올랐지만, 그 순간 악다구니에 풀이 죽었던 여인이 살아나 분노의 괴성을 내지르며 로살리아를 덮쳐서는 어깨를 붙잡아 그녀를 내리눌렀다. 로살리아는 몸을 돌려 라카치라의 얼굴을 때렸다. 라카치라는 가슴 속에서 단도를 꺼내 저주의 말을 지껄이며 처녀의 목에 칼을 꽂았다. 로살리아는 비명을 내질렀다.

"어머니, 이 여자가 날 죽여요."

그녀는 계단 아래로 굴러떨어져 돌바닥에 웅크리고 누웠다. 바닥에 작은 피 웅덩이가 고였다.

대여섯 곳의 방문들이 휙휙 열리고 비명이 터져 나왔다. 사람들이 라카치라를 붙잡으려 뛰어나왔다. 하지만 그녀가 물러나 벽에 몸을 기대며 그들을 마주하자 그녀의 포악한 표정에 질려 아무도 접근하지 못했다. 그들이 잠시 머뭇거리고 있을 때 필라르가 베란다에서 비명을 지르며 달려왔다. 순간 사람들의 관심이 흩어졌다. 라카치라는 그 틈을 타 앞으로 달려갔고, 자기 방으로 들어가 문을 잠그고 빗장까지 질렀다.

갑자기 안마당이 사람들로 가득 찼다. 필라르는 고래고래 악을 쓰면서 딸 위로 몸을 던지고는 딸에게서 떨어지지 않으려 했다. 누구는 의사를 부르러 달려가고 누구는 경찰을 부르러 갔다. 군중이 거리에서 밀려들어 그 방문을 에워쌌다. 검은 가방을 든 의사가 서둘러 들어왔다. 경찰들이 도착했을 때 사람들 여남은 명이 흥분해서 무슨 일이 있었는지 동시에 설명했다. 그들이 라카치라의 방문을 가리켰고, 경찰관들이 그 방으로 쳐들어갔다. 한바탕 소동이 있은 후 그들은 라카치라에게 수갑을 채워 그녀를 데리고 나왔다. 군중이 앞으로 달려들었지만 경찰관들은 그녀를 에워싸고 칼집으로 사람들을 때려 물리쳤다. 하지만 사람들은 그녀에게 주먹을 흔들어 대면서 욕설을 퍼부었다. 그녀는 그들을 가소롭게 쳐다보면서 같잖다는 듯 아무런 대답도 하지 않았다. 그녀의 눈은 승리감으로 반짝거렸다. 경찰관들은 그녀를 데리고 안마당을 건너가며 로살리아의 시체를 지났다.

"죽었나요?"

라카치라가 물었다.

"죽었어."

의사가 침울하게 대꾸했다.

"하느님 감사합니다!"

그녀가 말했다.

글래스고에서 온 남자

대도시에 처음 발을 들이는 사람이 운이 좋으면 심심찮게 목격하는 장면이 있다. 마차를 타고 처음 나폴리로 들어가던 셸리[1]의 이목을 사로잡았던 그런 사건들. 칼을 든 남자에게 쫓겨 가게에서 튀어나오는 아이. 남자가 아이를 붙잡아 아이의 목에 칼날을 단번에 꽂고 아이가 길바닥에 쓰러지는 광경. 셸리는 마음이 여린 사람이었다. 그는 그것을 그 지역에 국한된 일로 여기지 않았고 공포와 분노에 사로잡혔다. 당시 셸리는 칼라브리아[2] 출신의 신부와 함께 여행하던 중이었는데, 셸리가 체구가 크고 건장한 길벗에게 자신의 심정을 토로하자, 신

1) 퍼시 셸리(Percy Shelly, 1792~1822). 영국의 낭만파 시인.

2) 이탈리아 반도의 최남단 지방.

부는 껄껄대며 셸리를 놀리려 했다. 셸리는 그때처럼 누군가를 두들겨 패고 싶은 적이 없었다고 했다.

나는 그처럼 심란한 광경을 본 적은 없지만, 처음 알헤시라스[3]에 갔을 때 심상치 않은 일을 겪었다. 당시 알헤시라스는 지저분하고 방치된 곳이었다. 나는 밤늦은 시각에 도착해 부둣가의 한 여관으로 갔다. 낡기는 했지만 풍광은 좋아서 만 너머로 지브롤터[4]가 거침없이 시원하게 보였다. 보름달이 떠 있었다. 손님을 받는 곳은 1층에 있었다. 내가 방을 하나 달라고 하자 남루한 아가씨가 나를 위층으로 안내했다. 주인장은 카드놀이 중이었다. 그는 나를 보고 조금 반색하면서 아래위로 훑어보더니 불쑥 방 호수를 말하고는 무심하게 하던 게임으로 돌아갔다.

하녀가 내게 방을 보여 주었을 때, 나는 그녀에게 식사를 해야겠는데 뭐가 되느냐고 물었다.

"뭐든 되죠."

그녀가 대답했다.

나는 다양한 선택이 내포한 비현실성을 잘 알았다.

"여기서 되는 음식이 뭔가요?"

"달걀과 햄을 드시든가요."

여관의 모양새로 보아 식사가 변변찮을 거라는 건 이미 짐작한 바였다. 하녀는 나를 비좁은 방으로 안내했다. 회칠을 했

---

3) 스페인 남서부의 항구 도시.

4) 유럽 대륙의 스페인과 아프리카의 모로코 사이에 놓인 해협.

고 천장이 낮은 방이었는데 내일 식사 때 쓸 긴 탁자가 이미 놓여 있었다. 키 큰 남자 하나가 문을 등진 채 화로 위로 몸을 웅송그리고 앉아 있었다. 겨울철에도 온화한 안달루시아 지방에서 뜨거운 숯불을 채운 그 둥근 놋쇠 화로는 온기를 전달하기에 충분했다. 나는 탁자 앞에 앉아 빈약한 식사가 나오기를 기다리며, 별다른 뜻 없이 그 낯선 남자를 쳐다보았다. 그도 나를 쳐다보았지만 나와 눈이 마주치자 얼른 눈길을 돌렸다. 나는 달걀이 나오기를 기다렸다. 하녀가 그것을 내왔을 때 남자는 다시 고개를 들었다.

"첫 배 시간에 맞춰 꼭 좀 깨워 주시오."

그가 말했다.

"시, 세뇨르.(네, 선생님.)"

그의 악센트는 그의 모국어가 영어라는 것을 말해 주었고, 딱 바라진 체구와 억세고 도드라진 이목구비는 그가 북부 지방 출신임을 암시했다. 스페인에는 잉글랜드인보다 억센 스코틀랜드인이 더 흔하다. 리우틴투[5] 강가의 부유한 광산에 가도, 헤레즈[6]의 술집을 가도, 세비야나 커디스[7]에 가도, 트위드강[8] 위쪽 지방의 느긋한 말소리가 들린다. 카르모나의 올리브 숲에서도, 알헤시라스와 보바디야 사이의 철길에서도, 심지어 메리다의 외딴 코르크 숲에서도 스코틀랜드인들을 만나

---

5) 스페인 서남부의 광산 도시.
6) 셰리주로 유명한 스페인 서남부의 상업 도시.
7) 스페인 서남부 커디스만에 면한 항구 도시.
8) 스코틀랜드와 잉글랜드 북부 접경지를 흐르는 강.

게 된다.

나는 식사를 마치고 숯불 화로 쪽으로 건너갔다. 한겨울이었고 맞은편 만에서 바람이 불어왔기 때문에 뼈가 시렸다. 내가 의자를 화로 쪽으로 끌어당기자 남자가 자기 의자를 뒤로 밀었다.

"그러지 않아도 돼요." 내가 말했다. "두 사람 앉을 자리는 충분해요."

나는 시가에 불을 붙여 그에게 한 대 건넸다. 지브롤터에서 들여온 하바나산 담배는 스페인에서 누구에게나 환영받았다.

"사양하지 않겠소."

그가 손을 내밀며 말했다.

그것은 글래스고 지방의 노래하는 듯한 말소리였다. 하지만 낯선 남자는 말이 많지 않았고, 대화를 이어 가려는 나의 노력은 단답형으로 일관하는 그의 대답에 의해 번번이 좌절되었다. 우리는 묵묵히 담배만 피웠다. 그는 생각한 것보다 훨씬 덩치가 컸다. 어깨는 딱 바라졌지만 팔다리는 볼품없었다. 얼굴은 햇볕에 그을렸고 머리카락은 짧고 희끗희끗했다. 이목구비는 우락부락했다. 입, 귀, 코는 크고 묵직했고 피부는 상당히 주글주글했다. 푸른 눈은 창백했다. 그는 들쑥날쑥하고 희끗희끗한 콧수염을 끊임없이 잡아당겼다. 그의 초조한 손짓이 은근히 거슬렸다. 얼마 후 나는 나를 쳐다보는 그의 시선을 느꼈다. 그 시선이 워낙 강렬했기 때문에 왈칵 짜증이 나서 고개를 들고 그가 말하기를 기다리면, 그는 또다시 눈길을 떨구었다. 그렇게 눈을 내리까는 것도 잠시였고 얼마 못 가 다시 눈을 들었다. 그러고는 길고 숱 많은 눈썹 밑의 눈으로 나를 뜯어보았다.

"지브롤터에서 막 왔소?"

그가 불쑥 물었다.

"네."

"난 내일 갑니다, 고향으로. 하느님 감사합니다."

그가 마지막 두 마디를 어찌나 힘주어 말하는지 나는 미소를 짓지 않을 수 없었다.

"스페인이 마음에 안 드십니까?"

"오, 스페인 괜찮죠."

"여기 오래 계셨나요?"

"너무 오래. 너무 오래."

그는 숨을 크게 들이마셨다가 말을 했다. 그가 일상적인 질문에 동요하며 감정을 내비치는 바람에 나는 놀라고 말았다. 그는 벌떡 일어서서 앞뒤로 왔다 갔다 서성였다. 우리에 갇힌 야수처럼 이리저리 쿵쾅거리면서 방금 한 말을 신음 소리를 섞어 가며 때때로 되뇌었다.

"너무 오래. 너무 오래."

나는 가만히 앉아 있었다. 당황한 마음을 가다듬으려고 브라세로의 재를 들쑤셔 더 뜨거운 숯을 위로 올렸다. 나의 움직임에 내가 거기 있다는 것을 다시 깨달은 듯 그가 별안간 걸음을 멈추더니 내 앞에 우뚝 섰다. 그는 자기 의자에 다시 털썩 앉았다.

"나 별난 사람 같죠?"

그가 물었다.

"대부분의 사람들이 그렇죠."

나는 미소를 지었다.

"내가 전혀 이상해 보이지 않는단 말이오?"

그가 그 말을 하면서 몸을 앞으로 쑥 내밀었기 때문에 나는 그를 자세히 볼 수 있었다.

"아뇨."

"그렇게 보였으면 그렇다고 말했겠네요?"

"그랬겠죠."

나는 그가 왜 이러는지 영문을 알 수 없었다. 혹시 술에 취한 걸까 하는 생각도 들었다. 그는 이삼 분 동안 아무 말을 하지 않았고, 나도 침묵을 깨고 싶지 않았다.

"댁 이름이 뭡니까?"

그가 불쑥 물었다. 나는 그에게 내 이름을 말했다.

"난 로버트 모리슨이오."

"스코틀랜드인이죠?"

"글래스고. 난 이 빌어먹을 나라에서 오랫동안 있었소. 담배 있어요?"

나는 담뱃갑을 꺼냈고, 그는 파이프 담뱃대를 채운 뒤 불붙은 석탄에 담뱃불을 붙였다.

"더는 있을 수가 없어요. 너무 오래 있었거든요. 너무 오래."

그는 충동을 못 이기고 다시 벌떡 일어서서 이리저리 걸었지만, 충동을 누르고 다시 의자에 엉덩이를 붙였다. 나는 그의 얼굴을 보고 그가 애쓰고 있음을 알 수 있었다. 안절부절못하는 것은 오랜 음주 때문이리라 판단했다. 나는 음주를 따분하게 생각하는 사람인지라 일찌감치 잠자리에 들기로 했다.

"나는 올리브 숲을 관리하고 있어요." 그가 말을 이었다. "'글래스고 남스페인 올리브유 유한 주식회사'에서 일합니다."

"오, 그렇습니까."

"우리는 기름을 정제하는 공정을 새로 개발했어요. 제대로 뽑아낸 스페인 기름은 루카[9]산만큼이나 훌륭해요. 게다가 가격도 우리 것이 더 쌉니다."

그는 딱딱하고 덤덤하며 사무적인 말투로 말했다. 스코틀랜드인답게 단어를 신중하게 선택했다. 내가 보기엔 멀쩡한 사람 같았다.

"에시하는 올리브 무역의 중심지라서 우리는 그곳을 관리할 스페인 사람을 하나 두었습니다. 그런데 그자가 여러모로 돈을 빼먹더군요. 그래서 그자를 내보낼 수밖에 없었어요. 내가 원래 살던 곳은 세비야였어요. 거기가 기름을 선적하기가 더 편하거든요. 그런데 에시하의 일을 믿고 맡길 사람을 구할 수가 없어서 작년에 내가 직접 그곳으로 갔죠. 거기 알아요?"

"아뇨."

"그 도시에서 3킬로미터쯤 떨어진 곳에 우리 회사의 사유지가 있어요. 산로렌소라는 마을 바로 외곽이죠. 거기에 멋진 집이 한 채 있어요. 언덕 꼭대기에 있는데, 온통 하얀 것이 보기에 꽤나 예뻐요. 황새 두어 마리가 지붕에 앉아 있는 동떨

---

9) 품질 좋은 올리브기름으로 유명한 이탈리아 중북부 도시.

어진 그런 집입니다. 아무도 안 살기에, 마을에 사느니 거기 살면 집세를 아낄 수 있겠구나 생각했죠."

"조금 외로웠겠군요."

내가 말했다.

"그랬어요."

로버트 모리슨은 일이 분간 묵묵히 담배만 피웠다. 나는 그가 무슨 말을 하려고 저러나 궁금했다.

나는 손목시계를 보았다.

"가시게?"

그가 날카롭게 물었다.

"그건 아니고. 시간이 늦어서요."

"그게 뭐 대수요?"

"사람들을 많이 만나지 못했겠군요?"

나는 하던 이야기로 돌아갔다.

"별로. 나를 돌봐 주는 어느 영감이랑 영감의 마누라랑 같이 살았고, 가끔 마을로 내려가서 화학자 페르난데스와 그의 가게에서 만난 남자 한둘과 어울려 트레실로[10]를 했어요. 어쩌다가 사격도 하고 승마도 하고요."

"그렇게 사는 것도 나쁘지 않을 것 같은데요."

"작년 봄부터 거기서 이 년을 지냈어요. 세상에나, 5월에는 상상도 못 한 더위를 겪었죠. 그때는 아무도 손 하나 까딱할 수가 없었어요. 일꾼들은 죄다 그늘에 누워 낮잠을 잤습니다.

---

10) 셋이 하는 카드 게임.

양들은 죽어 자빠졌고 몇몇 동물들은 미쳐 버렸고요. 심지어 황소도 일을 하지 못했어요. 등을 구부리고 서서 헐떡거리기만 했죠. 작열하는 태양이 쨍쨍 내리쬐고 뙤약볕이 어찌나 눈부신지 눈알이 머리에서 튀어 나갈 것 같았죠. 땅은 쩍쩍 갈라지고 바스라지고, 농작물을 바짝바짝 말랐어요. 올리브도 말라비틀어지고요. 그냥 생지옥이었어요. 잠은 한숨도 못 자고요. 나는 숨이 조금이라도 트일까 해서 이 방에서 저 방으로 옮겨 다녔어요. 물론 창문을 모두 닫아 두고 바닥에는 물을 뿌렸죠. 그래도 아무 소용이 없더라고요. 밤도 낮만큼 뜨거웠어요. 오븐 안에 사는 줄 알았지 뭡니까.

그래서 결국은 집의 북쪽 방향에 있는 아래층 방에 침대를 들여놓았어요. 다른 계절에는 눅눅해서 쓰지 않던 방이었어요. 정 못 참겠으면 거기서 몇 시간 정도 눈을 붙이면 되겠다고 생각한 거죠. 밑져야 본전이니 말이오. 하지만 소용없더군요. 대실패였소. 이리 돌아눕고 저리 돌아누워도 침대가 너무 뜨거워서 도저히 참을 수가 없었죠. 일어나 베란다로 통하는 문을 열고 밖으로 나갔어요. 장엄한 밤이었어요. 달이 휘영청 밝아서 책도 읽을 수 있겠더군요. 그 집이 언덕 꼭대기에 있다고 했죠? 나는 난간에 기대어 올리브 나무들을 바라보았어요. 바다 같더라고요. 그래서 그랬는지 고향 생각이 났어요. 전나무 숲에 부는 시원한 바람과 글래스고 거리의 소음. 믿기지 않겠지만 그곳의 냄새가 느껴졌어요. 바다 냄새도. 후우, 한 시간만 그곳의 공기를 마실 수만 있다면 동전 한 닢까지 탈탈 털어 내어줄 생각이었지요. 글래스고는 날씨가 나쁘다고들 하는데, 그 말 믿지 마시오. 나는 그 비, 그 잿빛 하늘, 그 누런 바다, 그 파도가 좋아요. 그날은 내가 스페인의 올리브 나무 바다 안에 있다는 걸 깜빡 잊고 입을 열어 그 해무를 들이마시듯 숨을 한껏 들이마셨죠.

그런데 갑자기 어떤 소리가 들렸어요. 남자의 목소리. 크지 않은, 낮은 음성이었지요. 정적을 뚫고 스멀스멀 기어드는 그것은 마치…… 그 느낌을 뭐라 표현할 길이 없군요. 나는 깜짝 놀랐어요. 그 시각에 올리브밭으로 내려갈 사람이 누가 있을지 짐작이 되지 않았죠. 자정이 지난 시각이었으니 말이오. 누군가의 웃음소리였어요. 이상한 웃음소리. 굳이 말하자면 킥킥거리는 소리랄까. 그 소리가 언덕 위로 올라오는 것 같더란 말이죠, 드문드문."

모리슨은 정체불명의 느낌을 표현하려고 쓴 단어에 내가 어떤 반응을 보이는지 확인하려는 듯 나를 쳐다보았다.

"뭐랄까, 뭔가를 갑자기 홱 내던지는 소리랄까. 양동이에서 돌멩이들을 쏘는 소리 같기도 하고. 나는 몸을 내밀고 쳐다봤어요. 보름달이 거의 대낮처럼 환한데도 빌어먹을 뭐가 보여야 말이죠. 그 소리는 멈췄지만 누가 움직일지도 몰라 나는 소리가 난 방향을 계속 살폈어요. 얼마 후 그 소리가 다시 시작됐는데 이번엔 더 크더란 말이죠. 이제는 킥킥거리는 소리가 아니라 배를 잡고 웃어 대는 소리였어요. 그것이 밤하늘 속으로 쩌렁쩌렁 울려 퍼졌지요. 하인들이 깨고도 남을 만한 소리였어요. 누가 술에 취해 소란을 피우는 소리 같았어요."

"그곳에 누가 있었는데요?"

내가 외쳤다.

"내가 대답할 수 있는 건 그것이 요란한 웃음소리였다는 것뿐입니다. 솔직히 화가 나더군요. 내려가서 이게 무슨 일인지 알아볼 생각도 어느 정도 있었어요. 술 취한 돼지가 한밤중에 내 집에서 소란을 떨게 놔둘 생각은 없었으니까요. 그때 느닷없이 고함 소리가 터져 나온 겁니다. 세상에, 얼마나 놀랐는지. 곧이어 울음소리가 났어요. 웃을 때는 굵은 저음이었는데, 울음소리는 멱을 따이는 돼지처럼 날카롭더란 말이죠."

"아이고, 세상에."

내가 외쳤다.

"나는 난간 너머로 뛰어내려 소리가 나는 쪽으로 달려갔어요. 누군가 살해당하는 게 아닌가 하는 생각이 들었죠. 잠잠하던 중 날카로운 비명 소리가 터졌어요. 그 후에는 흐느끼고 신음하는 소리가 났고요. 무슨 소리 같았냐면, 누군가 숨이 꼴딱꼴딱 넘어가는 소리랄까요. 그렇게 긴 신음 소리가 나고는 잠잠해졌어요. 정적. 이리저리 뛰어다녔는데 아무도 없는 겁니다. 할 수 없이 언덕 위로 다시 올라와 내 방으로 돌아갔죠.

그날 밤 내가 잠을 얼마나 푹 잤을지 짐작이 갈 겁니다. 날이 밝자마자 나는 소리가 난 방향으로 창밖을 내다보고는 깜짝 놀랐어요. 올리브밭 사이로 계곡이 하나 있는데, 거기에 작고 하얀 집 한 채가 떡하니 보이는 겁니다. 그쪽 땅은 우리 소유가 아니라 한 번도 가 본 적이 없었어요. 그쪽으로 간 적이 없어서 그 집을 알아채지 못했던 거예요. 거기 사는 호세에게 물었더니, 호세 말이 그 집에 어느 미친 사람이 남자 형제와 하인을 데리고 산 적이 있다고 하더군요."

"오, 그것 때문이었군요?" 내가 말했다. "좋은 이웃이라고 할 수는 없네요."

스코틀랜드인이 재빨리 몸을 굽혀 내 손목을 잡았다. 그가 얼굴을 내 얼굴 앞에 쑥 디밀었다. 겁에 질려 부릅뜬 눈이 머리에서 튀어나올 것 같았다.

"그 광인은 이십 년 전에 죽었어요."

그가 속삭였다.

그는 내 손목을 놓고 몸을 의자에 기대 숨을 몰아쉬었다.

"나는 그 집으로 내려가서 주변을 돌아봤어요. 창문은 모조리 빗장과 덧창이 채워져 있고 문도 잠겨 있었어요. 문을 두드려 보고, 문고리를 흔들어도 보고, 초인종도 눌렀죠. 딸랑거리는 초인종 소리는 나는데 아무도 나오지 않았어요. 이층집이었어요. 올려다보니 덧창이 단단히 채워져 있었고 누가 사는 기색은 전혀 없더란 말이죠."

"그 집의 상태가 어떻던가요?"

내가 물었다.

"오, 죄다 썩었어요. 벽의 회칠은 모두 벗겨지고, 문과 덧창에도 페인트가 남아 있지 않았어요. 지붕의 기와도 몇 장 바닥에 떨어져 있었고요. 강풍에 떨어져 나온 것 같았어요."

"이상한 일이군요."

내가 말했다.

"나는 친구인 화학자 페르난데스를 찾아갔지만, 그도 호세와 같은 이야기를 하더군요. 그 광인에 대해 물었더니 페르난데스는 아무도 그 광인을 본 적이 없다고 했어요. 평상시에는 널부러져 있다가 가끔씩 거센 광기가 도졌고, 그럴 때면 그자가 뱃가죽이 찢어져라 웃어 대다가 울음을 터뜨리는 소리가 멀리까지 들렸다는 겁니다. 그래서 사람들이 겁을 먹었다고요. 그러다가 발작 중에 사망했고 그를 돌보던 사람들도 곧 그 곳을 떠났다고 했어요. 이후 그 집에서 살려는 사람은 아무도 없었고요.

나는 페르난데스에게 내가 무슨 소리를 들었다는 얘기는 하지 않았어요. 비웃음만 살 게 뻔했으니까. 그날 밤에 잠을 안 자고 시계를 확인했어요. 하지만 아무 일도 없었어요. 아무 소리도 들리지 않았죠. 새벽까지 기다리다가 잠자리에 들었어요."

"이후 그 소리가 또 들리지 않던가요?"

"아뇨, 한 달 동안은. 가뭄이 계속됐고 나는 계속 뒤편의 헛간에서 잤어요. 어느 날 밤 금세 잠이 들었는데 어떤 느낌이 들었어요. 정확히 어떻게 설명해야 할지 모르겠지만, 누군가가 나를 쿡쿡 찌르면서 경고를 하는 듯한 이상한 느낌이었어요. 화들짝 놀라 잠에서 깼죠. 나는 내 침대에 누워 있었는데 예전과 비슷한 소리가 들렸어요. 길고 낮게 가르릉거리는, 사내가 케케묵은 농담을 던지는 듯한 소리. 그것은 계곡 아래쪽에서 올라왔고 갈수록 커졌어요. 아주 그악스러운 웃음소리였어요. 나는 침대를 박차고 일어나 창가로 갔어요. 다리가 덜덜 떨리더군요. 거기 서서 밤하늘에 쩌렁쩌렁 메아리치는 웃음소리를 듣고 있으려니 아주 죽을 맛이었어요. 그러다가 잠시 소리가 멈추고 나서 고통스러운 비명 소리가 터지고 나서 으스스하게 흐느끼는 소리가 났어요. 인간의 소리가 아니었어요. 누가 들었다면 고통받는 짐승의 소리라고 생각했을 겁니다. 솔직히 말하면 난 무서워서 그대로 굳어 버렸어요. 움직이려 해도 움직이지 못했을 거예요. 얼마 후 그 소리가 멈췄는데, 별안간 끊긴 것이 아니라 조금씩 조금씩 흐려졌어요. 나는 귀를 바짝 세웠지만 아무 소리도 들리지 않았어요. 그래서 살그머니 침대로 돌아와 얼굴을 숨겼죠.

그 광인의 발작이 간헐적이었다는 페르난데스의 말이 기억났어요. 발작이 없을 땐 조용했었다고, 정신이 없었다고, 페르난데스는 말했었어요. 혹시 광란 발작이 규칙적으로 일어난 게 아닐까 하는 생각이 들더군요. 그래서 내가 들었던 두 번의 발작 사이에 기간이 얼마나 있었는지 따져 보았죠. 이십팔 일. 사실들을 꿰맞추는 데 오래 걸리지 않았어요. 보름달이 뜰 때마다 그자가 발작을 하는 게 분명했어요. 나는 소심한 남자가 아니라 원인을 알아내기로 결심하고 달력에서 다음번 보름달이 뜨는 날을 확인했어요. 그날 밤 나는 잠자리에 들지 않았어요. 권총을 청소하고 장전했죠. 등불을 준비하고 내 집 난간에 앉아 기다렸어요. 아주 차분하게요. 사실대로 말하자면, 오히려 뿌듯하기까지 했어요. 전혀 겁나지 않았거든요. 바람이 조금 불어서 지붕 쪽에서 쌩쌩하는 바람 소리가 들렸어요. 바람에 올리브 나무의 잎들이 살랑거리는 소리는 파도가 해변의 조약돌에 철썩이는 소리 같았어요. 창백한 달빛이 집의 텅 빈 흰 벽에 환히 드리웠죠. 마음이 아주 설레더군요.

마침내 작은 소리가 들렸어요. 내가 아는 소리 말입니다. 하마터면 웃음을 터뜨릴 뻔했어요. 내 생각이 맞았던 겁니다. 보름달이 뜨자 발작이 시계처럼 정확히 일어났던 거예요. 그것으로 충분했어요. 나는 담 너머로 몸을 던져 올리브밭으로 뛰어내린 후 그 집으로 곧장 달려갔어요. 가까이 다가갈수록 킥킥거리는 소리가 커졌어요. 나는 그 집에 도착해 주변을 둘러보았어요. 어디에도 불빛은 없었습니다. 문에다 귀를 대고 귀를 기울였죠. 그 광인이 뱃가죽이 찢어져라 웃어 대는 소리가 들리더군요. 나는 문을 쾅쾅 두드리고 초인종을 당겼어요. 그자는 그 소리마저 재밌는지 요란하게 웃음을 터뜨렸어요. 나는 더 크게 문을 쾅쾅 두드렸죠. 내가 문을 두드릴수록 그자는 더 요란하게 웃어 댔습니다. 그래서 나는 목청껏 소리를 질렀어요.

'이 빌어먹을 문 열어, 확 부숴 버리기 전에.'

나는 뒤로 물러나 문의 걸쇠를 힘껏 걷어찼어요. 그리고 체중을 실어 몸으로 그 문을 들이받았단 말입니다. 문이 와지끈금이 가데요. 힘을 모아 문에 힘껏 부딪치자 그 빌어먹을 것이 부서지며 열리더군요.

나는 주머니에서 권총을 꺼내 들고 다른 손에는 등불을 들었어요. 문이 열려 있어서 그 웃음소리가 더 크게 들리더군요. 안으로 들어갔는데 악취 때문에 쓰러질 뻔했지 뭐요. 이십 년간 창문을 한 번도 열지 않았다고 생각해 봐요. 죽은 자들도 벌떡 일어날 법한 소리가 들렸지만, 그것이 어디서 들리는지 잠시 감을 못 잡겠더라고요. 벽들이 그 소리를 이리저리 반사하는 것 같았어요. 옆쪽의 문을 밀어 열고 방 안으로 들어갔어요. 텅 빈 방이었고 온통 흰색에 가구라고는 막대기 하나도 없었어요. 소리는 더 커졌고, 나는 그 소리를 따라갔어요. 다른 방으로 들어갔지만 아무것도 없었어요. 어떤 문을 열었더니 위로 난 계단이 있더군요. 내 머리 바로 위에서 그 광인이 웃고 있었던 겁니다. 나는 위험할까 봐 조심조심 위로 올라갔어요. 계단 꼭대기가 복도로 연결됐어요. 등불로 앞을 비추면서 복도를 나아가니 끝에 방이 하나 나왔어요. 걸음을 멈추었죠. 그자가 거기 있었어요. 나와 그 소리를 가르는 것은 얇은 문 하나뿐이었죠.

끔찍한 소리였어요. 온몸에 소름이 돋았고 몸이 떨려서 욕이 나오더군요. 인간의 소리가 전혀 아니었소. 하마터면 그대로 꽁무니를 빼고 달아날 뻔했지 뭐요. 이를 악물고 버텼어요. 하지만 도저히 문고리를 돌릴 용기가 안 납디다. 그때 웃음소리가 뚝 끊기지 뭡니까. 흔히들 말하듯 칼같이 뚝 끊긴 거예요. 그리고 고통스럽게 신음하는 소리가 들렸어요. 이제까지 들어 본 적 없는 소리였는데, 너무 낮은 소리라 내 집까지는 들리지 않았던 겁니다. 그리고 기겁하는 소리가 났어요.

'으악!' 그 남자가 스페인어로 말하는 소리가 들렸소. '날 죽일 셈이오. 저리 치워요. 오, 하느님, 사람 살려!'

그자가 비명을 질러 댔어요. 짐승 같은 자들이 그자를 고문하고 있었던 겁니다. 나는 문을 열어젖히고 안으로 뛰어들었어요. 돌풍이 불어와 덧창이 휙 열리면서 내 등불이 무색할 만큼 찬란한 달빛이 비쳐 들었지요. 지금 당신이 바로 옆에서 하는 말처럼 그 가련한 사내의 신음 소리가 또렷이 들리더군요. 끔찍한 소리, 끙끙거리고 흐느끼는 소리, 겁에 질려 헐떡거리는 소리였어요. 그런 걸 누가 버티겠습니까. 그자는 숨이 넘어가기 직전이었어요. 나는 그가 간신히 내뱉는 토막난 울음소리를 분명히 들었단 말이오. 그런데 그 방은 텅 비어 있었어요."

로버트 모리슨은 다시 의자로 몸을 축 늘어뜨렸다. 그 거대하고 다부진 사내는 화실 안의 인체 모형 같은 묘한 인상을 주었다. 밀면 바닥으로 구겨져 쓰러질 것만 같았다.

"그래서요?"

나는 물었다.

그는 주머니에서 다소 지저분한 손수건을 꺼내 이마를 닦았다.

"날이 덥든 안 덥든 그 북쪽 방에서는 잠을 자기가 싫어서 내 방으로 옮겼어요. 그리고 정확히 사 주 후 새벽 2시경에 그 광인이 킥킥거리는 소리에 잠에서 깼어요. 마치 바로 옆에서 들리는 것 같았어요. 솔직히 그때는 겁이 나 죽겠더군요. 그래서 그 광인이 다시 발작할 때가 되었을 때, 그러니까 다음 번 보름달이 뜰 무렵에 페르난데스를 데려와 밤을 같이 보냈습니다. 그에게는 아무 말도 하지 않았어요. 그를 붙들고 계속 카드 게임을 하는데 새벽 2시에 그 소리가 다시 들렸어요. 그에게 무슨 소리 안 들렸냐고 물으니, 그가 '아니.' 하고 답하더군요. '누가 웃고 있잖아.' 하고 말하니, '취했구먼, 이 양반.' 하면서 웃기 시작하는 겁니다. 참을 수가 없어서 '닥쳐, 이 바보야.' 하고 한마디 해 줬죠. 웃음소리는 점점 더 커졌고 나는 비명을 질렀어요. 그 소리를 막아 보려 손으로 귀를 틀어막았지만, 빌어먹을, 아무 소용이 없지 뭡니까. 그 소리, 그 고통에 찬 비명 소리가 계속 들렸어요. 페르난데스는 내가 미쳤다고 생각하면서도 내 손에 죽을까 봐 차마 그 말은 못 하더군요. 그저 그만 자러 가겠다고만 했는데 이튿날 아침에 보니 어느새 가고 없더라고요. 그의 침대에는 잠을 잔 흔적이 없었어요. 그 자는 나를 두고 자리를 뜬 후 내내 나를 피했어요.

이후 나는 에시하에는 머물 수가 없어서 관리인을 하나 구해 놓고 세비야로 돌아왔어요. 일단 한숨은 돌렸지만 때가 다가오자 슬슬 불안해지더란 말입니다. 물론 바보처럼 굴지 말자고 다짐했죠. 하지만 망할 놈의 내 마음이 어디 뜻대로 돼야 말이죠. 그 소리가 나를 따라왔을까 봐 겁이 났죠. 세비야에서도 그 소리가 들린다면 평생 그 소리를 듣고 살아야 하는 거니까요. 나도 용기라면 웬만큼 있는 사내인데, 빌어먹을, 모든 일에는 한계라는 것이 있어요. 인간이 그런 걸 어찌 견딜 수 있겠소. 까딱하면 그대로 정신을 놓아 버릴 것 같았어요. 실제로 어찌나 애가 타는지 술을 마시기 시작했고, 남은 날들을 세면서 누워 있곤 했죠. 그리고 결국은 그것이 찾아오리라는 걸 직감했죠. 그리고 그것이 찾아왔어요. 에시하에서 100킬로미터 떨어진 세비야에서 그 소리를 들은 겁니다."

나는 말문이 막혀서 잠시 침묵을 지켰다.

"마지막으로 그 소리를 들은 것이 언제죠?"

내가 물었다.

"사 주 전이오."

나는 얼른 고개를 들었다. 그리고 깜짝 놀랐다.

"그 말은 무슨 뜻이죠? 설마 오늘 밤이 보름이란 말입니까?"

그는 내게 음울하고 화가 난 표정을 짓더니 뭐라 말을 하려 입을 열었다가 말이 안 나온다는 듯 입을 다물었다. 마치 성대가 마비가 된 사람 같았다. 그러다가 목이 쉰 듯한 이상한 목소리로 겨우 대답했다.

"네, 맞아요."

그는 나를 물끄러미 쳐다보았다. 그의 연파란색 눈동자가 붉게 번뜩이는 듯했다. 나는 사람의 얼굴이 그렇게 공포에 질린 것은 본 적이 없었다. 그는 벌떡 일어서서 방을 나가 문을 쾅 닫았다.

그날 밤 나는 잠이 오지 않아 밤새 잠을 설쳤다.

파티에 가기 전

스키너 부인은 뭐든 일찌감치 서두르는 편이었다. 벌써부터 차려입은 검은색 실크 드레스는 그녀의 나이에도 걸맞았고 죽은 사위를 위한 상복으로도 적합했다. 그녀는 챙이 좁은 모자를 써 보았다. 이 모자를 써도 될지 조금 망설여졌다. 파티에서 만날 친구들 중 몇 명은 이 모자를 장식한 왜가리 깃털을 보고 신랄한 반감을 보일 것이 분명했다. 깃털을 얻으려고 짝짓기 철에 그 하얗고 아름다운 새를 죽인다니 가슴이 아프기는 하지만 이처럼 예쁘고 멋진 깃털을 마다하는 것은 어리석은 짓이었다. 게다가 이걸 쓰지 않으면 사위가 얼마나 속상해하겠는가. 이 깃털은 생전에 사위가 머나먼 보르네오에서 여기까지 가져온 것이었다. 사위는 그녀가 좋아할 것으로 생각해 가져온 것이었는데, 캐슬린은 이 깃털에 불편한 기색을 드러냈었다. 일이 이렇게 됐으니 이제는 그때의 언행을 후회하겠지만, 캐슬린은 원래 해럴드를 좋아하지 않았다. 스키너 부인은 화장대 앞에 서서 그 모자를 머리에 얹었다. 어차피 가진 모자 중에 멋진 것은 이것뿐이었다. 그녀는 커다란 흑옥 브로치를 모자에 핀으로 고정했다. 누구든 그녀에게 새 이야기를 꺼내면 뭐라고 대답할지 생각해 둔 말이 있었다.

이렇게 말할 생각이었다.

"끔찍한 일이긴 하죠. 나야 이런 걸 살 생각은 꿈에도 하지 않았어요. 그런데 우리 사위가 저번에 휴가차 귀국했을 때 가져왔지 뭐예요."

이 정도면 내가 이것을 소유하고 사용하는 이유가 설명되겠지. 모두들 대단히 상냥한 사람들이었다. 스키너 부인은 서랍에서 깨끗한 손수건을 꺼내 오드콜로뉴를 살짝 뿌렸다. 그녀는 여간해서는 향수를 쓰지 않았다. 향수는 너무 과하다는 생각을 늘 하고 있었지만, 이 오드콜로뉴는 너무나 상큼했다. 준비가 거의 끝나 갔다. 그녀의 시선은 거울 뒤편의 창문 밖으로 흘러갔다. 헤이우드 목사의 이번 가든파티는 화창한 날에 열렸다. 날씨가 따뜻하고 하늘은 파랬다. 나무들은 아직 봄의 싱그러운 초록빛을 띠고 있었다. 스키너 부인은 집 뒤편의 기다란 정원에서 부지런히 갈퀴질을 하며 자기 화단을 가꾸는 어린 손녀를 보고 미소를 지었다. 조앤이 저리 안색이 창백하지만 않아도 좋으련만. 손녀딸을 열대 지방에 너무 오래 둔 것은 실수였다. 조앤은 나이에 비해 너무 얌전했고 뛰어다니지도 않았다. 스스로 만든 게임을 하면서 조용히 놀고 자기 화단에 물을 주었다. 스키너 부인은 드레스 앞부분을 매만진 뒤 장갑을 집어 들고 아래층으로 내려갔다.

캐슬린은 창가 책상에 앉아 목록을 만드느라 바빴다. 레이디스 골프 클럽의 명예로운 총무였기 때문이다. 시합이 열리면 이것저것 할 일이 많았다. 하지만 캐슬린 역시 파티에 갈 준비가 되어 있었다.

"결국 그 점퍼[1]를 입었구나."

스키너 부인이 말했다.

점심을 먹을 때 캐슬린이 점퍼를 입어야 할지 아니면 검은색 시폰 드레스를 입어야 할지 토론이 있었다. 점퍼는 검은색과 흰색이 섞인 옷이었다. 캐슬린은 그것이 상당히 세련되지만 상복으로 보기는 어렵다고 생각했지만, 밀리센트는 그것을 입는 데 찬성했다.

"온 가족이 장례식에서 막 돌아온 것처럼 입을 이유는 없죠." 밀리센트가 말했다. "해럴드는 팔 개월 전에 죽었어요."

스키너 부인은 그 말이 어쩐지 거슬렸다. 밀리센트는 보르네오에서 돌아온 후 부쩍 이상하게 굴었다.

"설마 상복을 벗고 가려는 거니?"

스키너 부인이 물었다.

밀리센트는 그 질문에 확실하게 대답하지 않았다.

"사람들이 매일 상복을 입지는 않잖아요." 밀리센트는 그렇게 말하고 잠시 입을 다물었다가 다시 말을 시작했다. 스키너

---

1) 블라우스 위에 겹쳐 입는 소매 없는 드레스.

부인은 또 저 말투네, 하고 생각했다. 캐슬린도 살피는 눈초리로 자기 언니를 쳐다보는 것으로 보아 같은 생각인 것 같았다.
"해럴드도 내가 그이를 위해 평생 상복을 입는 건 바라지 않을 거예요."

"나는 밀리센트에게 할 말이 있어서 미리 옷을 입었어요."

캐슬린은 그 말로 어머니의 말에 대꾸했다.

"그래?"

캐슬린은 할 말이 무엇인지는 말하지 않았다. 그저 목록을 옆으로 밀어 놓고 미간을 찌푸린 얼굴로 어느 숙녀의 편지를 두 번째로 읽었다. 위원회로부터 핸디캡 지수를 24점에서 18점으로 깎였다고 불평하는 편지였다. 숙녀들의 골프 클럽에서 명예로운 총무직을 수행하려면 요령이 많이 필요했다. 스키너 부인은 장갑을 끼기 시작했다. 차광막이 있어 실내는 시원하고 어둑했다. 그녀는 알록달록하고 거대한 코뿔새 나무 조각상을 쳐다보았다. 해럴드가 보관해 달라고 그녀에게 맡긴 것이었다. 그녀는 그것이 조금 기괴하고 야만적으로 보였지만 해럴드가 아끼던 것이었다. 종교적으로 상당한 가치가 있었고 헤이우드 목사가 보고 크게 놀라기도 한 물건이었다. 소파 위 벽에는 스키너 부인이 명칭을 잊어버린 말레이 무기들이 걸려 있었고, 여기저기 놓인 탁자 위에도 해럴드가 여러 번에 걸쳐 보내 준 은 제품과 황동 제품이 놓여 있었다. 해럴드를 좋아했던 스키너 부인의 눈길이 해럴드의 사진을 찾아 그것이 세워져 있는 피아노 위로 자연스레 흘러갔다. 피아노 위에는 사위 사진 말고도 두 딸과 손녀딸, 자매, 조카 아들의 사진이 놓여 있었다.

"이런, 캐슬린, 해럴드 사진 어디 갔니?"

그녀가 물었다.

캐슬린은 그쪽을 돌아보았다. 거기 있던 사진이 없었다.

"누가 치웠나 본데요."

캐슬린이 말했다.

스키너 부인은 놀라기도 하고 궁금하기도 해서 일어서서 피아노 쪽으로 건너갔다. 사진들은 다시 배치되어 있었고 빈 자리도 없었다.

"밀리센트가 자기 방에 가져다 뒀나 보구나."

스키너 부인이 말했다.

"왜 못 봤을까. 그러고 보니 밀리센트가 해럴드의 사진을 몇 개 더 가지고 있었는데 그것들도 모두 치워 버렸네요."

스키너 부인은 그렇지 않아도 딸의 방에 해럴드의 사진이 없는 것을 알고 정말 이상한 일이라고 생각하던 참이었다. 스키너 부인이 한번 그 이야기를 꺼냈지만 밀리센트는 아무런 대꾸를 하지 않았다. 딸은 보르네오에서 돌아온 이후 이상하게 말수가 없었고 스키너 부인이 안쓰럽게 느낄 만한 모습도 보이지 않았다. 해럴드를 잃은 이야기를 하고 싶지 않은 듯 입을 다물었다. 슬픔은 사람들을 각기 다른 방향으로 몰아갔다. 남편은 딸을 그냥 내버려 두라고 말했다. 남편 생각을 하자 그녀의 생각은 그들이 가려는 파티로 흘러갔다.

"아버지가 실크해트를 써야 하는지 물으시더라." 그녀가 말했다. "그래서 쓰는 편이 안전할 거라고 말했지."

이번 모임은 꽤나 성대한 파티가 될 것 같았다. 당의[2]를 입힌 딸기 바닐라 케이크는 버디네 제과점에 가져올 테지만, 아이스커피는 헤이우드 부부가 집에서 만들어 대접한다고 했다. 모두가 그곳에 모일 것 같았다. 그들은 지금 목사의 집에 묵고 있는 목사의 대학 동창, 홍콩의 주교를 만나 보라는 권유를 받았다. 주교는 중국에서 벌이는 선교 사업에 대해 연설할 예정이었다. 딸이 동양에서 팔 년을 살았고 사위가 보르네오 지역의 공사(公使)였던 스키너 부인은 기대감으로 가슴이 설레었다. 식민지와 그쪽 방면으로 아무 관련이 없는 사람들보다는 의미가 더 클 수밖에 없었다.

"잉글랜드만 아는 사람들이 과연 잉글랜드를 제대로 알까?"

스키너 부인이 말했다.

그때 그가 방 안으로 들어섰다. 그는 아버지가 그랬듯 변호사였고, 런던의 인 필즈에 사무실을 가지고 있었다. 매일 아침 런던으로 올라갔다가 저녁에 내려왔다. 캐넌이 하필 토요일을 파티 날로 잡는 바람에 그는 꼼짝없이 아내와 딸들을 데리고 캐넌의 가든파티에 참석할 수밖에 없었다. 연미복과 잿빛 바지 차림의 스키너 씨는 상당히 멋져 보였다. 한껏 멋을 내지는 않았지만 말쑥한 차림새였다. 그는 점잖은 가사 전문 사무 변호사처럼 보였고 실제로도 그것이 직업이었다. 그의 회사는 정당한 사건이 아니면 절대 맡지 않았다. 불미스러운 일로 찾아오는 의뢰인이 있으면 스키너 씨는 심각한 표정을 짓고 말

---

2) 겉에 씌우는 설탕 층.

했다.

"이건 우리가 맡을 만한 사건이 아닌 것 같습니다. 다른 데로 가 보시죠."

그러고는 메모지를 앞으로 끌어당겨 이름과 주소를 적고, 그 종이를 쭉 찢어 고객에게 건넸다.

"저라면 이 사람들을 찾아가 보겠습니다. 제 이름을 대시면 알아서 정성껏 모실 겁니다."

스키너 씨는 깨끗이 면도한 얼굴에 완전한 대머리였다. 꽉 다문 입술은 창백하고 얇았지만 푸른 눈은 수줍었다. 뺨에 혈색이 돌지 않았고 주름이 많은 얼굴이었다.

"새 바지를 입었군요."

스키너 부인이 말했다.

"기회다 싶어서." 그가 대답했다. "재킷에 꽃을 꽂아야 하나 생각하고 있었소."

"그건 별로예요, 아버지." 캐슬린이 말했다. "그리 멋이 나지 않을 거예요."

"꽃을 꽂은 사람들이 많을 거야."

스키너 부인이 말했다.

"사원 같은 사람들만요." 캐슬린이 말했다. "헤이우드 부부가 모두에게 그러지 말라고 부탁했어요. 게다가 우리는 상중이기도 하고요."

"주교의 연설 후에 모금 시간이 있을까 모르겠군."

스키너 씨가 말했다.

"그렇지는 않을 거예요."

스키너 부인이 말했다.

"제 생각에 그런 건 허례 같아요."

캐슬린이 동의했다.

"안전한 방식이기도 하지." 스키너 씨가 말했다. "내가 대표로 기부하면 돼. 10실링이면 충분할지, 아니면 1파운드는 해야 할지 잘 모르겠군."

"하실 거면 1파운드는 하셔야죠, 아버지."

캐슬린이 말했다.

"현장에서 결정해야겠어. 다른 사람보다 적게 내고 싶진 않지만 필요 이상으로 무리할 이유도 없지."

캐슬린은 서류들을 책상 서랍에 넣어 치우고 일어섰다. 그녀는 손목시계를 확인했다.

"밀리센트는 아직이니?"

스키너 부인이 물었다.

"시간은 충분해요. 우리가 초대받은 시간은 4시니까, 4시 30분보다 일찍 가서는 안 돼요. 데이비스에게 4시 15분에 차를 대기시키라고 말해 뒀어요."

대개는 캐슬린이 직접 자동차를 몰았지만, 큰 행사가 있을 때는 정원사 데이비스에게 운전사 복장을 입히고 운전을 하게 했다. 자동차를 타고 등장하는 것이 더 멋지게 보이겠지만, 캐슬린은 새 점퍼를 입고 직접 운전하고 싶지가 않았다. 어머니가 장갑에 손가락을 하나씩 끼워 넣자 캐슬린은 자기도 장갑을 껴야 하나 생각했다. 그녀는 장갑에 세탁 세제 냄새가 남아 있는지 맡아 보았다. 냄새가 아주 희미해서 아무도 모를 것 같았다.

마침내 문이 열리고 밀리센트가 안으로 들어왔다. 그녀는 상복을 입고 있었다. 스키너 부인의 눈에는 그 모습이 늘 어색해 보였지만 밀리센트는 일 년 동안 상복을 입어야 했다. 애석한 것은 상복이 밀리센트에게 어울리지 않는다는 것이었다. 간혹 상복이 어울리는 사람들이 있었다. 스키너 부인은 밀리센트의 보닛을 써 보고는 흰 띠가 둘러지고 긴 베일이 달린 모자가 나한테 참 잘 어울리는구나 생각한 적이 있었다. 물론 사랑하는 앨프리드가 먼저 죽기를 바라지는 않았지만, 만약 그가 먼저 죽는다면 절대 상복을 입고 외출하지는 않을 생각이었다. 빅토리아 여왕은 절대 그런 적이 없었다. 밀리센트는 경우가 달랐다. 밀리센트는 훨씬 젊었다. 이제 겨우 서른여섯 살이었다. 서른여섯에 과부가 되다니 대단히 슬픈 일이었다. 게다가 재혼할 가능성도 거의 없었다. 이제 서른다섯이 된 캐슬린도 결혼하기는 틀린 것 같았다. 지난번 밀리센트와 해럴드가 여기를 방문했을 때 스키너 부인은 그들에게 캐슬린을 데리고 있으면 어떻겠느냐고 제안했었다. 해럴드는 그럴 의사가 있는 것 같았지만 밀리센트는 반대했다. 스키너 부인은 대체 왜 안 된다는 것인지 이해할 수 없었다. 캐슬린에게 기회를 주는 일 아닌가. 물론 그들은 딸을 떠나보내고 싶지 않았지만 여자는 결혼을 해야 했다. 그런데 본토에 있는, 그들이 아는 남자들은 모두 결혼한 유부남들이었다. 밀리센트는 그곳 날씨 탓을 했다. 그녀가 안색이 좋지 않은 것은 사실이었다. 과거에는 두 자매 중 밀리센트가 캐슬린보다 더 예쁜 쪽이지만 이제는 그렇게 생각할 사람이 아무도 없었다. 캐슬린은 나이가 들수록 점점 날씬해졌다. 물론 너무 말랐다고 말하는 사람들도 있었지만, 머리를 짧게 자르고, 비가 오나 눈이 오나 골프를 쳐서 볼이 발그레한 것이 스키너 부인이 보기에 꽤나 예뻤다. 반면 가엾은 밀리센트는 누구도 예쁘다고 말할 수 없는 지경이었다. 몸매가 완전히 망가져 버린 것이다. 원래 키가 크지 않았기 때문에 살이 찌니 옆으로 퍼져 보였다. 아주 뚱뚱했다. 스키너 부인은 열대 지방의 열기 때문에 운동을 못 한 탓이겠거니 생각했다. 밀리센트의 낯빛은 누르께하고 탁했다. 한때 가장 큰 자랑거리였던 푸른 눈도 탁하고 창백했다.

'저 목을 어떻게 해야지 원.' 스키너 부인이 생각했다. '턱살이 흉하게 늘어졌네.'

스키너 부인은 남편에게 이런 이야기를 한두 번 꺼낸 적이 있었다. 남편은 밀리센트가 더 이상 젊지 않은 나이라고 했다. 아무리 그래도 그렇지, 저렇게 마냥 퍼져서야 되겠는가. 스키너 부인은 딸을 붙잡고 진지하게 이야기를 해 보기로 했다. 물론 딸이 상중임을 고려해 일 년이 될 때까지 기다려야 했다. 그녀는 딸과 이야기할 생각을 하니 조금 초조해져서 대화를 나중으로 미룰 이유가 있는 게 다행스럽게 생각되기도 했다. 밀리센트가 변한 것은 사실이었다. 그녀는 딸의 얼굴에 어린 시무룩한 표정을 보면 마음이 편하지 않았다. 스키너 부인은 머릿속에 떠오르는 대로 말하는 편이었지만, 밀리센트는 상대가 말을 하는데도(무슨 말이든 해야 해서 말을 하면) 대꾸하지 않는 민망한 버릇이 있어서 내 말을 들었나 하고 상대를 당황하게 만들었다. 가끔 스키너 부인은 하도 속이 터져서 가엾은 해럴드가 죽은 지 팔 개월밖에 안 돼서 저러지, 하고 밀리센트에게 쏘아붙이고 싶은 마음을 다스려야 했다.

창문으로 비쳐 드는 햇빛이 과부의 시무룩한 얼굴에 떨어졌다. 그녀는 조용히 앞으로 걸어갔지만, 캐슬린은 뒤쪽에 서서 잠시 언니를 바라보았다.

"밀리센트, 나 언니한테 할 말 있어." 그녀가 말했다. "오늘 아침 글래디스 헤이우드랑 같이 골프 쳤어."

"이겼니?"

밀리센트가 물었다.

글래디스 헤이우드는 목사의 딸들 중 유일하게 결혼하지 않은 딸이었다.

"그 여자에게 무슨 말을 들었는데 언니가 알아야 할 것 같아서."

밀리센트의 시선은 동생을 지나 정원의 꽃들에 물을 주는 어린 소녀에게 날아갔다.

"부엌에서 조앤에게 차를 주라고 애니에게 일러 두셨어요, 어머니?"

그녀가 말했다.

"응, 하인들이 차를 마시고 나면 주겠지."

캐슬린은 언니를 냉정하게 쳐다보았다.

"주교님이 오시는 길에 싱가포르에 들러 이삼 일 묵으셨었대." 캐슬린이 말했다. "여행을 아주 좋아하시는 분이라서. 보르네오에도 갔었고 거기에 아는 사람들도 많으시대."

"주교님이 널 만나고 싶어 하시겠구나." 스키너 부인이 말했다. "주교님이 가엾은 해럴드를 아실까?"

"네, 쿠알라 솔로에서 형부를 만나신 적이 있어요. 형부를 아주 또렷이 기억하고 계세요. 형부의 부고를 듣고 놀라셨대요."

밀리센트는 앉아서 장갑을 끼기 시작했다 스키너 부인의 눈에는 밀리센트가 이 말을 묵묵히 듣고만 있는 게 이상하게 보였다.

"아 참, 밀리센트." 그녀가 말했다. "해럴드의 사진이 없어졌던데. 네가 치웠니?"

"네, 제가 치웠어요."

"나는 네가 그걸 꺼내 두고 싶어 할 줄 알았는데."

밀리센트는 또다시 아무 말도 하지 않았다. 정말이지 사람 속 터지게 만드는 버릇이었다.

캐슬린은 언니를 마주하려고 몸을 살짝 돌렸다.

"밀리센트, 왜 우리에게 해럴드가 열병으로 죽었다고 말한 거야?"

과부는 아무런 몸짓도 하지 않고 그저 캐슬린을 물끄러미 쳐다보았지만, 그녀의 누르께한 낯빛이 붉어졌다. 그녀는 대답하지 않았다.

"그게 무슨 말이니, 캐슬린?"

스키너 부인이 놀라 물었다.

"주교님 말씀이, 해럴드가 자살했다네요."

스키너 부인은 놀라 소리를 질렀지만, 그녀의 남편이 달래듯 한 손을 들어 올렸다.

"그게 사실이냐, 밀리센트?"

"네."

"왜 말 안 했니?"

밀리센트는 잠시 멈칫거렸다. 그녀는 탁자 위에 서 있는 브루나이 청동 조각상을 만지작거렸다. 그것도 해럴드의 선물이었다.

"조앤이 제 아빠가 열병으로 죽었다고 생각하는 편이 나을 것 같아서요. 아이에게 그 일을 알리고 싶지 않았어요."

"그 바람에 우리 입장이 상당히 곤란해졌어." 캐슬린이 살짝 인상을 쓰고 말했다. "글래디스 헤이우드는 내가 자기한테 사실대로 말하지 않았다고 날 형편없게 생각하고 있어. 나도 전혀 몰랐다고 설명하느라 얼마나 애를 먹었는지 몰라. 자기 아버지도 상당히 불쾌해하고 있대. 서로 알고 지낸 세월도 그렇고, 해럴드가 언니랑 결혼함으로써 이어진 서로의 인연을 생각하면 우리가 자기들한테는 사실대로 말했어야 하는 거 아니냐고. 말하기 싫으면 말을 안 하면 될 것을 굳이 거짓말할 필요가 있었냐고 하더라."

"그 점은 나도 동감하지 않을 수 없구나."

스키너 씨가 날카롭게 말했다.

"물론 나는 글래디스에게 우리 잘못이 아니라고 했어. 우리도 들은 대로 말한 것뿐이라고."

"그것 때문에 네 경기가 연기되는 일은 없어야 할 텐데."

밀리센트가 말했다.

"허, 그것참, 지금 그런 이야기를 하자는 게 아니잖아."

그녀의 아버지가 외쳤다.

그는 의자에서 일어나서 빈 벽난로 쪽으로 건너가서 습관대로 연미복 뒷자락을 그쪽으로 돌리고 섰다.

"제 일이에요." 밀리센트가 말했다. "제가 저 혼자 알고 있기로 결정했다면 그렇게 못 할 이유가 없죠."

"네 어미에게 아무런 애정이 없지 않고서야 어찌 어미에게도 말을 안 한단 말이냐."

스키너 부인이 말했다.

밀리센트는 어깨를 추어올렸다.

"언니도 결국은 알려질 일이라고 생각했을 텐데."

캐슬린이 말했다.

"왜? 난 그 수다스러운 사제 둘이 나에 대해 얘기하리라곤 생각 안 했어."

"주교님이 보르네오에 갔었다고 하면 헤이우드 부부가 언니랑 형부를 아느냐고 물을 게 뻔하잖아."

"그게 중요한 게 아니야." 스키너 씨가 말했다. "우리한테는 사실대로 말했어야지. 그럼 무엇이 최선일지 결정할 수 있었겠지. 변호사로서 말하지만 장기적으로 보면 사실을 숨기려 할수록 상황은 악화되는 법이야."

"가엾은 해럴드." 스키너 부인이 말했다. 눈물이 그녀의 심란한 뺨을 따라 흘러내리기 시작했다. "어떻게 이런 끔찍한 일이. 해럴드는 항상 좋은 사위였는데. 대체 어쩌다가 그런 끔찍한 짓을 저질렀을까?"

"기후 때문이에요."

"사실대로 모두 말해 보렴, 밀리센트."

그녀의 아버지가 말했다.

"캐슬린이 말할 거예요."

캐슬린은 망설였다. 할 말이라는 것이 끔찍한 내용이었기 때문이다. 자기들 같은 가족에게도 그런 일이 일어난다는 게 끔찍하게 느껴졌다.

"주교님 말씀이, 형부가 칼로 목을 그었대요."

스키너 부인은 숨을 들이켜고는 남편과 사별한 딸에게 본능적으로 다가갔다. 딸을 품에 안고 싶었다.

"우리 가엾은 딸."

그녀가 울먹였다.

하지만 밀리센트는 몸을 피했다.

"제발 야단법석 떨지 마세요, 어머니. 내 몸 건드리는 거 못 참겠어요.

"거참, 밀리센트."

스키너 씨가 인상을 쓰며 말했다.

그는 딸의 행동거지가 못마땅했다.

스키너 부인은 손수건으로 눈가를 훔치고 한숨을 내쉬고는 고개를 저으며 의자에 도로 앉았다. 캐슬린은 목에 걸린 긴 목걸이를 만지작거렸다.

"난 형부가 어떻게 죽었는지 그 속사정을 친구에게서 들었다는 게 어이없어. 우리 모두 바보 천치가 되고 말았잖아. 주교님은 언니를 꼭 만나고 싶어 해, 밀리센트. 언니를 딱하게 여기시니 그 마음을 전하고 싶겠지." 캐슬린은 말을 멈추었지만 밀리센트는 아무 말도 하지 않았다. "주교님 말로는, 밀리센트가 조앤을 데리고 나갔다가 돌아와서 가엾은 해럴드가 침대에 누워 죽어 있는 걸 발견했다네요."

"충격이 컸겠구나."

스키너 씨가 말했다.

스키너 부인은 다시 울기 시작했지만, 캐슬린은 어머니의 어깨에 손을 가만히 얹었다.

"울지 마세요, 어머니." 그녀가 말했다. "울면 눈이 빨개져서 사람들이 이상하게 볼 거예요."

모두들 침묵을 지키는 가운데 스키너 부인은 눈가를 훔치면서 애써 마음을 가라앉혔다. 하필 이런 순간에 그 가엾은 해럴드가 가져다준 깃털을 모자에 꽂고 있다고 생각하니 기분이 아주 묘했다.

"그것 말고도 할 말이 더 있어."

캐슬린이 말했다.

밀리센트는 다시 동생을 쳐다보았다. 서두르지 않는 차분한 시선이었지만 경계심이 가득했다. 무슨 소리가 나올까 하나라도 놓칠세라 두려운 마음으로 기다리는 사람의 표정이었다.

"언니의 마음을 상하게 하고 싶진 않아." 캐슬린이 말을 이었다. "분명 뭔가가 더 있고, 내 생각엔 언니도 그걸 알고 있을 거야. 주교님은 해럴드가 술을 많이 마셨다고 했어."

"오, 세상에, 끔찍해라!" 스키너 부인이 외쳤다. "너무 놀라 말이 안 나오는구나. 글래디스 헤이우드가 그런 말을 했단 말이냐? 넌 뭐라고 했니?"

"그럴 리가 없다고 했어요."

"그래서 비밀로 한 거로구먼." 스키너 씨가 발끈하며 말했다. "무슨 일이든 쉬쉬하면서 숨기려 하면 사실보다 더 부풀려진 흉한 소문이 도는 거야."

"싱가포르 주교님은 해럴드가 진전 섬망으로 고통받다가 자살했다는 소문을 들었대요. 우리를 봐서라도, 언니가 나서서 아니라고 해 줘야겠어, 밀리센트."

"죽은 사람에 대해 이러쿵저러쿵 말이 돈다는 건 끔찍한 일이야." 스키너 부인이 말했다. "조앤이 컸을 때도 지장이 있을 거고."

"대체 무슨 근거로 그런 이야기가 나온 거니, 밀리센트?" 그녀의 아버지가 물었다. "해럴드는 늘 철저히 절제하는 성격이었잖아."

"여기서는 그랬죠."

과부가 말했다.

"술을 마셨다는 말이야?"

"술고래였어요."

뜻밖의 대답이 몹시 냉소적인 말투에 실려 나오자 세 사람은 깜짝 놀랐다.

"밀리센트, 죽은 남편 이야기를 어쩜 그런 식으로 하니?" 그녀의 어머니가 장갑을 낀 단정한 두 손을 부여잡으며 외쳤다. "널 이해할 수가 없구나. 어쩐지 돌아온 이후 너무 이상하게 굴더라니. 내 딸이 남편의 죽음을 그렇게 받아들인다는 게 믿을 수가 없구나."

“신경 쓰지 말아요, 여보.” 스키너 씨가 말했다. “그건 나중에 따져도 돼.”

그는 창가로 걸어가서 햇살이 드리운 작은 정원을 내다보다가 다시 안쪽으로 돌아왔다. 주머니에서 코안경을 꺼내, 쓸 생각도 없이 손수건으로 그것을 닦았다. 아버지를 쳐다보는 밀리센트의 눈에는 아이러니하고 상당히 냉소적인 빛이 또렷이 어렸다. 스키너 씨는 분노가 치밀었다. 이번 주 업무는 모두 마쳤기 때문에 월요일 아침까지는 할 일이 없었다. 가든파티고 뭐고 상당히 성가시니 되도록 빨리 돌아와 정원에서 조용히 차나 마실 거라고 아내에게 말해 두었고 그 시간을 기다려 왔건만. 중국에서의 선교 사업은 큰 관심이 없었지만 주교를 만나는 것은 흥미로웠다. 그런데 이것은! 이것은 전혀 휘말리고 싶지 않은 일이었다. 느닷없이 사위가 술꾼에다 자살했다는 말을 들으니 불쾌하기 짝이 없었다. 밀리센트는 하얀 소맷단을 매만졌다. 그는 밀리센트의 냉정함이 비위에 거슬렸지만 그것은 거론하지 않고 둘째 딸에게 말했다.

“좀 앉지 그러니, 캐슬린? 방에 널린 게 의자 아니냐.”

캐슬린은 의자를 앞으로 끌어다 놓고 아무 말 없이 앉았다. 스키너 씨는 밀리센트 앞에 멈춰 서서 딸을 마주했다.

“물론 왜 해럴드가 열병으로 죽었다고 말했는지는 이해한다. 하지만 그런 건 조만간 밝혀질 일이니 실수한 거야. 주교가 헤이우드 부부에게 한 말이 어디까지 사실에 부합하는지 모르겠지만, 아비의 조언을 받아들인다면 사정이 허락하는 데까지 모든 걸 털어놓거라. 그럼 알게 되겠지. 헤이우드 목사와 글래디스가 알게 된 이상 이제 이런 식으로는 안 통해. 이런 곳에서는 사람들이 수군거리게 되어 있어. 사실을 정확히 알게 되면 우리 모두가 더 처신하기 쉬워질 거야."

스키너 부인과 캐슬린은 스키너 씨가 핵심을 말했다고 생각했다. 그들은 밀리센트의 대답을 기다렸다. 그녀는 아까부터 시무룩한 얼굴로 듣고만 있었고, 붉어졌던 얼굴은 다시 평소처럼 누르께하고 창백한 낯빛을 띠었다.

"제가 사실대로 말한다고 해도 들으면 좋아하지 않으실 이야기예요."

그녀가 말했다.

"우리는 언니를 공감하고 이해해. 믿어도 돼."

캐슬린이 진지하게 말했다.

밀리센트는 캐슬린을 흘끔 쳐다보았다. 그녀의 꼭 다물린 입술에 희미한 미소가 스쳤다. 그녀는 천천히 세 사람을 둘러보았다. 스키너 부인은 의상실의 모델들을 쳐다보듯 보는 밀리센트의 모습에서 불쾌한 느낌을 받았다. 그녀는 전혀 다른 세상에서 사는, 그들과 아무런 연관이 없는 사람 같았다.

"제가 해럴드와 결혼했을 때 그이를 사랑하지 않았다는 건 아실 거예요."

그녀가 회상하며 말했다.

스키너 부인은 탄식을 하려다가 남편의 재빠른 손짓에 입을 다물었다. 큰 동작은 아니었지만 오랜 결혼 생활을 거친 끝에 결정력을 갖게 된 손짓이었다. 밀리센트는 말을 이었다. 차분한 목소리로 천천히 말을 했는데, 어조에서 작은 변화가 느껴졌다.

"그때 나는 스물일곱 살이었고, 그이 말고는 청혼하는 사람이 없었어요. 그이는 마흔네 살이었죠. 나이가 좀 많은 것 같았지만 직위가 워낙 높았잖아요? 그이보다 나은 남자가 생길 것 같지도 않았고요."

스키너 부인은 다시 울음이 터지려 했지만 파티를 생각하고 참았다.

"네가 왜 해럴드의 사진을 치웠는지 이제야 알겠구나."

그녀가 구슬프게 말했다.

"그러지 마세요, 어머니."

캐슬린이 탄식했다.

그것은 해럴드가 밀리센트와 약혼했을 때 찍은, 해럴드가 아주 잘 나온 사진이었다. 스키너 부인은 늘 해럴드를 잘생긴 남자라고 생각했다. 듬직한 체구에 키가 컸고 조금 살이 쪘지만 건강한 편이었고, 상당한 존재감을 자랑했다. 머리가 벗겨지고 있었으나, 요즘 남자들은 일찍 대머리가 됐다. 그는 햇빛을 가리는 모자 토피[3]가 머리카락에 아주 해롭다고 말했다. 검은 콧수염을 작게 길렀고, 얼굴은 햇빛에 그을려 짙은 구릿빛이었다. 물론 가장 멋진 것은 눈이었다. 조앤의 눈처럼 큰 갈색 눈이었다. 말주변도 좋았다. 캐슬린은 그가 거들먹거린다고 했지만, 스키너 부인은 그렇게 생각하지 않았다. 남자가 큰소

---

3) 더운 지역에서 머리 보호용으로 과육 안쪽 껍질이나 코르크로 만들어 쓰는 가벼운 모자.

리 좀 치는 게 무슨 문제랴 싶었다. 그래서 해럴드가 밀리센트에게 끌리는 낌새를 득달같이 알아채고 해럴드를 아주 예뻐하기 시작했다. 그는 언제나 스키너 부인을 배려했고, 그녀는 그의 관할지와 그가 사냥한 큰 짐승들의 이야기를 흥미로운 척 귀담아들었다. 캐슬린은 그가 너무 자신만만하다고 말했지만, 스키너 부인은 자신만만한 남자들을 문제 삼지 않는 세대였다. 밀리센트는 상황이 어떻게 흘러가는지 금세 눈치채고는 어머니에게 아무 말도 하지 않았다. 하지만 스키너 부인은 해럴드가 청혼하면 딸이 수락할 것을 알았다.

당시 해럴드는 보르네오에서 삼십 년째 거주하는 사람들과 같이 지내고 있었다. 그들은 그 나라 말을 능숙하게 구사했다. 여인네가 그곳에서 편히 생활하지 못할 이유는 전혀 없었다. 물론 아이들은 일곱 살이 되면 고국으로 돌아와야 했지만, 스키너 부인은 굳이 그럴 필요가 없을 거라고 생각했다. 그녀는 해럴드를 저녁 식사에 초대했고, 그에게 언제든 차를 마시러 오라고 말했다. 그는 당황하며 어찌할 바를 모르는 듯했다. 그가 오랜 친구들을 방문하는 일정을 마치고 돌아갈 날이 다가오자, 스키너 부인은 그녀의 집에 보름간 묵으면서 같이 시간을 보내고 간다면 대단히 기쁠 거라고 그에게 말했다. 보름의 기간이 끝날 무렵 해럴드와 밀리센트는 약혼했다. 그들은 대단히 아름다운 결혼식을 올리고 베니스로 신혼여행을 다녀온 뒤 동방으로 떠났다. 밀리센트는 배가 정박하는 항구마다 그들에게 편지를 보냈다. 그녀는 행복한 듯했다.

"쿠알라 솔로 사람들은 저에게 아주 잘해 줬어요." 그녀는 말했다. 쿠알라 솔로는 셈불루주의 주도였다. "그곳에 있을 때는 공사(公使)의 집에서 지냈는데, 다들 우리를 저녁 식사에 초대했어요. 남자들이 해럴드에게 술을 마시자고 한두 번 말했지만 그이는 거절했어요. 이제 자기는 새사람이 되었고 유부남이 되었다면서. 그들이 하하 웃는데 저는 이유를 몰랐죠. 공사님의 아내인 그레이 부인은 해럴드가 결혼해서 정말 기쁘다고 말했어요. 독신남이 그런 외지에서 근무하다 보면 지독한 외로움에 시달리게 된다면서. 우리가 쿠알라 솔로를 떠날 때 그레이 부인이 내게 작별 인사를 하는데 그녀의 말이 정말 이상하게 들렸어요. 마치 해럴드를 내게 전적으로 맡긴다는 말처럼 들려서."

그들은 조용히 밀리센트의 말에 귀를 기울였다. 캐슬린은 언니의 무표정한 얼굴에서 눈을 한 번도 떼지 않았지만, 스키너 씨는 앞에 있는 말레이 무기들을 똑바로 응시했다. 크리스[4]와 파랑[5] 같은 칼들이 아내가 앉아 있는 소파 바로 위 벽에 걸려 있었다.

"일 년 반 후 쿠알라 솔로로 돌아가서야 그들의 태도가 왜 이상하게 느껴졌는지 깨닫게 됐죠." 밀리센트는 비웃는 소리의 메아리 같은, 기이한 소리를 냈다. "그 무렵에는 예전에 몰랐던 것들을 많이 알게 되었으니까요. 해럴드는 결혼을 하려고 잉글랜드에 온 거였어요. 상대가 누구든 상관없었어요. 그

4) 물결무늬가 특징인 말레이 단도.

5) 말레이 군도에서 생활 도구나 무기로 사용되는 크고 묵직한 칼.

때 우리가 그이를 잡으려 얼마나 난리를 피웠는지 기억하시죠, 어머니? 그렇게 애쓸 필요가 전혀 없었던 거예요."

"무슨 소리를 하는 거니, 밀리센트." 스키너 부인이 날카로운 어조로 말했다. 그 말이 내포한 의미가 거슬렸기 때문이었다. "해럴드가 너에게 끌리는 걸 내 눈으로 똑똑히 봤는데."

밀리센트는 살찐 어깨를 으쓱거렸다.

"그이는 누구나 아는 술꾼이었어요. 매일 밤 위스키를 한 병씩 들고 잠자리에 들었고 아침이 밝기 전에 그 병을 모두 비울 정도였어요. 식민 장관[6]은 그이에게 술을 끊지 않으면 일을 그만둬야 한다고 통보했죠. 그러면서 한 번만 더 기회를 주겠다고 한 거예요. 휴가를 내고 잉글랜드에 다녀오라고 말이에요. 그리고 그이에게 결혼하라고 조언했어요. 그럼 돌보아 줄 사람을 데리고 돌아올 수 있지 않겠느냐고. 해럴드는 자기를 관리해 줄 사람이 필요해 나와 결혼한 거예요. 쿠알라 솔로 사람들은 그이가 술을 마시지 않고 얼마나 버티는지 내기까지 했어요."

"하지만 해럴드는 너를 사랑했어." 스키너 부인이 끼어들었다. "해럴드가 나한테 네 이야기를 얼마나 했는지 넌 몰라. 그때 이야기를 하니 말인데, 네가 조앤을 낳으러 쿠알라 솔로로 돌아갔을 때, 해럴드가 너를 칭찬하는 편지를 보냈었다."

밀리센트는 다시 어머니를 쳐다보았다. 그녀의 누르께한 혈색이 붉게 물들었고, 무릎에 놓여 있던 두 손이 조금 떨리기

6) 식민 총독 바로 아래 직급의 공무원.

시작했다. 그녀는 신혼 초기의 처음 몇 달을 떠올렸다. 그들은 정부의 모터보트를 타고 강어귀로 내려갔고, 거기 방갈로에서 하룻밤을 보낸 적이 있었다. 해럴드는 그 방갈로를 그들의 해변 별장이라고 농담 삼아 말했다. 이튿날 그들은 프라우선[7]을 타고 강 상류로 올라갔다. 그녀가 읽은 소설들은 보르네오의 강들을 음울한 데다 기묘하게 사악한 기운이 도는 것으로 그렸지만, 그날은 화창한 하늘에 작고 흰 구름이 떠 있었고 흐르는 강물에 씻기는 초록빛 맹그로브 나무들이 햇빛에 반짝거렸다. 양쪽으로 길 없이 쭉 뻗은 밀림 위로, 들쭉날쭉한 산의 윤곽선이 저 멀리 하늘을 배경으로 보였다. 이른 아침의 공기는 신선하고 활기찼다. 그녀는 푸근하고 비옥한 땅으로 들어선 기분이었고 웅장한 해방감을 느꼈다. 그들은 뒤엉킨 나뭇가지 위에 앉은 원숭이들을 찾아 강둑을 살폈다. 해럴드는 통나무처럼 보이는 것을 가리키면서 악어라고 말했다. 흰 면포 바지와 토피 차림의 공사보가 그들을 맞으러 부잔교[8]에 나와 있었고, 말쑥하고 작은 병사 열댓 명이 그들에게 경의를 표하기 위해 사열해 있었다. 그녀는 공사보를 소개받았다. 그의 이름은 심프슨이었다.

"오셨군요, 공사님." 그가 해럴드에게 말했다. "이리 돌아오시니 기쁩니다. 안 계시는 동안 얼마나 외로웠는지 모릅니다."

낮은 언덕바지에 자리 잡은 공사의 방갈로는 온갖 발랄한

---

7) 갑판이 없는 인도네시아 쾌속선.

8) 부두에 연결한 뜬다리.

꽃들이 제멋대로 자라는 정원에 둘러싸여 있었다. 조금 허름해 보였고 가구는 몇 개 없었지만 방들은 시원하고 널찍했다.

"캄퐁[9]은 저 아래야."

해럴드가 가리키며 말했다.

그녀의 시선은 그의 손이 가리키는 곳을 향했다. 코코넛 나무들 사이에서 징 소리가 울려 퍼졌다. 그 소리는 그녀의 가슴에 기묘한 느낌을 아련히 일으켰다.

그녀가 하는 일은 딱히 없었지만 하루하루는 수월하게 지나갔다. 새벽이면 사내아이가 그들에게 차를 내왔고, 그들은 베란다에서 아침의 향기를 즐기면서 어슬렁거리다가(해럴드는 러닝셔츠와 사롱[10] 차림이었고 그녀는 가운 차림이었다.) 아침 먹을 시간이 되면 옷을 입었다. 이후 해럴드는 출근했고, 그녀는 한두 시간 말레이시아어 공부를 했다. 해럴드가 간단히 점심을 먹고 관서로 돌아가는 동안 그녀는 잠을 잤다. 차는 두 사람의 기운을 돋우었다. 그들은 산책을 하거나, 해럴드가 방갈로 아래쪽 밀림의 벌목된 평지를 손봐 만든 나인홀 골프장에서 골프를 쳤다. 6시면 해가 떨어졌고, 심프슨 씨가 한잔하러 건너왔다. 그들은 저녁 늦게까지 이야기를 나누었다. 가끔 해럴드와 심프슨 씨는 체스를 두었다. 훈훈한 저녁은 사람의 마음을 사로잡았다. 반딧불이들은 베란다 바로 밑 덤불을 바르르 떨면서 차가운 불똥이 튀기는 베이컨으로 만들었고, 꽃을

9) 말레이시아의 작은 촌락.

10) 이슬람교도들이 남녀 구분 없이 허리에 둘러 입는 옷.

피운 나무들은 공중에 달콤한 향기를 내뿜었다. 그들은 저녁을 먹은 후 육 주 전 런던을 출발한 신문을 읽다가 곧 잠자리에 들었다. 밀리센트는 자기 소유의 집에서 유부녀의 삶을 즐겼다. 원주민 하인들도 만족스러웠다. 그들은 화려한 사롱을 두르고 맨발로 방갈로 안을 돌아다녔고 조용하지만 다정했다. 공사의 아내로 귀히 대접받는 것 같아 기분이 좋았다. 현지 언어를 유창하게 구사하고, 지시를 내리고, 위엄을 부리는 해럴드의 모습이 그녀에게는 멋있게 보였다. 때때로 그녀는 그가 주관하는 재판을 참관하러 관서로 나갔다. 그가 맡은 다양한 업무와 그의 유능한 일처리 방식에 경이감이 일어났다. 심프슨 씨는 해럴드가 이 나라의 어떤 인사보다 원주민을 잘 이해한다고 그녀에게 말했다. 소심하고 툭하면 앙심을 품고 의심이 많은 이 종족을 다루는 데 꼭 필요한 단호함과 전술, 유쾌함을 고루 갖추었다고 했다. 밀리센트는 남편에 대해 존경심을 느끼기 시작했다.

그들이 결혼한 지 일 년이 되어 갈 무렵 영국인 박물학자 두 사람이 내륙으로 들어가는 길에 그들의 집에 며칠 묵게 되었다. 그들은 명령에 가까운 총독의 추천서를 가지고 있었고, 해럴드는 그들의 방문을 자랑스럽게 여긴다고 말했다. 그들의 방문은 신선한 변화를 가져왔다. 밀리센트는 심프슨 씨를 저녁 식사에 초대했다.(그는 요새에서 지냈고 일요일 저녁에만 그들과 같이 식사했다.) 식사 후 남자들은 둘러앉아 브리지 게임을 했다. 밀리센트는 곧 자리를 떠나 잠자리에 들었지만 그들이 왁자지껄 소란을 떠는 바람에 잠을 이루지 못했다. 몇 시쯤 됐을까. 그녀는 비틀거리며 방에 들어서는 해럴드의 기척에 잠을 깼다. 그녀는 가만히 있었다. 그는 잠자리에 들기 전 목욕을 하려 했다. 욕실은 그들의 침실 바로 밑이었다. 그는 욕실로 이어지는 계단을 내려갔다. 그가 미끄러졌는지 쿵 하고 큰 소리가 나더니 그가 욕설을 지껄이는 소리가 들렸다. 그러고 나서 그는 격렬히 토했다. 그가 양동이의 물을 뒤집어쓰는 소리가 났다. 잠시 후 그는 아주 조심조심 계단을 올라와 침대에 살그머니 누웠다. 밀리센트는 잠든 척했다. 혐오감이 치솟았다. 해럴드는 술에 취해 있었다. 그녀는 날이 밝으면 이야기를 해 보기로 했다. 박물학자들이 그이를 어떻게 생각하겠어? 하지만 아침이 되자 해럴드는 너무나 권위적이어서 그녀는 이야기를 꺼낼 엄두가 나지 않았다. 8시에 해럴드와 그녀, 두 박물학자는 아침을 먹으러 둘러앉았다. 해럴드는 탁자를 둘러보았다.

"포리지[11]라니." 해럴드가 말했다. "밀리센트, 손님들은 아침으로 우스터 소스도 그럭저럭 드실 수 있겠지만 실은 다른 걸 드시고 싶을 거요. 나는 위스키소다로 충분하지만."

박물학자들은 웃음을 터뜨렸지만 부끄러운 기색이었다.

"남편분이 아주 무시무시하십니다."

그들 중 하나가 말했다.

"첫날밤에 맨숭맨숭 잠자리에 들도록 고이 보내 드리는 건 환대의 의무를 저버리는 것이죠."

---

11) 오트밀에 우유나 물을 부어 걸쭉하게 끓인 음식.

해럴드는 특유의 당당하면서도 넉살 좋은 태도로 말했다.

밀리센트는 뾰로통한 미소를 지었지만 손님들이 남편만큼 취했었다는 것을 알고 마음을 놓았다. 이튿날 저녁 그녀는 그들과 같이 앉아 시간을 보냈고, 그들은 적당한 시각에 해산했다. 하지만 그녀는 낯선 손님들이 떠나게 된 것이 좋았다. 이제 그들의 삶도 차분한 일상으로 돌아가겠구나 싶었다. 몇 달 뒤 해럴드는 관할 구역을 시찰하고 와서 말라리아를 호되게 앓았다. 말로만 들었지 말라리아를 가까이에서 목격한 것은 처음이었다. 그는 회복되었을 때 몸을 심하게 떨었지만 그녀에게는 자연스러운 일로 보였다. 그의 행동거지는 변한 데가 없었다. 그는 관서에서 돌아와 멀거니 그녀를 쳐다보곤 했다. 그리고 살짝 흔들거리지만 위엄은 여전한 자세로 베란다에 서서 영국의 정치 상황에 대해 장광설을 늘어놓았다. 그러다가 말의 흐름을 놓치고는 타고난 당당함과 묘하게 배치되는 익살스러운 기색으로 그녀를 쳐다보며 이렇게 말했다.

"사람을 아주 망가뜨리는구려. 이 망할 말라리아라는 놈은. 아, 작은 여인이여, 제국의 건설자라는 의무감이 한 남자에게 어떤 압박감을 주는지 당신이 어찌 알겠소."

심프슨 씨는 뭔가 걱정이 되기 시작하는 눈치였다. 그는 그녀와 둘이 있을 때 한두 번 그녀에게 무슨 말을 할 듯하다가 끝내 부끄러움을 이기지 못하고 말을 멈추었다. 그 느낌이 점점 강렬해져서 그녀는 불안할 지경이었다. 어느 날 저녁 해럴드가 알 수 없는 이유로 평소보다 늦은 시각까지 관서에 남아 있을 때 그녀는 심프슨 씨에게 캐물었다.

"나한테 무슨 할 말 있죠, 심프슨 씨?"

그녀가 불쑥 물었다.

그는 얼굴을 붉히며 쭈뼛거렸다.

"없습니다. 어째서 제가 부인께 특별히 할 말이 있을 거라 생각하셨습니까?"

심프슨 씨는 마르고 허약한 스물넷의 청년이었다. 곱슬머리를 공들여 빗은 머리 모양이 단정하고 보기 좋았다. 손목은 모기에 물려 부어오른 자국과 흉터투성이였다. 밀리센트는 그를 물끄러미 쳐다보았다.

"해럴드와 관련된 일이라면 저에게 솔직히 말하는 게 더 친절한 처사 아닐까요?"

그는 얼굴이 새빨개졌고, 라탄 의자에 앉은 채 불편하게 몸을 꼼지락거렸다. 그녀는 고집을 꺾지 않았다.

"제가 주제넘게 나선다고 생각하실 수도 있습니다." 그가 마침내 말했다. "상관의 뒤에서 상관의 이야기를 하는 제가 참 고약한 놈입니다. 말라리아야말로 고약한 병이죠. 한번 앓고 나면 아주 진이 빠져 버리니까요."

그는 다시 망설였다. 울음을 터뜨릴 것처럼 그의 입꼬리가 축 처졌다. 밀리센트의 눈에는 그가 어린 사내아이처럼 보였다.

"입에 자물쇠 딱 채울게요." 그녀는 미소를 지으며 말하고는 애써 걱정을 억눌렀다. "나한테 말해 봐요."

"안타깝게도 부군께서는 관서에서 계속 위스키 병을 끼고 계십니다. 한 모금 한 모금 홀짝거릴 때가 부쩍 많으세요."

심프슨 씨의 심란한 마음을 대변하듯 목소리가 거칠었다.

밀리센트는 별안간 온몸에 소름이 돋았지만 마음을 다잡았다. 청년에게 모든 걸 털어놓도록 하려면 겁을 먹게 해서는 안 된다고 생각했다. 그는 선뜻 말을 잇지 못했다. 그녀는 그를 압박하고 구슬리고 그의 의무감에 호소하다가 울음까지 터뜨렸다. 그제야 그는 해럴드가 지난 보름간 술을 마셔 왔고 원주민들이 그 이야기를 하면서 조만간 그가 결혼하기 전만큼 나빠질 거라고 수군거리고 있다고 했다. 해럴드는 결혼하기 전부터 술을 너무 마시는 버릇이 있었다는 것이다. 심프슨 씨는 그 시절의 이야기는 하지 않으려 했지만, 그녀는 갖은 노력을 기울였고, 그는 결심하고 털어놓았다.

"그이가 다시 술을 마시는 걸까요?"

그녀가 물었다.

"모르겠어요."

밀리센트는 수치감과 분노로 낯이 뜨거워졌다. 소총과 탄약이 보관되어 있어 요새로 불리는 곳은 관사의 일부였다. 요새는 따로 분리된 정원에 둘러싸여 공사의 방갈로 맞은편에 자리했다. 해가 뉘엿뉘엿 넘어갈 때라 모자까지 쓸 필요는 없었다. 그녀는 일어서서 요새 쪽으로 건너갔다. 해럴드는, 그 자신이 정의를 구현하는 거대한 홀 뒤쪽 사무실에 있었다. 그의 앞에는 위스키 병이 놓여 있었다. 그는 담배를 피우면서 앞에서 있는 말레이인 서너 명에게 말하는 중이었고, 말레이인들은 알랑거리며 가만히 들으면서도 조롱하는 미소를 띠고 있었다. 그의 얼굴은 붉었다.

원주민들이 물러갔다.

"당신이 뭐 하는지 보러 왔어요."

그녀가 말했다.

그는 늘 그렇듯 그녀를 우아하고 정중하게 대하려고 일어섰지만 휘청거렸다. 몸이 흔들리는 것을 느끼고 짐짓 우아하고 당당한 태도를 끌어냈다.

"앉아요, 여보, 앉아요. 할 일이 산더미라 발이 묶였지 뭐요."

그녀는 성난 눈초리로 그를 쳐다보았다.

"당신 취했군요."

그녀가 말했다.

그는 조금 불거진 눈으로 그녀를 응시했다. 거드름이 그의 크고 투실투실한 얼굴에 서서히 번졌다.

"대체 무슨 뚱딴지같은 소린지 모르겠군."

그가 말했다.

그녀는 분노에 찬 쓴소리를 줄줄 쏟아 낼 셈이었으나 별안간 눈물이 터졌고, 그대로 의자에 주저앉아 얼굴을 가렸다. 해럴드는 얼른 그녀를 쳐다보았다. 눈물이 그의 뺨에 흘러내렸다. 그는 두 팔을 벌린 채 그녀에게 다가가 털썩 무릎을 꿇었다. 그러고는 흐느끼면서 아내를 품에 안았다.

"용서해 줘요. 용서해 줘요." 그가 말했다. "다시는 이런 일 없을 거라고 약속하오. 그 빌어먹을 말라리아 때문이야."

"너무 창피해요."

그녀가 신음했다.

그는 어린아이처럼 울었다. 큰 덩치에 위엄을 갖춘 남자가 자기를 낮추는 모습엔 감동적인 면이 있었다. 얼마 후 밀리센트는 고개를 들었다. 애원하고 뉘우치는 그의 눈이 그녀의 눈을 찾았다.

"다시는 술을 입에 대지 않겠다고 명예를 걸고 약속할 수 있어요?"

"그럼, 그럼. 나도 이제 싫어."

그녀는 아기를 가졌다는 소식을 그에게 알렸다. 그는 뛸 듯이 기뻐했다.

"기다렸던 소식이야. 그것이 나를 바른길로 인도하겠지."

그들은 방갈로로 돌아왔다. 해럴드는 목욕을 한 뒤 낮잠을 잤다. 그들은 저녁을 먹고 나서 오랫동안 조용히 이야기를 나누었다. 그는 결혼하기 전 건강을 해칠 정도로 술을 많이 마신 적이 있다고 인정했다. 외지에서 근무하다 보면 나쁜 습관을 갖기 쉽다고. 그리고 밀리센트가 묻는 말에 순순히 대답했다. 이후 몇 달 동안 그녀가 해산을 하러 쿠알라 솔로로 돌아갈 때까지 해럴드는 완벽한 남편이었다. 부드럽고 사려 깊고 당당하고 애정이 넘쳤다. 나무랄 데가 없었다. 그녀가 타고 갈 모터보트가 도착했다. 그녀는 그와 육 주 동안 떨어져 있을 예정이었다. 그는 그녀가 없는 동안 술을 입에 대지 않겠다고 굳게 약속했다. 그러면서 그녀의 어깨에 두 손을 얹었다.

"약속은 절대 깨지 않겠소." 그가 위엄 있게 말했다. "굳이 약속하지 않더라도 당신이 그렇게 고생하는데 나까지 고통을 더해서야 되겠소?"

조앤이 태어났다. 밀리센트는 그곳 영사의 집에 머물렀다. 영사의 아내 그레이 부인은 친절한 중년 여성으로 밀리센트를 정성껏 대접했다. 두 여인은 오랫동안 딱히 할 일 없이 혼자 있을 때 이야기를 나누었는데, 그 과정에서 밀리센트는 남편의 음주 경력에 대해 속속들이 알게 되었다. 그녀가 가장 받아들이기 어려운 사실은 해럴드가 아내를 데려오는 조건으로 직위를 지켰다는 것이었다. 그것이 그녀의 마음에 아련한 분노를 일깨웠다. 그리고 그가 오랫동안 술꾼으로 살았다는 것을 알고 은근히 마음이 불편해졌다. 그녀가 없는 동안 그가 그 유혹을 절대 거부하지 못하리라는 생각이 들자 크나큰 공포감이 솟구쳤다. 밀리센트는 아기와 유모를 데리고 집으로 돌아갔다. 그녀는 강어귀에서 하룻밤 묵으면서 카누를 타고 가는 인편에 도착했다는 전갈을 미리 보냈다. 모터보트가 뭍으로 접근할 때 그녀는 초조하게 부잔교 위를 살폈다. 해럴드와 심프슨 씨가 서 있었다. 말끔한 작은 병사들도 사열해 있었다. 그녀는 해럴드가 살짝 휘청거리는 것을 보고 가슴이 철렁했다. 그는 흔들리는 배 위에서 균형을 잡으려 애쓰는 남자 같았다. 술에 취한 것이 분명했다.

그다지 기쁘지 않은 귀가였다. 밀리센트는 어머니와 아버지, 동생이 조용히 앉아 듣고 있다는 것을 거의 잊고 있다가 퍼뜩 정신을 차리고 그들을 의식했다. 지금까지 자기가 말한 내용이 모두 먼 나라 이야기처럼 느껴졌다.

"그때 내가 그이를 미워하고 있다는 걸 알게 되었어요." 그녀가 말했다. "죽일 수도 있을 만큼."

"오, 밀리센트, 그런 말 하지 말아라." 그녀의 어머니가 외쳤다. "해럴드가 죽었다는 걸, 딱한 남자라는 걸 잊지 말아야지."

밀리센트는 어머니를 쳐다보았다. 잠시 그녀의 무표정한 얼굴이 어둡게 일그러졌다. 스키너 씨는 불편하게 움직거렸다.

"계속해."

캐슬린이 말했다.

"그이는 내가 자기에 대해 모두 알게 되었다는 걸 알고도 개의치 않았어요. 세 달 뒤 그이는 다시 섬망 발작을 일으켰어요."

"왜 그 사람을 떠나지 않았어?"

캐슬린이 말했다.

"그런다고 뭐가 달라져? 그이는 보름 안에 공직에서 쫓겨났을 거야. 나와 조앤은 누가 돌봐 주고? 그냥 남을 수밖에. 그이가 맨정신일 때는 불평할 게 아무것도 없었어요. 그이는 나를 조금도 사랑하지 않았지만 좋아하긴 했어요. 나 역시 그이를 사랑해서 결혼한 게 아니었죠. 결혼이 하고 싶어 한 거지. 나는 그이가 술을 마시지 않도록 온갖 노력을 기울였어요. 그레이 씨에게 부탁해 쿠알라 솔로에서 위스키 반입을 금지시켰지만 그이는 중국인들을 통해 술을 구했어요. 고양이가 쥐를 감시하듯 나는 그이를 감시했고, 그이는 꾀바르게 나를 잘도 따돌렸죠. 얼마 뒤 그이는 또다시 발작을 일으켰어요. 할 일들을 게을리하게 됐죠. 불평하는 목소리가 터져 나올까 두려웠어요. 우리는 쿠알라 솔로에서 이틀 거리에 있었고 그것이 안전장치였지만, 무슨 말이 들어갔는지 그레이 씨가 내게 사적으로 경고 편지를 보냈어요. 나는 그것을 해럴드에게 보여 주었고요. 그이는 펄펄 뛰면서 고함을 질렀지만, 내가 보기엔 겁에 질린 것 같았어요. 그이는 두세 달 동안 맨정신으로 지내다가 다시 술을 마셨어요. 그런 식으로 지내다 보니 휴가 날이 다가왔죠.

여기 오기 전에 나는 그이에게 제발 조심해 달라고 신신당부했어요. 내가 어떤 남자와 결혼했는지 가족들에게 알리고 싶지 않았거든요. 영국에 있는 동안에는 괜찮았어요. 배를 타기 전에 나는 그이에게 경고했어요. 이제 그이는 조앤을 몹시 아끼고 자랑스러워했고, 조앤도 그이에게 애착이 강했어요. 아이는 늘 나보다는 그이를 더 따랐죠. 그래서 그이에게 아이가 자라서 아빠가 주정뱅이인 걸 알게 되어도 괜찮겠냐고 물었죠. 마침내 내가 그이의 약점을 잡았다는 확신이 들었어요. 그이가 그 생각을 하고 기겁했거든요. 나는 그걸 절대 용납할 수 없다, 당신이 조앤에게 술 취한 모습을 보인다면 즉시 아이를 빼앗아 가겠다고 말했죠. 내가 그렇게 말하니까 그이가 하얗게 질리더군요. 그날 밤 나는 무릎을 꿇고 하느님께 감사드렸어요. 드디어 남편을 구할 방법을 찾은 것 같아서.

그이는 내가 옆에 있어 준다면 다시 노력해 보겠다고 했어요. 우리는 같이 싸워 보기로 다짐했죠. 그이는 열심히 노력했어요. 술을 마셔야 한다는 압박감이 들면 나한테 왔죠. 알다시피 그이는 과시하는 경향이 있었지만, 나와 있을 때는 너무나 겸손해서 아이 같았어요. 내게 의지를 했어요. 결혼할 당시에는 나를 사랑하지 않았을지 몰라도 이제는 나를 사랑했어요. 나와 조앤을요. 내가 그이를 혐오했던 건 모멸감 때문이었어요. 그이가 술에 취해서 위엄을 세우려 하고 잘나 보이려 하는 모습이 가증스러워서. 그런데 이제는 가슴속에 이상한 감정이 일었어요. 사랑은 아니지만 묘하고 애틋한 감정이 느껴졌어요. 그이는 내게 남편 이상의 존재였어요. 내가 오랫동안 힘겹게 애태우면서 가슴에 품었던 아이 같았죠. 그이가 나를 어찌나 자랑스러워하는지, 나 역시 그이가 자랑스러웠어요. 그이의 장황한 말도 더 이상 거슬리지 않았고, 그이의 거창한 방식도 재미있고 매력적으로 생각되었죠. 마침내 우리가 이긴 거예요. 그이는 이 년 동안 술을 한 방울도 입에 대지 않았어요. 술 생각이 완전히 사라졌던 거예요. 그이가 그걸 두고 농담까지 할 정도로.

그 무렵 심프슨 씨가 그만두고 프랜시스라는 새 청년이 왔어요.

'알다시피, 나는 갱생한 술꾼이야, 프랜시스.' 한번은 해럴드가 청년에게 그렇게 말했어요. '내 아내가 아니었다면 난 오래전에 해고됐을 거야. 나는 세상에서 가장 훌륭한 아내를 둔 남자라네, 프랜시스.'

그이에게서 그런 말을 듣는 게 내게 어떤 의미였을지 모르실 거예요. 고생한 보람이 있구나 싶었죠. 너무나 행복했어요.

그녀는 입을 다물었다. 그리고 오랫동안 살았던 강둑의 넓고 누렇고 탁한 강물을 떠올렸다. 흔들리는 석양에 하얗게 반짝거리는 왜가리가 떼 지어 강물 저편으로 낮고 빠르게 날아가다가 흩어지던 모습. 그것은 줄줄이 이어지는 새하얀 음표들, 보이지 않는 손이 그려 놓은 어여쁘고 순수하고 용수철 같은 음표들, 보이지 않는 하프가 연주하는 신성한 아르페지오였다. 그것들이 땅거미를 뒤집어쓰고 초록빛 둔덕 사이에 늘어서서 퍼덕거리는 모습은 자족하는 마음의 행복한 생각들과도 같았다.

"그러다가 조앤이 병이 났어요. 삼 주 동안 우리는 극심한 불안감에 시달렸어요. 쿠알라 솔로 인근에는 의사가 없어서 원주민 약제사로 버텨야 했죠. 조앤이 회복됐을 때, 나는 바닷바람을 쐬어 주려고 조앤을 데리고 강어귀로 데리고 내려갔어요. 거기서 일주일을 묵었죠. 조앤을 낳으러 갔을 때 말고는 그이와 처음 떨어진 거였어요. 우리가 묵는 곳에서 멀지 않은 곳에 말뚝 집들로 이루어진 어촌이 있었지만 우리는 우리끼리만 지냈어요. 해럴드 생각이 많이 났죠. 아주 애틋한 마음이 들었어요. 별안간 내가 그이를 사랑하고 있다는 걸 깨달았어요. 우리를 데리러 프라우선이 왔을 때는 얼마나 기뻤는지 몰라요. 그이에게 말해 주고 싶었거든요. 말로 다 표현할 수 없을 만큼 행복했어요. 배를 타고 강을 거슬러 올라갈 때 선장이 얘기하기를, 프랜시스 씨가 남편을 살해한 여자를 체포하러 위쪽 지방으로 가고 없다고 하더군요. 벌써 이틀째 자리를 비웠다고요.

놀랍게도 해럴드는 부잔교에 나와 있지 않았어요. 이런 일에는 항상 철저하던 사람인데. 남편과 아내는 모름지기 지인을 대하듯 예의를 갖춰 서로를 대해야 한다는 게 그이가 늘 하는 말이었어요. 무슨 일로 그이가 못 나왔는지는 짐작조차 하지 못했어요. 방갈로가 자리한 작은 언덕을 걸어 올라갔죠. 유모가 아이를 데리고 뒤따라 왔고요. 방갈로가 이상하게 고요했어요. 하인들도 보이지 않았는데 그 이유를 알 수가 없었어요. 해럴드가 내가 이렇게 일찍 올 줄 모르고 외출했나 보다 생각했죠. 나는 계단을 올라갔어요. 조앤은 목이 말라서 마실 것을 마시러 유모를 따라 하인들의 숙소로 갔어요. 해럴드는 거실에 없었어요. 그이 이름을 불렀지만 대답이 없었어요. 그이가 있을 거라고 기대했기 때문에 실망스러웠죠. 침실로 가 보았어요. 해럴드는 외출한 게 아니었어요. 침대에 누워 잠들어 있었죠. 나는 그 상황이 마냥 즐거웠어요. 그이가 평소 자기는 낮잠을 자지 않는다고 말했거든요. 우리 백인들에게는 불필요한 습관이라면서. 나는 살금살금 침대로 다가갔어요. 그이랑 장난스럽게 이야기를 주고받고 싶어서. 모기장을 걷어 올렸어요. 그이는 사롱만 두른 채 아무것도 입지 않고 똑바로 누워 있었는데, 옆에 빈 위스키 병이 있었어요. 술에 취했던 거예요.

그 버릇이 다시 도졌구나. 오랫동안 기울였던 내 모든 노력이 허사가 됐구나. 내 꿈이 산산조각 났구나. 모든 희망이 사라졌구나. 나는 분노에 사로잡혔어요."

밀리센트의 얼굴은 다시 음울하게 붉어졌다. 그녀는 앉아 있는 의자의 팔걸이를 움켜쥐었다.

"나는 그이의 어깨를 붙잡고는 있는 힘껏 그이를 마구 흔들었어요. '이 짐승.' 고함을 질렀어요. '이 짐승.' 그때는 너무 화가 나서 무슨 말을 했는지, 무슨 짓을 했는지 모르겠어요. 나는 계속 그이를 흔들었어요. 그이가, 반쯤 벌거벗은 그 커다랗고 살찐 남자가 얼마나 가증스럽던지. 며칠 동안 면도를 하지 않은 데다 얼굴은 잔뜩 부어 검푸른 빛이 돌았어요. 그리고 거친 숨을 몰아쉬었어요. 나는 그이에게 소리를 질렀지만 그이는 알아듣지 못했어요. 침대에서 끌어내려 해도 너무 무거웠어요. 그이는 통나무처럼 그냥 늘어져 있었어요. '눈 좀 떠 봐.' 내가 소리쳤어요. 나는 그이를 다시 흔들었어요. 그이가 미웠어요. 지난 일주일간 그이에게 진심으로 사랑을 느꼈던 만큼 더욱더 그이가 미웠어요. 나를 실망시키다니. 나를 실망시키다니. 당신은 더러운 짐승이라고 그이에게 말해 주고 싶었어요. 나는 그이를 조금도 감화시키지 못한 거예요. '눈 좀 떠 보라니까.' 나는 외쳤어요. 어떻게든 그이가 나를 보게 하려고."

과부는 마른 입술을 핥았다. 숨이 가쁜 것 같았다. 그녀는 말을 멈추었다.

"나라면, 형부가 그런 상태니 그냥 자게 두는 게 낫겠다고 생각했을 거야."

캐슬린이 말했다.

"침대 옆 벽에 파랑이 하나 걸려 있었어. 해럴드가 그걸 얼마나 아끼는지 잘 알 거야."

"파랑이 뭐니?"

스키너 부인이 말했다.

"바보 같기는." 그녀의 남편이 발끈하며 대꾸했다. "바로 당신 뒤 벽에 걸려 있잖소."

그는 아까부터 왠지 눈길을 끄는 말레이 칼을 가리켰다. 스키너 부인은 얼른 눈길을 소파 구석으로 돌렸다. 그녀 옆에 뱀이 똬리를 틀고 있다는 말을 들은 것처럼 조금 겁먹은 몸짓이었다.

"갑자기 해럴드의 목에서 피가 솟구쳤어요. 빨갛고 기다란 자상이 목을 가로질러 나 있었어요."

"밀리센트." 캐슬린이 소리치면서 벌떡 일어서서 그녀에게 달려 나가려 했다. "대체 그게 무슨 소리야?"

스키너 부인은 너무 놀라 입을 딱 벌리고는 커다래진 눈으로 밀리센트를 가만히 쳐다보며 서 있었다.

"파랑은 더 이상 벽에 있지 않았어요. 침대 위에 있었죠. 그때 해럴드가 눈을 떴어요. 그이 눈이 조앤과 꼭 닮았더군요."

"이해를 못 하겠구나." 스키너 부인이 말했다. "해럴드가 네가 말한 상태였다면 어떻게 자살을 한단 말이냐?"

캐슬린은 언니의 팔을 잡고 언니를 마구 흔들었다.

"밀리센트, 제발 설명 좀 해 봐."

밀리센트는 감정을 쏟아 냈다.

"그 파랑은 벽에 있었다고 말했잖아. 어떻게 된 건지 나도 몰라. 온통 피바다가 됐고, 해럴드가 눈을 떴어. 그이는 바로 죽어 버렸어. 아무 말도 못 하고 꺽꺽거리다가."

스키너 씨는 간신히 목소리를 끌어냈다.

"하지만 그건 살인이야. 딱한 것 같으니."

밀리센트가 붉게 물든 얼굴로 그를 쳐다보았다. 조롱과 혐오가 가득한 그 표정에 스키너 씨는 움츠러들었다. 스키너 부인은 비명을 내질렀다.

"밀리센트, 설마 네가 그런 건 아니지, 응?"

그 순간 세 사람은 밀리센트의 행동을 보고 피가 얼어붙는 것 같았다. 그녀가 킥킥 웃고 있었다.

"내가 아니면 누가 그랬겠어요."

그녀가 말했다.

"세상에."

스키너 씨가 중얼거렸다.

캐슬린은 심장이 못 견디게 날뛰는지 두 손을 가슴에 대고 벌떡 일어섰다.

"그래서 어떻게 됐지?"

그녀가 말했다.

"난 비명을 질렀어. 창문으로 달려가 문을 열어젖혔지. 유모를 불렀어. 유모가 조앤을 데리고 관사 부지를 건너왔어. '조앤은 안 돼.' 내가 외쳤지. '아이는 못 들어오게 해.' 유모가 요리사를 불러 아이를 데려가라고 말했어. 나는 유모에게 빨리 오라고 소리쳤어. 유모가 왔을 때 유모에게 해럴드를 보여 주었어. '투안(주인어른)이 자살하셨어!' 내가 외쳤지. 유모는 비명을 지르고는 집 밖으로 달려 나갔어.

아무도 감히 다가오지 못하더라. 모두들 겁을 먹고 어쩔 줄 몰라 했어. 나는 프랜시스 씨에게 일어난 일을 설명하면서 즉시 오라는 편지를 보냈어."

"그 사람에게 일어난 일을 설명했다니, 그게 무슨 소리야?"

"강어귀에서 돌아왔을 때 해럴드가 목을 그어 자살한 것을 발견했다고 했어. 알다시피 열대 지방에서는 사람을 빨리 묻어야만 해. 나는 중국식 관을 하나 구했고, 병사들이 요새 뒤에 무덤을 팠어. 프랜시스 씨는 해럴드가 묻히고 거의 이틀이 지나서야 돌아왔지. 그 애송이가 뭘 어쩌겠어. 나는 그 사람을 원하는 대로 주무를 수 있었어. 해럴드가 손에 파랑을 쥐고 있는 걸 내가 보았다, 그러니 그이가 섬망 발작 중에 자살한 게 틀림없다고 말했지. 그리고 빈 술병을 보여 주었어. 하인들은 내가 바다로 떠난 후 그이가 내내 술을 퍼마셨다고 했고. 나는 쿠알라 솔로에서 같은 이야기를 했어. 모두들 내게 아주 친절했고 정부는 내게 연금을 지급했어."

잠시 아무도 말하지 않았다. 마침내 스키너 씨가 마음을 추스르고 입을 열었다.

"나는 법조계의 일원이야. 변호사란 말이다. 지켜야 할 의무가 있어. 우리는 늘 부끄럽지 않은 변호를 해 왔어. 그런데 네가 나를 궁지로 몰아넣었구나."

그는 산산조각 난 이성 속에서 술래잡기를 하듯 숨어 있는 말들을 찾느라 말을 더듬었다. 밀리센트는 조롱하는 빛으로 그를 쳐다보았다.

"그래서 어쩌실 건데요?"

"살인 사건이야. 그게 사실이야. 너는 내가 이걸 묵과할 수 있을 거라고 생각하니?"

"말도 안 되는 소리 마세요, 아버지." 캐슬린이 날카롭게 말했다. "그래도 아버지 딸인데 포기하시면 안 되죠."

"너는 나를 궁지로 몰아넣었어."

그가 같은 말을 반복했다.

밀리센트는 다시 어깨를 추어올렸다.

"아버지가 털어놓게 하셨잖아요. 나 혼자 너무 오랫동안 짊어진 짐이에요. 이젠 다 같이 짊어질 때가 된 거죠."

그때 하녀가 문을 열었다.

"데이비스가 차를 가지고 왔는데요."

그녀가 말했다.

캐슬린이 정신을 차리고 뭐라 말을 했고 하녀는 물러갔다.

"그만 출발하는 게 좋겠어요."

밀리센트가 말했다.

"난 파티에 못 가겠어." 스키너 부인이 두려움에 휩싸여 외쳤다. "심란해 죽을 지경이야. 어떻게 헤이우드 부부의 얼굴을 보란 말이냐? 게다가 주교님은 너와 인사를 하려 하실 텐데."

밀리센트는 자기는 모르겠다는 듯 어깻짓을 했다. 그녀의 눈에는 아이러니한 표정이 담겨 있었다.

"가야 해요, 어머니." 캐슬린이 말했다. "우리가 얼굴을 비치지 않으면 정말 이상하게 보일 거예요." 그녀는 발끈하며 밀리센트를 돌아보았다. "오, 일이 완전히 꼬여 버렸어."

스키너 부인은 체념하며 남편을 쳐다보았다. 그는 그녀에게 가서 그녀를 소파에서 일으켜 세우려 손을 내밀었다.

"유감이지만 가야 할 것 같소."

그가 말했다.

"해럴드가 내게 선물한 이 깃털을 모자에 꽂고 말인가요."

그녀가 신음했다.

그는 그녀를 데리고 방을 나갔고, 캐슬린은 그들의 뒤에 바짝 붙어 따라갔다. 밀리센트는 한두 걸음 뒤에서 그들을 따라갔다.

"다들 익숙해질 거예요." 그녀가 조용히 말했다. "나도 처음엔 늘 그 생각을 했지만, 이삼 일 후엔 다 잊었거든요. 애초에 아무런 위험이 없었던 것처럼 그렇게 되더라고요."

그들은 대답하지 않았고, 홀을 지나 앞문을 통해 밖으로 나갔다. 세 숙녀는 자동차 뒷자리에 올라탔고, 스키너 씨는 조수석에 앉았다. 그것은 자동 시동 장치가 없는 낡은 차였다. 데이비스가 시동을 걸러 보닛으로 갔다. 스키너 씨는 고개를 돌려 짜증스럽게 밀리센트를 쳐다보았다.

"이런 말을 하게 된 것은 내 잘못이다만," 그가 말했다. "너처럼 이기적인 사람도 없다."

데이비스가 자리에 앉았고, 그들을 태운 자동차는 목사의 가든파티를 향해 나아갔다.

루이즈

나는 왜 루이즈가 내 이야기에 열을 올리는지 이해할 수 없었다. 그녀는 나를 싫어했고 내가 알기로 내가 없는 데서 기회만 생기면 은근히 나를 깎아내렸다. 예의범절을 워낙 따지는 성격이라 대놓고 말하지는 않았지만 암시와 한숨, 그 아름다운 손을 파르르 떠는 몸짓으로 자신의 의사를 명확히 전달했다. 칭찬을 가장한 험담을 하는 데 선수였다. 사실 우리는 이십오 년 동안 알고 지낸 가까운 사이였지만, 나는 그녀가 오래된 사이라고 해서 옛정에 이끌리는 사람이라고는 도저히 생각할 수 없었다. 그녀는 나를 촌스럽고 인정머리 없고 시니컬하고 천박한 인간이라고 생각했다. 나로서는 그녀가 정해진 수순을 밟아 나와 관계를 끊지 않는 것이 의아할 뿐이었다. 그녀는 관계를 끊기는커녕 나를 가만두지 않았다. 끊임없이 점심과 저녁 식사에 나를 초대하고 일 년에 한두 번은 자신의 시골 별장에서 같이 주말을 보내자고 제안했다. 결국 나는 그녀의 속내를 알게 되었다. 그녀는 내가 자기를 신뢰하지 않는다는 불편한 의심을 가지고 있었고, 이것이 나를 좋아하지 않으면서도 나와 관계를 유지하는 이유였다. 오로지 나한테서만 웃기는 인간이라는 평가를 받는 것이 억울해서 내가 그동안 오판했다며 항복할 때까지는 마음을 놓을 수 없었던 것이다. 어쩌면 내가 가면 밑에 숨겨진 그녀의 민낯을 보고 홀로 저항하고 있음을 직감하고는, 조만간 나 역시 그 가면을 진면목으로 받아들이도록 해야겠다고 결심했을지도 모른다. 그녀가 정말 위선자인지는 확실하지 않다. 그녀가 세상을 속여 넘겼듯 자기 자신도 철저히 속인 것인지, 아니면 인간미의 불씨를 가슴 한구석에 품고 있는 것인지 나는 궁금했다. 만약 후자라면 다른 사람들은 모르는 비밀을 서로 공유했다는 생각에 위선자들이 서로에게 끌리듯 내게 끌린 것일 수도 있다.

나는 루이즈가 결혼하기 전부터 그녀를 알고 있었다. 당시 그녀는 크고 우수에 젖은 눈을 가진 섬세하고 가녀린 소녀였다. 그녀의 아버지와 어머니는 그녀를 애지중지했다. 그녀는 성홍열인가 하는 중병을 앓고 나서 심장이 약해진 탓에 건강에 각별히 신경을 써야 하는 처지였다. 톰 메이틀랜드가 루이즈에게 청혼했을 때, 그녀의 부모는 딸이 연약한 몸으로 힘든 결혼 생활을 견뎌 낼 수 있을까 걱정이 이만저만이 아니었다. 하지만 그들은 형편이 그리 넉넉하지 않았고 톰 메이틀랜드는 부유했다. 그는 루이즈를 위해 전심전력을 다하겠다고 약속했고, 그들은 그에게 신성한 보호자의 임무를 지우며 딸을 맡겼다. 톰 메이틀랜드는 체구가 크고 건장하며 대단히 잘생긴 남자였고, 운동에 능했다. 그는 루이즈에게 헌신했다. 심장이 약한 그녀와 앞으로 같이 살면 얼마나 살까 하는 생각에 그녀의 길지 않은 생이 행복한 삶이 되도록 최선을 다했다. 뛰어난 실력을 자랑했던 운동도 포기했다. 그녀가 그러기를 바랐기 때문은 아니었다. 그녀는 그가 골프를 치고 사냥 나가는 것을 좋아했다. 공교롭게도 그가 하루 정도 집을 비우려 할 때마다 그녀가 심장 발작을 일으킨 것뿐이었다. 둘 사이에 의견이 엇갈리면 그녀는 즉시 그에게 순종했다. 그녀는 세상 어떤 남자도 가져 본 적 없는 고분고분한 아내였다. 그저 매번 심장이 말썽을 부리는 바람에 아무런 불평도 없이 일주일 동안 애처롭게 몸져누웠을 뿐이다. 그는 그런 여자를 괴롭히는 인면수심의 남편이 될 수는 없었다. 서로 양보하겠다고 옥신각신한 끝에 그는 아내의 뜻대로 하겠다고 아내를 간신히 설득할 수 있었다. 나는 그녀가 자청해서 따라나선 여행 중에 13킬로미터를 거뜬히 걷는 것을 보고 톰 메이틀랜드에게 당신의 아내는 생각보다 튼튼하다고 말한 적이 있다. 그는 고개를 저으면서 한숨을 쉬었다.

"아뇨, 아뇨, 아내는 극도로 허약합니다. 내로라하는 심장 전문의들은 죄다 만나 진찰을 받았지만, 하나같이 아내의 목숨이 바람 앞의 촛불 같다고 하더군요. 그럼에도 아내는 불굴의 영혼을 가졌어요."

그는 내가 그녀의 체력에 대해 한 말을 그녀에게 전했다.

"그 대신 내일 힘들겠죠." 그녀는 내게 앓는 소리를 했다. "죽음의 문턱에 가 있을 거예요."

"가끔 난 당신이 원하는 건 얼마든지 할 만큼 건강하다는 생각이 들어요."

나는 중얼거렸다.

그동안 내가 목격한 바로는, 파티가 즐거우면 그녀는 새벽 5시까지 춤을 출 수 있었지만 지겨운 자리에서는 어김없이 건강이 급속히 악화되는 바람에 톰은 그녀를 일찍 집에 데리고 가야만 했다. 유감스럽게도 그녀는 내 대답이 마음이 들지 않았는지 내게 애처로운 미소를 지었지만 그녀의 크고 푸른 눈에는 즐거운 빛이 없었다.

"내가 쓰러져 죽어야 만족하겠군요."

그녀가 대꾸했다.

루이즈의 남편이 먼저 세상을 떴다. 배 여행 중에 루이즈의 몸을 따뜻하게 감싸 주려고 이불이란 이불은 그녀에게 모조리 양보했다가 독감에 걸려 사망한 것이다. 그는 그녀에게 상당한 재산과 딸 하나를 남겼다. 루이즈는 슬픔으로 몸을 가누지 못했다. 그녀가 충격을 이겨 내려 애쓰는 모습은 감동을 자아냈다. 그녀의 친구들은 그녀가 가엾은 톰 메이틀랜드를 따라 곧 저세상으로 갈 것으로 예상하고 고아로 남겨질 아이리스, 그녀의 딸을 아주 가엾게 여겼다. 그들은 루이즈를 곱절로 정성껏 보살폈고 그녀가 손가락 하나 까딱하지 못하게 했다. 그녀가 고생하는 꼴을 보느니 자기들이 모든 걸 하는 게 낫다고 생각한 것이다. 그럴 수밖에 없는 것이, 그녀에게 힘든 일이나 불편한 일을 시켰다가는 그녀의 심장이 반란을 일으켜 그녀를 죽음의 문턱으로 끌고 갈 수도 있었다. 그녀의 말마따나 그녀는 돌보아 줄 남자 없이는 물가에 내놓은 아이였다. 이렇게 허약한 체력으로 사랑하는 아이리스를 어찌 기를지 모르겠다고 했다. 친구들은 그녀에게 왜 재혼하지 않느냐고 물었다. 오, 마음이 허락하지 않아. 물론 사랑하는 톰은 내가 재혼하기를 바라겠지. 어쩌면 아이리스에게도 그것이 최선일지 모르지만, 이렇게 골골거리고 쓸모없는 나 같은 여자를 누가 거들떠나 보겠어? 그런데 참 희한하게도 한 젊은이가 감히 그 책임을 떠맡겠노라 나섰고, 루이즈는 톰이 죽은 지 일 년 만에 조지 홉하우스의 청혼을 받아들여 그와 결혼했다. 그는 훌륭하고 강직한 사내였고 형편도 결코 어렵지 않았다. 나는 가녀린 여자를 돌보는 영광을 허락받았다는 이유로 이 남자만큼 진심으로 감사하는 사람을 본 적이 없었다.

"난 오래 살지 못할 테니 당신의 힘겨움도 오래가진 않을 거예요."

그녀가 말했다.

그는 군인이었고 야망도 있었지만 군인의 길을 포기했다. 루이즈는 건강 때문에 겨울에는 몬테카를로에서, 여름에는 도빌에서 지내야 했다. 그는 제대하는 문제를 두고 조금 망설였다. 루이즈도 제대하겠다는 그를 만류했다. 하지만 그녀는 늘 순종하는 방식으로 순종했고, 그는 아내의 얼마 남지 않은 여생이 행복한 삶이 되도록 준비했다.

"이제 얼마 남지 않았어요." 그녀는 말했다. "짐이 되지 않게 노력할게요."

그로부터 이삼 년 동안 그녀는 약한 심장을 무릅쓰고 아름답게 차려입고 신나는 파티란 파티는 죄다 참석했다. 과감하게 도박을 하고 춤을 추고, 심지어 키가 크고 날씬한 청년들과 히히덕거렸다. 하지만 조지 홉하우스는 루이즈의 첫 남편처럼 원기왕성한 사내가 아니었던바, 루이즈의 두 번째 남편으로서 하루 일과에 나서기 전 각오를 다져야 했고 때로는 독한 술의 힘을 빌려야 했다. 그것이 습관으로 굳어졌다면 루이즈가 질색하는 사태가 벌어졌을지 모르지만, 천만다행으로(그녀의 입장에서는) 전쟁이 터졌다. 그는 복무하던 연대에 편입되었다가 석 달 후에 전사했다. 루이즈는 큰 충격을 받았다. 하지만 그녀는 이런 위기 상황에서 사적인 슬픔에 굴복할 수 없다는 판단을 내렸다. 심장 발작이 일어나더라도 아무에게도 알리지 않기로 했다. 그리고 기분 전환 삼아 몬테카를로의 저택을 요양 병원으로 바꿨다. 친구들은 그녀에게 과로를 하다가는 살아남지 못할 거라고 말했다.

"그렇긴 하지." 그녀는 말했다. "그건 알아. 하지만 그게 중요한가? 나도 힘을 보탤 거야."

그녀는 죽지 않았다. 죽기는커녕 전성기를 구가했다. 그 요양 병원은 프랑스에서 가장 유명해졌다. 나는 우연히 파리에서 그녀를 마주쳤다. 그녀는 키가 크고 대단히 잘생긴 프랑스 남자와 리츠칼튼 호텔에서 점심을 먹고 있었다. 병원 일로 출장을 왔는데 장교들이 너무 잘해 준다고 했다. 그들은 그녀가 얼마나 연약한지 알고 그녀에게 아무것도 시키지 않았다. 그녀의 남편인 양 그녀를 극진히 돌봤다. 그녀는 한숨을 내쉬었다.

"가엾은 조지, 내가 이런 심장을 가지고 그이보다 더 오래 살 줄 누가 상상이나 했겠어요?"

"가엾은 톰은 왜 뺍니까!"

내가 말했다.

그때 그녀가 왜 내 말을 싫어했는지는 지금도 모르겠다. 그녀는 그 애처로운 미소를 내게 지었고, 아름다운 눈에는 눈물이 그렁그렁했다.

"당신은 앞으로 살날이 몇 년 남지 않은 내게 늘 그것도 아깝다는 투로 말하는군요."

"그건 그렇고, 당신의 심장은 훨씬 튼튼해진 것 같은데, 아닌가요?"

"낫긴 틀렸어요. 오늘 아침 전문의를 만났는데 최악의 상황에 대비하라고 했어요."

"오, 그 대비라는 걸 한 지 한 이십 년은 되지 않았어요?"

전쟁이 끝났을 때 루이즈는 런던에 정착했다. 이제는 마흔을 훨씬 넘긴 나이였지만 마르고 연약한 건 여전했다. 큰 눈과 창백한 뺨도 그대로였고 기껏해야 스물다섯 살 정도로 보였다. 그동안 학교에 다니던 아이리스가 장성해 함께 살기 위해 루이즈에게 왔다.

"그 애가 날 돌볼 거예요." 루이즈가 말했다. "당연히 나처럼 아무짝에 쓸모없는 인간과 같이 살려면 힘들겠죠. 하지만 내가 살면 얼마나 더 살겠어요. 그 애도 크게 신경 쓰진 않을 거예요."

아이리스는 착한 아가씨였다. 그녀는 모친의 건강이 위태롭다는 것을 기정사실로 알고 성장했다. 어릴 때는 시끄럽게 소란 한번 피우지 못했고, 무슨 일이 있어도 어머니의 심기를 불편하게 해서는 안 된다는 걸 늘 의식하고 살았다. 루이즈는 딸에게 성가신 늙은 여자 때문에 희생하지 말라고 말했지만 딸은 들으려 하지 않았다. 희생한다는 생각은 들지 않는다, 가엾은 어머니를 위해 할 수 있는 일을 하니 행복하다고 말했다. 그녀의 어머니는 한숨을 쉬면서 딸에게 그것을 허락했다.

"딸아이는 자기가 도움이 된다는 걸 기쁘게 생각해요."

그녀가 말했다.

"따님이 세상으로 나가 더 많은 경험을 해야 한다고는 생각하지 않아요?"

내가 물었다.

"내가 그 아이에게 늘 하는 말이에요. 좀 즐기면서 살라고 아무리 성화를 해도 딸애가 말을 안 들어요. 내가 나 때문에 다른 사람들이 애쓰는 걸 얼마나 싫어하는지는 신만이 아실 거예요."

내가 아이리스를 붙잡고 타이르자 그녀는 이렇게 말했다.

"가엾은 우리 어머니, 어머니는 내게 나가서 친구들과 어울리고 파티에도 가라고 하시지만, 내가 막상 어디 외출이라도 하려고 나서면 심장 발작을 일으키세요. 그래서 대부분 그냥 집에 있는 편이에요."

하지만 아이리스는 곧 사랑에 빠졌다. 내 친구들 중에 젊고 아주 훌륭한 청년이 아이리스에게 청혼했고, 그녀는 수락했다. 나는 아이리스를 좋아했기 때문에 드디어 그 애가 자기 인생을 살게 되었구나 싶어 기뻤다. 아이리스는 그런 것이 가능하리라 생각한 적도 바란 적도 없는 것 같았다. 그런데 어느 날 그 젊은이가 대단히 괴로운 심정으로 나를 찾아와 결혼식이 무기한 연기되었다고 말했다. 아이리스가 자기 어머니를 버리고 갈 수 없다고 한 것이다. 물론 내가 상관할 일이 아니었지만 나는 루이즈를 찾아가 만나 보기로 했다. 그녀는 차 마시는 시간에 친구들이 찾아오면 항상 반갑게 맞이했다. 나이가 들고부터는 화가들과 작가들하고 어울리며 인맥을 쌓았다.

"듣자니까 아이리스가 결혼을 하지 않는다면서요."

조금 후 내가 말했다.

"나는 모르는 일이에요. 나야 얼른 결혼하기를 바라지만 그 애가 그러지 않겠다네요. 나는 신경 쓰지 말라고 아무리 하소연해도 나를 두고는 떠날 수가 없다고 한사코 고집을 부리지 뭐예요."

"딸에게 너무 가혹하다고 생각 안 해요?"

"왜 안 하겠어요. 나는 이제 살날이 고작 몇 달뿐이지만, 누가 나를 위해 희생하는 건 생각하기도 싫어요."

"친애하는 루이즈, 당신은 이미 남편 둘을 땅에 묻었어요. 앞으로 최소한 둘은 더 묻지 말란 법도 없어요."

"그거 웃으라고 하는 말인가요?"

그녀는 자기 딴에는 공격적인 말투랍시고 물었다.

"당신은 하고 싶은 일을 할 때는 늘 팔팔하면서 귀찮은 일은 매번 당신의 약한 심장이 나서서 못 하게 막는다는 생각은 안 하니 참 이상하지 않아요?"

"오, 이제 알겠어요, 알겠어, 당신이 항상 나를 어떻게 생각했는지. 당신은 내가 아픈 사람이라는 걸 한 번도 믿은 적이 없어요, 그렇죠?"

나는 그녀를 물끄러미 쳐다보았다.

"한 번도. 난 당신이 이십오 년 동안 거대한 사기를 쳐 왔다고 생각해요. 당신은 내가 아는 어떤 여자보다 이기적이고 가증스럽소. 불쌍한 두 남자의 인생을 파괴한 것도 모자라 이제는 자기 딸의 인생까지 파괴하려 드는군요."

그 순간 루이즈가 심장 발작을 일으켰다 해도 나는 놀라지 않았을 것이다. 이제 이 여자가 길길이 뛰겠구나 싶었다.

"가엾은 양반. 조만간 당신은 방금 한 말을 뼈저리게 후회하게 될 거예요."

"아이리스를 이 청년과 결혼시키지 않기로 마음을 굳힌 거예요?"

"나는 딸애에게 그 청년과 결혼하라고 애원했어요. 그 때문에 나는 죽겠지만 상관없어요. 내가 어떻게 되든 아무도 신경 쓰지 않아요. 나는 모두에게 짐일 뿐이에요."

"그 애에게 당신이 죽을 거라고 말했나요?"

"그 애가 캐물으니 어쩌겠어요."

"당신은 별생각이 없는데 사람들이 매번 당신을 그렇게 만드는 것처럼 말하는군요."

"딸애는 원한다면 내일이라도 결혼할 수 있어요. 나야 그 때문에 죽는다면 죽는 거고요."

"그럼 한번 감수해 볼까요?"

"나에 대한 연민은 조금도 없군요?"

"당신은 재미있는 사람이에요. 즐거움을 주는 사람을 동정할 순 없죠."

나는 대답했다.

루이즈의 창백한 뺨에 살짝 혈색이 돌았다. 그녀는 미소를 지었지만 냉혹하고 성난 눈빛은 여전했다.

"아이리스는 한 달 안에 결혼할 거예요." 그녀가 말했다. "내게 무슨 일이 생긴다면 당신도 그 애도 스스로를 용서하기 바랄게요."

루이즈는 약속을 지켰다. 결혼식 날짜가 잡혀 호화로운 신혼살림이 장만되었고 초대장이 발송되었다. 아이리스와 대단히 멋진 청년은 몹시 기뻐했다. 결혼식 당일, 아침 10시에 루이즈, 그 얄궂은 여자는 또다시 심장 발작을 일으켰고 사망했다. 자신을 죽게 만든 아이리스를 용서하면서 품위 있게 숨을 거두었다.

약속

내 아내는 시간 약속을 잘 지키지 않는다. 그래서 클래리지스에서 아내와 점심을 같이 먹기로 약속한 날, 나는 십 분 늦게 그곳에 도착했고 그런데도 아내가 보이지 않았지만 놀라지 않았다. 나는 칵테일을 한 잔 주문했다. 한여름이었기 때문에 라운지에는 빈자리가 두세 곳밖에 없었다. 일찍 식사를 마친 사람들 몇 명이 커피를 마시고 있었고, 나머지는 나처럼 드라이 마티니를 만지작거리고 있었다. 여름 원피스 차림의 여자들은 발랄하고 남자들은 당당해 보였지만, 앞으로 이십오 분은 족히 기다려야 할 텐데 관심을 갖고 지켜볼 만큼 눈에 띄는 인물은 보이지 않았다. 사람들은 날씬하고 단정해 보였고 잘 차려입은 데다 태평해 보였지만 대부분 뻔한 부류라서 나는 호기심보다는 인내심을 갖고 그들을 관찰했다. 하지만 이미 2시였고 배가 고팠다. 내 아내는 터키석은 초록색으로 변하고 손목시계는 멈춘다면서 심술궂은 운명을 탓하며 터키석도 손목시계도 착용하지 않는다. 터키석이야 뭐라 할 말이 없지만 손목시계는 태엽을 감으면 갈 텐데 말이다. 이런 생각을 하고 있는데 직원이 다가와 호텔 직원들이 흔히 그러하듯 무슨 대단한 일인 양 목소리를 깔고(실제보다 더 사악한 메시지처럼 느껴지게) 한 숙녀가 전화를 해서는 일이 생겨 나와 같이 점심을 먹을 수 없다는 말을 남겼다고 했다.

나는 망설였다. 북적이는 식당에서 혼자 식사하는 것이 내키지 않았지만 클럽에 가기에도 너무 늦은 시간이라 그냥 그곳에 있기로 했다. 나는 식당 안으로 천천히 들어갔다. 이제껏 고급 식당의 수석 웨이터가 내 이름을 알고 있다고 해서 딱히 만족감을 느낀 적은 없지만(우아한 사람들이 대개 그런 듯하다.) 이날만큼은 무심한 응대가 아쉬웠다. 딱딱하고 냉담한 얼굴의 메트르드텔(수석 웨이터)이 내게 자리가 다 찼다고 말했다. 크고 우아한 실내를 속절없이 둘러보는데 마침 아는 사람이 눈에 띄었다. 엘리자베스 버몬트 부인은 나의 오랜 친구였다. 그녀는 미소를 지었고, 나는 그녀가 혼자라는 걸 알고 그녀에게 다가갔다.

"배고픈 남자에게 온정을 베풀어 주신다면 같이 좀 앉을까 하는데요?"

내가 물었다.

"오, 그러세요. 하지만 난 거의 다 먹었어요."

그녀는 거대한 기둥 옆 작은 자리에 앉아 있었다. 자리를 잡고 앉아 보니, 주위에 사람들이 많아도 나누는 이야기가 옆으로 거의 들리지 않는 자리였다.

"다행이지 뭡니까." 내가 말했다. "배가 고파 쓰러질 뻔했거든요."

그녀는 아주 온화한 미소를 지었다. 얼굴이 갑자기 환해지는 것이 아니라 매력적으로 차츰 밝아졌다. 웃음기가 입가에서 잠시 머뭇거리다가 초롱초롱한 눈으로 천천히 이동해 그곳을 부드럽게 맴도는 그런 미소였다. 엘리자베스 버몬트는 누가 봐도 특출한 여자였다. 나는 젊은 시절의 그녀는 모르지만, 그녀가 어릴 때 하도 사랑스러워서 사람들이 눈물을 글썽이곤 했다는 말을 많이 들었고 또 그럴 만하다고 생각했다. 이제 그녀는 오십 대였지만 여전히 독보적이었다. 활짝 피어난 청춘의 풋풋한 아름다움도 그녀의 고개 숙인 미모 앞에서는 조금 시시하게 느껴졌다. 나는 똑같게 화장한 얼굴들을 좋아하지 않는다. 여자들이 분과 볼연지, 립스틱으로 표정을 흐트러뜨리고 개성을 가리는 것은 어리석은 짓이다. 엘리자베스 버몬트의 화장은 본질을 꾸미는 것이 아니라 본질을 돋보이게 하는 것이어서 사람들은 화장술에 의문을 품지 않고 그 결과에 박수를 보냈다. 그녀의 과감하고 대담한 화장술은 완벽한 얼굴의 특징을 축소하기보다 오히려 강조했다. 매끄럽고 윤나는 검은 머리는 염색한 것 같았다. 한 번도 늘어진 적이 없는 것처럼 자세가 똑바르고 아주 날씬했다. 그녀는 절개선과 단순함이 수려한 검은색 새틴 드레스를 입고 있었고, 목에는 긴 진주 목걸이를 걸고 있었다. 그것 말고 착용한 보석은 커다란 에메랄드가 박힌 결혼반지뿐이었는데, 그 진녹색 불꽃에 손의 하얀 피부색이 돋보였다. 하지만 그녀의 나이를 폭로하는 것도 바로 손톱을 빨갛게 칠한 그 손이었다. 젊은 손이 갖춘 보드랍고 옴폭옴폭하고 둥그런 면이 없어서 누구든 그녀의 손을 볼 때마다 실망감을 느낄 수밖에 없었다. 맹금류의 갈고리 발톱처럼 보이게 될 날이 머지않아 보였다.

엘리자베스 버몬트는 알려진 여자였다. 세인트 어스[1] 7대 공작의 딸로서 태생이 훌륭한 데다, 열여덟 살 때 대단한 부자와 결혼한 후 곧바로 엄청난 사치와 향락, 방탕의 길을 걸었기 때문이었다. 자신만만한 탓에 신중을 기하지 못했고 너무 무모해 결과를 따지지도 않았다. 충격적인 추문이 일어나자 그녀의 남편은 결혼한 지 이 년 만에 그녀와 이혼했다. 그녀는 간통자로 지목된 세 남자 중 하나와 재혼했다가 열여덟 달 뒤 남자를 버리고 도망쳤고, 이후 애인을 줄줄이 갈아치웠다. 그녀는 난잡한 행실로 악명을 떨쳤다. 뛰어난 미모와 문란한 행동으로 세간의 이목을 끌면서 잊을 만하면 이야깃거리를 만들어 냈다. 그녀의 이름은 점잖은 사람들의 비위를 건드렸다. 그녀는 도박꾼에 사치스럽고 헤픈 여자였다. 연인들에게는 부정을 일삼았지만 친구들에게는 한결같아서, 그녀가 무슨 짓을 했든 그녀를 몹쓸 여자로 칭하는 것을 절대 용납하지 않을 친구들이 주변에 몇 명씩은 항시 있었다. 그녀는 솔직하고 활달하며 용감했다. 위선을 떨지 않았다. 관대하고 진실했다. 내

1) 잉글랜드 콘월 지방의 행정구.

가 그녀를 알게 된 것은 바로 이 무렵이었다. 종교가 한물간 시대이므로 한가락 하는 숙녀들은 명예에 큰 상처를 입으면 예술을 찬양하며 그쪽으로 관심을 돌리기 때문이다. 그런 식으로 같은 계층 사람들에게 외면당한 숙녀들은 작가와 화가, 음악가 계층으로 내려오기도 했다. 나와 그녀는 죽이 잘 맞는 친구였다. 그녀는 생각하는 바를 꽤나 거침없이 말하는 이른바 축복받은 사람 중 하나였고(덕분에 시간을 많이 절약할 수 있었다.) 순간적인 재치도 있었다. 떠들썩했던 지난날에 대해 늘 거리낌 없이(재미난 유머를 섞어 가며) 이야기했다. 지적인 대화는 아니었지만 즐겁게 대화할 수 있었던 것은 그녀가 정직한 여자였기 때문이다.

그 후 그녀는 아주 놀라운 일을 해냈다. 마흔 살의 나이에 스물한 살의 청년과 결혼한 것이다. 그녀의 친구들은 그녀가 일생일대의 실수를 저질렀다고 말했다. 그녀의 곁을 시종일관 지켜 온 사람들 중에도 이번에는 그 남자의 입장에 서서 그 착하고 순진한 남자를 이용해 먹다니 수치스러운 짓이라면서 그녀와 연을 끊은 사람들이 나왔다. 너무 지나친 것 아니냐고. 그들은 재앙을 예언했다. 엘리자베스 버몬트는 한 남자에게 육 개월 이상 헌신할 수 없는 여자라는 것이 이유였다. 어림없지. 그들은 그렇게 되기를 바랐다. 그녀가 난잡한 행실을 보여야 그 가엾은 청춘이 아내를 버리고 떠날 기회를 얻을 테니 말이다. 그들의 예상은 모두 빗나갔다. 세월이 그녀의 심경을 변화시킨 것인지 피터 버몬트의 순수함과 단순한 사랑이 그녀를 감화시킨 것인지는 알 수 없지만, 그녀는 충실한 아내가 되었다. 그들은 가난했다. 사치스러운 그녀가 알뜰한 아내가 되었다. 갑자기 그녀가 자신의 평판에 신경을 쓰자 구설은 사라졌다. 그녀의 관심사는 오직 그의 행복인 듯 보였다. 그녀가 그를 진심으로 사랑한다는 것은 의심의 여지가 없었다. 오랫동안 세간의 화제가 되었던 엘리자베스 버몬트는 더는 사람들의 입에 오르내리지 않았다. 그녀의 이야기는 언제 돌았나 싶게 잠잠해졌다. 그녀는 이제 다른 여자였다. 나는 그녀가 부끄럽지 않은 세월을 오랫동안 보낸 후 아주 늙은 여자가 되었을 때, 떠들썩했던 자신의 과거를 돌이켜 보면서 그 시절을 자신의 과거가 아닌 오래전에 죽어 기억조차 희미한 어느 지인의 과거처럼 느끼겠구나 싶어 즐거웠다.

하지만 운명이 무엇을 준비해 두었을지 누가 알겠는가? 모든 것들이 순식간에 바뀌어 버렸다. 피터 버몬트는 십 년간 이상적인 결혼 생활을 하다가 바바라 캔턴이라는 아가씨와 열렬한 사랑에 빠졌다. 그녀는 좋은 여자였고 외무부 차관을 지낸 로버트 캔턴 경의 막내딸이었다. 금발에 솜털이 보송보송한 모습이 예뻤다. 물론 한동안 그녀는 레이디 엘리자베스의 상대가 되지 못했다. 많은 사람들이 그들의 일을 알았지만, 엘리자베스 버몬트가 그것을 눈치챘는지는 누구도 자신하지 못했다. 사람들은 그녀가 대단히 생소한 그 상황에 어떻게 대응할지 궁금해했다. 연인을 버리는 것은 언제나 그녀 쪽이었고 누구도 그녀를 버린 적은 없었다. 나는 그녀가 캔턴 양을 순식간에 제압할 것으로 예상한 쪽이었다. 그녀의 용기와 영민함을 잘 알았기 때문이다. 그날 나는 이런 생각들을 하면서 그녀와 같이 점심을 먹었다. 그녀는 평소처럼 명랑하고 매력적이며 솔직했고, 근심이 있는 기색은 전혀 없었다. 늘 그렇듯 가볍지만 분별력을 가지고 터무니없는 점들을 활발히 짚어 내면서 대화의 향방이 제시하는 다양한 주제들을 이야기했다. 나는 즐거운 시간을 보냈다. 그리고 기적의 손길이 미쳐서 그녀가 피터의 변심을 알아채지 못했다고 결론 짓고는, 그녀가 그를 너무 사랑한 나머지 그녀에 대한 그의 사랑이 그보다 작으리라고는 아예 생각조차 하지 못하는 것이라고 나름대로 해석까지 내렸다.

우리는 커피를 마신 뒤 담배를 한두 대 피웠다. 그녀가 내게 시간을 물었다.

"2시 35분입니다."

"계산서 달라고 해야겠네요."

"점심값은 제가 내도록 해 주실 거죠?"

"물론이죠."

그녀가 미소를 지었다.

"급한 볼일 있으세요?"

"3시에 피터를 만나기로 했어요."

"오, 부군은 어찌 지내십니까?"

"아주 잘 지내요."

그녀는 살며시 미소를 지었다. 특유의 느리면서 기쁨이 가득한 미소였지만, 나는 그것에서 또렷한 조롱기를 엿볼 수 있었다. 그녀는 순간 멈칫하더니 조심스러운 눈초리로 나를 쳐다보았다.

"당신도 흥미로운 상황 좋아하죠?" 그녀가 말했다. "내 볼일이 무엇인지 당신은 짐작도 못 할 거예요. 오늘 아침 피터에게 전화해서 3시에 만나자고 했어요. 그이에게 이혼하자고 말할 생각이에요."

"말도 안 돼요." 나는 외쳤다. 얼굴이 화끈거렸고 말문이 막혔다. "둘이 잘 지내는 줄 알았는데요."

"온 세상이 다 아는 일을 나만 모르는 게 가능하리라 생각해요? 내가 그 정도로 못 말리는 바보는 아니에요."

그녀는 상대가 믿지도 않으면서 하는 말을 믿을 여자가 아니었다. 그래서 나는 그녀가 하는 말을 못 알아들은 척할 수가 없었다. 그저 일이 초쯤 침묵을 지켰다.

"왜 이혼을 해 주려는 겁니까?"

"로버트 캔턴은 고리타분한 인간이에요. 내가 피터와 이혼한다고 해도, 과연 그 인간이 바버라가 피터와 결혼하도록 허락할지는 심히 의문이죠. 어차피 내 입장에서는, 알다시피 전혀 중요한 일도 아니고요. 이혼을 한두 번 하는 것도 아니고……."

그녀는 어여쁜 어깨를 추어올렸다.

"남편이 그 여자와 결혼하고 싶어 하는지 어떻게 알죠?"

"그이는 그 여자에게 홀딱 빠져 있거든요."

"본인 입으로 그렇게 말하던가요?"

"아뇨. 그이는 내가 안다는 것조차 몰라요. 참 딱하고 불쌍한 인간이죠. 내게 상처 주지 않으려 무척이나 애쓰고 있어요."

"그냥 일시적인 열병일 수도 있잖습니까." 내가 과감히 던졌다. "그냥 지나가는."

"그게 가능할까요? 바버라는 젊고 예뻐요. 꽤나 착하고요. 그들은 서로에게 아주 잘 어울리죠. 그냥 지나가는 거라고 해도, 그럼 또 어때요? 그들은 현재 서로를 사랑하고 있고, 현재의 사랑이 중요한 거예요. 나는 피터보다 열아홉 살이나 많아요. 어머니뻘 되는 여자에게 한번 싫증난 남자가 다시 그 여자를 사랑할 수 있을까요? 당신은 소설가니 인간의 본성을 그보다는 잘 알 거예요."

"왜 이렇게까지 희생하려는 겁니까?"

"십 년 전 그이가 내게 청혼할 때 내가 약속한 게 있어요. 그이가 떠나고 싶어 할 때 놔주겠다고. 우리 사이에는 지극히 큰 불균형이 있어서 나는 그래야 공평하다고 생각했어요."

"그 사람이 그 약속을 지키라고 요구하지 않아도 그 약속을 지킬 거예요?"

그녀는 길고 가느다란 손을 조금 까딱거렸다. 이제 어둡게 반짝거리는 에메랄드가 조금 불길하게 보였다.

"오, 그럼요. 그래야죠. 정정당당하게 행동하는 게 맞아요. 솔직히 말하면, 그래서 오늘 여기서 점심을 먹고 있는 거예요. 그이가 바로 이 테이블에서 내게 청혼했거든요. 그때 우리는 여기서 같이 식사했고, 나는 지금 이 자리에 앉아 있었죠. 한 가지 걸리는 건 내가 그때나 다름없이 그이를 여전히 사랑하고 있다는 거예요." 그녀는 잠시 말을 멈추었고, 나는 그녀가 이를 악물고 있는 것을 보았다. "음, 그만 가 봐야겠어요. 피터는 기다리게 하는 사람을 싫어해요."

그녀는 무기력한 표정을 지었다. 차마 의자에서 일어날 용기가 없는 것 같았다. 하지만 그녀는 미소를 짓더니 갑작스러운 몸짓으로 벌떡 일어섰다.

"내가 같이 가 줄까요?"

"호텔 문까지만요."

그녀가 미소를 지었다.

우리는 식당과 라운지를 가로질러 걸어갔다. 출입구에 이르렀을 때 문지기가 회전문을 돌려 주었다. 나는 그녀에게 택시를 타겠느냐고 물었다.

"아뇨, 걷는 게 좋겠어요. 화창한 날이잖아요." 그녀는 내게 손을 내밀었다. "만나서 정말 반가웠어요. 나 내일 외국으로 떠나지만, 가을은 런던에서 지낼 생각이에요. 전화해요."

그녀는 미소를 지으며 고개를 끄덕인 뒤 돌아섰다. 나는 그녀가 데이비스 거리를 걸어 올라가는 것을 바라보았다. 공기는 아직 순순한 봄날 같았고, 지붕들 위 파란 하늘에는 작고 흰 구름들이 유유히 흘러갔다. 그녀는 자세가 아주 꼿꼿했고 머리의 위치도 당당했다. 지나가는 사람들이 돌아볼 만큼 아주 날씬하고 사랑스러운 외모였다. 그녀가 모자를 들어 올리는 지인들에게 우아하게 고개를 숙이는 모습이 보였다. 그 남자는 천년이 지나도 그녀가 얼마나 마음이 아팠는지 절대 모를 거라는 생각이 들었다. 정말 정직한 여자야, 하고 나는 다시 되뇌었다.

목걸이

"옆자리에 앉게 되다니 운이 좋았네요."

우리가 저녁을 먹으려고 앉았을 때 로라가 말했다.

"나야말로 행운이죠."

나는 정중히 대꾸했다.

"이유는 두고 보면 알 거예요. 당신과 이야기할 기회만 찾고 있었거든요. 당신에게 해 줄 이야기가 있어요."

나는 가슴이 조금 철렁했다.

"당신 이야기면 좋겠는데요." 내가 대답했다. "내 이야기이거나."

"오, 꼭 해야 하는 이야기예요. 당신에게 쓸모가 있을 거예요."

"꼭 해야겠다면 하셔야죠. 하지만 우선 메뉴부터 봅시다."

"이야기하지 말까요?" 그녀가 조금 기분이 상한 투로 말했다. "난 당신이 좋아할 줄 알았어요."

"좋고말고요. 당신이 희곡으로 써서 주면 내가 읽어 볼 수도 있어요."

"내 친구들에게 일어난 일이에요. 틀림없는 사실이라고요."

"그럼 추천할 수 없어요. 실화는 꾸며낸 이야기보다 더 진실하지 않거든요."

"그게 무슨 소리예요?"

"별 뜻 없어요." 내가 인정했다. "그냥 그럴듯한 말이잖아요."

"이야기하게 해 줘요."

"열심히 들어 볼게요. 난 수프는 안 먹을래요. 살쪄요."

그녀는 허를 찔렸다는 표정을 짓더니 메뉴를 훑어보았다. 그러고는 살짝 한숨을 쉬었다.

"오, 당신이 마다하니 나도 안 먹을래요. 내 몸매를 내 멋대로 뜯어고쳐선 안 되니까요."

"하지만 크림이 듬뿍 들어간 수프 말고 다른 종류의 수프가 있을 텐데요?"

"보르시치."[1] 그녀가 한숨을 쉬었다. "먹고 싶은 수프는 그것뿐이에요."

"그럼 됐네요. 이제 그 이야기 해 봐요, 생선이 나올 때까지 음식 생각이 싹 달아나게요."

"그게, 그 일이 일어났을 때 나도 거기 있었어요. 리빙스턴가 사람들과 식사하는 중이었죠. 리빙스턴가 사람들 알아요?"

---

1) 당근을 넣은 러시아식 수프.

"아뇨, 모르는 것 같아요."

"그들에게 물어봐요, 내가 한 말이 모두 사실이라는 걸 확인해 줄 테니까. 그날 그들은 여자 가정 교사를 식사 자리로 불렀어요. 마지막에 여자들 몇 명이 약속을 어겼거든요. 생각 없는 사람들이 어떤지 알 거예요. 아무튼 그래서 그날 열세 명이 식탁에 앉았어요. 가정 교사는 로빈슨 양이라는 여자였는데, 상당히 착하고 젊었어요. 스무 살인가, 스물한 살인가 그랬고 예쁘장한 편이었죠. 난 개인적으로 젊고 예쁜 가정 교사는 절대 들이지 않아요. 무슨 일이 있을지 누가 알겠어요."

"하지만 이왕이면 다홍치마 아니겠어요."

로라는 내 말을 들은 척도 하지 않았다.

"그런 여자는 자기 의무는 등한시하고 젊은 남자들만 생각해요. 일단 일에 익숙해지고 나면 일을 그만두고 결혼하려고 하죠. 하지만 로빈슨 양은 추천사가 아주 훌륭했어요. 그 여자가 대단히 참하고 괜찮은 사람이라는 건 나도 인정해요. 성직자의 딸이라는 것도 믿고요.

그날 저녁 식사 자리에 어떤 남자가 있었는데, 아마 당신은 들어 본 적 없겠지만 나름 유명 인사였어요. 보셸리 백작이라는 그 남자는 보석에 관한 한 세상 누구보다 아는 게 많았어요. 그의 옆자리에 진주로 치장한 메리 린게이트가 우쭐거리면서 앉아 있었죠. 이야기를 나누다가 그 여자가 자기 목걸이를 어떻게 생각하느냐고 그에게 물었지 뭐예요. 그는 대단히 예쁘다고 말했고요. 그 말에 그 여자가 발끈하면서 그것이 8000파운드짜리라고 말했죠.

'네, 그 정도 할 겁니다.' 하고 그가 말했어요.

그 남자의 맞은편에는 로빈슨 양이 앉아 있었어요. 그날따라 예뻐 보이더라구요. 나야 당연히 그녀의 드레스를 알아보았죠. 소피가 예전에 입던 드레스였는데, 로빈슨 양이 가정 교사라는 걸 모르는 사람은 그것이 다른 사람이 입던 옷이리라고는 상상 못 했을 거예요.

'저 젊은 숙녀분이 하신 목걸이는 대단히 아름답군요.' 하고 보셀리가 말했죠.

오, 하지만 저분은 리빙스턴 부인의 가정 교사인데요.' 메리 린게이트가 말했죠.

'그렇긴 해도,' 그가 말했죠. '저런 굵기에 저렇게 좋은 진주 목걸이는 내 평생 처음 봅니다. 5만 파운드는 족히 나가겠는데요.'

'말도 안 돼요.'

'장담합니다.'

메리 린게이트가 몸을 앞으로 쭉 내밀더니 날카로운 목소리로 말하더군요.

'로빈슨 양, 보셀리 백작님이 뭐라고 하신 줄 알아요?' 그녀가 소리쳤어요. '백작님 말씀이, 당신이 건 그 진주 목걸이의 가치가 5만 파운드는 나갈 거래요.'

마침 그때 대화가 뚝 끊긴 바람에 모든 사람들이 그 말을 듣게 된 거예요. 모두들 고개를 돌려 로빈슨 양을 쳐다봤어요. 그 여자가 얼굴을 약간 붉히더니 웃지 뭐예요.

'제가 횡재를 했나 보네요.' 그 여자가 말했어요. '이거 15실링 주고 산 거거든요.'

'그럼 그렇지.'

모두 웃었어요. 우습잖아요. 아내가 값비싼 진품을 모조 진주라며 남편을 속여 먹은 이야기는 모두들 들어 알고 있었거든요. 아주 케케묵은 이야기니까요."

"고맙군요."

나는 내가 쓴 단편을 생각하며 말했다.

"하지만 가정 교사가 5만 파운드짜리 진주 목걸이를 가지고도 계속 가정 교사 노릇을 한다는 건 말이 안 되잖아요. 백작이 실수를 한 게 분명했죠. 그때 희한한 일이 일어났어요. 우연의 힘이 어김없이 손을 뻗친 거예요."

"그럴 리가요." 내가 대꾸했다. "우연은 너무 자주 남용되어 왔어요. 『영어 용법 사전』이라는 멋진 책 못 봤어요?"

"이제부터 진짜 흥미로운 대목이니까 끼어들지 좀 말아요."

하지만 나는 다시 끼어들 수밖에 없었다. 구워진 어린 연어가 내 왼쪽 팔꿈치를 빙 돌아 등장했기 때문이다.

"리빙스턴 부인이 우리에게 천상의 음식을 보내셨나 보군요." 내가 말했다.

"연어에 지방이 많나요?" 로라가 물었다.

"엄청." 나는 한 숟가락 크게 푸면서 대답했다.

"허풍은."

"얘기 계속해요." 나는 그녀에게 부탁했다. "우연의 힘이 막 손을 쓰려는 대목까지 얘기했어요."

"바로 그때 집사가 로빈슨 양에게 몸을 숙이더니 그녀의 귀에 대고 뭐라 뭐라 속삭였어요. 내가 보기에는 그녀의 안색이 조금 창백해지는 것 같았어요. 립스틱을 바르지 않은 게 큰 실수였죠. 운명이 무슨 장난을 칠지 모르는 거거든요. 그 여자는 분명 놀라는 눈치였어요. 그리고 몸을 앞으로 내밀었죠.

'리빙스턴 부인, 도슨 말이, 지금 저와 이야기를 하고 싶다고 남자 둘이 복도에서 기다리고 있다네요.'

'어서 가 봐요." 소피 리빙스턴이 말했죠.

로빈슨 양은 일어서서 방을 나갔어요. 물론 다들 같은 생각을 했지만 그걸 가장 먼저 입 밖에 낸 것은 나였어요.

'설마 그녀를 체포하러 온 건 아니겠죠.' 하고 내가 소피에게 말했죠. '그럼 당신 큰일인데요.'

'저 목걸이 진품 확실해요, 보셀리?' 그녀가 물었어요.

'오, 그럼요.'

'만에 하나 그것이 도난품이라면 오늘 밤 그걸 착용할 생각을 하다니 참 대담하네요.' 내가 말했죠.

소피 리빙스턴은 화장을 했는데도 얼굴이 시체처럼 하얗게 질리더군요. 자기 보석함이 무탈한지 생각하고 있는 게 분명했어요. 나는 작은 다이아몬드 체인 목걸이를 하고 있었지만 그것이 있는지 무의식적으로 손을 목으로 가져가 만져 보았죠.

'말도 안 되는 소리 그만해요.' 리빙스턴 씨가 말했어요. '대체 로빈슨 양이 무슨 수로 그리 값나가는 진주 목걸이를 손에 넣는다는 말이오?'

'장물을 산 것일 수도 있어요.' 내가 말했죠.

'오, 하지만 그 여자는 추천사가 아주 훌륭했는데요.' 소피가 말했어요.

'안 그런 사람 있나요.' 내가 말했죠."

나는 맞장구를 치느라 다시 로라의 말을 끊을 수밖에 없었다.

"당신이 좋은 면만 보는 편은 아니죠."

내가 말했다.

"물론 나는 로빈슨 양에 대한 좋지 않은 평은 전혀 들은 적이 없었어요. 그저 아주 괜찮은 여자인 이유만 줄줄이 알고 있었죠. 하지만 그 여자가 악명 높은 도둑이고 국제 사기꾼 집단의 잘 알려진 일원이었다면 차라리 짜릿했을 거예요."

"영화처럼 말이군요. 유감스럽지만 그런 상황이 흥미로운 건 영화라서 그런 거예요."

"우리는 숨 막히는 긴장감 속에서 기다렸어요. 부스럭대는 소리 하나 없었죠. 복도에서 버둥거리는 소리나 적어도 억눌린 비명 소리가 들릴 것으로 기대했는데 말이에요. 침묵이 아주 불길하게 느껴졌어요. 그때 문이 열리더니 로빈슨 양이 들어왔어요. 그런데 그 목걸이가 없는 거예요. 그 여자는 안색이 창백하고 흥분한 상태였어요. 그 여자가 탁자로 돌아와 앉더니 웃는 얼굴로 그걸 던지지 뭐예요……."

"어디에요?"

"탁자 위지 어디겠어요, 바보 양반아. 진주 목걸이를 던졌다고요.

'내 목걸이였는데.' 하고 그녀가 말했죠.

보셀리 백작이 몸을 내밀었어요.

'오, 하지만 이건 가짜인데요.' 하고 그가 말했어요.

'내 목걸이였다니까요.' 그녀가 웃었어요.

'이건 조금 전 당신이 걸었던 그 목걸이가 아닌데요.'

그 여자는 고개를 젓더니 속을 알 수 없는 미소를 짓더군요. 모두들 호기심이 발동했죠. 소피 리빙스턴은 자기네 가정교사가 그렇게 관심을 한 몸에 받는 게 못마땅했는지, 로빈슨 양에게 날이 선 말투로 어떻게 된 일인지 설명해 보라고 요구했죠. 로빈슨 양의 말인즉슨, 복도에 나갔더니 두 남자가 있었는데 재러츠 상점에서 나왔다고 하더래요. 그 여자는 거기서 목걸이를 15실링에 구입했고, 걸쇠가 헐거워서 물렀다가 그날 오후에 교환을 받았대요. 그런데 그 남자들 말이, 그녀에게 엉뚱한 목걸이를 주었다는 거예요. 누군가 줄을 바꾸려고 진짜 목걸이를 맡겼는데 점원이 실수로 그걸 줬다는 거죠. 물론 나는 얼마나 멍청하면 값진 진품 목걸이를 재러츠에 맡길까 이해가 안 가더라구요. 거기는 그런 물건을 취급하는 곳이 아니에요. 진짜 진주랑 가짜를 구분 못 한다고요. 하지만 알다시피 어떤 여자들은 어이없는 바보잖아요. 어쨌든 그 목걸이, 로빈슨 양이 걸었던 목걸이는 5만 파운드짜리가 맞았던 거예요. 그 여자는 그걸 당연히 그들에게 돌려주었죠. 아니면 어쩌겠어요. 속은 엄청 쓰렸겠지만. 그들은 그 여자에게 다른 목걸이를 돌려주고는 남자들이 사무적으로 말한답시고 쓰는 그 우스꽝스럽고 뽐내는 말투로 말하더래요, 의무 사항은 아니지만 위로금 조로 300파운드짜리 수표를 그녀에게 주라는 지시를 받았다고. 로빈슨 양은 실제로 그걸 우리에게 보여 주었어요. 아주 좋아 죽더라고요."

"운수대통했네요."

"그럴 뻔했죠. 결국 그 여자는 그것 때문에 망가졌어요."

"아니, 어째서요?"

"휴가 때가 되자 그 여자는 소피 리빙스턴에게 도빌에서 한 달간 지내며 그 300파운드를 실컷 쓰겠다고 했어요. 물론 소피는 그 돈을 은행에 저축하라고 말렸지만 그 여자는 말을 듣지 않았어요. 이제까지 그런 기회는 한 번도 없었고 앞으로도 없을 테니 적어도 사 주 동안은 공작 부인처럼 살고 싶다고 한 거죠. 소피는 어쩔 도리가 없어서 포기했고요. 그리고 입지 않는 옷들을 로빈슨 양에게 잔뜩 팔았죠. 계절 내내 입어 싫증이 날 대로 난 옷들을 말이에요. 자기 말로는 로빈슨 양에게 그냥 줬다지만, 내 생각에는 그랬을 리가 없어요. 분명 헐값에 팔았을 거예요. 로빈슨 양은 혼자 도빌로 출발했어요. 그 후에 무슨 일이 일어났을지 상상이 가요?"

"나야 모르죠." 내가 대답했다. "그 여자가 신나게 즐겼기를 바랄 뿐이에요."

"돌아오기로 한 날짜를 일주일 앞둔 날, 그 여자가 소피에게 편지를 보냈어요. 계획을 바꿔 다른 직업을 얻었다면서 돌아가지 않을 테니 리빙스턴 부인의 양해를 바란다는 편지였어요. 물론 가엾은 소피는 분개했죠. 어떻게 된 거냐 하면, 로빈슨 양이 도빌에서 아르헨티나인 부자를 하나 물어서 그 남자와 같이 파리로 떠난 거였어요. 이후 그 여자는 파리에 머물고 있어요. 내가 피렌체에서 그 여자를 똑똑히 봤어요. 팔꿈치까지 팔찌를 주렁주렁 차고 목에는 밧줄처럼 굵은 목걸이를 걸고 있던데요. 물론 나는 그 여자를 딱 모른 척했죠. 듣자니까 볼로뉴 숲[2]에 집도 한 채 있대요. 내가 알기로 롤스로이스도 한 대 있었고요. 그 여자는 몇 달 만에 그 아르헨티나인을 차 버리고 그리스인으로 갈아탔어요. 지금은 누구랑 있는지 모르겠지만, 머지않아 파리에서 가장 잘나가는 매춘부가 될 게 확실해요."

"당신 말을 곧이곧대로 듣고 그 여자가 정말 망가진 줄 알았잖아요."

내가 말했다.

"무슨 소리를 하는 건지 모르겠네요." 로라가 말했다. "이거 이야기로 써먹을 수 있을까요?"

"안타깝지만 나는 진주 목걸이 이야기는 이미 썼어요. 이제 진주 목걸이 이야기는 더 못 써요."

"내가 직접 써 볼 생각도 있어요. 물론 나는 결말을 바꿀 거예요."

"오, 결말을 어떻게 할 건데요?"

"나는 그 여자를 전쟁터에서 부상당한 은행 직원과 엮을 거예요. 다리가 하나뿐이거나, 총에 맞아 얼굴이 절반만 남은 남자로. 그들은 지독하게 가난해서 오랫동안 결혼은 꿈도 못 꿔요. 남자는 교외에 집을 한 채 사려고 모든 돈을 저축하죠. 그가 마지막 적금을 부으면 결혼하기로 했고요. 그때 그 여자가 남자에게 300파운드를 딱 내놓는 거예요. 이럴 수가. 그들은 너무 행복해요. 남자는 그 여자의 어깨에 기대 울어요. 아이처

---

2) 각종 여가 시설을 갖춘, 파리 서쪽의 넓은 숲.

럼 엉엉 울어요. 그리고 그들은 교외에 작은 집을 사고 결혼하죠. 남자의 늙은 어머니를 모시고 함께 살아요. 남자는 매일 은행으로 출근해요. 조심해서 아기를 안 가졌다면 여자는 낮에 가정 교사로 계속 일할 수 있겠죠. 남자는 자주 아파요. 예전에 다친 곳 때문에. 여자는 남자를 돌봐요. 아주 안쓰럽고 화기애애하고 사랑스러운 이야기죠."

"난 좀 지루하게 들리는데요."

내가 말했다.

"알아요. 그래도 도덕적이잖아요."

로라가 말했다.

새가슴

프라우선 두 대가 유유히 하류로 흘러갔다. 한 대가 다른 한 대를 몇 미터쯤 앞서갔고, 앞선 배에는 백인 남자 둘이 앉아 있었다. 그들은 오늘 밤 문명 세계의 집에서 묵을 생각에 기분이 좋았다. 강에서 지낸 시간이 칠 주나 되다 보니 그럴 수밖에 없었다. 전쟁 이후 보르네오에서 쭉 지내 온 이자트에게 다야크족의 집들과 그들의 축제는 이제 옛이야기에 지나지 않았고, 이 나라가 처음이라 낯선 것들이 신기하기만 하던 챔피언도 편히 앉아 있을 의자와 잠을 잘 침대가 간절했다. 다야크족은 그들을 반겨 주었지만 그들의 집은 그리 안락한 곳이 아니었다. 그들이 손님을 접대하는 단조로운 방식 역시 금방 싫증을 유발했다. 여행자들이 부두에 도착하는 저녁이면 깃발을 든 촌장이 가족의 중요한 일원들을 대동하고 강가로 마중을 나왔다. 여행자들은 기다란 집으로 안내되었다. 나무줄기에 계단 삼아 대충 파 놓은 홈을 잡고 나무 위로 올라가면, 하나의 지붕 아래 집들이 다닥다닥 들어선 마을이 나왔다. 그들은 길게 늘어서서 북과 징 소리에 맞춰 그 긴 집을 왔다 갔다 걸었다. 집의 양쪽 측면을 따라 갈색 피부의 사람들이 줄줄이 웅크리고 앉아 지나가는 백인들을 말없이 쳐다보았다. 깨끗한 깔개가 펼쳐지고 손님들이 자리를 잡고 앉으면 촌장이 생닭을 가져와 닭의 두 다리를 잡고 그들의 머리 위로 닭을 세 번 흔들고는 큰 목소리로 혼령들을 증인으로 불러내 주문을 외웠다. 그 후에는 여러 사람들이 달걀을 가져왔다. 아라크는 술이었다. 몸집이 아주 작고 수줍음을 타는 처녀가 백인 남자의 입술에 컵을 대 주었다. 꽃송이처럼 우아하고 덤덤한 얼굴에 성직자의 면모가 어린 처녀였다. 술잔이 비면 커다란 함성이 터져 나왔다. 남자들은 하나둘 춤을 추기 시작했다. 방패와 파랑을 들고 북과 징에 맞춰 슬근슬근 춤을 추었다. 이것이 끝나면 방문자들은 방으로 안내되었다. 일상생활이 이루어지는 긴 복도에서 뻗어 나간 여러 방들 중 하나였는데, 거기에 그들을 위한 식사가 차려져 있었다. 여자들이 숟가락으로 그들에게 먹을 것을 먹여 주었다. 그러고 나서 모두들 거나하게 술에 취해 날이 샐 때까지 이야기를 나누었다.

이제 그들은 여행을 마치고 뭍으로 돌아가는 길이었다. 동틀 녘 출발할 때 강물은 아주 얕았고 자갈이 깔린 강바닥 위로 투명하고 맑은 물살이 흘렀다. 강물 위로 몸을 내민 나무들 때문에 긴 띠로 보이던 푸른 하늘이 이제 넓게 펼쳐졌다. 그들은 장대로 배를 밀지 않고 노를 저었다. 나무들, 거대한 타조 깃털 뭉치 같은 야생 사고야자, 잎사귀가 거대한 나무, 아카시아처럼 깃털 모양의 이파리가 달린 나무, 줄기가 길고 곧고 하얀 코코넛 나무와 아레카야자 등 강둑 위 나무들은 난잡하고 무성했다. 번개에 맞았거나 늙어 죽은 나무의 수척하고 헐벗은 뼈대가 여기저기 널려 있었는데, 주변의 녹음 속에서 그 허연 색깔이 도드라져 보였다. 높다란 나무들이 서로 겨루는 숲의 왕들처럼 정글의 공동 구역 위로 높이높이 솟아 있었다. 기생식물들도 있었다. 갈라진 두 나뭇가지 사이에 자리 잡은 무성한 초록빛 이파리 다발이나, 퍼져 나가는 잎사귀들을 신부의 베일처럼 뒤덮으며 꽃을 피우는 덩굴 식물들이었다. 가끔 그것들은 키가 큰 나무줄기를 멋들어진 의상처럼 휘감고 올라가 이 가지에서 저 가지로 꽃을 피운 팔들을 뻗기도 했다. 그 맹렬한 야성성, 그 열렬한 성장성은 어떤 전율을 내포했다. 신의 옷자락 밑에서 활개치는 떠돌이의 대담한 방종이 어려 있었다.

날이 저물면서 열기도 한풀 꺾였다. 챔피언은 손목에 찬 낡은 은빛 시계를 보았다. 이제 얼마 후면 목적지에 도착할 것으로 보였다.

"허친슨은 어떤 사람이오?"

챔피언이 물었다.

"모릅니다. 아주 좋은 사람인 것 같긴 해요."

허친슨은 이 지역 공사(公使)였고 그날 밤 그들은 허친슨의 집에서 묵을 예정이었다. 그들이 도착한다는 소식은 다야크족

한 명이 카누를 타고 가서 전했다.

“위스키가 조금 있으면 좋겠는데. 아라크는 평생 안 마셔도 될 만큼 실컷 마셨어요.”

챔피언은 광산 엔지니어였다. 술탄은 잉글랜드로 떠나는 길에 싱가포르에서 챔피언을 만났고, 챔피언이 딱히 할 일이 없다는 것을 알고 그에게 셈불루로 가서 그곳에 수익성 있는 광물이 있는지 알아보라는 임무를 맡겼다. 그리고 챔피언에게 모든 편의를 제공하라는 지시를 쿠알라 솔로의 공사인 윌리스에게 내렸다. 윌리스는 이자트에게 챔피언을 수행하는 임무를 맡겼다. 이자트가 말레이어와 다야크어를 모두 원어민처럼 구사했기 때문이다.

이번이 세 번째 내륙 탐험이었고, 이제 챔피언은 보고서를 가지고 고국으로 떠나야 했다. 술탄 아흐마드는 이튿날 새벽에 이곳 강어귀를 통과할 예정이라 그들에게는 술탄을 만날 기회였다. 운이 따라 준다면 같은 날 오후에 쿠알라 솔로에 도착할 수 있었다. 두 사람은 이곳에 온 것이 좋았다. 여기에는 테니스장과 골프장, 당구대를 구비한 클럽이 있었고, 음식도 비교적 훌륭했다. 문명의 안락함이 있었다. 이자트는 챔피언 말고 어울릴 사람들이 생겨서 더더욱 좋았다. 그는 곁눈질로 챔피언을 보았다. 챔피언은 머리가 크고 대머리가 벗겨진 작은 남자였다. 오십 대였지만 강인하고 튼튼했다. 푸른 눈은 기민하고 반짝거렸고, 듬성듬성하고 희끗희끗한 콧수염을 기르고 있었다. 부러지고 변색된 치아 사이에 거의 항상 파이프 담뱃대를 물고 있었다. 그는 깨끗하지도 단정하지도 않았다. 카키색 반바지는 너덜거렸고, 러닝셔츠는 찢어진 것이었다. 지금은 다 해진 토피를 쓰고 있었다. 열여덟 살 이후 전 세계를 헤집고 다닌 남자였고, 남아프리카, 중국, 멕시코에도 있었다. 사교성이 좋고 말주변도 좋았다. 누구를 만나든 술을 마시고 또 마실 태세가 되어 있었다. 두 사람은 아주 잘 지냈지만, 이자트는 그와 있는 것이 한 번도 편한 적이 없었다. 둘은 농담을 주고받고 같이 웃고 같이 술에 취했지만, 이자트는 그에게서 친밀감을 느낀 적이 없었다. 사이좋게 지내면서도 둘의 관계는 지인 이상으로 발전하지 못했다. 그는 타인의 눈에 비치는 자신의 모습에 대단히 민감한 남자였고, 챔피언의 유쾌한 이면에서 어떤 냉정함을 느꼈다. 그 반짝거리는 푸른 눈은 그의 됨됨이를 대변했다. 챔피언은 이자트에 대해 나름대로 평가를 내린 눈치였지만 이자트는 그것이 무엇인지 알지 못해 은근히 약이 올랐다. 이 평범한 남자에게 호평을 받지 못할지도 모른다고 생각하면 왈칵 화가 치밀었다. 호감과 존경을 받고 싶었다. 인기를 끌고 싶었다. 누구를 만나든 넘치는 호평을 받고 싶었다. 그래야 그들을 거부하든, 선심을 쓰듯 우정을 하사하든 할 수 있었다. 그의 이러한 성향은 누구에게나 있는 것이지만, 그는 거부당하는 것이 두려워 움츠러들었고, 자신의 과한 감정 표현에 상대방이 놀란다는 사실을 가끔씩 불편하게 의식할 때가 있었다.

공교롭게도 그는 허친슨을 실제로 만난 적이 없었다. 하지만 허친슨이 그에 대해 모든 것을 알듯이 그도 허친슨에 대해 모든 것을 알았다. 만난다면 이야깃거리로 삼을 공통의 친구들도 많았다. 허친슨은 윈체스터 학교 출신이었다. 이자트는 자기가 해로 학교 출신이라는 걸 허친슨에게 당당히 말할 생각이었다…….

프라우선이 강굽이를 돌자 갑자기 야트막한 고지가 나타났고 방갈로가 시야에 들어왔다. 몇 분 뒤 그들은 부두를 발견했다. 부두 위에 선 작은 원주민 무리 속에서 흰옷을 입은 사람이 그들에게 손을 흔들었다.

허친슨은 키가 크고 뚱뚱하며 얼굴이 붉은 남자였다. 외모만 보고 그를 활달하고 자신만만한 남자로 짐작했던 사람들은 그가 소심하고 숫기 없는 남자인 걸 알고 적잖이 놀라곤 했다. 그는 악수를 나누고(이자트는 자기와 챔피언을 차례로 소개했다.) 방갈로로 이어지는 오솔길로 그들을 안내했다. 자기 딴에는 예의를 차리려 애쓰는데도 대화를 이어 가는 것이 힘들어 보였다. 그는 그들을 베란다로 데려갔다. 거기 탁자 위에 유리잔과 위스키, 소다수가 있었다. 그들은 긴 의자에 편히 자리를 잡고 앉았다. 이자트는 허친슨이 낯선 사람들 옆에서 조금 부끄러워하는 것을 의식하고는 너스레를 떨었다. 마음껏 말을 줄줄 쏟아 냈다. 그는 쿠알라 솔로의 공통된 지인들에 관해 말하기 시작했고 자기가 해로를 나왔다는 이야기로 자연스레 말머리를 돌렸다.

"당신은 윈체스터를 나왔죠?"

그가 물었다.

"맞아요."

"조지 파커를 아시려나 모르겠네요. 나와 같은 연대에 있었던 친구예요. 그 친구도 윈체스터 출신입니다. 당신보다는 나이가 적겠지만요."

이자트는 그들의 출신 학교가 그들을 이어 주는 끈임을 느꼈다. 그런 특권을 누렸을 리 없는 챔피언은 그 인맥에서 제외되었다. 그들은 위스키를 두세 잔 마셨다. 이자트는 삼십 분만에 집주인을 허치라 부르기 시작했다. 그는 '그의 연대' 이야기를 많이 했다. 전쟁 중에 중대를 이끌었고, 동료 장교들은 훌륭한 전우였다고 말했다. 그리고 허친슨이 잘 모르는 두세 명의 이름을 거론했다. 언급된 이들은 챔피언으로서는 전혀 마주칠 수 없는 그런 부류의 사람들이었다. 그래서 챔피언이 화제에 오른 사람들 중 아는 사람이 있다고 했을 때, 이자트는 그의 말을 대놓고 무시했다.

"빌리 메도스? 오래전 시날로아에서 빌리 메도스라는 남자를 알긴 했죠."

"오, 같은 사람일 리가 없어요." 이자트가 웃는 얼굴로 말했다. "빌리는 최고위층인데요. 경마를 하시는 그 메도스 경 말입니다. 그분이 소유했던 스프링 캐럿 기억나세요?"

저녁 먹을 시간이 다가왔다. 그들은 씻고 몸단장을 하고 나서 진 파히트[1]를 두어 잔 마셨다. 그들은 앉아 있었다. 허친슨은 해마다 쿠알라 솔로에 가 있는 날이 며칠 되지 않아서 백인 남자들은 석 달 만에 처음 만나는 것이었다. 그는 방문객들의 비위를 열심히 맞추고 있었다. 와인은 대접하지 못했지

---

1) 진과 비터스로 만든 말레이식 음료.

만 위스키가 충분했고 저녁 식사 후에는 귀한 베네딕틴[2]을 내왔다. 다들 유쾌했다. 그들은 웃고 떠들며 많은 이야기를 나누었다. 이자트는 점점 친밀감이 커졌다. 그는 허친슨이 세상 누구보다 마음에 들어서 그에게 되도록 빨리 쿠알라 솔로로 꼭 내려오라고 청했다. 멋진 파티라도 하자고. 챔피언은 은근히 그의 기를 죽이려 드는 이자트와 숫기 없는 허친슨에 의해 계속 소외감을 느끼다가 얼마 후 연신 하품을 한 끝에 그만 자러 가겠노라 말했다. 허친슨은 그를 잠자리로 데려다주고 돌아와 이자트에게 말했다.

"아직 자러 갈 생각은 아니죠?"

"그럴 리가요. 한잔 더 하시죠."

그들은 앉아서 이야기를 나누었다. 둘 다 취기가 돌았다. 얼마 후 허친슨은 말레이 여자와 살고 있고 그녀에게서 아이를 둘 얻었다고 이자트에게 말했다. 챔피언이 여기 있는 동안 눈에 띄지 말라고 그들에게 당부했다는 것이다.

"여자는 지금 잠들었을 거예요." 허친슨은 그렇게 말하며 한쪽 문을 흘끔 쳐다보았는데, 이자트가 알기로 그 문은 허친슨의 침실로 통했다. "아이들은 아침에 보여 드릴게요."

바로 그때 희미한 울음소리가 들렸다. 허친슨은 "허 참, 애가 깼구먼." 하더니 그 문으로 가서 문을 열었다. 일이 분 후 그는 아이를 품에 안고 방에서 나왔다. 여자가 뒤따라 나왔다.

"이놈이 이가 나려는지," 허친슨이 말했다. "통 잠을 못 자는

---

2) 허브와 향신료로 만든 증류주.

군요."

여자는 사롱과 웃옷 차림에 맨발이었다. 어리고 검은 눈이 예쁜 여자였는데, 이자트가 말을 걸자 밝고 상큼한 미소를 지어 보였다. 그녀는 앉아 담뱃불을 붙였다. 이자트가 정중히 묻는 말에 부끄러운 기색 없이 담담히 대답했다. 허친슨이 그녀에게 위스키소다를 마시겠냐고 물었지만 그녀는 사양했다. 두 남자가 다시 영어로 대화를 나누자 그녀는 의자에 앉아 몸을 살살 흔들면서 무슨 생각을 하는지 조용히 생각에 잠겼다.

"아주 좋은 여자예요." 허친슨이 말했다. "살림도 하고 말썽도 피우지 않아요. 물론 이런 데서 달리 할 것도 없지만요."

"나는 안 하렵니다." 이자트가 말했다. "결혼하고 싶은 사람이 생기면 이것이 발목을 잡을 거예요."

"하지만 누가 결혼하겠다고 해야 말이죠? 백인 여자에겐 힘든 삶입니다. 난 백인 여자에게 여기서 살자는 말 절대 못 합니다."

"물론 취향의 문제이긴 하죠. 나는 자식을 본다면 백인 여자에게서 낳을 생각입니다."

허친슨은 피부색이 짙은 어린아이를 품에 안고 내려다보았다. 그러고는 살며시 미소를 지었다.

"이상하게 이놈들이 좋아집니다." 그가 말했다. "당신도 자식이 생기면 흑인의 피가 섞여도 상관없다는 걸 알게 될 겁니다."

여자가 아이를 쳐다보고는 일어서서 아이를 데리고 다시 자러 가겠다고 말했다.

"이제 그만 다들 자러 가는 게 좋겠어요." 허친슨이 말했다.

"시간이 얼마나 흘렀는지 모르겠군요."

이자트는 자기 방으로 가서 하산이 닫아 놓은 덧창을 열어 젖혔다. 하산은 그가 여행할 때 데리고 다니는 사내아이였다. 그는 모기가 꼬일까 봐 촛불을 불어 껐다. 그리고 창가에 앉아 부드러운 밤을 바라보았다. 위스키를 마신 탓에 잠이 달아나서 침대에 들 마음이 나지 않았다. 그는 면포 바지를 벗고 사롱을 걸친 뒤 궐련에 불을 붙였다. 좋았던 기분이 언제 그랬냐는 듯 사라졌다. 혼혈인 자식을 품에 안고 예뻐하던 허친슨의 모습이 생각나 마음이 심란했다.

"무슨 권리로 그 아이들을 가졌을까." 그는 중얼거렸다. "그 아이들은 세상에 설 자리가 없는데, 절대."

그는 생각에 잠겨 털이 난 맨다리를 두 손으로 쓰다듬었다. 몸을 부르르 떨었다. 종아리 선을 만들어 보려 갖은 애를 썼는데도 다리는 여전히 막대기 같았다. 그는 자기 다리가 싫었다. 그 다리가 늘 못마땅했다. 원주민의 다리와 비슷해 보였다. 물론 승마를 하기에는 더할 나위 없는 다리였지만. 그는 군복을 입으면 꽤나 근사해 보였다. 183센티미터가 넘는 큰 키에 힘도 좋았고, 검은 콧수염과 검은 머리는 단정했다. 검은 눈은 멋지고 기민했다. 그는 잘생긴 남자였고 본인도 그것을 알았다. 옷맵시도 좋았다. 털털한 것이 멋질 때는 털털하게 입었고, 때에 맞춰 말쑥하게 차려입을 줄도 알았다. 군대를 사랑했기 때문에 전쟁이 끝나고 군대에 남을 수 없었던 것은 그에게 큰 타격이 되었다. 그의 야망은 소박했다. 일 년에 2000파운드를 벌고, 알차고 소소한 만찬회를 열고, 파티에 가고, 군복을 입을 수 있으면 그만이었다. 그는 런던을 동경했다.

물론 그곳에는 그의 어머니가 살고 있었다. 그에게 어머니는 걸림돌이었다. 그는 좋은(돈은 별로 없는) 집안의 마땅한 신붓감이 생길 경우 그쪽 집안에 어머니를 어떻게 알려야 할지 곤혹스러웠다. 아버지는 오래전에 죽었고 그가 근래 근무한 곳도 말레이 식민령의 오지 중의 오지였기 때문에 셈불루에는 어머니를 아는 사람이 없을 테지만, 혹여 런던에서 어머니를 우연히 마주친 사람이 여기 사람들에게 편지를 보내 어머니가 혼혈인임을 알릴까 봐 늘 두려웠다. 이자트의 어머니는 정부 엔지니어였던 아버지와 결혼할 때만 해도 아름다운 여인이었지만, 지금은 머리가 희끗희끗 센 늙고 뚱뚱한 여자였고, 온종일 앉아 줄담배만 피워 댔다. 이자트는 열두 살 때 아버지를 여의었기 때문에 영어보다 말레이어를 더 유창하게 구사했다. 이자트의 고모뻘 되는 친척이 이자트의 교육비를 대겠다고 제안하자, 이자트 부인은 아들을 데리고 잉글랜드로 갔다. 그녀는 가구가 딸린 아파트에서 주로 살았는데, 동양의 직물과 말레이 은 제품으로 꾸며진 방은 후텁지근하고 갑갑했다. 그녀는 담배꽁초를 여기저기 버려 집주인 여자들과 불화가 끊이지 않았다. 이자트는 어머니의 행동거지가 못마땅했다. 한동안은 집주인 여자와 더없이 살갑게 지내다가 돌연 사이가 틀어져 한바탕 소란을 피운 후 여봐란듯이 집을 나오곤 했던 것이다. 유일한 낙은 영화여서 날마다 영화를 보러 다녔는데, 집에서는 낡은 싸구려 가운을 입고 있다가 외출할 때는 알록달록 한껏 꾸미고 나가서(오, 그 꼴이 얼마나 너저분한

지) 멋쟁이 아들에게 수치심을 안겼다. 그는 어머니와 자주 다퉜다. 어머니를 보면 짜증이 나고 창피했다. 그러면서도 어머니와 애정이 깊었다. 둘 사이에는 보통 모자지간보다 더 끈끈하고 확고한 연대감이 존재했기 때문에, 어머니는 그의 속을 뒤집는 골칫거리이면서도 그가 유일하게 속을 편히 내보일 수 있는 사람이었다.

전쟁이 끝난 뒤 마땅한 일자리를 얻지 못한 그가 셈불루의 술탄을 지키는 호위군에 들어간 것은 아버지의 지위와 그의 말레이어 실력 덕분이었다. 그는 스포츠에 능했다. 강인하고 훌륭한 스포츠맨이었다. 쿠알라 솔로의 숙소에는 그가 해로에 다닐 때 따낸 달리기와 뛰기 종목 우승컵들이 있었고, 이후 따낸 골프와 테니스 상패들도 있었다. 파티장에서는 가벼운 이야기를 자유자재로 나누는 언변으로 활약이 컸다. 그의 쾌활함은 윤활유로 작용했다. 그는 행복하지 못할 이유가 없는데도 불행했다. 인기를 끌고 싶은 마음이 너무나 컸고 그 욕망이 어느 때보다도 강렬했지만 자신의 인기가 시들해졌다는 느낌을 지울 수 없었다. 쿠알라 솔로에서 허물없이 지내는 남자들 중에 그가 원주민 혈통일지 모른다고 의심하는 자가 없을지 걱정스러웠다. 만약 그들이 그 사실을 알게 된다면 어떻게 나올지 훤히 보였다. 그가 쾌활하고 다정한 것이 아니라 너무 들러붙는다고 평할 것이고, 비효율적이고 부주의한 혼혈인이라고 말할 게 뻔했다. 그리고 백인 여자와 결혼하려는 그를 비웃을 게 분명했다. 이 얼마나 불공평한 일인지! 혈관에 원주민의 피가 몇 방울 섞였다고 해서 무엇이 다르단 말인가. 하지만 피가 섞였다는 이유로 혼혈인들은 결정적인 순간에 실패할 것을 예상하며 항상 경계할 수밖에 없었다. 유라시안[3]은 믿지 못할, 결국은 실패할 종족 취급을 받았다. 그는 그것을 너무나 잘 알았지만, 실패작이라는 인식 때문에 실패하는 것은 아닐까 자문하지 않을 수 없었다. 그들은 처음부터 기회조차 얻지 못한 가엾은 부류였다.

수탉이 우렁차게 울었다. 밤이 깊은 시각이었고, 그는 한기를 느끼기 시작했다. 잠자리에 들었다. 이튿날 아침 하산이 차를 내왔을 때 그는 머리가 지끈거렸다. 아침을 먹으러 갔지만 귀리죽과 베이컨, 달걀은 쳐다보기도 싫었다. 허친슨도 몸 상태가 과히 좋지 않았다.

"간밤에 우리가 꽤 퍼마셨나 봅니다."

집주인이 쑥스러운 기색을 숨기려 미소를 지으면서 말했다.

"나도 아주 죽겠어요."

이자트가 말했다.

"위스키소다로 해장해야겠어요."

허친슨이 말했다.

이자트는 그게 최고라면서 같은 걸 마셨다. 그들은 챔피언이 왕성한 식욕으로 양껏 식사하는 모습을 씁쓸하게 바라보았다. 챔피언은 그들을 놀렸다.

"거참, 이자트, 얼굴색이 아주 볼만하군요." 그가 말했다. "그렇게 괴상한 얼굴색은 처음 봅니다."

---

3) 유럽인과 아시아인 사이에 태어난 혼혈인.

이자트는 얼굴을 붉혔다. 그의 거무스름한 얼굴색은 그가 늘 민감하게 느끼는 부분이었다. 하지만 그는 호탕하게 억지 웃음을 끌어냈다.

"알다시피 어머니가 스페인계라서요." 그가 대꾸했다. "바깥 날씨에 노출되면 늘 이렇게 티가 납니다. 해로에 다닐 때 어떤 녀석이 날 혼혈인이라고 불러서 녀석과 싸워 본때를 보여 준 적도 있죠."

"당신은 피부색이 짙어요." 허친슨이 말했다. "원주민 피가 흐르지 않느냐고 말레이인들이 물은 적 없어요?"

"묻죠. 건방지게 말이죠."

그들의 짐을 실은 배는 아침 일찍 그들보다 먼저 출발했다. 강어귀에 미리 도착해 있다가 술탄 아흐마드가 예정보다 일찍 도착할 경우 술탄의 선장에게 그들이 가고 있다는 걸 알리기 위해서였다. 챔피언과 이자트는 식사하고 나서 해소(海嘯)가 지나가기 전에 그날 밤 묵을 곳을 향해 곧장 떠나기로 되어 있었다. 해소는 특정한 지형으로 인해 강물 위로 범람하는 해일이었는데, 그들의 여행 일정 중에 마침 해소가 예보돼 있었다. 간밤에 허친슨은 그들에게 해소 이야기를 해 주었고, 해소를 한 번도 본 적 없는 챔피언은 기대가 컸다.

"보르네오 최고의 해소예요. 볼만할 겁니다."

허친슨이 말했다.

그는 원주민들이 해소가 올 때를 기다렸다가 강물을 타고 치솟은 물마루로 올라가는데 그 속도가 무시무시해서 숨이 막힌다고 말했다.

"나는 두 번 다시 안 보고 싶습니다." 그가 말했다. "간이 졸아붙거든요."

"나는 도전해 보고 싶은데요."

이자트가 말했다.

"장관이긴 하죠. 하지만 시원찮은 통나무배에 타고 있다가 원주민이 때를 못 맞추면 그대로 소용돌이치는 급류 속으로 휩쓸리게 됩니다. 그러면 도전히 살아날 가망이 없어요……. 아뇨, 내가 할 만한 스포츠는 아닙니다."

"나도 한창때는 급류를 많이 탔었죠."

챔피언이 말했다.

"그냥 급류는 아무것도 아닙니다. 기다렸다가 해소를 보세요. 세상에서 그처럼 무서운 것도 없습니다. 매년 해소 때문에 익사하는 원주민이 최소한 십수 명이라는 거 아세요?"

그들은 아침 시간을 베란다에서 어슬렁거리며 보냈다. 허친슨은 그들에게 공사관을 구경시켜 주었다. 이후 진 파히트가 나왔고, 그들은 술을 두세 잔 마셨다. 이자트는 슬슬 기운이 났고 점심 식사가 준비되었을 때쯤 식욕이 돌았다. 말레이 카레는 허친슨이 그간 자랑한 요리였다. 김이 모락모락 나고 즙이 많은 접시들이 차려졌고, 모두들 달려들어 게걸스럽게 먹어 치웠다. 허친슨은 그들에게 반주를 권했다.

"잠이야 이제부터 실컷 자면 되잖습니까. 취하지 않을 이유가 없죠."

허친슨은 그들이 곧 떠나는 것을 못내 서운해했다. 이야기를 나눌 백인 남자들이 언제 또 오겠나 싶어 식사 시간을 질질 끌었고 그들에게 이것저것 먹어 보라고 권했다. 그날 밤 그들이 묵을 곳은 공용 숙소였고 마실 술은 아라크뿐이었다. 그들은 누릴 수 있을 때 최대한 누리기로 했다. 챔피언이 그만 출발해야 한다고 한두 번 말을 꺼냈지만, 허친슨과 한껏 기분이 오른 이자트는 챔피언에게 시간은 충분하다고 장담했다. 허친슨은 귀한 베네딕틴 병을 내오게 했다. 그들은 간밤에 딴 술병이니 마저 해치우고 떠나기로 했다.

허친슨이 그들과 함께 강가로 내려갔을 때는 모두들 유쾌했고 똑바로 걷지 못했다. 배 중앙에 니파야자 차양이 있었고 그 밑에 허친슨이 지시한 깔개가 깔려 있었다. 노를 저어 백인들을 데려갈 사공들은 감옥에서 차출되어 온 죄수들로, 감옥 문양이 찍힌 거무칙칙한 사롱을 두르고 있었다. 그들은 노 앞에서 대기 중이었다. 이자트와 챔피언은 허친슨과 악수를 나눈 뒤 깔개 위에 주저앉았다. 배가 뭍에서 밀려 출발했다. 넓고 잔잔하게 흐르는 혼탁한 강물은 화창한 오후의 햇살에 광택을 낸 놋쇠 같았다. 저 멀리 앞쪽에 초록빛 나무들이 우거진 강둑이 보였다. 그들은 현기증이 났다. 하지만 이자트는 몸이 늘어지는 느낌이 나른하고 좋아서 궐련을 한 대 다 피울 때까지는 졸음을 참아 보기로 했다. 마침내 꽁초까지 탄 담배에 손가락이 뜨거워지자 그는 꽁초를 강물 속으로 내던졌다.

"잠깐 눈 좀 붙일게요."

그가 말했다.

"해소는 어쩌고요?"

챔피언이 물었다.

"오, 괜찮아요. 그건 걱정 안 해도 됩니다."

그는 길고 요란하게 하품을 했다. 팔다리가 납덩이처럼 무거웠다. 한순간 나른한 느낌이 달콤하게 밀려드는가 싶더니 모든 것이 사라졌다. 챔피언이 흔들어 대는 바람에 그는 별안간 잠에서 깼다.

"아니, 저거 뭡니까?"

"뭔데요?"

그는 잠이 아직 덜 깨서 짜증스럽게 말하면서도 챔피언이 가리키는 방향으로 눈을 돌렸다. 아무런 소리도 들리지 않았지만, 저 앞에 물마루가 하얀 파도 두세 개가 연이어 밀려오는 것이 보였다. 별로 대단하게 보이지는 않았다.

"오, 저게 해소인가 봅니다."

"이제 어떡하죠?"

챔피언이 소리쳤다.

이자트는 잠이 확 달아났다. 그는 챔피언의 걱정하는 목소리를 듣고 미소를 지었다.

"걱정 말아요. 이 사람들이 알아서 잘할 거니까. 어떻게 해야 할지 잘 알아요. 물방울 좀 튀고 말겠죠."

하지만 그들이 몇 마디 주고받는 사이 해소는 성난 바다가 포효하듯 우르릉거리며 순식간에 가까이 다가와 있었다. 파도는 이자트가 생각한 것보다 훨씬 높았다. 그는 파도의 모양새가 불길해서 배가 뒤집어질 경우 입고 있는 반바지가 벗겨질까 봐 바지 벨트를 조였다. 곧 파도가 들이닥쳐 그들을 덮쳤다. 거대한 물의 장벽이 앞에 서 있는 것 같았다. 높이가 족히

3~4미터는 되는 듯했는데, 공포감 때문에 그보다 훨씬 더 높아 보였다. 그것을 감당할 배는 세상에 없었다. 첫 번째 파도가 들이닥치면서 모두가 흠뻑 젖고 배는 절반이 물에 잠겼다. 곧바로 두 번째 파도가 그들을 후려쳤다. 사공들이 고함을 지르기 시작했다. 그들은 미친 듯이 노를 당겼고 키잡이는 목청껏 지시를 내렸다. 하지만 밀려드는 급류 속에서 그들은 속수무책이었다. 순식간에 배가 통제력을 잃는 모습은 두려운 광경이었다. 배는 물살에 뱃전 쪽이 앞으로 돌아간 뒤 빙글빙글 뒤집어지면서 끌려가다가 해소의 물마루로 올라갔다. 거대한 파도가 다시 그들을 덮쳤고 그들은 가라앉기 시작했다. 이자트와 챔피언은 선실에 누워 있다가 밖으로 기어 나갔다. 별안간 배가 밑으로 쑥 꺼지더니 어느새 그들은 물속에서 허우적거리고 있었다. 물이 사방에서 밀려들고 휘몰아쳤다. 이자트는 뭍을 향해 헤엄치고 싶은 충동을 느꼈지만, 그가 데리고 다니는 사내아이 하산이 배에 매달리라고 소리쳤다. 모두들 일이 분쯤 그렇게 했다.

"괜찮아요?"

챔피언이 그에게 소리쳤다.

"네, 시원하게 목욕 중이오."

이자트가 말했다.

그는 해소가 강물을 거슬러 올라가는 중이므로 파도가 곧 지나가고 몇 분 뒤면 해소를 벗어난 잔잔한 강물에 있게 될 것으로 생각했다. 하지만 그는 그들이 물마루에 실려 가고 있다는 것을 잊고 있었다. 파도들이 그들을 덮쳤다. 그들은 뱃전과 니파야자 차양을 지지하는 아래쪽 구조물에 매달렸다. 그때 더 거대한 파도가 배를 때리면서 배가 뒤집어져 그들 위로 떨어져 내렸고, 그들은 잡았던 것을 놓치고 말았다. 잡을 만한 것은 미끌미끌한 바닥뿐이어서 이자트의 손은 속절없이 미끌거리는 표면 위를 긁어 댔다. 하지만 배는 계속 뒤집어졌고, 그는 필사적으로 뱃전을 잡으려 했지만 배가 계속 굴렀기 때문에 연신 헛손질을 하다가 간신히 차양의 틀을 붙잡았다. 배는 천천히 돌고 또 돌았다. 그는 다시 바닥에서 붙잡을 것을 찾았다. 배는 진저리 나도록 규칙적으로 돌고 돌았다. 그는 모두가 배의 한쪽에 매달려 있어 그렇다는 생각이 들어서 사공들을 반대편으로 보내려 했지만 그들을 이해시킬 수가 없었다. 너도나도 고함을 질렀고, 파도는 우르릉 사납게 포효하며 그들을 후려쳤다. 배가 그들 위로 뒤집어질 때마다 이자트는 물속으로 처박혔다가 뱃전과 차양의 틀을 붙잡고 물 위로 올라올 수 있었다. 필사의 몸부림이었다. 곧 그는 숨이 턱까지 차올랐고 진이 빠지는 느낌이 들었다. 이대로는 얼마 못 버티겠다는 생각이 들었지만 두렵지는 않았다. 힘이 빠질 대로 빠져서 될 대로 되라는 심정이었기 때문이다. 그의 옆에는 하산이 있었다. 그는 하산에게 기운이 바닥 나고 있다고 말했다. 그의 생각에는 뭍으로 과감히 헤엄치는 것이 최선이었다. 물가까지는 기껏해야 55미터 정도로 보였지만, 하산은 말렸다. 그들은 여전히 소용돌이치는 거센 파도에 휩쓸려 가고 있었다. 배는 돌고 또 돌았고, 그들은 통 안의 다람쥐처럼 휘돌았다. 이자트는 물을 많이 삼키고 이제 끝이구나 하고 생각했다. 하산에게 도움을 받을 수는 없었지만 하산이 옆에 있다는 것이 위안이 되었다. 이자트가 알기로 평생 물속에서 살아온 하산은 헤엄을 아주 잘 쳤다. 그때 무슨 이유에서인지 잠시 배 바닥이 밑으로 내려와 있어서 그는 뱃전을 붙잡을 수 있었다. 잠시 숨을 돌릴 수 있는 귀한 시간이었다. 그때, 말레이인을 태운 통나무배 두 척이 해소를 타고 쌩하니 그들을 지나갔다. 그들은 도와달라고 소리쳤지만, 말레이인들은 고개를 돌린 채 그대로 지나갔다. 그들은 백인 남자들을 보았지만 혹시 모를 말썽에 휘말리는 것은 원치 않았다. 그들이 안전한 배를 타고 모른 척 무심히 지나가는 것을 보니 가슴이 무너졌다. 하지만 갑자기 배가 또다시 천천히 돌기 시작하면서 힘들고 처참한 몸부림이 반복되었다. 참혹한 광경이었다. 하지만 이자트는 방금 전 한숨 돌리면서 기운을 차린 덕에 얼마간 더 버틸 수 있었다. 하지만 다시 숨이 턱까지 차올라 가슴이 터질 것 같았다. 완전히 녹초가 되었고 육지까지 헤엄쳐 갈 힘이 남아 있는지도 의문이었다. 갑자기 고함 소리가 들렸다.

"이자트, 이자트. 도와줘. 도와줘."

챔피언의 목소리였다. 고통스러운 비명 소리였다. 그 소리는 이자트의 담력을 꺾어 버렸다. 챔피언, 챔피언, 챔피언이 어찌 되든 내 알 바 아니잖아? 두려움이 그를 사로잡았다. 짐승의 맹목적인 두려움. 그것이 그에게 새로운 힘을 불어넣었다. 그는 대답하지 않았다.

"나 좀 도와줘, 빨리, 빨리."

이자트는 하산에게 말했다.

하산은 그의 말을 즉시 알아들었다. 기적적으로 노 하나가 그들 쪽으로 흘러왔고, 하산은 그것을 이자트의 팔이 닿는 곳으로 밀어 주고는 한 손을 이자트의 팔 밑에 넣어 받쳤다. 그들은 배에서 떨어져 나왔다. 이자트는 심장이 거세게 뛰었고 숨쉬기가 어려웠다. 기운이 소진된 느낌이었다. 파도가 그의 얼굴을 때렸다. 강둑이 까마득해 보여서 거기까지 닿을 자신이 없었다. 갑자기 하산이 강바닥에 발이 닿는다고 소리쳤다. 이자트는 다리를 내려 보았지만 발에 아무것도 닿지 않았다. 그는 눈을 강둑에 고정하고 힘없는 팔을 몇 번 더 휘저었다. 다시 팔을 저었다. 그때 발이 끈적한 진흙 바닥에 닿았다. 이제 살았구나. 그는 계속 헤엄쳤다. 이제 강둑은 팔을 뻗으면 닿을 거리에 있었다. 그는 무릎까지 푹푹 빠지는 검은 진흙 바닥을 휘청휘청 걸어 잔인한 물에서 필사적으로 빠져나왔다. 강둑 위로 오니 키 큰 풀이 자라난 작은 평지였다. 그와 하산은 털썩 쓰러져 잠시 죽은 사람처럼 널부러져 있었다. 기진맥진해 꼼짝도 할 수가 없었고, 머리부터 발끝까지 검은 진흙을 뒤집어쓴 몸이었다.

하지만 이자트의 마음은 곧 요동쳤고 돌연 날카로운 고통이 그를 뒤흔들었다. 챔피언이 익사한 것이다. 끔찍한 일이었다. 쿠알라 솔로에 돌아가면 이 일을 어떻게 설명해야 할까. 사람들은 그를 비난할 것이다. 그는 해소가 온다는 걸 기억하고 있다가 그것이 오는 걸 보았을 때 키잡이에게 배를 강둑으로 몰아 계류하라고 지시를 내렸어야 했다. 아니, 그의 잘못이 아니었다. 키잡이의 잘못이었다. 강을 아는 것은 키잡이 아닌가. 그가 어떻게 알고 피신 명령을 내린단 말인가? 그 무시무시한 급류에 휘말릴 줄 상상이나 했겠냐고? 그들을 덮쳐 오던 그 사나운 물의 장벽이 떠오르자 이자트는 팔다리가 덜덜 떨렸다. 시체라도 수습해서 쿠알라 솔로로 가져가야 했다. 그는 사공들 중 익사한 사람이 더 있는지 궁금했다. 그는 움직일 힘이 없었지만, 하산은 일어나 물에 젖은 사롱을 짜고 있었다. 하산이 강쪽을 둘러보다가 얼른 이자트에게 돌아섰다.

"투안, 배가 오고 있어요."

이자트는 시야를 가리는 풀잎들 때문에 아무것도 볼 수 없었다.

"그들에게 소리를 질러 봐."

그가 말했다.

하산은 이자트의 시야에서 사라져 물 위로 늘어진 나뭇가지를 따라 나아갔다. 그가 소리치면서 손을 흔들었다. 곧 목소리들이 이자트에게 들려왔다. 소년과 배에 탄 사람들 사이에 빠른 대화가 오갔다. 소년이 돌아왔다.

"그들이 우리 배가 뒤집히는 걸 봤대요, 투안." 소년이 말했다. "그래서 해소가 지나가자마자 온 거래요. 강 반대편에 공용 숙소가 있대요. 강을 건널 수 있으면 그들이 사롱과 음식을 내줄 거래요. 거기서 밤을 보내도 된답니다."

이자트는 위험천만한 물을 다시 대면할 자신이 없어 잠시 망설였다.

"다른 투안은 어떻게 됐지?"

그가 물었다.

"그들도 모른대요."

"그가 익사했다면 시체를 찾았을 텐데."

"다른 배가 상류로 올라갔어요."

이자트는 어찌해야 할지 난감했다. 막막했다. 하산이 이자트의 어깨에 팔을 두르고 그를 일으켜 세웠다. 그는 무성한 풀밭을 헤치고 강가로 나아갔다. 다야크족 둘이 탄 통나무배가 보였다. 이제 강물은 다시 차분하고 느릿느릿 흘러갔다. 거대한 파도는 지나가고 없었다. 이 잔잔한 수면을 보고 방금 전까지 폭풍 치는 바다 같았다고 상상할 사람이 과연 있을까. 다야크족 사람들은 소년에게 한 말을 이자트에게도 반복했다. 이자트는 말할 기운조차 없었다. 한마디라도 하게 되면 그대로 울음이 터질 것 같았다. 하산은 이자트를 부축해 배에 태웠고, 다야크족은 배를 젓기 시작했다. 이자트는 담배 생각이 간절했지만 뒷주머니에 넣어 두었던 담배와 성냥은 모두 흠뻑 젖어 있었다. 강줄기는 끝도 없이 이어졌다. 날이 저물었다. 초저녁 별이 반짝거릴 때 그들은 반대편 강둑에 도달했다. 이자트는 뭍으로 내렸고, 다야크족 한 명이 그를 부축해 공용 숙소로 데려갔다. 하지만 하산은 놓았던 노를 잡고 다른 다야크족과 함께 강물로 다시 나아갔다. 남자 두세 명과 아이들이 내려와 이자트를 맞이했다. 왁자지껄 나누는 대화 속에서 그는 집으로 올라갔고, 쏟아지는 인사말과 흥분한 말들을 들으면서 사다리를 올라가 젊은 남자들이 자고 있는 곳으로 안내되었다. 그를 위해 라탄 깔개들이 서둘러 깔렸고, 그는 그 위에 쓰러졌다. 누군가 아라크 단지를 내와서 그는 길게 들이켰다. 거칠고

독한 아라크는 목구멍을 태웠지만 심장에 온기를 더했다. 그는 셔츠와 바지를 벗어 버리고 누군가 빌려준 마른 사롱을 몸에 둘렀다. 등을 대고 자리에 눕자 노란 초승달이 눈에 들어왔다. 그것이 관능에 가까운 강렬한 희열을 주었다. 하마터면 익사체가 되어 조류에 밀려 강물 위로 떠오를 뻔하지 않았나. 달이 이렇게 사랑스러웠던 적이 있었나. 그는 허기가 져서 쌀밥을 달라고 했다. 여자 하나가 방으로 들어가 밥을 짓기 시작했다. 그는 그제야 한숨 돌리고 쿠알라 솔로에 내놓을 해명을 궁리하기 시작했다. 그냥 잠이 들었다고 하면 누구도 그를 비난할 수 없었다. 그는 술에 취한 것이 아니었으니 그 점은 허친슨이 증언해 줄 것이다. 키잡이가 못 말리는 머저리일 줄 그가 어찌 알았겠나? 운도 더럽게 없지. 하지만 그는 챔피언이 생각나 몸서리가 쳐졌다. 마침내 쌀밥 접시가 그에게 건네졌다. 그가 막 그것을 먹기 시작했을 때 남자 하나가 허겁지겁 달려와 그에게 다가왔다.

"투안이 왔어요."

그가 외쳤다.

"무슨 투안?"

그는 벌떡 일어섰다. 문간이 떠들썩했다. 그는 앞으로 나섰다. 어둠 속에서 하산이 빠른 걸음으로 그에게 다가오고 있었다. 그때 어떤 목소리가 들려왔다.

"이자트, 거기 있소?"

챔피언이 그에게 다가왔다.

"다시 만났구려. 세상에, 진짜 아슬아슬했죠? 당신은 괜찮다 못해 아주 멀쩡해 보이는군요. 아이고, 난 술 한잔 해야겠어요."

그는 홀딱 젖어 옷이 몸에 달라붙어 있었고 진흙을 뒤집어쓴 추레한 꼴이었지만 팔팔해 보였다.

"그들이 날 어디로 데려갈지 알 수가 있어야지요. 그래서 강둑의 숙소에서 밤을 보내려고 왔어요. 난 당신이 익사한 줄 알았어요."

"아라크가 좀 있습니다."

이자트가 말했다.

챔피언은 단지에 입을 대고 마셨다가 컥컥거리고는 다시 들이켰다.

"으, 진짜 독하네." 그가 씩 웃으며 이자트를 쳐다보았다. 깨지고 변색된 그의 치아가 드러났다. "목욕이라도 하지 그래요, 신수가 말끔해지게."

"목욕은 나중에 하죠."

"그러시든가. 나는 해야겠소. 내가 쓸 사롱을 하나 달라고 해 줘요. 어떻게 빠져나온 거요?" 그는 대답을 기다리지 않았다. "죽는 줄 알았지 뭡니까. 이 철인들에게 목숨을 빚졌어요." 그는 경쾌한 고갯짓으로 다야크족 죄수들을 가리켰다. 이자트는 그들의 사공이었던 두 사람을 겨우 알아보았다. "이 친구들은 부서진 배 양쪽에 매달려 있었는데, 내가 기력이 다한 걸 눈치챘나 봅니다. 나는 한순간도 더 버티지 못할 지경이었거든요. 이들이 강둑으로 헤엄쳐 가 보자고 신호를 보냈지만, 난 그럴 힘이 없었어요. 내 평생 그렇게 숨이 꼴딱꼴딱했던 적이 또 있었을까 몰라. 어떻게 했는지 모르지만 이들은 우리가 깔고 누웠던 깔개를 붙잡아서 돌돌 말았어요. 진짜 철인들입니다. 자기 목숨이나 건질 것이지 왜 나까지 챙겼는지 모르겠지만, 아무튼 그걸 나에게 줬어요. 생명줄치고는 참 부실하다는 생각이 들면서도 물에 빠진 사람은 지푸라기라도 잡는다는 속담이 실감나더군요. 그걸 죽어라 붙잡았고, 이들이 양옆에서 나를 뭍으로 끌고 나왔어요."

챔피언은 죽을 고비를 넘긴 터라 흥분해서 말을 줄줄 쏟아냈지만, 이자트는 챔피언의 말이 귀에 잘 들어오지 않았다. 도와달라고 절규하던 챔피언의 목소리가 다시 터져 나온 것처럼 그의 귓전을 또렷이 맴돌았다. 그는 두려워서 쓰러질 것 같았다. 걷잡을 수 없는 공포감이 신경을 타고 질주했다. 챔피언은 여전히 지껄이고 있었다. 자기 생각을 숨기려고 그러는 걸까? 이자트는 챔피언의 푸른 눈을 들여다보면서 줄줄 쏟아지는 말들 뒤에 숨겨진 뜻을 읽으려 했다. 냉혹하게 번뜩이는 빛이 있는가? 냉소적으로 조롱하는 눈빛은 아닌가? 내가 그를 운명의 손에 내버리고 달아난 걸 알고 있을까? 이자트는 낯이 뜨거워졌다. 하지만 나라고 별수 있었겠냐고? 그런 순간에는 각자도생하는 것 아니겠나. 하지만 내가 그를 버리고 갔다는 걸 챔피언이 쿠알라 솔로에서 말한다면 사람들이 뭐라고 할까? 거기 남아 있을걸. 그는 뼈저리게 후회가 됐다. 하지만 그때는, 그때는 그도 어쩔 수 없지 않았나. 누가 그를 비난할 수 있을까. 그 무지막지한 급류를 본 사람이라면 그럴 수 없었다. 오, 그 물에서 얼마나 힘겨웠는지 울지 않은 것만도 다행이었다.

"배가 고프면 이 쌀밥이라도 조금 들어요."

그는 말했다.

챔피언은 게걸스럽게 먹었지만, 이자트는 한두 입 먹고 나니 더 이상 식욕이 나지 않았다. 챔피언은 말을 하고 또 했다. 이자트는 의심하는 마음으로 가만히 듣기만 했다. 경계를 늦춰서는 안 될 것 같았다. 그는 아라크를 더 마셨다. 취기가 조금 돌았다.

"나는 쿠알라 솔로에서 곤욕을 치르게 될 겁니다."

그는 주저하며 말했다.

"그럴 이유가 없잖아요."

"당신을 지키라는 지시를 받았는데, 당신이 익사할 뻔했으니 내가 일을 똑바로 못 했다고 생각하겠죠."

"당신 잘못이 아니에요. 그 망할 키잡이 탓이죠. 어차피 우리가 목숨을 구했다는 게 중요한 것 아니겠습니까. 아후, 정말 죽는구나 싶었던 순간이 한번 있긴 했어요. 그때 당신에게 소리쳤죠. 당신이 내 말을 들었는지는 모르겠지만."

"아뇨, 아무 말도 못 들었어요. 아주 난리가 났겠네요?"

"당신은 그 전에 빠져나갔나 보네요. 나야 당신이 언제 빠져나갔는지 모르죠."

이자트는 재빨리 챔피언을 쳐다보았다. 그가 챔피언의 눈에서 언뜻 본 듯한 묘한 눈빛은 그의 상상이었을까?

"나도 제정신이 아니었어요." 이자트가 말했다. "기운이 다 빠져 버렸죠. 내 시동이 노를 던져 주었어요. 당신이 무사한 줄 알고 내게 준 거죠. 그리고 당신이 뭍에 도착했다고 말했어요."

그 노! 그걸 챔피언에게 주고 헤엄을 잘 치는 하산에게 부축해 달라고 했어야 했다. 챔피언이 재빨리 살피는 눈길로 쳐다보는 듯했다. 이 역시 기분 탓인가?

"내가 당신을 도왔어야 했는데."

이자트가 말했다.

"당신도 살길을 찾느라 바빴을 겁니다."

챔피언이 대꾸했다.

촌장이 그들에게 아라크 잔을 내왔고 두 사람은 술을 실컷 들이켰다. 이자트는 머리가 빙빙 돌아서 그만 자러 가자고 했다. 그들의 잠자리가 마련되었고 모기장이 쳐졌다. 강을 따라 남은 여정을 마치려면 그들은 새벽녘에 출발해야 했다. 챔피언의 침상은 이자트의 침상 바로 옆이었다. 몇 분 뒤 이자트는 챔피언의 코 고는 소리를 들었다. 눕자마자 잠이 든 것이다. 공용숙소의 젊은 남자들과 배에서 노를 젔던 죄수들은 늦게까지 이야기를 나누었다. 이자트는 머리가 깨질 것처럼 아파 생각을 할 수 없었다. 동틀 무렵 하산이 그를 깨웠을 때, 그는 잠을 한숨도 못 잔 느낌이었다. 옷은 깨끗이 빨아 마른 상태였지만 강으로 이어지는 비좁은 길을 걸어가는 동안 다시 젖어 눅눅해졌다. 그들은 천천히 노를 저었다. 화창한 아침이었고 잔잔한 강물이 이른 아침 햇살에 반짝거렸다.

"거참, 살아 있다는 건 참 좋은 거네요."

챔피언이 말했다.

챔피언은 꾀죄죄하고 면도를 하지 않은 행색이었다. 그가 숨을 한껏 들이켜더니 꽉 다물었던 입을 헤벌리며 함박웃음을 웃었다. 공기가 유달리 상쾌하게 느껴지는 모양이었다. 그는 파란 하늘과 햇빛, 초록빛 나무들을 만끽했다. 이자트는 챔피언이 싫었다. 오늘 아침 챔피언의 태도에는 분명 다른 면이 있었다. 이자트는 난감했다. 챔피언의 자비에 몸을 맡기고 싶은 마음도 있었다. 그가 망종처럼 처신한 것은 사실이지만 후회했고, 만회할 기회를 얻는다면 무엇이든 하고 싶었다. 하지만 그런 상황에서는 누구든 그렇게 행동할 수밖에 없지 않았을까. 챔피언이 그에게 등을 돌린다면 그는 추락할 수밖에 없었다. 셈불루에 발을 붙일 수도 없었고, 보르네오는 물론이고 동남아 식민지 어디를 가든 오명을 쓰고 살아야 했다. 챔피언에게 사실대로 털어놓는다면 입을 다물어 주겠다는 약속은 받아 낼 수 있을 것이다. 하지만 과연 저자가 약속을 지킬까? 이자트는 그 능글맞고 왜소한 남자를 쳐다보았다. 저 인간을 어떻게 믿지? 이자트는 간밤에 챔피언이 한 말을 곰곰 생각해 보았다. 물론 그것이 사실일 리 없었다. 하지만 누가 장담할 수 있을까? 그가 챔피언이 안전하지 않다는 걸 알고도 그랬다는 걸 누가 증명할 수 있느냐 말이다. 챔피언이 뭐라 말하든 그것은 이자트의 말과 상반되는 말일 뿐이다. 너털웃음과 어깻짓으로 챔피언이 제정신이 아닌가 보다, 그자가 무슨 말을 지껄이는 건지 모르겠다는 식으로 대응하면 그만이었다. 게다가 챔피언이 이자트의 말을 믿는지도 확실하지 않았다. 살려고 몸부림치는 공포스러운 상황에서 그가 무얼 확신할 수 있었을까. 이자트는 그 이야기를 다시 꺼내고 싶었지만 행여 챔피언의 의심만 자극하는 꼴이 될까 두려웠다. 그냥 입을 다물고 있는 것이 상책이었다. 그것이 안전을 확보하는 유일한 길이었다. 그리고 쿠알라 솔로에 가면 그의 입장을 먼저 이야기를 할 생각이었다.

"이렇게 개운할 수가 없구먼." 챔피언이 말했다. "담배 한 대만 태우면 딱 좋겠는데."

"싸구려지만 배에 피울 게 있을 거예요."

챔피언이 슬쩍 웃음을 터뜨렸다.

"인간이란 종족은 참 비이성적이에요." 그가 말했다. "처음에는 살아 있는 것만으로도 그리 좋더니 지금은 기록과 사진, 면도 도구를 잃어버린 것이 아깝다는 생각이 슬슬 드네요."

이자트의 마음 한 켠에 내내 도사리고 있었지만 간밤에 애써 외면했던 생각이 고개를 들었다.

'차라리 이자가 물에 빠져 죽었다면 좋았을걸. 그랬다면 나는 안전했을 텐데.'

"저기 그 배가 있군요."

챔피언이 소리쳤다.

이자트는 돌아보았다. 강어귀에서 술탄 아흐마드가 그들을 기다리고 있었다. 이자트는 가슴이 철렁했다. 그 배의 선장은 영국인이라 그들이 겪은 사고가 그의 귀에 들어갈 수밖에 없다는 걸 깜빡했던 것이다. 챔피언이 뭐라고 말할까? 선장은 브레든이라는 남자로, 이자트와는 쿠알라 솔로에서 자주 만나는 사이였다. 조금 허세스럽고 검은 콧수염을 기른 유쾌한 사내였다.

"서둘러요." 그들이 노를 저어 다가갈 때 선장이 소리쳤다. "동틀 때부터 기다리고 있었소." 하지만 그들이 갑판으로 올라가자 그의 안색이 어두워졌다. "이런, 무슨 일이 있었소?"

"술 좀 주시오. 모두 이야기해 드릴 테니까."

챔피언이 비딱한 웃음을 지으며 말했다.

"따라오시오."

그들은 차양 밑에 앉았다. 탁자 위에 위스키 병과 소다수, 유리잔이 놓였다. 선장이 지시를 내리자 몇 분 만에 배는 다시 항해에 나섰다.

"해소가 우리를 덮쳤어요."

이자트가 말했다.

그는 무슨 말이든 해야 할 것 같았다. 술을 마셨는데도 입 안이 바짝바짝 탔다.

"그래요? 익사하지 않았으니 정말 다행이군요. 어떻게 된 겁니까?"

선장은 이자트와 아는 사이였기에 이자트에게 말했지만 챔피언이 나서서 대답했다. 그는 사건의 전말을 정확하게 설명했고, 이자트는 긴장한 채 가만히 듣고 있었다. 챔피언은 매번 이야기의 주체를 복수형으로 칭하다가 그들이 물속으로 내던져졌을 때부터 단수형으로 바꾸었다. 처음에는 그들이 무엇을 했는가를 말했지만 이제는 '그'에게 무슨 일이 일어났는지를 말했다. 이자트는 완전히 배제되었다. 이자트는 안심해야 할지 놀라야 할지 알 수 없었다. 왜 내 이야기를 하지 않는 걸까? 죽음과 사투를 벌이느라 자기 말고는 아무것도 안중에 없었던 걸까? 아니면 혹시 알고 있나?

“그나저나 당신은 어떻게 된 거요?”

브레든 선장이 이자트를 돌아보며 말했다.

이자트가 말을 하려는데 챔피언이 끼어들어 대답했다.

“강가로 건너갔을 때만 해도 나는 이 양반이 익사한 줄 알았어요. 이 양반이 어떻게 빠져나왔는지 지금도 모르겠어요. 이 양반도 아마 잘 모를 겁니다.”

챔피언, 이자는 왜 이런 말을 하는 걸까? 이자트는 그와 눈이 마주쳤다. 그제야 그는 챔피언의 눈에서 반짝거리는 즐거운 눈빛을 확신할 수 있었다. 확신하지 못할 때는 찜찜했는데 이제는 덜컥 겁이 났다. 수치스러웠다. 이자트는 지금이든 나중이든, 어떻게든 말머리를 돌려서 챔피언이 쿠알라 솔로에서도 이야기를 이런 식으로 할지 떠보기로 했다. 챔피언의 이야기에는 의심을 살 만한 구석이 전혀 없었다. 하지만 다른 사람은 몰라도 챔피언은 알고 있었다. 이자트가 그를 죽게 두었다는 것을.

“둘 다 살아 있는 걸 천운으로 아시오.”

선장이 말했다.

쿠알라 솔로까지 뱃길은 얼마 되지 않았다. 셈불루강을 따라 올라가는 증기선 위에서 이자트는 시무룩하게 강둑을 바라보았다. 강둑 양쪽으로 물살에 쓸리는 맹그로브와 니파야자가 보였고, 그 뒤쪽의 무성한 초록빛 밀림 속 과실나무들 사이사이로 빽빽이 들어선 말레이 집들이 눈에 들어왔다. 땅거미가 내릴 무렵 그들은 배를 부두에 댔다. 경찰관 괴링이 배에 올라 그들과 악수를 나누었다. 그는 그들이 묵을 숙소에서 지내고 있었다. 괴링은 원주민 승객들을 검사하는 업무를 시작하면서 포터라는 이름의 남자도 같이 묵고 있으니 만나게 될 거라고 말했다. 다 같이 식사 자리에서 만나게 될 거라고. 시동들은 장비를 챙겼고 챔피언과 이자트는 슬슬 걸어갔다. 그들은 목욕을 하고 옷을 갈아입었다. 8시 30분에 네 사람은 거실에 모여 진 파히트를 마셨다.

"브레든에게 듣자니까 물에 빠져 죽을 뻔했다면서요?"

괴링이 들어오면서 말했다.

이자트는 얼굴이 화끈거렸다. 하지만 그가 뭐라 말하기 전에 챔피언이 나서서 대답했다. 이자트가 보기에 챔피언은 말하기로 선택한 내용만 말하는 것 같았다. 이자트는 수치심으로 얼굴이 뜨거워졌다. 그를 깎아내리는 말 한마디 없었고 그는 언급조차 되지 않았다. 이자트는 이야기를 듣는 괴링과 포터를 보면서 그가 배제된 이야기가 두 남자에게 이상하게 들리지 않을까 생각했다. 그리고 이야기를 늘어놓는 챔피언을 주시했다. 챔피언은 우스갯소리를 섞어 가면서 이야기를 했다. 그들이 처했던 위험한 상황을 꾸밈없이 말했지만 우스꽝스럽게 가공했기 때문에 두 남자는 그들이 궁지에 몰린 이야기를 듣고 웃음을 터뜨렸다.

"지금도 그 생각만 하면 웃음이 납니다." 챔피언이 말했다. "강둑으로 건너가서 보니까 머리부터 발끝까지 온몸이 진흙으로 까맣지 뭡니까. 강물에 뛰어들어 씻고 싶었지만 그 지긋지긋한 강물에서는 구를 만큼 굴렀다 싶어서 이렇게 혼잣말을 했죠. 아니야, 에휴, 그냥 더러운 꼴로 있자. 그러고 나서 공용 숙소로 들어갔더니 똑같이 까만 꼴을 한 이자트가 보이지 뭐예요. 저 양반도 나랑 같은 심정이었구나 싶더라고요."

그들은 와하하 웃었고, 이자트도 어쩔 수 없이 따라 웃었다. 이제 보니 챔피언은 술탄 아흐마드의 선장에게 했던 말을 그대로 하고 있었다. 그가 보기에 이것을 설명할 길은 하나뿐이었다. 알고 있는 거야. 이 인간이 모든 걸 알면서도 말하기로 마음먹은 내용만 이야기하는 거야. 챔피언은 이자트가 비난받을 만한 면만 쏙 빼고 사실대로 이야기하는 재간이 대단했다. 하지만 왜 내 편을 들어 주는 걸까? 절체절명의 순간에 냉정히 등을 돌린 남자에게 경멸과 분노를 느끼지 않을 리 없을 텐데. 이자트는 문득 짚이는 데가 있었다. 진실은 공사 윌리스에게만 말하기로 했구나. 이자트는 윌리스를 대면할 생각을 하니 소름이 돋았다. 그로서는 부인해야겠지만, 그가 부인한다고 소용이 있을까? 윌리스는 바보가 아니니 분명 하산을 부를 것이다. 하산이 입을 다물 거라고 장담할 수 없었다. 그를 배신할 수도 있었다. 그렇다면 그는 끝장난 셈이었다. 윌리스는 그를 고국으로 돌려보낼지도 몰랐다.

이자트는 머리가 깨질 듯 아파서 저녁을 먹은 뒤 방으로 갔다. 혼자 시간을 보내면서 앞으로의 행동을 모색하기 위해서였다. 그는 문득 어떤 생각이 떠올라 열통이 터졌다가 소름이 돋았다. 누구도 모르게 오랫동안 지켜 온 비밀을 그 작자가 눈치챈 것이다. 갑자기 이자트는 그렇다는 확신에 사로잡혔다. 이자트의 눈은 연한 색인데 피부색은 왜 거무스름할까? 왜 말레이어를 유창하게 구사하고 다야크어도 그렇게 빨리 배웠을까? 사람들이 모를 리 없었다. 할머니가 스페인 혈통이라는 변명이 먹힐 거라고 생각했다니 내가 바보였다! 내가 그 말을 했을 때 속으로 비웃고 내 뒤에서 나를 망할 검둥이라고 불렀겠구나. 또 다른 생각이 떠올라 이자트를 괴롭혔다. 그는 자문했다. 살려 달라는 챔피언의 외침을 들었을 때 내 용기가 꺾인 것은 그 더러운 원주민의 피 때문이었나. 하지만 그런 순간에는 누구라도 겁을 먹는 것 아닌가? 도대체 왜 내가 아무런 정도 없는 남자를 위해 목숨을 바쳐야 하지? 그건 미친 짓이다. 하지만 쿠알라 솔로 사람들은 그럴 줄 알았다고 말할 것이고, 전혀 아량을 베풀지 않을 것이다.

그는 침대에 누웠지만 이리저리 뒤척였다. 그렇게 뒤척이면서 얼마나 시간이 흘렀을까, 겨우 잠이 들었다가 무서운 꿈을 꾸고 잠에서 깨어났다. 꿈에서 그는 포효하는 급류에 휘말려 돌고 도는 배 안에 다시 있었다. 필사적으로 뱃전에 매달리는 느낌, 손이 뱃전에서 미끄러지는 고통, 그를 덮치며 우르릉거리는 물이 느껴졌다. 그는 동이 틀 때까지 뜬눈으로 밤을 지샜다. 그가 살 길은 윌리스를 만나 먼저 이야기를 하는 것뿐이었다. 그는 어떤 말을 어떻게 써서 어떻게 말할지 곰곰이 궁리했다.

이자트는 일찌감치 일어나 챔피언과 마주치지 않으려고 아침도 거르고 밖으로 나갔다. 그는 큰길을 따라 걷다가 공사가 공관에 출근했을 시간이 되자 온 길을 되돌아갔다. 그는 자기 이름을 대고 윌리스의 방으로 안내되어 들어갔다. 윌리스는 체구가 작고 나이가 지긋한 남자로 반백의 머리는 숱이 적었고 얼굴은 길고 누르끼리했다.

"무탈하게 돌아왔으니 다행일세." 그는 이자트와 악수를 나누며 말했다. "듣자니까 물에 빠져 죽을 뻔했다면서?"

깨끗한 면포 바지와 토피 차림의 윌리스는 신수가 훤한 남자였다. 검은 머리는 말끔히 빗어 넘겼고 콧수염도 깔끔히 정리되어 있었다. 몸가짐은 꼿꼿하고 군인다웠다.

"즉시 공사님께 와서 보고를 드려야겠다는 생각이 들었습니다. 공사님께서 챔피언을 호위하라고 하셨으니까요."

"말해 보게."

이자트는 자기 입장에서 이야기했다. 윌리스가 대단한 일은 아니었다는 식으로 이해하게끔 위험을 축소해 말했다. 애초에 그리 늦게 출발하지만 않았어도 배가 전복되지 않았을 거라고.

"챔피언을 데리고 더 일찍 출발하려 했지만, 그 사람이 술을 두세 잔 마셨습니다. 솔직히 그 사람이 일어나지 않으려 했어요."

"많이 취했었나?"

"그건 모르겠습니다." 이자트는 유쾌하게 미소를 지었다. "정신이 아주 말짱했다고는 할 수 없지만요."

그는 이야기를 계속했다. 챔피언이 흥분해 허둥거렸다는 것을 은근히 암시했다. 수영 실력이 뛰어나지 않은 남자에게는 틀림없이 두려운 일이었을 거라면서. 그는 본인보다 챔피언에게 더 주의를 기울였으며, 침착해야 기회가 생긴다는 것을 알고 있었고, 배가 전복되었을 때 챔피언이 겁을 먹은 것을 보았다고 말했다.

"그렇다고 해서 그자를 비난할 수는 없지."

공사가 말했다.

"그 사람을 위해 제가 할 수 있는 건 모두 했습니다만, 제가 할 수 있는 게 별로 없었습니다."

"대단한 건 자네들 둘이 모두 탈출했다는 거야. 만약 그자가 익사했다면 우리 모두 대단히 난처해졌을 거야."

"공사님이 챔피언을 만나 보시기 전에 제가 먼저 사실을 말씀드려야 한다는 생각이 들었습니다. 어쩌면 그자는 그 일을 신나게 이야기할지도 모릅니다. 과장하는 것은 좋을 게 없는데 말입니다."

"자네들의 이야기는 대체로 일치하는군."

윌리스가 슬며시 웃는 얼굴로 말했다.

이자트는 멍하니 공사를 쳐다보았다.

"오늘 아침 챔피언을 만나지 못했나? 괴링에게 문제가 있었다는 이야기를 전해 듣고 어젯밤 저녁을 먹고 나서 공관에서 귀가하는 길에 그곳에 들렀었네. 자네는 자러 가고 없더군."

이자트는 몸이 덜덜 떨려서 진정을 하려고 용을 써야 했다.

"어쨌든 자네가 먼저 빠져나온 건 맞지?"

"모르겠습니다, 공사님. 아시다시피, 아주 혼란스러운 상황이었으니까요."

"그자가 나오기 전에 자네가 강둑으로 건너갔다면 그게 맞을 거야."

"그랬다면 그렇겠죠."

"찾아와 말해 주어서 고맙네."

윌리스는 의자에서 일어나며 말했다.

윌리스가 일어서면서 책들을 몇 권 쳐서 바닥으로 떨어뜨렸다. 책들이 갑자기 쿵 하고 떨어졌고, 그 느닷없는 소리에 이자트는 소스라치게 놀라며 숨을 들이켰다. 공사는 이자트를 재빨리 쳐다보았다.

"자네 신경이 곤두서 있구먼."

이자트는 걷잡을 수 없이 몸이 덜덜 떨렸다.

"정말 죄송합니다, 공사님."

그는 중얼거렸다.

"충격이 컸나 보군. 며칠 쉬도록 하게. 의사에게 진찰이라도 받지 그러나?"

"어젯밤에 잠을 설쳤습니다."

공사는 이해한다는 듯 고개를 끄덕였다. 이자트는 방을 나왔다. 나오는 길에 아는 남자 몇 명이 걸음을 멈추고 그에게 탈출을 축하한다고 말했다. 모두들 그 일을 알고 있었다. 그는 숙소를 향해 발길을 돌렸다. 걸으면서 공사에게 한 이야기를 곱씹어 보았다. 그의 이야기와 챔피언의 이야기가 정말 일치할까? 공사가 이미 이 이야기를 챔피언에게 들어 알고 있을 줄이야. 머저리같이 잠을 자러 가다니! 챔피언을 계속 지켜봤어야 하는데. 왜 공사는 그 이야기를 이미 들어 알고 있다고 하지 않고 그냥 듣고만 있었을까? 이제 이자트는 챔피언이 술에 취해 제정신이 아니었다고 말한 걸 뼈저리게 후회했다. 챔피언이 하는 말의 신빙성을 떨어뜨리려고 한 말인데, 바보짓을 한 셈이었다. 왜 윌리스는 그가 가장 먼저 빠져나왔다는 말을 했을까? 그를 위로하려는 것일 수도 있었고 그를 조사하려는 것일 수도 있었다. 윌리스는 대단히 영민한 자였다. 그나저나 챔피언은 정확히 무슨 말을 한 걸까? 그걸 알아야 했다. 무슨 일이 있어도 알아내야 했다. 이자트는 머릿속이 너무 복잡해서 제대로 생각을 할 수가 없었지만 침착해야 했다. 쫓기는 짐승이 된 기분이었다. 윌리스가 그를 좋아한다고 볼 수는 없었다. 그는 윌리스에게 부주의하다는 이유로 공관에서 한두 번 혼난 적이 있었다. 모든 사실을 파악할 때까지는 기다려야 할 것 같았다. 이자트는 히스테리 발작을 일으킬 지경이었다.

그는 숙소 안으로 들어갔다. 거기 장의자에 챔피언이 다리를 쭉 뻗고 앉아 있었다. 그는 그들이 밀림에 가 있는 동안 도착한 신문들을 읽고 있었다. 이자트는 자신을 쥐락펴락하는 그 작고 추레한 남자를 쳐다보면서 온몸이 맹렬한 증오감에 휩쓸리는 것을 느꼈다.

"안녕하쇼." 챔피언이 고개를 들며 말했다. "어디 다녀오시나?"

이자트는 그의 눈에서 얼핏 조롱과 냉소를 읽은 것 같았다. 그는 주먹을 꽉 쥐었고 호흡이 빨라졌다.

"나에 대해 윌리스에게 뭐라고 했소?"

이자트가 불쑥 물었다.

그가 느닷없이 너무나 거친 말투로 물었기 때문에 챔피언은 살짝 놀란 눈으로 그를 쳐다보았다.

"당신 이야기는 거의 하지 않은 듯합니다만. 왜요?"

"윌리스가 간밤에 왔었다면서요."

이자트는 그를 빤히 쳐다보았다. 챔피언의 생각을 읽으려고 양쪽 눈썹이 붙도록 성난 얼굴을 일그러뜨렸다.

"당신은 머리가 아파서 자러 갔다고 했어요. 공사님은 우리가 고생한 이야기를 알고 싶어 하셨소."

"방금 그분을 만나고 왔소."

이자트는 넓고 그늘이 진 방을 왔다 갔다 서성였다. 아직 이른 시각인데도 뜨거운 태양이 절절 끓었다. 그는 그물에 걸린 신세였다. 분노 때문에 아무것도 보이지 않았다. 챔피언의 목을 움켜잡아 그대로 졸라 버릴 수도 있었지만, 무엇을 상대로 싸워야 하는지 알 수 없어 무기력한 기분이 들었다. 피곤했고 병이 난 것 같았다. 배짱은 흩어져 버렸다. 힘이 되어 주던 분노가 별안간 빠져나가고 그는 의기소침해졌다. 혈관에 피가 아니라 물이 흐르는 것 같았다. 심장은 주저앉았고 무릎은 곧 무너질 것 같았다. 될 대로 되라지. 금방이라도 울음이 터질 것 같았다. 그는 자기 자신이 몹시 가여웠다.

"빌어먹을 인간, 당신을 만나지 않았더라면 좋았을걸."

그는 속절없이 울음을 터뜨렸다.

"대체 무슨 일이오?"

챔피언이 놀라 물었다.

"오, 능청 떨지 말아요. 이틀 동안 서로 능청 떨었잖소. 난 이제 신물이 나." 그의 목소리는 건장하고 강인한 사내가 내는 목소리치고 앙칼지고 높아 이상하게 들렸다. "지긋지긋하단 말이오. 그래, 내가 당신을 버리고 도망쳤어. 당신이 익사하게 놔뒀다고. 내가 잡놈처럼 행동한 거 알아. 나도 어쩔 수가 없었어."

챔피언은 의자에서 천천히 일어섰다.

"대체 무슨 소리를 하는 거야?"

그의 목소리는 진심으로 놀란 기색이 역력해서 이자트는 깜짝 놀라고 말았다. 소름이 그의 등허리를 타고 흘렀다.

"당신이 도와달라고 소리쳤을 때 나는 두려워 제정신이 아니었어. 그래서 그냥 노를 붙잡고 하산의 도움을 받아 빠져나왔어."

"지극히 현명하게 행동을 하셨구먼."

"당신을 도울 수가 없었어. 그럴 처지가 아니었다고."

"왜 아니겠어. 소리친 내가 등신이었구먼. 그때 내뱉은 숨조차 아까워. 얼마나 숨이 찼었는데."

"몰랐다는 말이야?"

"그 남자들이 내게 깔개를 주었을 때, 난 당신이 배에 매달려 있는 줄 알았어. 내가 당신보다 먼저 빠져나왔다고 생각했지."

이자트는 두 손으로 얼굴을 가리고 비참하게 흑흑 울었다.

"아후, 이런 바보 천치 같으니."

두 남자는 잠시 서서 서로를 쳐다보았다. 침묵이 끝없이 이어졌다.

"이제 어쩔 거요?"

이자트가 마침내 물었다.

"오, 걱정 마쇼, 이 양반아. 나도 툭하면 겁을 먹는 주제라 졸보인 인간을 비난할 입장이 아니야. 아무한테도 말하지 않을게."

"그렇다 쳐도 당신은 알잖아."

"약속하지. 믿어도 좋아. 게다가 난 여기서 일이 끝나 고국으로 돌아갈 거거든. 다음번 싱가포르행 배를 탈 생각이야." 챔피언은 머뭇거리면서 뭔가 생각하듯 이자트를 잠시 쳐다보았다. "하나만 부탁하지. 내가 여기서 친구들을 많이 사귀었는데 마음에 걸리는 게 조금 있어. 우리 배가 전복된 이야기를 할 때 내가 못나게 굴었다느니 하는 말은 안 해 주면 고맙겠어. 여기 친구들이 내가 몸을 사렸다고 생각하는 건 싫단 말이지."

이자트는 얼굴을 새빨갛게 붉혔다. 공사에게 한 말이 기억났다. 그때 챔피언이 뒤에서 그 말을 엿들었나 싶었다. 그는 헛기침을 했다.

"내가 왜 그럴 거라 생각하는지 모르겠군."

챔피언은 사람 좋은 웃음을 킥킥 웃었다. 그의 푸른 눈에 즐겁고 명랑한 눈빛이 돌았다.

"새가슴이 뻔하지." 그는 그렇게 대답하고는 활짝 웃어 깨지고 변색된 치아를 드러냈다. "담배나 한 대 태우자고, 친구."

작품 해설

모순의 즐거움

미국의 비평가 클리프턴 패디먼(Clifton Fadiman)은 단편 소설을 읽는 이유로 인간에 대한 통찰을 꼽았다. 서머싯 몸은 사회적 존재로서의 인간을 간결한 사실주의적 필치와 압축된 구성으로 그려 냈다는 점에서 영미 단편 소설의 거장으로 평가받고 있다. 몸의 단편 소설에 드러나는 특징은 구성의 간결함에 의한 극적 통일성과 반전에 의한 양면성으로 요약된다. 또한 전지적 시점보다는 대부분 작중 화자나 타자를 내세워 중립적 관점에서 관찰하는 형식을 취하는데, 잘 짜인 플롯에 입혀진 담담한 정서 속에 해학과 풍자가 반짝거리고 있음은 물론이다.

몸은 극작과 장편 소설로 어느 정도 명성을 쌓고 난 1920~1930년대에 여러 대중잡지에 단편 소설을 발표해 큰 호응을 얻었고, 100편이 훌쩍 넘는 단편 소설을 남겨 세계 문학사에 뚜렷한 발자취를 남겼다. 에드거 앨런 포, 안톤 체호프, 기 드 모파상에 의해 단편 소설의 주된 형식이 확립된 상태였지만 몸은 현실적 내용과 통일된 구성, 반전의 리얼리즘으로 독특한 단편 소설의 경지를 이뤄 냈다.

형식적으로 몸의 단편 소설은 작품의 논리적 유기성을 추구한 에드거 앨런 포와 궤를 같이한다고 볼 수 있지만, 포는 기이한 초자연적 소재를 다룬 반면에 서머싯 몸은 평범한 현실의 비범한 이면을 다룬다. 단순한 플롯 안에서 빠르게 전개되는 사건으로 극적 통일감을 이루면서 관찰자의 눈을 통해 이야기를 풀어내다가 확실히 매듭짓는 방식을 취한다. 그는 자신의 문학적 자서전 『요약(Summing Up)』(1938)에서 단편 소설에 대한 견해를 다음과 같이 밝혔다.

> 내가 과연 체호프의 방식으로 이야기를 쓸 수 있었을지 의문이다. 그러고 싶은 생각도 없었다. 끊어지지 않는 선처럼 설명부터 결과까지 치밀하게 짜여 진행되는 이야기를 쓰고 싶었다. 내가 생각하는 단편 소설은 단일한 사건의 내러티브다. 그것이 물질적인 것이든 정신적인 것이든 서술에 불필요한 것은 모두 제거하여 사건에 극적인 통일성을 부여할 수 있다고 보았다. 이른바 '종지부' 찍는 것은 두렵지 않았다. 비판은 논리적이지 않은 경우에만 타당하다고 보았고, 비논리성에 따라붙는 비난도 정당한 이유 없이 순전히 효과만 노리고 비논리성을 남발하는 경우에만 합당하다고 생각했다. 요컨대 나는 단편 소설을

흐지부지한 말줄임표보다는 마침표로 끝내는 것을 더 선호했다. (『요약』 56장에서)

서머싯 몸은 논리적 전개를 중시하면서도 느슨한 개연성을 선택한다. 뜻밖의 반전을 꾀함으로써 일관성을 의도적으로 깨뜨리는 것인데, 인간은 본디 일관성이 없는 존재라고 판단한 인간관의 자연스러운 발로라고 생각된다. 일관된 완전함이 필연적으로 내포하는 지루함을 의외적 요소를 통해 해소하는 효과를 거두기도 한다.

도덕론자를 자처하다가 자살로 생을 마감하는 「비」의 선교사 데이비슨, 「정복되지 않는 사람들」에서 아네트가 저지른 자기 파괴적 복수, 「심판대」에서 영원의 신이 세 유령에게 내린 뜻밖의 판결, 「고향」에서 수십 년 만에 귀향한 노인의 갑작스러운 죽음, 「삶의 진실들」에서 거듭되는 뜻밖의 전개, 「척척박사」에서 성가신 골칫거리 승객이 보이는 관용 등 일일이 거론할 수 없을 만큼 거의 모든 이야기에서 특히 마지막에 반전이 일어난다. 느닷없지만 불가능하다고 단언할 수도 없는 일들이다.

서머싯 몸은 인간의 내면에 상반된 특성들이 나름대로 조화를 이루며 공존한다는 생각을 가지고 있었다. 인간의 모순된 면모는 「사자의 가죽」과 「비둘기의 노랫소리」에서 극명하게 드러난다. 「사자의 가죽」에서는 수십 년간 신사를 사칭하며 살아온 사기꾼이 신사다운 행동을 감행하다가 죽음을 맞이하고 진상은 묻혀 버린다. 「비둘기의 노랫소리」에서는 고결

게 포장된 여가수의 저열한 성품이 폭로된 후 그녀의 아름다움에 대한 감탄으로 이야기가 마무리된다. 예상을 뛰어넘는 갑작스러운 사건과 행동, 선택은 극적 긴장감을 끌어내는 동시에 인간의 양면성을 부각시켜 모호한 현실을 드러낸다.

몸은 개별성을 중시하면서도 보편적인 인간상이 존재한다고 보았다. 선과 악을 확연히 구분하는 도덕론자들의 생각에도 찬성하지 않았다. 문제는 아무리 노력해도 인간성을 완전히 파악할 수 없다는 데 있었다. 그러므로 몸으로서는 인간이 불가해한 존재라고 가정하고 현실 속 사람들을 소재로 가공의 인물을 창조할 수밖에 없었다. 저자 본인의 시각조차 절대적이라 확신할 수 없으므로 관찰자를 내세워 이야기를 전개하는 것을 선호했다. 그에게 확실한 것은 지나가는 지금뿐이었다.

> 우리는 이웃 사람들의 생각과 감정을 그저 짐작만 할 뿐이다. 우리는 각자 외로운 탑에 홀로 갇힌 죄수들이고, 인간의 형상을 한 다른 죄수들과 기존의 신호로 의사소통을 하지만, 그 신호의 의미는 내가 생각하는 바와 다른 사람들이 생각하는 바가 반드시 같은 것이 아니다. (「행복한 남자」(2권, 195쪽)에서)

몸의 회의적이고 불가지론적 세계관은 인간에 대한 관용에도 영향을 끼쳤다. 극작가로서 큰 성공을 거두었던 몸은 배우들에게 애틋한 마음을 가지고 있었다. 아무리 인기가 많은 배우라도 운명과 변덕스러운 대중에 휘둘리는 신세임을 이해하고 전성기를 구가하는 대배우의 거드름, 허영, 터무니없는 짓까지도 너그럽게 보아 넘겼다. 관객을 만족시키지 못하면 즉시 사라질 운명의 그들에게 어찌 연민을 느끼지 않을 수 있었을까. 대중의 인기에서 자유롭지 않은 몸 본인도 그들과 다를 바 없는 처지였다. 「춤꾼들」에서는 대중의 변덕 앞에 무력한 예능인의 삶이 무심하고 냉혹한 호텔 손님들과 대비되어 그려진다.

몸의 단편 소설 가운데 유머 소설이 적지 않은데, 인간의 위선이나 저열한 면모를 신랄하게 조롱하기보다는 연민과 이해를 바탕으로 따뜻한 웃음을 끌어내는 작품이 많다. 몸은 유머 감각이 있으면 인간 본성의 모순됨에서 즐거움을 찾아낼 수 있다고 보았다.

> 현상과 실재의 차이는 즐거움을 준다. (……) 우리가 진실과 아름다움, 선함에 눈을 감는 것은 이런 것들에서는 우스운 면을 찾아낼 여지가 없기 때문이다. 유머가 넘치는 사람은 기만적 측면을 한눈에 알아보고 항상 성스러운 측면만 보지도 않는다. 유머 감각을 갖기 위해서는 사람들을 단편적으로 바라보지 않는 값비싼 대가를 치러야 하지만 그만한 보상도 있다. 사람들에게 화를 내면서 웃을 수는 없다. 유머는 관용을 가르치고, 유머가 넘치는 사람은 비난을 퍼붓기보다는 미소나 어쩌면 한숨을 지으면서 어깻짓을 하고 만다. 훈계하지 않고 이해하는 데 만족한다. 이해하는 것은 연민을 느끼고 용서하는 것과 같다. (『요약』 20장에서)

어쩌면 타인에 대한 관용은 자아성찰에서부터 출발하는 것이 아닐까. 몸은 자신의 왜소한 체구와 말을 더듬는 버릇 때문에 일찍이 열등감이 있었고 자기가 무엇을 잘하고 못하는지 경험과 성찰을 통해 잘 알고 있었다. 그러한 이유에서인지 그는 이상적이고 완벽한 인간이 아니라 장점과 단점이 양립한 현실의 인간들에게 공감하고 그러한 측면을 소설에서 구현하려고 노력했다. 통찰에 기반한 관용과 유머는 그의 단편 소설 전반에 흐르는 정서적 토대로 작용하고 있다.

2021년 8월

황소연

작가 연보

1874년 1월 25일, 프랑스 파리의 영국 대사관 고문 변호사로 일하던 로버트 몸의 막내아들로 태어났다.

1882년 어머니 이디스 몸이 폐결핵으로 별세했다.

1884년 아버지가 암으로 별세. 영국 켄트주 윗스터블 관할사제인 숙부네에서 자람. 가을에 캔터베리의 킹스 스쿨에 입학했다.

1890년 폐결핵으로 한 학기를 남프랑스에서 요양하면서 모파상을 비롯한 프랑스 작가들의 소설을 탐독했다.

1891년 킹스 스쿨을 중퇴하고 독일로 유학, 하이델베르크 대학교에서 청강생으로 어학과 수학을 공부했다.

1892년 숙부의 권고로 공인회계사 공부를 시작했다가 그만두고 런던의 세인트토머스 병원 부속 의학교에 입학하지만 의학 공부보다는 작가 수업에 더 관심을 가졌다.

1897년 의학생의 경험을 토대로 쓴 첫 장편 소설 『램버스의 라이저(Liza of Lambeth)』를 발표, 베스트셀러가 되었다. 의학교를 졸업하고 면허를 얻지만 작가 수업을 위해 의업을 포기하고 스페인에 정착했다.

1898년 역사 소설 『성자 만들기(The Making of a Saint)』 발표. 후에 『인간의 굴레에서(Of Human Bondage)』의 원형이 되는 「스티븐 케리의 예술가적 기질(The Artistic Temperament of Stephen Carey)」을 썼으나 출판하지 못했다. 로마를 여행했다.

1899년 단편집 『정위(Orientations)』 출판.

1901년 보어 전쟁에서 힌트를 얻어 쓴 장편 소설 『영웅(The Hero)』을 출판했다.

1902년 중산층 여자가 농부와 결혼하는 이야기를 다룬 소설 『크래덕 부인(Mrs. Craddock)』 출판. 희곡 「명예로운 자(A Man of Honour)」가 공연되었다.

1903년 희곡 「현세의 이익(Loaves and Fishes)」과 「프레더릭 부인(Lady Frederick)」을 발표, 평가가 좋지 않자 희곡을 포기하고 소설에만 전념했다.

1904년 실험 소설 『회전목마(The Merry-Go-Round)』 출판. 파리로 건너가 몽파르나스에 자리 잡고 한동안 보헤미안 생활을 하며 여러 예술가들과 교제했다. 로지라는 여배우와 연애. 희곡 「도트 부인(Mrs. Dot)」을 집필했다.

1905년 스페인에 머물면서 안달루시아 여행기 『성처녀의 나라

(The Land of Blessed Virgin)』를 출판했다.

1906년 장편 소설 『주교의 에이프런(The Bishop's Apron)』을 출판했다.

1907년 장편 소설 『탐험가(The Explorer)』 출판. 시칠리아 섬 여행. 런던의 코트 극장에서 공연한 풍속희극 「프레더릭 부인」이 대성공을 거두고 일 년간의 장기 공연에 들어갔다.

1908년 「잭 스트로(Jack Straw)」, 「도트 부인」 등 모두 네 편의 극이 런던의 4대 극장에서 동시에 공연되어 셰익스피어 이래 최대의 인기를 누림. 공포 소설 『마술사(The Magician)』를 발표했다.

1909년 희곡 「페넬로페(Penelope)」와 「스미스(Smith)」가 공연되었다.

1910년 희곡 「열 번째 사나이(The Tenth Man)」와 「지주 귀족(Landed Gentry)」이 공연되었다.

1911년 런던 메이페어에 근사한 주택을 구입했다.

1912년 스페인의 세비야에서 자전적 소설 『인간의 굴레에서』를 쓰기 시작했다.

1914년 희곡 「약속의 땅(The Land of Promise)」 공연. 1차 세계 대전이 일어나자 프랑스 적십자 야전 의무대에 지원했다.

1915년 정보국에 발탁되어 스위스의 제네바에서 첩보 활동. 희곡 「성취 불능(The Unattainable)」, 「선배(Our Betters)」 집필. 『인간의 굴레에서』 출판. 미국에서 시어도어 드라이저가 《뉴 리퍼블릭》에서 이 소설을 격찬하지만 전쟁 중이어서 큰 반향을 일으키지는 못했다.

1916년 시리 웰컴(Syrie Barnardo Wellcome)과 결혼했다. 첩보 생활로 건강을 해쳐 미국에서 정양. 화가 폴 고갱을 모델로 한 소설을 쓰기 위해 타히티섬을 여행했다.

1917년 정보국의 중대 비밀 임무를 맡고 러시아에 갔다. 톨스토이, 도스토옙스키, 체호프의 고장에 가 보고 싶은 욕심 때문에 무리한 부탁을 맡은 것이었다.

1918년 러시아에서 귀국하나 건강이 악화되어 스코틀랜드에서 요양했다.

1919년 희곡 「시저의 아내(Caesar's Wife)」, 「집과 미녀(Home and Beauty)」 집필. 장편 소설 『달과 6펜스(The Moon and Six pence)』를 출판하여 주목을 받고, 『인간의 굴레에서』도 재평가를 받았다.

1920년 중국을 여행했다.

1921년 단편집 『잎사귀의 떨림(The Trembling of a Leaf)』 출판. 희곡 「서클(The Circle)」 공연. 보르네오와 서말레이시아를 여행했다.

1922년 여행기 『중국의 병풍(On a Chinese Screen)』을 출판했다. 희곡 「수에즈의 동쪽(East of Suez)」을 공연했다.

1924년 희곡 『현세의 이익』 출판. 많은 단편 소설을 발표했다.

1925년 단테의 『신곡』에서 힌트를 얻고 홍콩 여행을 바탕으로 한 장편 소설 『인생의 베일(The Painted Veil)』을 출판했다.

1926년 희곡 「정숙한 아내(The Constant Wife)」 공연. 단편집

『카수아리나 나무(The Casuarina Tree)』를 출판했다.

1927년 「밀림의 발자국(Footprints in the Jungle)」 등 단편 소설 다수 발표. 『편지(The Letter)』를 각색하여 공연했다.

1928년 첩보 활동 경험을 소재로 하여 단편집 『어셴던(Ashenden)』 출판. 희곡 「성스러운 불꽃(The Sacred Flame)」이 뉴욕에서 공연되었다.

1929년 이혼. 프랑스 카프페라에 정착. 보르네오와 서말레이시아를 여행했다.

1930년 희곡 「밥벌이(The Breadwinner)」 발표. 여행기 『응접실의 신사(The Gentleman in the Parlour)』와 토머스 하디와 휴 월폴을 풍자적으로 그린 장편 소설 『케이크와 맥주(Cakes and Ale)』 출판. 키프로스와 뉴욕을 여행했다.

1931년 단편집 『일인칭 단수(Six Stories Written in the First Person Singular)』 출판. 희곡 「서클」이 공연되었다.

1932년 단편집 『책가방(The Book Bag)』, 장편 소설 『궁색한 인생(The Narrow Corner)』 출판. 희곡 「수고(For Services Rendered)」가 공연되었다.

1933년 단편집 『아, 왕이여(Ah King)』 출판. 희곡 「셰피(Sheppey)」 공연. 이 작품을 끝으로 더 이상 희곡을 쓰지 않았다. 스페인을 여행했다.

1934년 단편집 『심판의 자리(The Judgment Seat)』 출판.

1935년 기행문 『돈 페르난도(Don Fernando)』 출판.

1936년 콩트집 『세계주의자(Cosmopolitans)』 출판. 여행기 『나의 남해 섬(My South Sea Island)』을 시카고에서 출판.

남아메리카와 서인도제도를 여행했다.

1937년 장편 소설 『극장(Theatre)』을 출판했다.

1938년 자전적 회상록 『요약(The Summing Up)』을 출판했다. 인도를 여행했다.

1939년 장편 소설 『크리스마스 휴가(Christmas Holiday)』 출판. 9월 1일, 2차 세계대전이 발발하자 요트로 프랑스에서 탈출을 기도. 『세계 단편 백선(Tellers of Tales)』 뉴욕에서 출판되었다.

1940년 평론집 『전시(戰時)의 프랑스(France at War)』, 독서 안내책 『책과 당신(Books and You)』 출판. 6월 15일에 파리가 함락되자 카누를 타고 영국으로 탈출. 10월 미국으로 건너가 1946년까지 뉴욕에 정착했다.

1941년 자서전 『극히 개인적(Strictly Personal)』 뉴욕에서 출판. 중편 소설 「별장에서(Up at the Villa)」를 발표했다.

1942년 장편 소설 『동트기 전(The Hour before the Dawn)』 출판.

1943년 『현대 영미 명작선(Modern English and American Literature)』이 뉴욕에서 출판되었다.

1944년 장편 소설 『면도날(The Razor's Edge)』 출판.

1946년 역사 소설 『그때와 지금(Then and Now)』 출판. 『인간의 굴레에서』 원고를 미국 국회도서관에 기증했다.

1947년 단편집 『환경의 동물(Creatures of Circumstance)』 출판.

1948년 단편집 『이곳저곳(Here and There)』, 장편 소설 『카탈리나(Catalina)』 출판.

1949년 에세이 『작가 수첩(A Writer's Notebook)』 출판.

1950년 『인간의 굴레에서』 다이제스트판이 발간되었다.

1951년 『작가의 시점(The Writer's Point of View)』. 미국에서 '몸 연구소'가 설립되어 몸의 문헌들이 전시되었다.

1952년 평론집 『방랑의 무드(The Vagrant Mood)』 출판. 옥스퍼드 대학교에서 명예학위를 받았다. 네덜란드를 여행했다.

1953년 희곡 『고귀한 스페인 사람(The Noble Spaniard)』 출판.

1954년 엘리자베스 여왕으로부터 명예 훈위(Companion of Honour) 칭호를 받았다. 그리스와 로마 방문. 평론집 『세계 10대 소설과 그 작가(Ten Novels and their Authors)』를 발표했다.

1958년 평론집 『시점(Points of View)』을 출판하고 작가 생활을 끝낸다고 선언했다. 윈스턴 처칠 경과 함께 왕립문학원의 부원장에 선출되었다. 일본을 여행했다.

1961년 문학 훈위(Companion of Literature) 칭호를 받았다.

1965년 12월 16일, 프랑스 니스에서 아흔한 살의 나이로 사망했다.

세계문학전집 393

서머싯 몸 단편선 2

1판 1쇄 펴냄 2021년 9월 7일
1판 4쇄 펴냄 2023년 11월 21일

지은이 서머싯 몸
옮긴이 황소연
발행인 박근섭, 박상준
펴낸곳 (주)민음사

출판등록 1966. 5. 19. (제 16-490호)
서울특별시 강남구 도산대로1길 62(신사동) 강남출판문화센터 5층 (우편번호 06027)
대표전화 02-515-2000 팩시밀리 02-515-2007
www.minumsa.com

ISBN 978-89-374-6393-8 04800
ISBN 978-89-374-6000-5 (세트)

민음사 세계문학전집

세계문학전집 목록

51·52 **내 이름은 빨강 파묵·이난아 옮김** 노벨 문학상 수상 작가
53 **오셀로 셰익스피어·최종철 옮김** 서울대 권장도서 100선
54 **조서 르 클레지오·김윤진 옮김** 노벨 문학상 수상 작가
55 **모래의 여자 아베 코보·김난주 옮김**
56·57 **부덴브로크 가의 사람들 토마스 만·홍성광 옮김** 노벨 문학상 수상 작가
58 **싯다르타 헤세·박병덕 옮김** 노벨 문학상 수상 작가
59·60 **아들과 연인 로렌스·정상준 옮김** 《뉴스위크》 선정 100대 명저
61 **설국 가와바타 야스나리·유숙자 옮김** 노벨 문학상 수상 작가 | 서울대 권장도서 100선
62 **벨킨 이야기·스페이드 여왕 푸슈킨·최선 옮김**
63·64 **넙치 그라스·김재혁 옮김** 노벨 문학상 수상 작가
65 **소망 없는 불행 한트케·윤용호 옮김** 노벨 문학상 수상 작가
66 **나르치스와 골드문트 헤세·임홍배 옮김** 노벨 문학상 수상 작가
67 **황야의 이리 헤세·김누리 옮김** 노벨 문학상 수상 작가
68 **페테르부르크 이야기 고골·조주관 옮김**
69 **밤으로의 긴 여로 오닐·민승남 옮김** 노벨 문학상 수상 작가 | 미국대학위원회 선정 SAT 추천도서
70 **체호프 단편선 체호프·박현섭 옮김**
71 **버스 정류장 가오싱젠·오수경 옮김** 노벨 문학상 수상 작가
72 **구운몽 김만중·송성욱 옮김** 서울대 권장도서 100선 | 국립중앙도서관 선정 청소년 권장도서
73 **대머리 여가수 이오네스코·오세곤 옮김**
74 **이솝 우화집 이솝·유종호 옮김** 논술 및 수능에 출제된 책(1998~2005)
75 **위대한 개츠비 피츠제럴드·김욱동 옮김** 《타임》 선정 현대 100대 영문소설
76 **푸른 꽃 노발리스·김재혁 옮김**
77 **1984 오웰·정회성 옮김** 《타임》 선정 현대 100대 영문소설 | 《뉴스위크》 선정 100대 명저
78·79 **영혼의 집 아옌데·권미선 옮김**
80 **첫사랑 투르게네프·이항재 옮김**
81 **내가 죽어 누워 있을 때 포크너·김명주 옮김** 노벨 문학상 수상 작가
82 **런던 스케치 레싱·서숙 옮김** 노벨 문학상 수상 작가
83 **팡세 파스칼·이환 옮김**
84 **질투 로브그리예·박이문, 박희원 옮김**
85·86 **채털리 부인의 연인 로렌스·이인규 옮김**
87 **그 후 나쓰메 소세키·윤상인 옮김**
88 **오만과 편견 오스틴·윤지관, 전승희 옮김** 미국대학위원회 선정 SAT 추천도서
89·90 **부활 톨스토이·연진희 옮김** 논술 및 수능에 출제된 책(1998~2005)
91 **방드르디, 태평양의 끝 투르니에·김화영 옮김**
92 **미겔 스트리트 나이폴·이상옥 옮김** 노벨 문학상 수상 작가
93 **페드로 파라모 룰포·정창 옮김**
94 **차라투스트라는 이렇게 말했다 니체·장희창 옮김** 국립중앙도서관 선정 청소년 권장도서
95·96 **적과 흑 스탕달·이동렬 옮김** 국립중앙도서관 선정 청소년 권장도서
97·98 **콜레라 시대의 사랑 마르케스·송병선 옮김** 노벨 문학상 수상 작가 | BBC 선정 꼭 읽어야 할 책
99 **맥베스 셰익스피어·최종철 옮김** 서울대 권장도서 100선 | 미국대학위원회 선정 SAT 추천도서
100 **춘향전 작자 미상·송성욱 풀어 옮김** 서울대 권장도서 100선
101 **페르디두르케 곰브로비치·윤진 옮김**
102 **포르노그라피아 곰브로비치·임미경 옮김**
103 **인간 실격 다자이 오사무·김춘미 옮김**
104 **네루다의 우편배달부 스카르메타·우석균 옮김**

165 모렐의 발명 비오이 카사레스·송병선 옮김
166 삼국유사 일연·김원중 옮김 서울대 권장도서 100선
167 풀잎은 노래한다 레싱·이태동 옮김 노벨 문학상 수상 작가
168 파리의 우울 보들레르·윤영애 옮김
169 포스트맨은 벨을 두 번 울린다 케인·이만식 옮김
170 썩은 잎 마르케스·송병선 옮김 노벨 문학상 수상 작가
171 모든 것이 산산이 부서지다 아체베·조규형 옮김 《타임》 선정 현대 100대 영문소설
172 한여름 밤의 꿈 셰익스피어·최종철 옮김 미국대학위원회 선정 SAT 추천도서
173 로미오와 줄리엣 셰익스피어·최종철 옮김 미국대학위원회 선정 SAT 추천도서
174·175 분노의 포도 스타인벡·김승욱 옮김 노벨 문학상 수상 작가 | 《타임》 선정 현대 100대 영문소설
176·177 괴테와의 대화 에커만·장희창 옮김
178 그물을 헤치고 머독·유종호 옮김 《타임》 선정 현대 100대 영문소설
179 브람스를 좋아하세요... 사강·김남주 옮김
180 카타리나 블룸의 잃어버린 명예 하인리히 뵐·김연수 옮김 노벨 문학상 수상 작가
181·182 에덴의 동쪽 스타인벡·정회성 옮김 노벨 문학상 수상 작가
183 순수의 시대 워튼·송은주 옮김 《뉴스위크》 선정 100대 명저 | 퓰리처상 수상작
184 도둑 일기 주네·박형섭 옮김
185 나자 브르통·오생근 옮김
186·187 캐치-22 헬러·안정효 옮김 《타임》 선정 현대 100대 영문소설
188 숄로호프 단편선 숄로호프·이항재 옮김 노벨 문학상 수상 작가
189 말 사르트르·정명환 옮김
190·191 보이지 않는 인간 엘리슨·조영환 옮김 《타임》 선정 현대 100대 영문소설
192 왑샷 가문 연대기 치버·김승욱 옮김 퓰리처상 수상 작가
193 왑샷 가문 몰락기 치버·김승욱 옮김 퓰리처상 수상 작가
194 필립과 다른 사람들 노터봄·지명숙 옮김
195·196 하드리아누스 황제의 회상록 유르스나르·곽광수 옮김
197·198 소피의 선택 스타이런·한정아 옮김 퓰리처상 수상 작가
199 피츠제럴드 단편선 2 피츠제럴드·한은경 옮김
200 홍길동전 허균·김탁환 옮김
201 요술 부지깽이 쿠버·양윤희 옮김
202 북호텔 다비·원윤수 옮김
203 톰 소여의 모험 트웨인·김욱동 옮김
204 금오신화 김시습·이지하 옮김
205·206 테스 하디·정종화 옮김 미국대학위원회 선정 SAT 추천도서 | BBC 선정 꼭 읽어야 할 책
207 브루스터플레이스의 여자들 네일러·이소영 옮김
208 더 이상 평안은 없다 아체베·이소영 옮김
209 그레인지 코플랜드의 세 번째 인생 워커·김시현 옮김 퓰리처상 수상 작가
210 어느 시골 신부의 일기 베르나노스·정영란 옮김
211 타라스 불바 고골·조주관 옮김
212·213 위대한 유산 디킨스·이인규 옮김 서울대 권장도서 100선 | BBC 선정 꼭 읽어야 할 책
214 면도날 서머싯 몸·안진환 옮김
215·216 성채 크로닌·이은정 옮김
217 오이디푸스 왕 소포클레스·강대진 옮김 서울대 권장도서 100선
218 세일즈맨의 죽음 밀러·강유나 옮김
219·220·221 안나 카레니나 톨스토이·연진희 옮김 서울대 권장도서 100선

222 **오스카 와일드 작품선** 와일드 · 정영목 옮김
223 **벨아미** 모파상 · 송덕호 옮김
224 **파스쿠알 두아르테 가족** 호세 셀라 · 정동섭 옮김 노벨 문학상 수상 작가
225 **시칠리아에서의 대화** 비토리니 · 김운찬 옮김
226·227 **길 위에서** 케루악 · 이만식 옮김 《타임》 선정 현대 100대 영문소설 | 《뉴스위크》 선정 100대 명저
228 **우리 시대의 영웅** 레르몬토프 · 오정미 옮김
229 **아우라** 푸엔테스 · 송상기 옮김
230 **클링조어의 마지막 여름** 헤세 · 황승환 옮김 노벨 문학상 수상 작가
231 **리스본의 겨울** 무뇨스 몰리나 · 나송주 옮김
232 **뻐꾸기 둥지 위로 날아간 새** 키지 · 정회성 옮김 《타임》 선정 현대 100대 영문소설
233 **페널티킥 앞에 선 골키퍼의 불안** 한트케 · 윤용호 옮김 노벨 문학상 수상 작가
234 **참을 수 없는 존재의 가벼움** 쿤데라 · 이재룡 옮김
235·236 **바다여, 바다여** 머독 · 최옥영 옮김
237 **한 줌의 먼지** 에벌린 워 · 안진환 옮김 《타임》 선정 현대 100대 영문소설
238 **뜨거운 양철 지붕 위의 고양이 · 유리 동물원** 윌리엄스 · 김소임 옮김 퓰리처상 수상작
239 **지하로부터의 수기** 도스토옙스키 · 김연경 옮김
240 **키메라** 바스 · 이운경 옮김
241 **반쪼가리 자작** 칼비노 · 이현경 옮김
242 **벌집** 호세 셀라 · 남진희 옮김 노벨 문학상 수상 작가
243 **불멸** 쿤데라 · 김병욱 옮김
244·245 **파우스트 박사** 토마스 만 · 임홍배, 박병덕 옮김 노벨 문학상 수상 작가
246 **사랑할 때와 죽을 때** 레마르크 · 장희창 옮김
247 **누가 버지니아 울프를 두려워하랴?** 올비 · 강유나 옮김
248 **인형의 집** 입센 · 안미란 옮김
249 **위폐범들** 지드 · 원윤수 옮김 노벨 문학상 수상 작가
250 **무정** 이광수 · 정영훈 책임 편집 서울대 권장도서 100선
251·252 **의지와 운명** 푸엔테스 · 김현철 옮김
253 **폭력적인 삶** 파솔리니 · 이승수 옮김
254 **거장과 마르가리타** 불가코프 · 정보라 옮김
255·256 **경이로운 도시** 멘도사 · 김현철 옮김
257 **야콥을 둘러싼 추측들** 욘존 · 손대영 옮김
258 **왕자와 거지** 트웨인 · 김욱동 옮김
259 **존재하지 않는 기사** 칼비노 · 이현경 옮김
260·261 **눈먼 암살자** 애트우드 · 차은정 옮김 《타임》 선정 현대 100대 영문소설
262 **베니스의 상인** 셰익스피어 · 최종철 옮김
263 **말리나** 바흐만 · 남정애 옮김
264 **사볼타 사건의 진실** 멘도사 · 권미선 옮김
265 **뒤렌마트 희곡선** 뒤렌마트 · 김혜숙 옮김
266 **이방인** 카뮈 · 김화영 옮김 노벨 문학상 수상 작가 | 미국대학위원회 선정 SAT 추천도서
267 **페스트** 카뮈 · 김화영 옮김 노벨 문학상 수상 작가 | 국립중앙도서관 선정 청소년 권장도서
268 **검은 튤립** 뒤마 · 송진석 옮김
269·270 **베를린 알렉산더 광장** 되블린 · 김재혁 옮김
271 **하얀 성** 파묵 · 이난아 옮김 노벨 문학상 수상 작가
272 **푸슈킨 선집** 푸슈킨 · 최선 옮김
273·274 **유리알 유희** 헤세 · 이영임 옮김 노벨 문학상 수상 작가

275 **픽션들** 보르헤스 · 송병선 옮김 서울대 권장도서 100선

276 **신의 화살** 아체베 · 이소영 옮김

277 **빌헬름 텔 · 간계와 사랑** 실러 · 홍성광 옮김

278 **노인과 바다** 헤밍웨이 · 김욱동 옮김 노벨 문학상 수상 작가 | 퓰리처상 수상작

279 **무기여 잘 있어라** 헤밍웨이 · 김욱동 옮김 미국대학위원회 선정 SAT 추천도서

280 **태양은 다시 떠오른다** 헤밍웨이 · 김욱동 옮김 《타임》 선정 현대 100대 영문 소설

281 **알레프** 보르헤스 · 송병선 옮김

282 **일곱 박공의 집** 호손 · 정소영 옮김

283 **에마** 오스틴 · 윤지관, 김영희 옮김

284·285 **죄와 벌** 도스토옙스키 · 김연경 옮김 미국대학위원회 선정 SAT 추천도서

286 **시련** 밀러 · 최영 옮김

287 **모두가 나의 아들** 밀러 · 최영 옮김

288·289 **누구를 위하여 종은 울리나** 헤밍웨이 · 김욱동 옮김 노벨 문학상 수상 작가

290 **구르브 연락 없다** 멘도사 · 정창 옮김

291·292·293 **데카메론** 보카치오 · 박상진 옮김

294 **나누어진 하늘** 볼프 · 전영애 옮김

295·296 **제브데트 씨와 아들들** 파묵 · 이난아 옮김 노벨 문학상 수상 작가

297·298 **여인의 초상** 제임스 · 최경도 옮김 미국대학위원회 선정 SAT 추천도서

299 **압살롬, 압살롬!** 포크너 · 이태동 옮김 노벨 문학상 수상 작가

300 **이상 소설 전집** 이상 · 권영민 책임 편집

301·302·303·304·305 **레 미제라블** 위고 · 정기수 옮김

306 **관객모독** 한트케 · 윤용호 옮김 노벨 문학상 수상 작가

307 **더블린 사람들** 조이스 · 이종일 옮김

308 **에드거 앨런 포 단편선** 앨런 포 · 전승희 옮김 미국대학위원회 선정 SAT 추천도서

309 **보이체크 · 당통의 죽음** 뷔히너 · 홍성광 옮김

310 **노르웨이의 숲** 무라카미 하루키 · 양억관 옮김

311 **운명론자 자크와 그의 주인** 디드로 · 김희영 옮김

312·313 **헤밍웨이 단편선** 헤밍웨이 · 김욱동 옮김 노벨 문학상 수상 작가

314 **피라미드** 골딩 · 안지현 옮김 노벨 문학상 수상 작가

315 **닫힌 방 · 악마와 선한 신** 사르트르 · 지영래 옮김

316 **등대로** 울프 · 이미애 옮김 《타임》 선정 현대 100대 영문소설 | 《뉴스위크》 선정 100대 명저

317·318 **한국 희곡선** 송영 외 · 양승국 엮음

319 **여자의 일생** 모파상 · 이동렬 옮김

320 **의식** 노터봄 · 김영중 옮김

321 **육체의 악마** 라디게 · 원윤수 옮김

322·323 **감정 교육** 플로베르 · 지영화 옮김

324 **불타는 평원** 룰포 · 정창 옮김

325 **위대한 몬느** 알랭푸르니에 · 박영근 옮김

326 **라쇼몬** 아쿠타가와 류노스케 · 서은혜 옮김

327 **반바지 당나귀** 보스코 · 정영란 옮김

328 **정복자들** 말로 · 최윤주 옮김

329·330 **우리 동네 아이들** 마흐푸즈 · 배혜경 옮김 노벨 문학상 수상 작가

331·332 **개선문** 레마르크 · 장희창 옮김

333 **사바나의 개미 언덕** 아체베 · 이소영 옮김

334 **게걸음으로** 그라스 · 장희창 옮김 노벨 문학상 수상 작가

세계문학전집은 계속 간행됩니다.